TERI HOLBROOK

# Der Junge am Fenster

*Buch*

1925, so erzählt man sich in Statlers Cross, hat eine junge Frau ihren kleinen Sohn in sein Zimmer eingeschlossen und sich selbst an einem Baum auf ihrem Grundstück erhängt. Seit damals beschäftigt die Geschichte von Linnie Glynn Cane den kleinen Ort im amerikanischen Süden, wo die Geister der Vergangenheit nie Ruhe fanden. Und nun, gut siebzig Jahre später, kommt erneut ein Mitglied dieser Familie gewaltsam ums Leben: Martin Cane, der Enkel jener Frau, ein strenger, tief religiöser Mann, wird mit einer Kugel im Kopf aufgefunden. War es ein Unfall beim Reinigen des Gewehrs oder Selbstmord? Vielleicht sogar Mord? Während der Sheriff mühsam versucht, die Hintergründe des Geschehens aufzudecken, beschäftigt sich auch Gale Grayson mit der Tragödie. Die junge Witwe ist hier in Statlers Cross bei ihrer Großmutter aufgewachsen, die Linnie Canes Nichte war. Und je länger sich Gale mit den beiden Todesfällen befaßt – Linnies Selbstmord und Martins Tod –, um so mehr zweifelt sie an den offiziellen Versionen. Als sie sich in der Vergangenheit ihrer Familie auf Spurensuche begibt, stellt die Wahrheit jedoch all ihre Befürchtungen und Ängste noch in den Schatten …

*Autorin*

Teri Holbrook kann ihre Wurzeln in den amerikanischen Südstaaten bis ins 17. Jahrhundert zurückverfolgen, in England noch ein gutes Stück weiter. Die ehemalige Journalistin legt mit *Der Junge am Fenster* ihren zweiten Roman mit Gale Grayson, Katie Pru und Inspector Halford vor, weitere sind bereits in Vorbereitung. Teri Holbrook lebt mit ihrem Mann und ihren zwei Kindern in Atlanta, Georgia.

*Außerdem bei Goldmann erschienen*

Schrei im Wind. Roman (43533)

Teri Holbrook

# Der Junge am Fenster

Roman

Aus dem Amerikanischen
von Xaver Engelhard

GOLDMANN

Die Originalausgabe erschien 1996 unter dem Titel
»The Grass Widow« bei Bantam, New York

*Umwelthinweis:*
Alle bedruckten Materialien dieses Taschenbuches
sind chlorfrei und umweltschonend.

Deutsche Erstausgabe 3/99

Umschlaggestaltung: Design Team München
Umschlagfoto: Tony Stone/Getty
Satz: Uhl + Massopust, Aalen
Druck: Elsnerdruck, Berlin
Verlagsnummer: 44068
Redaktion: AB / Viola Eigenberz
Herstellung: Heidrun Nawrot
Made in Germany
ISBN 3-442-44068-8

3 5 7 9 10 8 6 4 2

Meinem Vater Gene,
der die Nicht-Olly-Geschichten gewoben hat,
und meiner Mutter Jann, die mich neun Monate lang
unter dem Herzen getragen
und dabei wie eine Hungernde gelesen hat.

# Prolog

*Statlers Cross, Georgia, 1925*

Malcolm Hinson sah es als erster wie ein Stück Tuch vom Baum herabhängen. Er wäre auch daran vorbeigegangen, in dem Glauben, daß es sich nur um ein altes Laken handelte, das bei jemandem vom Verandageländer geweht worden war und sich jetzt halb versteckt in diesem Kieferngestrüpp verfangen hatte, wäre nicht die Rundung eines schwarzen Schuhs gewesen, die unter dem Rand des Baumwolltuchs hervorlugte, genau in seine Richtung wies und im gebrochenen Sonnenlicht blinkte.

Er rannte die dreiviertel Meile bis zu Parrishs Haus. Gemeinsam liefen die beiden jungen Männer durch das Feld zurück, und die Spitzen des noch nicht gemähten Schwingelgrases rissen ihnen die Beine wund. »Vielleicht sollten wir eine Leiter mitnehmen, vielleicht sollten wir das!« rief Malcolm keuchend. Aber Parrish rannte weiter, und seine

Stiefel waren ein Flüstern des Schreckens inmitten der hohen, umknickenden Halme.

Es war ein breites Kieferngehölz, und als sie es erreicht hatten, lief Parrish daran entlang und suchte verzweifelt nach etwas Weißem inmitten der Grüntöne und der dunklen Flecken aus Rinde und Kiefernzapfen. Er lief zu Malcolm zurück:

»Wo ist sie, verdammt noch mal? Wo ist sie, Malcolm?«

Malcolm stand mit zurückgeworfenem Kopf da und hatte das Kinn nach vorne geschoben. »Ich schwöre bei Gott, Parrish. Ich schwöre bei Gott.«

Parrish packte ihn am Mantel, und Malcolm, der erwartete, daß ihm sein Freund ins Gesicht schlagen würde, schloß die Augen. Statt dessen sackte Parrish, dessen Faust immer noch Malcolms Kragen umklammerte, in sich zusammen, und die beiden Männer sanken keuchend und schluchzend zu Boden.

Eine Woche später war Eppie Falcon dran. Am ersten sonnigen Nachmittag nach drei Tagen Regen zog sie ihren beiden Kleinen die Hosen aus, holte das Sieb aus dem Küchenschrank, und sie putzte im Garten Bohnen, während die Kinder mit nackten Hintern im Schlamm spielten. Ihre Aufmerksamkeit war zum einen auf die Bohnen gerichtet, die in das Sieb fielen, zum anderen auf die Kinder, und daher dachte sie zuerst, eine Nachbarin stehe neben ihrem Haus, direkt an der Ecke, und sehe stumm den Kleinen zu.

Aber die Sekunden vergingen, und schließlich drehte Eppie den Kopf zur Seite, um »Hallo« zu rufen. Später erzählte sie den Leuten immer wieder, daß sie am ganzen Körper Gänsehaut bekommen habe, als ob jemand über ihr Grab gegangen sei, und sie nicht habe sprechen können. Aber in Wahrheit war sie fasziniert. Dort neben der Hortensie mit den blauen Knospen stand eine Frau mit den Füßen in einer tiefen Schlammpfütze und hatte den Blick auf die Kinder gerichtet. Eppie wußte sofort, daß die Frau nicht wirklich war. Es lag nicht an dem Gesicht, so blaß und übernatürlich. Es lag nicht an dem Haar, schwarz und wild. Es lag an dem Saum des weißen Nachthemds, der in der rotbraunen Pfütze schwamm und nicht die Spur eines Flecks aufwies.

Danach wurde sie noch häufig gesichtet: in der Nähe der Baumwollspinnerei, bei der Kirche, auf den Eisenbahngleisen, die die Stadt in zwei Hälften teilten. Jeffrey Patterson entdeckte sie am Fenster des winzigen Photoateliers an der Hauptstraße, wo sie mit einer Lilie an der Wange posierte. Sie hatte geradezu friedlich ausgesehen, erzählte er seiner Mutter. Nicht wie im wirklichen Leben, denn Linnie Glynn Cane war die wütendste Frau gewesen, die ihm je begegnet war. Selbstmord mochte zwar eine Sünde sein, aber dieser Frau zumindest hatte er ein wenig Gelassenheit gebracht.

Davon erzählte er seiner Mutter zwar nicht, aber als er Linnie gefunden hatte, damals, als sie von dem Pekanbaum herabbaumelte, hatte sich alles andere als Gelassenheit auf ihren Zügen abgezeichnet. Ihr Gesicht war purpurrot und gedunsen gewesen, die Zunge schwarz, der Rock ihres gelben Kleids uringetränkt. Jeffrey hatte unter ihre Füße gekotzt, und der Würgekrampf war so heftig gewesen, daß die braunen Lederschuhe, die ein paar Zentimeter über dem Boden schwebten, ihm gegen die Stirn stießen. Als er das Seil unterhalb ihres Kinns durchschnitt, wußte er, daß sie nicht gelassen gestorben war. Irgend etwas Wutentbranntes hatte von Linnie Cane Besitz ergriffen und sie dazu gebracht, sich die Schlinge um den Hals zu legen. Irgendeine Raserei hatte ihre Füße strampeln und im Todeskrampf zittern lassen.

Auch wenn sie als Tote nicht gerade in Frieden ruhte, so war die ganze verdammte Stadt doch dankbar, daß sie zumindest gutmütig war. Als sie immer häufiger gesehen wurde, nahm die Besucherzahl in der Methodistenkirche von Statlers Cross zu. Verwitwete Frauen übernachteten beieinander, unverheiratete Frauen gaben ihre Pläne auf, in die Stadt zu ziehen. Es wurde häufiger geheiratet, und es wurden mehr Babys geboren. Alles in allem war es für Statlers Cross ein gutes Jahr.

Parrish Singleton zog sich in sich selbst zurück. Er brachte viele Stunden auf den Feldern zu oder wanderte die Hauptstraße entlang und starrte in die Abwassergräben. Dann ging er, mit orangem Staub bedeckt, nach Hause und setzte sich an den Küchentisch. Seine Fingernägel wurden dick. Seine Gedanken armselig. Und er trauerte.

*Ich schätze, ich wußte, daß es ein Mensch war, wegen der Farbe ihres Haars, aber anders hätte ich es nicht erkennen können. Sie lag zerstückelt auf den Eisenbahnschienen. Ich hab' zu schreien angefangen, aber als ich zu den Schienen gekommen bin, hab' ich gemerkt, daß da überhaupt kein Blut war – nur ein Kleid und etwas langes, braunes Haar, auf die Schienen geworfen wie ein Sack mit Katzenknochen. Aber dann ist eine Böe gekommen, und ihr Haar hat sich bewegt, und sie hat zu mir hochgeschaut und gelächelt.*

Matthew Langley
Postangestellter, Statlers Cross, 1927

# 1

## *Statlers Cross, Georgia, 1996*

Das Fischhaus stand ungefähr zehn Meter von Martin Canes Teich entfernt an einer flachen Grasböschung, die die Kinder dazu eingeladen hätte, sich hinabzurollen, wenn sie dabei nicht am Schluß in einer Suppe aus schmutzigem Schaum und schlammigem Wasser gelandet wären. Martin hatte das Fischhaus in dem Sommer, in dem er dreißig wurde, gebaut, als die Hitze in dem großen Haus, zusammen mit dem Plärren der neugeborenen Tochter, ihn eines Tages veranlaßt hatte, den Mixer von der Arbeitsplatte zu nehmen und ihn durch die Tür des Küchenschranks zu rammen. Seine Frau Cammy hatte, das Baby auf der Hüfte aufgestützt, stumm die zersplitterte Tür betrachtet. *Sag was*, hatte er geschrien. *Du weißt verdammt genau, daß ich eigentlich das Baby gegen die Wand schmeißen wollte.* Sie hatte den Blick auf ihn gerichtet. *Geh weg*, hatte sie ruhig gesagt. *Geh und mach was mit den Händen. Und komm nicht zurück, bis du dich wieder unter Kontrolle hast.*

Er blieb zwei Wochen fort, schlief beim Teich in einem kleinen Zelt und arbeitete bis spät in die Nacht. Aus fünf auf zehn Zentimeter starken Kanthölzern hämmerte er den Rahmen eines kleinen Gebäudes zusammen. Er wollte es mit dem Schlauch ausspritzen können, deshalb ließ er zwischen dem unteren Rand des Holzrahmens und dem Zementboden einen zwei Zentimeter hohen Spalt frei. Und er wollte ein luftiges Gebäude, um die sengende Sommerhitze von Georgia erträglich zu machen, und deshalb nagelte er an drei Seiten bis auf halbe Höhe Maschendraht statt Bretter auf die Balken. Fünf Jahre später fügte er noch eine Spüle hinzu, und noch einmal zehn Jahre später bekam die Hütte Strom und einen Ofen. Aber zu Anfang war das Fischhaus nichts anderes als eine selbstgebaute Zuflucht, sein Schlupfwinkel vor der Welt, wenn er das Gefühl bekam, er müsse jemandem mit der Faust das Gesicht einschlagen.

Martin stand jetzt im Fischhaus und blickte durch das Drahtnetz auf den Teich. Links vom Teich schwitzten ein paar Männer in leichten Baumwollhemden und weiten Jeans über zwei Spanferkeln auf einem Barbecue. Weit rechts hörte er das Ächzen von Männern, die auf seinem Gelände Zelte errichteten, und er nahm den süßen Geruch des Grases wahr, das unter ihren Schuhen zerquetscht wurde. Vor allem aber roch er Rasierwasser. Er brauchte sich nicht umzudrehen, um festzustellen, mit wem es in seinen Zufluchtsort gelangt war.

»Martin, bist du bereit?«

Der Duft war würzig, er roch wie die Finger einer Frau, die gerade bäckt. Seine Tochter Sill hatte abfällige Namen für das Rasierwasser dieses Mannes: das Prediger-Patschuli, der süße Geruch des Erlösers. Aber Martin gab nicht viel auf das, was seine Tochter sagte. Sill war eine ungewöhnliche Mischung. Eine verlorene Seele.

»Es wird allmählich Zeit, Martin. Die Leute werden bald hier sein. Bist du soweit?«

Martin beugte sich nach vorne, bis seine Nase nur noch Zentimeter von dem Drahtgitter entfernt war. Auch die Grillgrube hatte er auf einen Wutanfall hin ausgehoben. Es war ihm immer wie Ironie vorgekommen, daß ein Projekt, das in solcher Wut seinen Ursprung hatte, soviel Gutes bewirken konnte. Er sah zu, wie zwei Männer Zangen nahmen, sie in die mit Schlacke ausgekleidete Grube stießen und ein Ferkel vom Rost über der Glut nahmen. Sie legten es vorsichtig auf ein dickes Holzbrett, das weiter oben an dem Grill befestigt war. Durch das Gitter konnte Martin das versengte Fleisch des Tieres sehen. Es sah seltsam bekleidet aus, denn Ohren und Schwanz waren in feuchte Baumwollstreifen gewickelt. Er hatte die Grillanweisungen selbst erteilt. *Laßt nicht die Ohren von dem Kleinen verkohlen. Das schaut sonst so unnatürlich aus. Und packt ihm Steine in die Schnauze und den Bauch. Sonst wird es schrumplig, und die Frauen kriegen einen Anfall, weil es zu häßlich ist für ihre Ranken und Früchte. Leute aus dem ganzen Land kommen zu dieser Veranstaltung, weil sie was Authentisches erleben wollen. Also müssen wir sie glauben lassen, es gefunden zu haben.*

Das Ferkel, an beiden Enden mit Windeln umwickelt, sah aber trotzdem unnatürlich aus. Es lag auf dem Holzbrett wie ein knuspriges Baby.

Er hörte ungeduldiges Füßescharren hinter sich. »Martin? Wo bist du mit deinen Gedanken? Was in aller Welt ist eigentlich los mit dir?«

Martin drehte sich um und ließ die Augen auf dem

schlaksigen Mann in der Türöffnung ruhen. »Ich will ehrlich zu dir sein, Ryan. Es schien mir eine gute Idee, als wir die Sache geplant haben. Jetzt bin ich mir dessen einfach nicht mehr so sicher.«

Ryan Teller schnaubte, was, wie Martin fand, kein besonders passendes Benehmen für einen Mann Gottes war.

»Natürlich ist es eine gute Idee, Martin. Die allerbeste. Was ist das Entscheidende bei jedem Ereignis? Daß genug Leute da sind. Und sie werden kommen. Wir haben die Show verbessert. Ein bißchen Musik, ein paar Spiele, viel Religion. Sie werden kommen, Kumpel, weil du deine Sache so verdammt gut machst.«

Teller ging zu dem Tisch, und kam Martin so nahe, daß dieser den Körpergeruch unter dem Rasierwasser wahrnahm. Obwohl sich die Blätter des Ventilators über ihm drehten, bildeten sich entlang seines Haaransatzes Schweißtröpfchen. Teller lächelte, und die Lippen glitten wie Aale über seine Zähne.

»Habe ich dir je davon erzählt, wie ich zum ersten Mal von Statlers Cross gehört habe, Martin? Vor fünf Jahren blätterte ich im *Atlanta Journal-Constitution,* und da stand es plötzlich, oben rechts, über die ganze Seite hinweg: ›Lobet den Herrn, und das mit gegrilltem Spanferkel!‹ Ich habe meinen Finger mitten durch die Seite gestoßen, so begeistert war ich. Eine Gemeinde, die klug genug ist, das traditionelle Kirchenbarbecue beizubehalten! Was konnte es Besseres geben?«

Tellers Gesicht wurde plötzlich grimmig. »Und dann habe ich es wieder völlig vergessen. Ich war zu sehr mit Menschenwerk beschäftigt. Aber der Herr hat mich schließlich gefunden und mich hierhergeführt. Er hat gesagt: ›Ryan, gib deinen Werbejob in Atlanta und deine 150 000 Dollar Jahresgehalt auf, verkauf deine teuren Autos, werde

Prediger! Ich werde einen Weg finden, um dich nach Statlers Cross zu bringen.‹ Und er hat es getan. Und warum, Martin? Wegen dir, mein Bruder!«

Drinnen im Hauptgebäude klingelte leise ein Telefon. Martins Kehle wurde eng. Leise zählte er bis acht. Wenn es für ihn war, würde derjenige, der den Hörer abhob, acht Sekunden brauchen, um die Information entgegenzunehmen, den Anrufer kurz um Geduld zu bitten, zur Hintertür hinauszugehen und seinen Namen zu rufen. Ein Gebet wäre vielleicht wirkungsvoller gewesen, aber er hatte die Erfahrung gemacht, daß Gebete zu dicht bei der Panik lagen. Besser, man konzentrierte sich und zählte.

Nach neun Sekunden entspannte er sich. Er schob die Hände in die Taschen seiner Jeans und seufzte. »Glaub bloß nicht, wir wären nicht dankbar, Ryan. Ich bin nur erschöpft. Wir arbeiten jetzt seit neunzehn Stunden ununterbrochen an diesen verdammten Ferkeln.« Er zuckte mit den Schultern. »Du hast natürlich recht. Alles ist perfekt.«

Ryan grinste. »Du sagst es, Kumpel. Der Teufel macht dich fertig. Aber schubs ihn immer nur schön weg. Es ist alles in meinem Auto. Wenn die Gospelsänger fertig sind, sind wir dran.«

Der Prediger verließ das Fischhaus und wandte sich dem westlichen Teil der Rasenfläche zu, wo Mitglieder der Sonntagsschulklasse Fässer für die kalten Getränke aufstellten. Der Geruch seines Rasierwassers blieb zurück. *Trau keinem Pfarrer, der besser riecht als deine Frau, Daddy.*

Sill hatte bei diesen Worten gelacht, aber ihre Augen waren wie Marmor gewesen.

Ein Mann rief vom Grill herüber: »Martin! Das Große ist fertig! Komm und schau es dir an!«

Martin stieß die Tür des Fischhauses auf und ging auf

den Qualm zu. Als er näherkam, teilte sich die Gruppe. Cooper Langley, der ein dürres Bein auf die Mauer des Grills gestützt hatte, grinste und schlug Martin auf die Schulter.

»Was sagst du, Martin? Schaut dieses Jahr gut aus, was?«

Das Ferkel wog vierzig Pfund – nicht genug, um die Hunderte von Menschen satt zu bekommen, die erwartet wurden, aber genug, um die Aura eines authentischen Südstaatenrituals zu wahren. Seltsam, was ein bißchen gute Presse für eine Veranstaltung bewirken konnte! Vor über zwanzig Jahren hatte der Präsidentschaftskandidat Jimmy Carter bei einem kirchlichen Grillfest in einem kleinen Flecken auf der Landkarte namens Statlers Cross haltgemacht, und die nationale Presse hatte durchgedreht. Seither drängten sich jeden Juni die Menschen aus den Groß- und Vorstädten auf den Wiesen und suchten nach dem Volkstümlichen und Authentischen. Dabei war es ganz egal, daß der größte Teil des Schweinefleischs, nämlich 2000 Pfund, schon am Tag zuvor in einem Restaurant in Walton County zubereitet worden war. Und es war auch egal, daß die hausgemachten Brötchen seit Wochen eingefroren waren. Nichts war zu schade, um das Werk Gottes zu fördern. Martin lächelte breit und erwiderte Langleys Schlag auf die Schulter.

»Schaut gut aus. Verdammt langer Tag, Jungs, aber ich möchte sagen, er war's wert.« Er deutete auf das kleinere Ferkel. »Warum tragt ihr beiden Jungs nicht das Kleine hier zum Tisch mit dem Essen rüber? Das gibt eine Art Tafelaufsatz ab. Und was die Mama angeht, da machen wir uns jetzt besser an die Arbeit.«

Auf dem Boden lag ein Leinensack. Martin langte hinein und holte eine Axt heraus.

»Willst du sie nicht erst ein bißchen abkühlen lassen?« fragte Langley.

Martin schüttelte den Kopf. »Es ist fast Zeit, und die Frauen warten in der Küche darauf, das Tier zu tranchieren. Außerdem wird's Abend, bevor das verdammte Ding hier draußen abgekühlt ist, so verflucht heiß, wie es ist.«

Langley hob ein Paar Topfhandschuhe auf und zog sie an. »Ich halte es fest, Martin. Die anderen gehen besser ein Stück zurück.«

Er packte das große Spanferkel an den Keulen und drehte es vorsichtig auf die Seite. Er drückte die Handschuhe fest auf den Bauch und das Rückgrat und nickte Martin zu. »Bin bereit.«

Martin hob die Axt über den Kopf und schlug mit solcher Kraft zu, daß die Schneide in dem Brett steckenblieb. Der Hals des Ferkels war sauber durchtrennt worden, und der Kopf wirbelte Asche und Kohlestücke auf, als er in die Grillgrube rollte. Langley bückte sich und packte ihn an der Schnauze.

»Meine Großmutter hätte daraus eine Mordssuppe gemacht«, behauptete er.

»Meine auch«, sagte Martin. »Aber Ella kann den Anblick nicht ertragen. Bring ihn bitte hinter den Stall, ja, Coop? Ich tue ihn zum übrigen Abfall, sobald die Frauen fertig sind. Im Moment muß ich mich um einen Haufen Zeug kümmern. Und wenn ich ein paar von euch dafür gewinnen könnte, die Sau in die Küche zu tragen…«

Als die Männer mit ihrer Ladung abzogen, atmete Martin tief die Luft ein, die dick war wie Baumwollgaze. Es war verflucht heiß. Unter der Woche hatte das Thermometer vierzig Grad überschritten und damit Temperaturen erreicht, die eigentlich für Mitte August vorbehalten waren. Und es war nicht die Art von Hitze, die bald wieder nachließ. Als es Abend wurde, hüllte die Luft Martin ein, als wolle sie ihn ersticken. Vielleicht kommt keiner, dachte er. Vielleicht bleiben sie zu Hause vor ihren Klimaanlagen sitzen, und Ryans ganze Pläne sind umsonst. Aber die Übelkeit in seinem Magen verriet ihm, daß er ein Narr war. Ryan würde seine Menge kriegen. Der Herr hatte ihn dazu berufen. Ryan Teller war die Planierraupe Gottes.

Statlers Cross war ein Ort aus Gras und Dächern – das hatte Gale Grayson entschieden, als sie fünf war. Atlanta, wo sie bei ihrer Großmutter Ella wohnte, war mit wolligem Efeu überzogen und hatte harte Gebäude. In Statlers Cross gaben die Landhäuser unter den Füßen nach. Die Felder waren blond und breit, und die orangen Abflußgräben öffneten sich wie Lippen. Aber das Seltsamste war ein langer Grashügel, der die Stadt in zwei Hälften teilte, so daß von der anderen Seite jeweils nur die Dächer zu sehen waren.

Mit sechs entdeckte Gale die aufgegebene Eisenbahnstrecke oben auf dem Hügel. Ellas Schwester Nora führte sie die geschotterte Einfahrt des Hauses hinab und den Hang hinauf, bis sie auf den mit Teer überzogenen Schwellen standen und der Löwenzahn gegen ihre Schuhe stieß. Nora führte Gale bis zum Ende der Schienen, wo der Damm plötzlich abbrach, und beschrieb ihr, wie vor vielen Jahren die Züge der Southern Railway Company vor ihrem Haus keuchend zum Stehen gekommen waren. Die Züge waren wie Schlangen, sagte Nora, aufgebläht von all dem, was sie verschlungen hatten, und die Luft um sie herum war heiß wie Tieratem. Gale fand, daß die Luft in Statlers Cross auch ohne Züge schon heiß genug war, aber das sagte sie Nora nicht. Nora hatte keine Kinder, und sie akzeptierte die Sommerbesuche ihrer Großnichte nur unter der Bedingung, daß das Mädchen sich leise bewegte, gut aß und nicht widersprach.

Erst mit zehn wurde Gale bewußt, daß die Schienen nicht der Privatbesitz ihrer Tante waren. Hatte Nora denn nicht jeden Tag Hut und Strümpfe getragen, als wenn sie eine große Dame wäre? Und sie war doch auch durch das hallende Backsteingebäude geschritten und hatte die Wanduhren anhand ihrer Armbanduhr überprüft. Und hatte sie nicht, offen gestanden, eine Stimme wie eine Dampfpfeife und Haar, das sich schwarz blähte wie eine Rauchwolke? Aber die Schienen waren nicht für ihre Tante oder für die Generationen der Familie, die ihr vorausgegangen waren, gelegt worden. Der Zug war wegen der Baumwollspinnerei auf der anderen Seite der Geleise gekommen, wo die noch unverarbeiteten Samenkapseln ausgeladen und fertiges Tuch eingeladen wurden, bevor der Zug die Richtung wechselte und mitten durch Calwyn County hindurch zurückfuhr.

Gale strich mit der Hand über die braune und indigoblaue Tagesdecke, die zum Auslüften auf dem Gras lag. Jetzt, mit dreißig, wußte sie, daß Statlers Cross mehr als die Summe seiner Teile war – mehr als die über einen Damm verlaufenden Schienen oder die abgeschnittenen Häuser oder die Spinnerei, jetzt eine Ruine, die sich hinter der grasigen Böschung ihrem Blick entzog. Es war mehr als das seltsame Alden-Haus hinter ihr, das wie ein rotes Origami auf der Wiese stand. Statlers Cross war ihre Heimat, und sie, die heimgekehrte Kriegerin, hatte gerade riesigen Scheiß gebaut.

Sie hörte ein Knurren hinter sich.

»Mama«, sagte Katie Pru. »Ich weiß, was Jaguware essen.«

Gale preßte die Hand auf einen weißen Fleck auf der

Tagesdecke, und die Luft wurde von dem muffigen Geruch des alten Tuchs und dem der Bleichlauge erfüllt. »Tatsächlich, Schätzchen? Das ist großartig. Ich bin stolz auf dich.«

Der Fleck auf der Decke war nicht gerade klein. Wenn sie die Hand ganz ausbreitete, liefen immer noch weiße Adern unter ihr hervor. Es war eine spontane Idee gewesen. Sie hatte zu der Tagesdecke hochgesehen, die über dem Treppengeländer hing, hatte den vertrauten dunklen Fleck bemerkt und sich sofort entschlossen. Warum auch nicht? Irgendwo hatte sie gelesen, daß sich mit Bleichlauge, Salz und ein bißchen Flüssigseife jeder Fleck entfernen ließ, und so war es dann auch gewesen. Nicht nur der dunkle Fleck war verschwunden, sondern auch die alte Farbe darunter.

»Mama, ich habe gesagt, ich weiß, was Jaguware essen.«

»Ich weiß, Schatz. Das ist großartig.«

Und was die Sache noch schlimmer machte: Sie sollte eigentlich gar nicht zu Hause sein. Sie sollte drüben bei Martin und Cammy beim Barbecue helfen, aber sie hatte gezögert und es immer wieder aufgeschoben, sich der Hitze, den Mücken und all den anderen, in Menschengestalt auftretenden Ärgernissen zu stellen. Sie sagte sich, daß man sie nicht vermissen würde. Sie war schließlich sechs Jahre fort gewesen, zu lange, um noch den Trick zu beherrschen, wie man Kohlsalat auf Pappteller löffelt.

Sie hob die Hand von der Tagesdecke und schnitt eine Grimasse. Sie hätte schwören können, daß die Lauge sich langsam in dem ganzen Stoff ausbreitete. Wenn ihre Großmutter Ella nach Hause kam, würde die Decke ganz weiß sein und wie ein Toilettenabteil riechen. Gale stöhnte. Warum war dieses Ding nicht farbecht? Oder, genauer gesagt, warum hatte sie sich nicht vorher informiert? Sie war

Historikerin, in Gottes Namen. Wieviel dümmer konnte man sich noch anstellen?

»Mama, Jaguware...«

»Ich weiß, Katie Pru. Bitte. Ich muß entscheiden, was ich jetzt hier tun werde. Nur einen Moment noch, dann kannst du es mir erzählen.«

Der Fleck war neunzehn Jahre zuvor entstanden, als sie und ihre Cousine Sill beschlossen hatten, eine Meinungsverschiedenheit unter Teenagern mit Hilfe von Schokoladensirup auszutragen. Ella war außer sich gewesen vor Wut.

»Deine Urgroßmutter Linnie Cane hat das Garn für diese Decke selbst gesponnen, Miß Sill. Sie hat es auch gefärbt und verwoben.« Sie hatte eine Ecke der Decke genommen und sie Sill hingehalten. »Siehst du? Sie hat ihr ›L‹ hineingewoben. Sie war stolz auf ihre Arbeit. Die Decke hängt seit fast fünfzig Jahren über diesem Geländer, und jetzt kommt ihr Monster daher und ruiniert sie.«

Die Strafe war täuschend mild gewesen: Die Mädchen hatten Baumwollbäusche mit Linnies antiker Spindel zu Fäden spinnen müssen. Aber der Faden war zu dünn und die Spindel zu schwer – jedesmal, wenn sie die Spindel in Drehung versetzten, riß der Faden. Nach einer Stunde waren sie beide den Tränen nahe. Ella sah ihnen befriedigt zu. »Vielleicht lernt ihr auf diese Weise ein bißchen Respekt vor der Arbeit einer Frau«, hatte sie gesagt.

Gale betrachtete reumütig den Fleck. Herrje, was würde sich ihre Großmutter wohl diesmal einfallen lassen, um sie zu bestrafen?

»Jaguware fressen Lidschatten und Lippenstift.«

Gale wandte sich um. Katie Pru starrte ihre Mutter an und hatte die Lippen zu einer Schnute verzogen. Neben ihr stand ein lebensgroßer Jaguar aus Eisen, dessen Flecken schon seit langem von schwarzem Anti-Rost-Spray verdeckt wurden. Um seinen Kopf war ein orangefarbener Schal wie ein Turban gewickelt, und von seinem einen Ohr baumelte eine Reihe rosa Glasperlen herab. Klumpen einer dicken, roten Masse klebten auf seinen Zähnen, und blaue Fingerabdrücke überzogen sein Gesicht wie Leberflecken. Um Katie Prus Füße herum lag ein halbes Dutzend verschmierter Lippenstifte und leerer Puderdosen verstreut.

»Kathleen Prudence! Wo in aller Welt hast du das her?«

»Der Jaguwar hat es gefunden.«

»Katie Pru. Wo hast du das alles her?«

»Er hat es aus Oma Ellas Schublade.«

Gale schloß die Augen. Großartig. Vielleicht schaffte sie es ja, die Tagesdecke als einen gutgemeinten Irrtum zu entschuldigen, aber Ella davon zu überzeugen, daß es bloß ein Versehen und nicht bodenlose Verantwortungslosigkeit gewesen war, eine Vierjährige das Make-up ihrer Urgroßmutter plündern und an eine Rasenstatue verfüttern zu lassen, würde Gales Kräfte übersteigen. Das, Gale Lynn, hat man davon, dachte sie sich jetzt, wenn man Gott klarzumachen versucht, daß man nicht willens ist, Seine Beilagen auszuteilen.

»Na gut, Katie Pru«, stieß sie müde hervor. »Geh rein und wasch dir die Hände. Dann holst du ein bißchen was von der Küchenrolle. Wir beseitigen diese Schweinerei besser, bevor jemand glaubt, der Jaguar habe eine Avon-Dame gejagt.«

»Jaguware jagen keine Damen. Sie…«

Der warnende Blick, den Gale ihr zuwarf, mußte Eindruck gemacht haben, denn Katie Pru rannte die Steintreppen hoch und verschwand im Haus. Gale brach auf der Tagesdecke zusammen und breitete die Arme aus. Der rauhe Stoff kratzte auf der Haut.

»Bitte, lieber Gott«, stöhnte sie. »Wir müssen hier weg.«

Der Satz war mehr ein Fluch als ein Gebet. Als sie und Katie Pru frisch aus England eingetroffen waren, hatte sie geglaubt, ihr Aufenthalt bei Ella würde nur ein paar Monate dauern, lang genug, damit sie wieder zu Atem kommen, ein Haus finden und mit der Arbeit an ihrem dritten Buch, einer Studie über die Tagebücher von Landfrauen, anfangen könnte. Es war ein schwerer Schlag gewesen, als ihr bewußt wurde, daß sie sich von den Einnahmen aus ihren Büchern niemals ein Haus und einen Babysitter und ein Auto würde leisten können.

Gummisohlen knirschten auf den Steinstufen. Eine Rolle Papiertücher landete in ihrem Gesicht.

»Hier, Mama!« rief Katie Pru. »Die sind für dich.«

Gale lachte. »O nein, meine Liebe. Die sind für *dich.*« Sie richtete sich auf. »Reiß ein paar von den Tüchern ab und fang an, die Schmiere wegzuwischen! Und, Katie Pru, geh nicht an die Schubladen von anderen, ohne vorher zu fragen!«

Katie Pru schnappte sich einen Armvoll Papiertücher und drehte sich um, aber vorher hörte Gale sie noch etwas von »Jaguwaren« und »ein paar an-tändigen Kleidern« murmeln. Gale schüttelte den Kopf. Ellas Einfluß. Wenn sie nicht aufpaßte, würde ihre Großmutter dem Kind noch Rüschenkleider und Riemchensandalen verpassen.

»Jaguware brauchen keine Hüte«, erklärte Katie Pru und entfernte den Schal des Jaguars. »Aber Mädchen brauchen Hüte.«

Gale grinste. Sie erschlug einen Moskito auf ihrem nackten Arm, und ein purpurner Fleck bildete sich auf der Handfläche. Geistesabwesend langte sie nach vorne und wischte sich die Hand an Linnies Decke ab.

Sie blickte ungläubig auf den neuen Fleck. Scheiße. Es war nur wenig Blut, aber sichtbar.

Sie sprang zu dem Jaguar hinüber und schnappte sich eines der Papiertücher, die zwischen seinen Beinen lagen. Sie preßte es auf den Blutstropfen und seufzte. Der Fleck wurde nur minimal heller.

»Katie Pru«, erklärte sie. »Ich glaube, das ist ein Zeichen: Gott will, daß wir bis zu den Ellenbogen in Kohlsalat versinken.«

Das Telefon klingelte, und Martin begann zu zählen. Nach neun Sekunden blickte er auf seine Uhr. Es war halb sieben. Er blickte über das Gelände hinweg und betrachtete die Zelte, die Bühnenplattform und die elektrischen Girlanden, deren Leitungen sich durch die Luft schlängelten und in Bögen zu den Fensterbrettern seines Hauses liefen. Keine Getränketische, keine Tische für die Süßspeisen. Er machte sich auf den Weg zum Essenszelt. Verflucht noch mal, sie waren im Zeitplan hinterher. Innerhalb einer Stunde würden die ersten Leute eintreffen. Es war alles zuviel. Und es hing alles von ihm ab.

Unter der khakifarbenen Zeltplane standen fünf Tische nebeneinander. Als er sich dem ersten Tisch näherte, stieß er mit dem Fuß gegen eine offene Schachtel, und Dutzende von Plastikgabeln flogen über das Gras. Er schlug mit der Faust auf den Tisch. Die Sicherheitsverriegelungen an den Beinen schepperten. Das Ferkel in der Mitte des Tischs zitterte, und die inzwischen getrockneten Tuchstreifen an seinen Ohren schwangen wie Locken hin und her. Ein Teenager, der in der Nähe des Zelts herumlungerte, gaffte und trat einen Schritt zurück.

Martin gelang ein Lächeln. »Tut mir leid, mein Sohn«, stöhnte er. »Es ist der Druck dieser ganzen Veranstaltung. Weißt du, ich denke daran, sie nächstes Jahr euch jungen Leuten zu übergeben.« Er wischte sich über den Mund.

»Verrat niemandem, daß du gesehen hast, wie ich die Beherrschung verloren habe. Die anderen könnten glauben, daß dieser Job zu anstrengend ist, und dann werde ich ihn nie mehr los.«

Der Junge lächelte unsicher, dann drehte er sich um und trottete zu seinen Freunden hinüber. Martin beobachtete, wie der Junge die Hände in die Taschen steckte und beim Reden mit den Schultern in seine Richtung deutete.

*Mein Gott.* Martin öffnete den Mund und wollte um Vergebung für dieses Sakrileg bitten, überlegte es sich dann aber anders. *Es ist überhaupt kein Sakrileg, o Herr. Es ist eine Bitte. Du hast mir diese Bürde auferlegt. Was, zum Teufel, soll ich deiner Meinung nach damit machen?*

Das Telefon klingelte. Er holte ein Taschentuch hervor und wischte sich über die Stirn. Eins, zwei…

Bei neun schlug die hintere Tür auf. Seine Cousine Ella streckte den Kopf heraus.

»Martin! Telefon für dich.«

Martins Mund wurde trocken. »Schreib's auf!« rief er zurück. »Ich hab' hier zu tun.«

»Ich hab's versucht. Sie sagt, ich soll dir ausrichten, daß es sich um eine County-Angelegenheit handelt.«

Eine County-Angelegenheit. Sein Lachen zerriß ihm die Lunge. *Den Teufel wegschieben, Ryan? Diesmal nicht. Er ist gekommen, um auf meinen Schultern zu reiten und mir dabei ständig die Fersen in die Seiten zu hauen.*

*Für eine Tote tanzt sie verflucht gut.*

Willy Peterson beim Frühstück
mit seiner Frau Elizabeth, 1931

## 2

*Miß Linnie hat mich nachts immer besucht und ist den Flur hinabgeglitten mit Haar, das wie eine Laterne leuchtete. Ich war ein ganz kleines Mädchen, nicht älter als sechs oder sieben, und ich habe erst Jahre später erfahren, daß sie dunkles Haar hatte. Für mich war ihr Haar ein Licht. Es bauschte sich um ihr Gesicht herum und strahlte, als hätte sie eine Lampenfassung oben auf dem Schädel und eine Birne hineingeschraubt und sie eingeschaltet. Das war natürlich, bevor wir hier Elektrizität bekommen haben, aber wenn ich es mir recht überlege, erinnere ich mich genau so an sie: als hätte sie in ihrem Haar eine Lampe eingeschaltet, damit alle Strähnen glänzen und nur das Gesicht im Schatten bleibt.*

*Sie hat mich an Ginevra erinnert. Ich habe im Buch meiner Schwester über König Artus Bilder gesehen, und Miß Linnie sah für mich wie Ginevra in einem Morgenrock aus. Ich habe sie durch meine Schlafzimmertür hindurch ge-*

*sehen, wie sie den Flur hinabglitt, vor dem Zimmer meiner Eltern anhielt, dann vor dem meiner Schwester, und schließlich stehenblieb, um in meins zu schauen. Sie drehte den Kopf von einer Seite zur anderen, als würde sie versuchen, etwas von dem Licht ihres Haars auf mein Bett fallen zu lassen. Aber das Licht hat nie hereingeleuchtet. Es blieb um ihren Kopf zusammengeballt, als hätte die Kapuze ihres Morgenmantels zu glühen begonnen. Das tat sie eine Weile lang, und das Licht schwankte in dem schwarzen Flur hin und her, und dann beruhigte sie sich schließlich und verschwand in der Dunkelheit des Hauses. Einmal bin ich aufgestanden und ihr gefolgt, aber ihre Füße, die den Boden nicht zu berühren brauchten, waren schneller als meine.*

*Eines Tages habe ich meinem Daddy von ihr erzählt, aber er hat bloß den Kopf geschüttelt und mir befohlen, sie in Ruhe zu lassen. Ich habe geantwortet, daß sie lieb sei und ein bißchen traurig, und er hat gesagt, nein, sie sei böse, Geister seien böse. Ich habe gesagt, aber sie will doch nur schauen, wie es mir geht, sie hat den Kopf hin und her gedreht, damit das Licht in mein Zimmer scheint, aber er hat bloß gesagt, nein, Zilah, sie hat den Kopf nicht verdreht, um dich besser zu sehen. Sie hat wie ein wütendes Maultier geschrien und versucht, sich von dem verfluchten Seil um ihren Hals zu befreien.*

Die Ecke eines ungeöffneten Umschlags rutschte an Zilah Greenes Fingernagel vorbei, und sie ließ ihn auf die Arbeitsplatte fallen. Sie erinnerte sich in den seltsamsten Augenblicken an den Geist, zum Beispiel, wenn sie an ihren Daddy dachte, wie er sich über den Sägebock beugte, den schmutzigen Filzhut im Nacken. Oder wenn sie einen Stoff in der gleichen perlmuttähnlichen Farbe wie die Bettwäsche in ihrer eigenen Wiege entdeckte. Oder jetzt, als sie durch ihr Küchenfenster hindurch auf das kleine Mädchen von Gale Grayson starrte, das sich ganz in Rot gekleidet auf Ella Aldens häßlicher Eisenkatze räkelte. Ihr ganzes Leben hindurch hatte sie Geschichten über Miß Linnies Geist gehört, aber sie glaubte sie nicht. Da sie den Geist selbst gesehen hatte, wußte sie, daß es Lügen waren.

Sie wußte nicht, warum sie jetzt an den Geist dachte. Vielleicht war es der orangefarbene Schal, der wie eine Lampe leuchtete und um das Haar des kleinen Mädchens gewickelt war. Oder vielleicht waren es die dunklen Augen des Mädchens, die, aus der Entfernung betrachtet, inmitten der hellen Haut wie Blutergüsse wirkten. Sie versuchte nicht, es zu erraten. Die Bilder in ihrem Kopf gerieten in letzter Zeit immer mehr durcheinander, und es verwirrte sie nur, die Gedanken zu sortieren.

Der Umschlag war in einem Tropfen Wasser gelandet. Eine Tintenzeichnung, die in eine Ecke gekritzelt war, verlief auf dem blauen Papier. Sie hob den Umschlag auf und drückte den nassen Fleck gegen ihre Schürze. Zilah hatte vor sechs Monaten begonnen, das kleine Mädchen zu beobachten, nachdem es mit seiner Mutter in Statlers Cross eingetroffen war. Zilah hatte am Küchenfenster gestanden, als ein Auto Ellas Schotterauffahrt hochfuhr und die beiden auf den Pflastersteinen des Gehwegs absetzte, wirklich unmittelbar vor dem Maul der knurrenden Katze. Sie hatten wie zwei verkohlte Sträucher ausgesehen, wie sie, ganz in Schwarz gekleidet, Hand in Hand vor dem riesigen roten Haus standen. Zilah hatte mit der Zunge geschnalzt. »Oje! Noch eine Alden-Frau, der Schlimmes widerfahren ist. Ich schwöre, manchmal glaube ich wirklich, die Familie ist verflucht.«

Barry war anderer Meinung gewesen. *Der Herr hat dem*

*Menschen einen freien Willen gegeben, Zilah. Diese Frau dort hat ihre eigenen Entscheidungen getroffen. Sie hat wirklich Nerven, hierher zurückzukommen, nach all den Geschichten, in die sie verwickelt war.*

*Sie ist eine arme Witwe, Barry. Mit einem Kind.*

*Von wegen arme Witwe. Du bist eine närrische alte Frau, Zilah Mae. Ihr Mann war ein Terrorist. Er hat sich in der Kirche, die ihm Zuflucht gewährt hat, umgebracht. Herrje! Ich hoffe, sie erwartet nicht, hier Vergebung zu finden. Niemand erteilt der Witwe eines Mörders gerne die Absolution.*

Wo kann sie denn sonst hin? hatte sich Zilah gefragt. Wenn wir ihr nicht vergeben, wer dann? Aber Zilah war stumm geblieben. Barry hatte die Aldens nicht so gut verstanden wie sie. Er war zu beschäftigt mit seiner Eisenwarenhandlung mitten in der Stadt gewesen. Er hatte nicht am Küchenfenster Wache gestanden.

Draußen schlang Katie Pru die Arme um den Hals der Katze und rutschte von ihrem Rücken, bis sie kopfüber nach unten hing. Der Schal segelte zu Boden. Sofort ließ sie sich auf die Füße fallen und hob ihn auf. Sie schaute zu Zilah hoch und wickelte ihn sich wieder um den Kopf.

Zilah lächelte und hob die Hand. Katie Pru hatte die Arme fest an den Körper gepreßt und wackelte mit den Fingern.

Zilah vermutete, daß es ihr Geheimnis war, ihres und das des Kindes. Gale stand ungefähr drei Meter von ihrer Tochter entfernt, und ihr eigenartiges schwarzweißes Haar schwang hin und her, während sie die Tagesdecke zusammenfaltete. Sie blickte nicht in Zilahs Richtung. Und warum sollte sie auch? Für sie war das kleine blaue Haus auf der anderen Seite des Drahtzauns ein Arbeiterhaus. Zilahs Vater hatte während der Depression die Felder der

Aldens bestellt und sich bis zu seinem Tod um deren häßliches Anwesen gekümmert. Sie wußte nur allzugut, daß derartige Beziehungen eine einseitige Faszination hervorriefen.

Das Wasser auf dem Umschlag war getrocknet. Zilah konnte jetzt erkennen, daß die Zeichnung einen Dinosaurier darstellte, dessen Bauch mit Rechtecken bedeckt war, die wie Flecken aussahen. Sie hielt sich den Umschlag dicht vor das Gesicht und begutachtete die ausländischen Briefmarken. Queen Elizabeth – Gale Grayson hatte einen Brief aus England erhalten. Die Post hatte begonnen, allen Häusern in Georgia Straßennummern zuzuweisen, aber Statlers Cross lag auf dem Land. Die Post wurde zuverlässig zugestellt, solange der normale Postbote Dienst hatte. Zilah hatte allerdings an diesem Morgen bemerkt, daß eine Frau den Kleinlaster steuerte. Sie strich mit der Fingerspitze vorsichtig über den Dinosaurier. Sogar er sah ausländisch aus. Ein amerikanischer Dinosaurier hätte wilder und weniger verlegen gewirkt. Wenn der Brief für die Mutter war, dann war die Zeichnung ohne Zweifel für das Kind. Wer auch immer der Absender war: Er und Katie Pru teilten vielleicht auch ein Geheimnis.

Ein Summen ertönte, und Zilah griff sofort nach den Topflappen. Sie holte eine zischende Brombeerpastete aus dem Ofen und verknickte den Brief mit der heißen Schüssel.

»Herrje«, flüsterte sie. »Du bist wirklich eine närrische alte Frau, Zilah Greene.« Na ja! Sie würde Gale erzählen, daß die Frau im Postauto den Brief in ihren Briefkasten geknüllt hatte. Keine von beiden würde je dahinterkommen.

Sie schob den Umschlag in ihre Schürzentasche. Obwohl sie Gale beim Barbecue treffen würde, wollte sie warten und ihr den Brief zu Hause aushändigen. Jede Entschuldigung war ihr für einen Besuch im Haus der Aldens recht. Sie liebte das kesse alte Haus mit seinen seltsamen Farben und dem spitzen Dach. Manchmal hatte sie das Gefühl, sie könnte ewig am Küchenfenster stehen und es anstarren. Als Nora Alden noch am Leben war, ging Zilah immer zu ihr hinüber und hörte sich stundenlang ihre Geschichten an – über Nora und ihre Schwester Ella und die Brüder, die diese geheiratet hatten, Brüder, die von ihrem sechzehnten Lebensjahr an nicht mehr miteinander gesprochen hatten, über das Haus, das nach dem Bürgerkrieg von Noras Großvater gebaut worden war, der die Ziegel blutrot haben wollte und das Dach spitz wie Lanzen, zur Erinnerung an seinen Bruder, der bei Chickamauga gefallen war, und darüber, daß der Großvater das Haus einem Sohn hatte hinterlassen wollen... Und schließlich führten die Geschichten unvermeidlich zu Miß Linnie.

Zilah hatte Nora nur einmal von dem Geist erzählt. Die alte Frau war vor Wut rot angelaufen. Miß Linnie war Noras und Ellas Tante gewesen, und Nora duldete keinerlei Gerede darüber, daß sie jetzt ein Geist war.

»Zilah, du warst nur ein Kind, das zu vielen alten, hysterischen Trotteln zugehört hat. Linnie hat sich erhängt. Ihr Körper wurde abgeschnitten und unten an der Praterton Road in der Familiengrabstelle beigesetzt. Ich führ dich dorthin, wenn du es sehen willst. Wenn du glauben willst, daß sie im Fegefeuer oder in der Hölle ist, habe ich nichts dagegen. Aber einer Sache kannst du dir sicher sein: Linnie Glynn Cane wandelt nicht mehr auf Erden.«

Nein, Madam, hatte sich Zilah gedacht. Sie wandelt nicht auf Erden. Ihre Füße schweben über sie hinweg.

*Mitten in der Nacht hör ich im Hühnerstall ein Quieken. Ich packe meinen Hut und meine Flinte und geh nach draußen, und was glaubst du, seh ich da? Sie war es, gar kein Zweifel. Hockte auf der Stange, ein totes Huhn in der Hand und Federn im Mund. Sie ist wieder verschwunden, aber die Hühner sind seither nicht mehr normal. Sie gackern die ganze Nacht hindurch, und ihre Eier haben eine komische Farbe.*

Jim Jenkins während einer Unterhaltung
im Gemischtwarenladen von Statlers Cross, 1933

## 3

Gale packte den Griff von Katie Prus rotem Leiterwagen, umkurvte den Abflußgraben neben der Straße und steuerte das Vehikel samt Kind in Martins Garten. Es war gut, daß das Fest am Abend stattfand. Um halb acht hatte die Hitze bereits etwas nachgelassen, und der Spaziergang, der bei Gale unter den Bedingungen, die tagsüber herrschten, für schlechte Laune und einen hochroten Kopf gesorgt hätte, war statt dessen eine Wohltat gewesen. Sie pfiff unmelodisch vor sich hin, während sie den Wagen über den unebenen Boden zog, der Katie Pru zwang, sich an den Seiten festzuklammern.

Die untergehende Sonne tauchte die umliegenden Felder und die weißen Schindeln des zweistöckigen Farmhauses in pfirsichfarbenes Licht. Vor der Veranda war an zwei Federball-Pfosten ein Transparent mit der Aufschrift *Gospel-Chor und echtes Südstaaten-Barbecue, $ 4,99 pro Teller* gehißt worden. Eine Reihe Autos rumpelte vorbei und kam am anderen Ende der Zufahrt zum Stehen, wo ein Sonntagsschullehrer in gelber Weste Parkanweisungen erteilte. Familien schlenderten auf die Zelte zu. Nun gut, dachte sich Gale. Gott kann zufrieden sein. Martin Cane hebt den Blick mal wieder zu den Hügeln und erfüllt alle Erwartungen.

Nachdem sie den Leiterwagen bei der Veranda abgestellt hatte, nahm sie Katie Pru an der Hand, stieg die Holzstufen hoch und betrat das Haus. Dort packte sie ihre Tochter sofort an den Schultern und steuerte sie in eine Ecke. Falls irgend etwas von der Lethargie des Sommers draußen durch die Schindeln hereingesickert sein sollte, wäre es automatisch zertrampelt worden. Martins Haus brummte vor Aktivität. Frauen, deren Brüste mit Büstenhaltern und Schöpflöffeln wie mit Rüstungen gepanzert waren, rempelten einander höflich gegen die Wand, während sie von Zimmer zu Zimmer eilten. Der Geruch nach Ahornsirup und Essig erfüllte die Luft und wurde gelegentlich vom Duft eines unbesonnen dosierten Parfums überdeckt.

Katie Pru zerrte an Gales Hand. »Die will der Jaguwar gar nicht jagen«, flüsterte sie.

Gale lachte laut auf. »Ich glaub', du hast recht, mein Käferchen. Was hältst du davon, wenn wir mit unserer Suche nach Oma Ella warten, bis sich das Meer teilt?«

Auch wenn sich das Meer für Maralyn Nash nicht direkt teilte, so schwappte es immerhin doch hin und her – eine ausgesprochen passende Ehrbezeugung Ella Aldens ältester Tochter gegenüber. Maralyn, die aus der Küche auftauchte und sich bedrohlich in der Türöffnung aufbaute, war so groß, daß ihr blondes, toupiertes Haar den Rahmen nur um Zentimeter verfehlte.

»Meine Damen!« Sie machte eine Pause, bis sich der Lärm gelegt hatte. »Es ist fast halb acht, und draußen warten schon fast hundert Leute. Ich habe Myra Anweisung gegeben, mit dem Geldeinsammeln zu beginnen, was bedeutet, daß diese ganzen Leute sich bald auf das Gelände begeben werden. Pappgeschirr ist schon draußen, das Fleisch ist auf dem Weg, aber wir brauchen Bohnen, Kohlsalat und Soßen an Ort und Stelle, und zwar pronto. Wenn ihr dafür zuständig seid, geht jetzt in die Küche, schnappt euch eine Schüssel und verlaßt das Haus durch die Hintertür.« Sie stemmte die Hände in die Hüften. »Und vergeßt nicht, die Schüsseln immer wieder zu kontrollieren! Letztes Jahr gab es Beschwerden, weil sie nicht schnell genug aufgefüllt worden sind.«

Maralyn preßte ihren einsachtzig großen Körper gegen den Türrahmen und ließ die Reihe auf und ab tanzender Frauenköpfe an sich vorbei in die Küche. Als passende Kleidung für ein Kirchenbarbecue hatte Maralyn sich für eine Safari-Kombination aus Shorts und Hemd entschieden, die sie mit Wanderstiefeln und einem Halsband, das einer Elefantenbüchse ähnelte, komplettiert hatte.

Sie fuhr herum und rief der Reihe sich entfernender Köpfe hinterher: »Oh, mir ist gerade noch was eingefallen: Wie immer besteht die Möglichkeit, daß die Presse auftaucht. Schaltet bitte euren Charme ein!«

Als die letzte Frau in der Küche verschwunden war, kam Maralyn den Flur herab und schaute demonstrativ auf die Uhr.

»Eine Stunde Verspätung. Nicht schlecht. Bedeutet, daß Mutter nur zwanzigmal gefragt hat, wo, zum Teufel, du steckst.«

»Ich wurde aufgehalten.«

»Ah.« Maralyn kniete nieder, zog Katie Pru zu sich und schloß sie in die Arme. »Und ich wette, die Schuldige will ein bißchen lieb zu Tante Maralyn sein. Mein Gott, Katie

Pru, es scheint eine Ewigkeit her, seit ich dich das letzte Mal gesehen habe. Ich muß öfter aus Atlanta raus und die alte Heimat besuchen.« Sie grinste, als das Kind sich aus ihrem Griff zu befreien versuchte, und schaute dann mit ernstem Gesicht zu Gale hoch. »Spät oder nicht, ich bin froh, daß du hier bist. Ich fürchte, wir werden heute abend einen gehörigen Krach miterleben.«

»Warum?«

Maralyn stemmte sich hoch. »Sill hat vorhin Martin angerufen. Sie kommt. Mit Faith.«

Gale starrte sie an. »Was? Hat sie den Verstand verloren?«

»Sagt, sie will, daß Martin sie akzeptiert.«

»Schön für sie«, erklärte Gale trocken. »Aber hat ihr irgendwer zu erklären versucht, daß ein kirchliches Grillfest nicht die richtige Gelegenheit ist, um ihren bibelschwenkenden Vater zu bitten, ihren alternativen Lebensstil zu akzeptieren?«

»Ich glaube, das war die implizite Botschaft von Martins Antwort. Aber du kennst ja Sill.«

Gale schüttelte den Kopf. »Mein Gott, Maralyn, sie ist 29 Jahre alt.«

»Na und? Ich bin 56. Glaubst du etwa, ich habe deshalb aufgehört, ein Rebell zu sein?«

Gale öffnete gerade den Mund, um zu antworten, als am Ende des Flurs eine rauhe, träge Stimme ertönte.

»Gale. Wo zum Teufel hast du bloß gesteckt?«

Müßte Wes Craven die Rolle der Barbara Bush besetzen, wäre dies das Ergebnis, dachte sich Gale. In der Küchentür wirkte Ella Alden wie ein Metzger, der seine Gäste zu einer Führung durchs Haus einlädt. Braune Flecken bedeckten die Schürze, die sie über einem blauen Leinenkostüm trug, und Fettklumpen hingen wie Perlen in ihrem gutfrisierten weißen Haar. Gummihandschuhe, die mit klebrigem Schweineblut überzogen waren, schützten die Arme bis zu den Ellbogen.

Gale deutete auf ihre Unterlippe, als sie und Katie Pru sich zu Ella in die Küche gesellten. »Hast da was übersehen«, sagte sie zu Ella.

Ella wischte sich mit dem Arm über den Mund. »Mach dich nicht über mich lustig! Ich habe dich vor mindestens einer Stunde erwartet.« Sie wies mit dem Finger auf eine kleine, grauhaarige Frau, die Schweineabfälle aus der Spüle in eine Zinktonne schaufelte. »Cammy hat Hilfe gebraucht, und du treibst dich Gott weiß wo rum.«

Gale klaubte einen gespaltenen Huf aus der Spüle. Die Fleischfetzen, die an seinem oberen, abgetrennten Ende hingen, waren noch warm. »Ich habe gerade die Busenbrigade zur Gartentür hinausmarschieren sehen. Ich glaube nicht, daß ihr mich wirklich vermißt habt.« Sie warf den Fuß in die Tonne. »Aber ich bin jetzt hier, Cammy. Für was brauchst du meine Hilfe?«

Cammy Cane blickte nicht auf und wischte mit einem Papiertuch die Spüle aus. »Ich weiß nicht, Gale. Laß mich kurz nachdenken.« Die Brille rutschte ihr auf die Nasenspitze. Mit dem Handgelenk schob sie sie wieder zurück. »Nein, ich glaube, alles ist bestens. Es ist alles unter Kontrolle.«

Maralyn sah Gale an, wölbte die Brauen und fingerte an einem Stapel Pappbecher herum. »›Bestens‹ und ›Kontrolle‹ sind Worte, die mit Vorsicht zu gebrauchen sind, Cammy«, erklärte sie.

Cammy beugte den Kopf nach hinten und versuchte, Maralyn unter den verschmierten Brillengläsern hindurch anzusehen.

»Das stimmt«, stellte sie kühl fest. »Alles ist bestens und unter Kontrolle. Also, Katie Pru, mein Liebling, hältst du mir bitte die Tür auf, damit ich diese Tonne hier nach draußen bringen kann?«

Die Moskitotür quietschte beim Öffnen und quietschte noch mal, als sie zuschlug. Gale schaute zu, wie Cammy mit der Tonne, die bei jedem Schritt gegen ihr Bein schlug, durch den Garten humpelte. Sie wirkte eigenartig anachronistisch, eine winzige Frau in einem dunkelblauen Baumwollkleid und bequemen Schuhen, die Küchenabfälle zu dem Teich inmitten der Zelte und Faltstühle schleppte.

Gale wartete, bis Cammy hinter dem Fischhaus verschwunden war, bevor sie sich an Ella wandte. »Sie hat Angst.«

Ella nahm eine Soßenschüssel, öffnete die Kühlschranktür und quetschte sie neben einen Milchkarton. »Du hast verdammt recht. Sie hat Angst. Martin ist den ganzen Tag über schlecht gelaunt gewesen. Er stand bei diesen Grillfesten schon immer unter Druck, aber diesmal ist es anders.« Sie schlug die Tür mit solcher Wucht zu, daß innen die Flaschen klirrten. »Sill ist solch eine Närrin.«

»Weiß irgendwer, ob sie und Faith schon hier sind?« fragte Gale.

»Keine Ahnung«, antwortete Maralyn. »Falls sie da sind, sind sie zumindest noch nicht ins Haus gekommen.«

»Hmm.« Gale warf Katie Pru, die ihr ganzes Gewicht gegen die sich wölbende Moskitotür stemmte, einen Blick zu. »Na gut, mein kleiner Käfer. Was hältst du davon, wenn wir dir erst mal was zu essen und zu trinken besorgen? Dann werd' ich schauen, wo ich hier aushelfen kann.«

Sie traten aus dem Haus in die warme Abendluft hinaus. Die Tische für das Barbecue standen am westlichen Ende des gemähten Rasens unter einem grünen Zeltdach, das das kleinere der beiden Begräbnisinstitute im County zur Verfügung gestellt hatte.

Gale begutachtete die Festivitäten. Kein Zweifel, Martin würde auch dieses Jahr wieder den Titel »König der Christen« gewinnen. Vor dem Grillzelt hatte sich schon eine Schlange gebildet. Auf der anderen Seite des Rasens begannen sich die Mitglieder des Gospelchors zu versammeln. Es würde nicht mehr lange dauern, bis die Pappteller leer und die Bäuche voll waren, und dann würde »Pow'r in the Blood« durch die schwüle Sommernacht donnern. Das mußte man Martin lassen: Der Mann verstand es, religiöse Opferzeremonien in einer zeitgemäßen und populären Form zu inszenieren.

Auf der anderen Seite des Rasens krächzte ein Mikrofon. Martin stand in der Mitte einer der Bühnenplattformen. Vor ihm drehte ein anderer Mann an den Knöpfen der Verstärkeranlage.

»Leute, wenn ich mal kurz um eure Aufmerksamkeit bitten dürfte!« Martin winkte mit dem Arm und preßte die Lippen gegen den Schaumstoffball des Mikrofons. »Ich möchte mich bei euch allen im Namen der Statlers Cross United Methodist Church dafür bedanken, daß ihr heute zu unserem Südstaatenbarbecue mit Gospelmusik gekommen seid. Einige von euch erkenne ich von früheren Jahren her wieder. Ein paar von euch sind von Anfang an dabeigewesen, ihr habt also mein Sprüchlein schon mal gehört. Diese Veranstaltung hier hat traditionelle Wurzeln. Wir sind Leute, die an Freundschaft und Rechtschaffenheit und die Liebe Gottes glauben.«

Er machte eine Pause. Schweiß tropfte ihm ins Gesicht. Sein buntkariertes Hemd war feucht, und der Stoff spannte um den Ansatz zu einem Bierbauch herum. Martin war ein kräftiger Mann, und sogar Gale mußte zugeben, daß er mit seinem grauen Haar und seinem stämmigen Körperbau das eindrucksvolle Bild eines Evangelisten abgab.

Er hob die Hand. »Also, viele von euch kennen mich. Ihr kennt mich als einen Beamten im Dienst der Öffentlichkeit aus der Bezirksverwaltung und als Agrarbeauftragten. Ihr kennt mich als Bürger dieser Stadt, als jemanden, der diese kleine Gemeinde liebt und sein möglichstes getan hat, um dafür zu sorgen, daß sie gedeiht. Aber das alles sind irdische Dinge. Ich möchte jetzt, daß ihr mich seht, wie ich wirklich bin, ein bescheidenes Mitglied in Gottes Herde. Ich möchte, daß ihr mit mir die Arme hebt und die Augen schließt. Ich möchte, daß ihr Jesus für dieses reich gesegnete Fest dankt. Auf Jesus kommt es an, Leute, und das dürfen wir nicht vergessen bei all der Freude und dem Gesang und dem Klatschen und Rufen heute abend. Auf Jesus kommt es an.«

»Das stimmt, Martin«, sagte der Mann an der Verstärkeranlage. »Auf Jesus kommt es an.«

Ein paar Hände winkten und wurden von beifälligem Gemurmel begleitet. Der größte Teil der Menge stand mit gekreuzten Armen da und unterdrückte ein Grinsen. Die Leute aus der Stadt hoben nicht die Hände, und ganz sicher klatschten und schrien sie nicht. Sie kamen, um unterhalten zu werden.

Eine junge Frau mit einer Kamera stellte sich vor Gale. Gale trat zur Seite und bemerkte beiläufig den langen, beigen Rock und die lose Baumwollbluse. Frömmigkeit, dachte Gale, und verwarf die Idee dann schnell wieder, als die Frau sich auf eine dunkel angemalte Lippe biß und die Kamera vor das Gesicht hob.

»Freunde, laßt uns den Kopf senken und beten! Lieber Gott, du hast uns so vieles gegeben. Und weil wir Sünder sind, nehmen wir, was du uns in deiner Güte gibst, o Herr, denn wir sind bedürftig. Aber heute abend erheben wir unsere Stimmen für dich. Wir werden dich preisen. Denn du bist unsere Rettung, o Herr. Wir bitten dich bescheiden um deinen Segen und deine Vergebung. Geheiligt sei dein Name. Amen.«

Der Verschluß klickte. Die Frau senkte die Kamera und verschwand.

»Nur eine kurze Ankündigung noch«, rief Martin. »Es ist hier draußen heute heißer als in der Hölle. Laßt daher die älteren Leute im Fischhaus unter dem Ventilator sitzen. Und jetzt eßt, meine Freunde! Ich wünsche euch allen viel Spaß.«

Die Tonbandaufnahme einer Fiedel begann zu laufen, als Martin von der Plattform kletterte. Er grinste und ging zum Fischhaus hinüber, wobei er immer wieder stehenblieb, um auf Schultern zu klopfen und Hände zu schütteln.

Gale nickte und lächelte, als er auf sie zukam. In Erwiderung packte er sie an der Schulter, zwinkerte ihr zu und ging weiter. Als er das Fischhaus erreichte, schob er eine Hand unter den Ellbogen einer älteren Frau und geleitete sie durch die Tür. Martin entsprach nicht unbedingt Gales Geschmack, aber er war kein schlechter Kerl. Sie hatte jedenfalls schon Männer gekannt, die genauso begeistert, aber weniger aufrichtig gewesen waren.

Nicht weit entfernt erstreckte sich ein langer, mit Papier bedeckter Tisch, der von Stühlen umgeben war. Nur wenige der Stühle waren besetzt, und zu eben diesem Tisch führte Gale jetzt Katie Pru.

»Hier, Käferchen. Warum setzt du dich nicht und besetzt uns einen Platz, während ich was zu essen besorge?«

»Ich will große Stücke.«

»Die kriegst du. Jetzt warte hier.«

Katie Pru kletterte auf einen Stuhl, während Gale sich am Ende der Fleischschlange anstellte. Mit einem kurzen

Blick erkannte sie, daß die Frauen trotz ihrer strammen Disziplin noch nicht für den Ansturm gerüstet waren. Die Soßenschüsseln standen zwar schon da, aber ohne Löffel, wodurch die Gäste gezwungen waren, sich ganze Seen auf ihre Teller zu gießen, die unter diesem Gewicht abzuknicken drohten. Das abgebrochene Ende einer Plastikgabel ragte aus einer Schüssel mit Baked Beans hervor, und Gale beobachtete, wie ein Mann die Kante seines Tellers wie die einer Schaufel in diese Masse stieß. Sogar das Spanferkel, Cammys berühmter Tafelaufsatz, war nicht vollständig dekoriert. Seidene Magnolienblüten lagen neben den Keulen, und im Maul steckte ein harter Pfirsich, aber der aus einer frischen Geißblattrebe geflochtene Kranz, mit dem Cammy jedes Jahr liebevoll den Hals des Ferkels schmückte, fehlte diesmal. Wobei das keine Rolle spielte, wie Gale fand, als sie sich an dem Ferkel vorbeibewegte. Die Frau würde heute, auch ohne daß sie sich bemühte, die perfekte Gastgeberin abzugeben, alle Hände voll zu tun haben.

Gale hörte über das Geplapper an dem Tisch mit dem Essen hinweg die Haustüre zuschlagen. Gut, dachte sie sich. Wenn es Ella ist, übernimmt sie es vielleicht, Katie Pru zu füttern, während ich ein bißchen Besteck auftreibe.

Plötzlich flog die Tür des Fischhauses auf und knallte mit solcher Wucht gegen die Seite des Gebäudes, daß die Wände wackelten.

»Raus hier, Sill! Und nimm dieses Mädchen mit!«

Martin rannte aus dem Fischhaus und wurde von einer zierlichen Frau in weißen Shorts verfolgt. Sills blondes Haar flatterte in der Luft, als sie ihrem Vater hinterhereilte.

»Würdest du bitte einfach stehenbleiben und mir zuhören?«

Martin wirbelte herum. Sein Gesicht war purpurrot angelaufen. Seine Stimme senkte sich zu einem Flüstern. »Dir zuhören? Was meinst du mit ›dir zuhören‹? Das hier ist eine christliche Veranstaltung, Sill. Verschwinde von hier!«

Seine Augen waren feucht, als er an Gale vorbeistapfte. Zwei Schritte weiter blieb er stehen. Die Frau in dem langen Rock bewegte sich unter dem Essenszelt und richtete ihre Kamera auf ihn. Eine Sekunde lang glaubte Gale, daß er über den Tisch langen und ihr den Apparat aus der Hand schlagen würde. Statt dessen rammte er die Fäuste in die Hosentaschen und eilte weiter zur Hintertreppe. Gale wandte sich wieder Sill zu. Hellrosa Flecken hatten sich auf den Wangen ihrer Cousine gebildet, die jetzt mit dem silbernen Kreuz spielte, das von ihrer Halskette herabhing. Eine zweite Frau, klein und dunkel, erschien in der Tür des Fischhauses. »Komm schon, Sill. Gehen wir nach Hause!«

»Du kannst ja gehen!« knurrte Sill.

Sie folgte ihrem Vater ins Haus. Im ganzen Garten verstummten die Stimmen, und die Teller schwebten reglos in der Luft. Gale verschränkte die Arme. Eher hoffte sie auf eine nächtliche Abkühlung, als daß sie wirklich mit einer rechnete.

Katie Pru hob ein Bein, dann das andere, und hörte dem schmatzenden Geräusch zu, mit dem sich die Haut von dem Metallstuhl löste. Sie mochte dieses Gefühl, das dem beim Aufreißen der Klettverschlüsse ihrer Schuhe ähnlich war. Nur verbanden nicht Klettverschlüsse ihre Haut mit dem Stuhl, sondern der Schweiß, und sie mochte es, daß er ihre Schenkel mit Saugnäpfen versah.

Ihre Mutter kam im Grillzelt langsam voran. Katie Pru wußte, daß sie traurig war. Geschrei machte ihre Mutter immer traurig, weshalb Katie Pru nur schrie, wenn es sein mußte. Manchmal natürlich konnte sie einfach nicht anders, wie gestern, als Ella sagte, sie dürfe nicht Klavier spielen. Sie liebte das Klavier – das Ting-Ting-Ting der höchsten Tasten. Das klang wie Raupenfüße, und Katie Pru zappelte bei diesem Gedanken mit ihren Oktopusbeinen.

Ihre Mutter verschwand in der Menschenschlange vor dem Zelt, aber das war nicht schlimm. Ihre Mutter würde Essen mitbringen, und essen war genau das, was Katie Pru wollte.

Sie sah sich um. Leute gingen auf dem Gras hin und her. Manche trugen Shorts wie sie selbst, andere Kleider in hellen Farben mit Blumen und Streifen. Eine Dame hatte einen Rock an, der mit großen rosa Fröschen bedeckt war. Katie Pru mochte Frösche. Sie beobachtete, wie die Dame zum Getränkezelt ging, und versuchte sich vorzustellen, wie es sich anfühlte, ein Frosch zu sein und sich am Rock einer Dame festzuklammern. Wie wenn man an einem Vorhang schaukelte, vermutete sie, und schaukelte vor und zurück.

Katie Pru warf einen Blick auf die Schlange vor dem Grillzelt und entschied, daß ihre Mutter außer Sicht war. Sie hopste von ihrem Stuhl und folgte dem Froschrock. Er war so weiß und die Frösche waren so rosa, daß keine Gefahr bestand, ihn aus den Augen zu verlieren. Die Dame kam mit drei Bechern in den Händen aus dem Getränkezelt und ging zum Fischhaus. Katie Pru lief hinter ihr her und sah zu, wie die Frösche vom Hintern der Dame baumelten.

Und hinter dem Fischhaus fiel ihr Blick dann auf den Hundezwinger. Der Metallzaun sah verrostet aus. Neben ihm zeigten zwei Jungen auf etwas und lachten, bis sie von ihrer Mutter gerufen wurden und wegrannten. Katie Pru wußte über Zwinger Bescheid. Der Jaguwar hatte ihr von ihnen erzählt. Es waren schreckliche Orte, in denen es schlecht roch. Frösche und Jaguware konnte sie nicht ausstehen.

Sie warf noch einen Blick auf die rosa Frösche, als die Dame im Fischhaus verschwand. Der Jaguwar hatte sie vor Zwingern gewarnt. Halt dich von ihnen fern! hatte er gesagt. Nun ja, Jaguware wußten auch nicht alles.

Sie kroch zu dem Maschengitter und lugte hinein und wollte sehen, was die Jungen so witzig gefunden hatten. Drei Hunde, alle langhaarig und dreckverkrustet, kauerten in der Mitte des Stalls und knurrten wütend. Sie bissen in die Erde, ihre Lefzen waren zurückgezogen und die Zähne glänzten weiß. Der Boden zwischen ihnen schien sich zu bewegen, vor und zurück wie beim Seilziehen.

Katie Pru trat näher heran. Sie hakte die Finger in die verrosteten Maschen und steckte die Nase durch eines der Löcher.

Ein paar Meter von ihr entfernt rollte ein Schweinekopf auf dem Boden hin und her. Die Lider waren zugepreßt, das Maul fest verschlossen. Die Haut war dunkelbraun, und die Ohren, die, wie Katie Pru wußte, rosa wie die Frösche hätten sein sollen, waren von einer schwarzen Kruste überzogen.

Vom entfernten Ende des Gartens her hörte sie einen hellen Ton, fast so sanft wie das Ting-Ting-Ting von Ellas Klavier. Sie kannte das Geräusch; sie hatte es durch die Kirchenfenster hindurch gehört. Der Chor machte sich bereit.

Das Klingen wurde von einer alten, trockenen Stimme übertönt, die durch den Maschendraht des Fischhauses sickerte.

»Ich erinnere mich, einmal, da wollte der Junge seine Familie nicht ernähren. Die Frau mußte Essen stehlen gehen, die Kinder hatten keine Kleider. Eines Nachts also sind ein paar Kerle zu ihm hinausgefahren…«

Katie Pru warf einen Blick auf das Fischhaus. Durch den grünen Maschendraht hindurch erkannte sie die Gestalt eines alten Mannes, der in einem Stuhl saß und mit einer Plastikgabel über seinem Kopf herumfuchtelte. Alle Stühle um ihn herum waren besetzt, und über ihm klapperte der Ventilator.

Sie wandte sich wieder dem Stall zu. Die Sänger wurden lauter, und ihr Chor übertönte das Knurren der Hunde, aber nicht die Geschichte des alten Mannes.

»Ein anderes Mal gab es da diesen jungen Farbigen. Ein Tunichtgut, hat sich mit allen Leuten angelegt. Eines Nachts also ist eine Gruppe losgezogen und hat ihn sich geschnappt.«

»Katie Pru?« Ihre Mutter schien weit weg zu sein. »Komm bitte zu mir!«

»Herrje, hat der geflennt. Aber er hat sich nun mal mit den Leuten angelegt, also haben sie ihn raus nach Baker Ridge geschafft und aufgeknüpft. Aber was sie dann gemacht haben, war natürlich Blödsinn.«

»Komm her, Katie Pru. Ich sag es dir nicht noch einmal. Du kommst jetzt hierher und bleibst bei mir!«

»Sie haben an dem Seil gedreht und gedreht, bis es oben am Ast ganz verknotet und hart wie ein Muskel war. Einer der Männer hat die Füße des Jungen festgehalten, damit er nicht zu früh losfliegt. Dann, als sich das Seil nicht weiter verdrehen ließ, haben sie ihn losgelassen. Die Beine und Arme sind herumgeflattert wie bei einer blöden schwarzen Puppe. Als sie in die Stadt zurückkamen, konnten sie vor Lachen kaum mehr laufen.«

Der alte Mann kicherte. Katie Pru stand neben dem Hundezwinger und konnte sich nicht rühren.

Ein Schuß zerriß die Luft. Der Chor verstummte murmelnd. Die Leute in den Shorts hielten inne. Die geblümten und gestreiften Kleider kamen im Garten schwankend zum Stehen. Bei der Tür zum Fischhaus klammerten sich die Frösche an den Rock der Frau, und ihre glitzernden Füße krallten sich mit aller Kraft fest.

Und dann ein Schrei. Katie Pru packte den Maschendrahtzaun, und der Rost in ihrer Hand war wie Pulver. Mama, Mama, dachte sie verzweifelt. Und plötzlich war ihre Mutter da. Sie riß Katie Pru mit beiden Armen hoch und rannte mit ihr Richtung Teich, bis sie die schluchzenden Schreie, die aus dem Haus drangen, nicht mehr hören konnten.

*Als sie noch lebte, ist sie ihrem Kind gegenüber nie laut geworden. Ich habe nie jemanden gekannt, der bei einem Jungen so ruhig war und ihn trotzdem dazu gebracht hat, sich zu benehmen. Es ist eine Schande, wie man über sie spricht. Man sagt, sie sei wütend gewesen. Ich meine, sie war eher traurig. Man hat das daran sehen können, wie rund ihre Augen waren, wenn sie betete.*

Venice Parkins in einem Gespräch mit ihrer Tochter Maye, 1938

# 4

Das Problem mit einem Menschenkopf ist, daß er kein Rehblatt ist. Knall einem Reh mit dem Gewehr in die Seite, und das blöde Ding fällt einfach um, und das Loch im Körper und das Schimmern des Bluts sind die einzigen Hinweise auf das, was passiert ist. Schieß einem Menschen in die Stirn, und es gibt keinen Kopf mehr, nur einen Haufen Masse, Knochensplitter und ein Kranz von klebrigen Spritzern an der Wand.

Sheriff Alby Truitt schaute zuerst zur Decke – kaum Spuren, nur ein Spritzer oben in der Ecke –, bevor sein Blick den Rest des Raums überflog. Er war nie zuvor im Schlafzimmer der Canes gewesen, kannte aber Cammy gut genug, um sich vorzustellen, wie sie den Raum gemeint hatte: geweißte Wände, die klare Linie des sorgfältig gemachten Betts, einfache dunkle Möbel in einem einfachen weißen Haus. Wenn sich Gott in Details offenbarte, dann verehrten die Canes wirklich einen Minimalisten. Der Mörtel, mit dem die Ritzen zwischen den Holzbrettern verputzt worden waren, hatte sich verfärbt, und die Wände sahen jetzt wie liniertes Schreibpapier für Kinder aus. Nur daß dieses Kind Gottes eine Vorliebe für Rot hatte.

Das Gewehr, ein 308er Remington, lehnte mit dem Lauf nach oben am Türstock des Schlafzimmers. Truitt hatte Dutzende Male gesehen, wie Martin mit diesem Gewehr schoß, das Auge ruhig an das Zielfernrohr gelegt, den Schaft an die Schulter gepreßt. Zum Teufel noch mal, Martin: Du bist zu lange Jäger gewesen, um so dumm zu sein! Wozu hast du das Gewehr während eines Grillfests der Kirche hervorgeholt? Und wie, zum Teufel, ist es dazu gekommen, daß dein Hirn über Cammys verfluchte weiße Wände verspritzt ist?

Durch die halb offenstehende Tür hörte er ein Schluchzen. Er war im Wohnzimmer der Canes einem bestürzenden Anblick ausgesetzt gewesen: vier Frauen, die sich auf dem Sofa aneinanderklammerten, während ihnen das Blut im Haar hing und auf ihren Kleidern Flecken bildete, als hätten sie sich darin gewälzt.

Er sah sich noch mal in dem Raum um: Striemen auf dem hellgrauen Teppichboden, die von blutigen Sohlen stammten, rote Handabdrücke auf den Decken unter Martins Körper, Schlieren neben der Tür zum Bad. Auf der Wand neben dem Bett gab es Fingerspuren inmitten der verspritzten Gewebefetzen. Ein kleiner Waffenschrank stand leer mit geöffneter Tür in einer Ecke. Kein typischer Schauplatz für einen Unfall. Nicht einmal ein typischer Schauplatz für ein Verbrechen.

»Was hast du hier drin gemacht, Martin?« fragte er leise. »Du hast mich im Umgang mit Waffen unterrichtet, als ich 16 war. Was ist bloß in deinem Kopf vorgegangen?«

Truitt wandte sich dem Bett zu. Martin Cane war ein

stolzer Mann gewesen, und seine Frauen hatten dafür gesorgt, daß auch der Tod darauf Rücksicht nahm. Sie hatten nicht nur seine Hände sauber über der Brust gefaltet, sondern offenbar auch das Hemd bis zum Kragen zugeknöpft, wie an den schmutzigen Abdrücken um die Knöpfe herum zu erkennen war. Sein Kopf, oder was von diesem übrig war, lag auf einem Kissen. Truitt beugte sich hinab. Knochenfragmente und Fetzen von Hirngewebe lagen lose auf der breiigen Masse. Er untersuchte die Spritzer auf der Wand. Mein Gott. Irgendwer hatte das Gewebe von den Brettern gewischt und versucht, den Kopf des Mannes wieder zusammenzusetzen.

Die Tonlage der Totenklage im Wohnzimmer wurde höher, als Cammy zu jammern begann. »Oh, Gott!« schrie sie. »Oh, bitte, Gott!« Truitt schnürte es die Brust zusammen. Er hatte schon früher Jagdunfälle gesehen. Aber noch nie so viel Blut auf lebendigen Frauen. Noch nie so viel Blut auf den weißen Wänden eines Zimmers. Draußen war die Dämmerung bedrückend geworden, und der Wind schüttelte die Äste der Eichen. Truitt hob die Kante des mit Rüschen besetzten Vorhangs und lugte in die Dunkelheit hinaus. Unten auf dem Gelände standen die Leute in Grüppchen beisammen und wurden von den Lichtgirlanden beleuchtet, die an der Rückseite des Hauses ihren Ausgang nahmen und auf der anderen Seite im Laub verschwanden. Trotz ihrer hellen Sommerkleidung hatten die Leute mit ihren gebeugten Rücken und gefalteten Armen eindeutig das Aussehen von Trauernden. Truitt blickte auf die Uhr. Halb zehn. Über eine Stunde war vergangen, seit das Büro des Sheriffs in Praterton den Anruf erhalten hatte. Aber er wußte, die Menschen würden erst gehen, wenn es ihnen befohlen wurde. Hier zumindest konnten sie mitleiden. Im Wohnzimmer erhob sich wieder Cammys gepeinigte Stimme.

Truitt ließ den Vorhang fallen und stahl sich aus dem Zimmer. Auf der Treppe legten zwei Spezialisten der Spurensicherung vom Georgia Bureau of Investigation vorsichtig Plastikplanen auf die Stufen.

»An den Seiten ist es okay, Sheriff.« Die Chefin der Spurensicherung winkte ihn nach unten. Sie streckte ihm die Hand hin, um ihn zu stützen, als er vorsichtig über sie hinwegstieg. »Teuflisches Durcheinander hier. Überall Schuhabdrücke. Ich hoffe, Sie haben auf Ihre Füße geachtet, als Sie hochgegangen sind.«

Er seufzte. »Keine Sorge. Wenn ich eine Möglichkeit gefunden hätte, durch das Fenster zu fliegen…«

Ihr Lächeln war verständnisvoll. Er fragte sich, ob sein Deputy sie gewarnt hatte, als er routinemäßig um Unterstützung gebeten hatte. »Paßt bei dieser Sache auf, was ihr sagt! Es ist der alte Jagdkumpel vom Sheriff. Und mehr als das eigentlich. Habt ihr schon mal vom Vater des Sheriffs gehört…?«

Truitt gelangte mühsam zum Ende der Stufen und wunderte sich – nicht zum ersten Mal – über die Treppe im Haus der Canes, eine Reihe schiefer und schmaler Stufen an der Wand hinter dem Arbeitszimmer. Martin hatte ihm erklärt, daß es von der Diele aus auch mal eine Vordertreppe gegeben hatte, aber er hatte sie in den sechziger Jahren rausgerissen, um eine neue Heizung und das obere Badezimmer einzubauen. »Garantiert das wärmste Badezimmer in ganz Calwyn County«, hatte Martin lachend behauptet. »Cammy piesackt mich immer, weil sie einen Holzofen will, damit sie im Winter einen warmen Platz zum Lesen hat, und ich sag ihr dann: ›Nimm dir ein Kissen und setz dich in die Badewanne!‹«

Truitt sah sich in dem Wohnzimmer um und betrachtete das abgenutzte karierte Sofa, den Sessel mit verstellbarer

Rückenlehne und den Fernseher, von dessen Konsole das Furnier absplitterte. Er blieb vor dem hölzernen Waffenschrank stehen. Sechs Gewehre, die Ständer waren voll. Der Schlüssel steckte. Er wandte sich um, durchquerte den Raum und winkte seinen Sergeant zu sich, der bei der Tür zum Salon stand.

»Craig, sag den Jungs draußen, daß sie, sobald sie die Namen und Adressen aufgeschrieben haben, die Leute dazu bringen müssen, nach Hause zu gehen.«

Sergeant Craig Haskell schüttelte den Kopf. »Keiner wird gehen wollen, solange die Leiche noch hier ist.«

»Ich weiß. Aber ich habe keine Ahnung, wann Bingham hier eintrifft. Sag ihnen, daß ich sie zu gehen bitte. Weise sie darauf hin, daß es ein Gewitter geben wird.«

»Ich werd's versuchen.«

Truitt deutete mit dem Kinn Richtung Salon. »Ich bin jetzt gleich soweit, sie zu trennen. Du kannst sie dann weiter befragen. Wie war's denn da drinnen?«

Haskells mahagonifarbene Stirn runzelte sich. »Ziemlich schlimm. Sie tun nichts außer einander umarmen, weinen und beten.«

Truitt lugte in das Zimmer. Die vier Frauen saßen, wo er sie zurückgelassen hatte: Cammy auf dem Sofa, Ella Alden und Maralyn Nash links und rechts von ihr und Sill auf dem Boden. Sie hielten einander krampfhaft an den Händen und wirkten wie eine Gruppen-Pietà. Er saugte gedankenverloren an der Oberlippe. Irgendwas stimmte nicht. Martin wäre der erste gewesen, der ihm geraten hätte, sich auf seinen Instinkt dafür, was natürlich war und was nicht, zu verlassen.

Er schaute zu Haskell. »Sind die anderen Zeugen noch auf der Veranda?«

»Ja. Ruch ist bei ihnen.«

»Wer behauptet, als erster das Schlafzimmer betreten zu haben?«

Haskell schlug sich mit dem Notizblock auf die offene Handfläche. »Nun, offenbar ist eine ganze Gruppe gleichzeitig in das Zimmer gestürmt, aber soweit ich das zu diesem Zeitpunkt sagen kann, war der Prediger an der Spitze.«

»Wie war sein Name gleich wieder?«

Haskell schaute in seinen Notizen nach. »Ryan Teller.«

»Zieh los und versuch, die Leute draußen zum Gehen zu bewegen. Aber richte Ruch zuerst noch aus, daß er Reverend Teller in die Küche bringen soll. Sag ihm, daß ich noch ein paar Fragen habe!«

Truitt wartete, bis Haskell durch die Haustür verschwunden war, bevor er den Salon betrat. Die Frauen kauerten immer noch auf dem Sofa und steckten die Köpfe zusammen. Nur Sill schaute auf, als er näher kam.

»Wie geht's dir, Cammy?« fragte Truitt sanft.

Cammys Lippen zogen sich zitternd nach innen, als sie Luft holte, um zu antworten. Ihre blauen Augen waren unter den geschwollenen Lidern kaum zu sehen.

»Mein Gott, Alby«, flüsterte sie. »Wie konnte das passieren? Martin ist so ein vorsichtiger Mensch. Du weißt, daß er das ist. Er hätte nie und nimmer an einer geladenen Waffe herumgefummelt. Es ist einfach nicht möglich.«

Truitt ging neben ihr in die Hocke. »So was passiert manchmal, Cammy. Ein Mann ist sein ganzes Leben lang vorsichtig, aber es braucht nur einmal was schiefzugehen.«

»Es lag am Gewehr, Cammy«, sagte Maralyn. »Ich bin mir sicher, daß sie es sich ansehen werden. Vielleicht war es kaputt. Vielleicht hat Martin gar nichts gemacht.«

Einen Moment lang hellte sich Cammys Gesicht auf. »Du hast recht, Maralyn. Es muß an der Waffe gelegen haben. Ehrlich, er hat sie schon seit Jahren. Es war sein Lieblingsgewehr. Und irgendwas ist schließlich kaputtgegangen.« Sie blickte zu Sill, und ihr Gesicht wurde auf einmal närrisch vor Hoffnung. »Es ist einfach kaputtgegangen, Liebling. Das Gewehr deines Daddys ist einfach kaputtgegangen.«

Sill umklammerte die Hand noch fester. »Das stimmt, Mutter. Daddy war ein viel zu guter Jäger, als daß es irgendwas anderes sein könnte.«

Truitt spürte, wie sich Ella neben ihm bewegte. »Und wie steht's mit Ihnen, Miß Ella?« fragte er. »Wie geht es Ihnen?«

»Mir geht's gut«, antwortete sie kurz angebunden. »Aber die Kinder hier könnten ein bißchen Wasser gebrauchen. Meinen Sie, einer Ihrer Männer könnte die Zeit erübrigen, ihnen ein Glas Wasser zu bringen?«

Truitt nickte. »Sergeant Haskell wird gleich zurück sein. Er wird sich darum kümmern.« Er richtete sich wieder auf und blickte auf die Köpfe der Frauen hinab. Er hätte erwartet, daß jeder, der in der Nähe jenes Gewehrschusses gewesen war, mit fleckigen Gewebefetzen bedeckt war, aber Fetzen konnte er nicht entdecken. Das Blut war verschmiert. Verflucht noch mal. Es sah aus, als hätten sie ihr Haar damit gekämmt.

Er verließ das Zimmer und bog rasch nach links ab. Cammys Küche war, wie auch ihr Schlafzimmer, einfach, ein Kompromiß zwischen den Erfordernissen des sehr schlichten Hauses und ihrem eigenen feinen Geschmack. Überall waren Spuren des Grillfests zu sehen: Schüsseln auf der Arbeitsplatte, zusammengeknüllte Plastikfolie in der Spüle, eine Schere, frisch geschnittene Geißblattreben, die von einem Arbeitstisch in der Ecke hingen. Trotzdem hatte der Raum seinen eigentümlichen Reiz bewahrt. Gelbe

Topflappen hingen von einem schmiedeeisernen Stab, der an die Wand genagelt war, und eine Jalousie in der Farbe blasser Butter verdeckte das einzige Fenster des Raums. Die Schränke waren in einem dunklen Orange gestrichen, und das ursprüngliche Braun des Holzes schimmerte durch die Risse im Lack hindurch. Truitt hatte viele frühe Samstagmorgen in dieser Küche verbracht und an dem Tisch mit den Eisenbeinen gesessen und eine letzte Tasse Kaffee getrunken, bevor sich er und Martin in die Wälder im Norden der Stadt aufmachten. Es waren gemütliche Morgen gewesen, was nicht zuletzt an der diskreten Gastlichkeit Cammys lag: warme Zimtschnecken im Ofen, gefaltete Papierservietten neben den Untertellern, aber nie die Frau selbst, die, wie Truitt immer annahm, im Morgenmantel nach oben gehuscht sein mußte, sobald der Gast vorfuhr und ihre Aufgabe erledigt war.

Mit leichten Gewissensbissen wurde ihm bewußt, daß ihn seine Pflichten als Sheriff mehr als drei Jahre lang von Martin und Statlers Cross ferngehalten hatten. Er entließ seinen Deputy mit einem Nicken, richtete die Krawatte und ging zum Küchentisch. Der Mann, der mit dem Rücken zur Tür saß, wirkte ein wenig älter als Truitt, vielleicht knapp über vierzig. Er war gut angezogen und trug sandfarbene Leinenhosen und ein dunkelblaues Strickhemd. Sein Haar, ein Schopf blonder Locken, hatte einen stumpfen Grünton angenommen, und Truitt konnte nicht erraten, ob das an den vielen kräftigen Gelbtönen in der Küche lag oder ausgedehnten Aufenthalten am Rand eines Swimmingpools. Der Sheriff zog seinen Notizblock und einen Kugelschreiber aus der Tasche, holte einen Stuhl unter dem Tisch hervor und setzte sich.

»Reverend Teller...«

Teller beugte sich nach vorne, und sein Gesichtsausdruck war von Sorge gezeichnet. »Martin Cane war ein Freund von mir. Es tut mir wirklich leid, daß er tot ist.«

Das Haar des Pfarrers kringelte sich links und rechts von der Stirn in feuchten Locken, seine Wangen waren gerötet. Ein mattes Lächeln zeigte sich in Truitts Augen. »Er war auch mein Freund, Reverend.«

Teller winkte ab. »Nennen Sie mich bitte Ryan«, erklärte er. »Wissen Sie, ich bin jetzt seit fast einem Jahr Pfarrer hier in Statlers Cross, und ich habe fünf Beerdigungen abgehalten. Eine Menge älterer Gemeindemitglieder, Sie verstehen. Aber das hier – ich muß Ihnen sagen, Sheriff, mir fällt es schwer, die Fassung zu wahren.«

»Das ist verständlich, Ryan. Ich hoffe, die wenigsten Pfarrer erleben während ihrer Karriere einen Tod wie diesen.« Truitt machte eine Pause. »Wo waren Sie, bevor Sie nach Statlers Cross gekommen sind?«

»Nirgends. Nun, zumindest in keiner Kirche. Ich war Geschäftsmann in Atlanta. Aber der Herr hat mich gerufen. Und hat mich hierher geschickt.«

»Aha.« Truitt klappte den Notizblock auf und blickte auf die erste Seite. »Ich habe schon immer gesagt, es ist eine gute Sache, daß ein paar von uns über ein ausgezeichnetes Gehör verfügen.«

Teller grinste. »Der Herr verschafft sich Gehör, wenn er will.«

»Stimmt das? Nun, ich jedenfalls bin jetzt ganz Ohr. Ich versuche herauszufinden, was in Gottes Namen in dem Zimmer da oben passiert ist. Mein Sergeant sagt, Sie waren einer der ersten in dem Schlafzimmer. Können Sie mir etwas darüber erzählen?«

Teller zog die Augen zu Schlitzen zusammen und legte den Kopf nach hinten. »Ja. Ich war im Garten bei der Hintertür und habe zugehört, wie unsere Gospelsänger sich aufwärmten. Dann habe ich den Schuß gehört. Es war offensichtlich, daß er aus dem Haus gekommen war, daher bin ich hineingerannt. Ich habe von oben Schreie und Weinen gehört und bin hochgelaufen. Die Tür zum Schlafzimmer war geschlossen.«

Als der Pfarrer die gefalteten Hände auf den Tisch legte, ließ das Licht der Deckenlampe die Fingernägel glänzen. Poliert, dachte sich Truitt. Seltsam. Er fragte sich, ob der Einfluß der Großstadt Atlanta schon so weit nach Osten vorgedrungen war, daß die wenigen Schönheitssalons in Calwyn County jetzt Maniküre für Männer anboten. Er bezweifelte es. Wahrscheinlicher war, daß der Pfarrer die Stunde Fahrtzeit nach Athens auf sich nahm oder, noch ungewöhnlicher, seine Nägel selbst pflegte.

Truitt klopfte mit dem Stift leicht auf den Tisch. »Fahren Sie fort.«

»Nun, ich habe versucht, die Tür zu öffnen, aber sie war abgesperrt. Sie haben dort drinnen geweint, Cammy hat Martins Namen geschrien, und ich trommelte gegen die Tür und rief, daß sie mich reinlassen sollen, was sie aber nicht taten. Ich schätze, sie haben mich nicht gehört.«

»Woher wußten Sie, daß mehr als eine Person drinnen ist?«

»Ich habe sie gehört. Klagen. Schreien. Irgend jemand rief immer wieder ›O Gott‹ und dann ›Hör auf, bitte, hör auf!‹«

»Sonst noch was?«

»Ich habe Ellas Stimme erkannt. Sie hat immer wieder allen gesagt, daß sie sich beruhigen sollen. ›Beruhigt euch, laßt uns schauen, ob sich noch was tun läßt.‹«

»Das waren ihre Worte?«

»So ungefähr. Aber vor allem war es Cammy, die Martins Namen gerufen hat.«

»Haben Sie irgendwas von Sill gehört?«

Teller runzelte die Stirn. »Ich wußte erst, daß Sill im Zimmer war, als sich endlich die Tür geöffnet hat. Aber ich habe sie auch nur einmal zuvor getroffen. Ich bin mir nicht sicher, ob ich ihre Stimme erkennen würde.«

»Haben Sie irgendwelche anderen Geräusche wahrgenommen?«

Teller schüttelte den Kopf. »Ein Rumpeln vielleicht. Irgendwas Dumpfes. Ich weiß nicht. Es war zu unbestimmt. Ich erinnere mich nur an das Weinen. Und an das Gefühl der Hilflosigkeit, weil ich die Tür nicht aufkriegen konnte.«

»Wie ist denn die Tür schließlich aufgegangen?«

»Mehrere Leute sind von draußen reingekommen. Und wir haben alle gegen die Tür gehämmert. Schließlich hat Ella sie aufgemacht, aber es gab nichts, was irgendwer hätte tun können.«

»Wie lang hat es gedauert, bis sie sie alle hineingelassen hat?«

Teller holte tief Luft. »Ziemlich lang, eigentlich. Ich weiß, daß jemand gesagt hat, er holt jetzt einen Schraubenzieher, um die Klinke abzumontieren.«

»Tatsächlich? Wie viele Minuten also?«

»Könnten fünf Minuten gewesen sein, vielleicht auch mehr. Es hat jedenfalls wie eine Ewigkeit gewirkt.«

»Vielleicht zehn?«

»Vielleicht zehn. Sicherlich nicht mehr.«

»Und was haben Sie gesehen, als Sie hinein konnten?«

Teller schloß die Augen. Ein Muskel in der Ecke des linken Lids zuckte. »Martin auf dem Bett. Cammy und Sill über ihn gebeugt. Ellas Tochter – Maralyn – mit dem Gewehr in der Hand. Überall Blut.«

»Maralyn hielt das Gewehr?«

»Ja. Ich wußte da noch nicht, wer sie ist. Ich war ihr vorher noch nie begegnet. Sie war mit Blut bedeckt, und sie betrachtete einfach das Gewehr, als wäre sie überrascht.«

»Haben Sie gesehen, was sie mit dem Gewehr gemacht hat?«

»Nein. Ich bin zum Bett hinübergerannt und habe einen Blick auf Martin geworfen und… nun, Sheriff, Sie selbst waren dort oben. Es gab keinen Zweifel, daß er tot war. Ich erinnere mich nur, daß ich Cammy in den Arm genommen und aus dem Zimmer geführt habe. Sie wollte nicht gehen. Sie hat immer wieder Martins Hemd gepackt und sich daran festzuhalten versucht.« Er blickte zu Truitt auf, und seine Augen wurden größer. »Ich habe so was nie zuvor gesehen. Der Mann hatte keinen Kopf. Seine Frau versuchte, ihn zu umarmen, und er hatte nicht einmal einen Kopf.«

Truitt saß schweigend da und fuhr mit dem Daumennagel über die Kante des Notizblocks. »Sagen Sie mir, Reverend: Wie oft haben Sie Martin getroffen?«

»Ziemlich oft. Mindestens zweimal die Woche. Manchmal täglich, je nachdem, was es in der Kirche zu tun gab.«

»Und haben Sie in letzter Zeit irgendwelche Veränderungen in seinem Verhalten festgestellt?«

Teller sah ihn verständnislos an. »Veränderungen?«

»Ganz recht. Hat er sich wie sonst benommen? Hat er zerstreut gewirkt oder so, als würde er sich wegen irgendwas Sorgen machen?«

»Nein, das kann ich nicht behaupten. Der gleiche Martin wie immer. Hat mit Freude die Arbeit Gottes verrichtet.«

Truitts Stirn glättete sich. »Als Sie zu den Frauen kamen, hat da eine von ihnen erklärt, was passiert ist?«

»Daß Martin seine Waffe gereinigt hat und sie losgegangen ist.«

»Und haben sie geäußert, warum er ihrer Meinung nach seine Waffe ausgerechnet während eines Grillfests seiner Kirche gereinigt hat?«

Teller zuckte zusammen. »Ich habe das Ella gefragt. Ich glaube, sie war der Ansicht, daß das der falsche Zeitpunkt ist oder daß ich rücksichtslos bin oder so. Wissen Sie, Pfarrer haben angeblich einen siebten Sinn dafür, was man während solch einer Krise sagt, aber das stimmt nicht unbedingt. Wie auch immer, ich hatte das Gefühl, daß ich sie wütend gemacht habe.«

»Wieso das?«

Teller drehte beide Handflächen nach oben, womit er eher seine Verwunderung zum Ausdruck brachte, als um Beistand flehte. »Als ich sie gefragt habe, hat sie mir direkt ins Auge geblickt und gesagt, daß Martin immer seine Waffe gereinigt hat, wenn Gospelsänger in der Nähe waren.«

*Trau keiner Frau mit Blut auf den Zähnen!*

Reb Falcon während einer Unterhaltung beim Fischen im Meanlick Creek, 1941

## 5

Katie Pru murrte und strampelte im Schlaf. Ihr Haar war feucht von der Hitze der Nacht, und als sich Gale über den Picknicktisch beugte, um ihrer Tochter einen Kuß zu geben, nahm sie den deutlich muffigen Geruch eines schwitzenden Kindes wahr. Draußen vor dem Fischhaus beleuchteten die Girlanden das Gelände wie anläßlich eines mitternächtlichen Jahrmarkts. Von Zeit zu Zeit gingen Leute vorbei, und ihrem leiser werdenden Gemurmel folgte das Keuchen von Autoanlassern. Der Schuß war jetzt zwei Stunden her. Die Leute gingen endlich.

Oben klimperten die Regentropfen wie Münzen auf das Blechdach. Gale legte die Hand auf den Kopf ihrer Tochter. Sie hatte schon in dem Moment, als der Knall die Luft zerrissen hatte, diesen als einen Gewehrschuß erkannt. Sie war allzu vertraut mit dem Geräusch, war in Erinnerung daran in zu vielen Nächten mit pochendem Herzen und brennender Haut aufgeschreckt, um sich zu irren. Ihre Reaktion war instinktiv erfolgt. Sie war mit Katie Pru in den Armen den Grashang vom Fischhaus zum Teich hinabgerannt. Sie hatte Katie Pru an sich gedrückt, hatte sich mit ihr an den Rand des Wassers gekauert und die Leute oben ziellos hin und her laufen sehen. Und dann, als die Menge mit dem Wehklagen begann, hatte Gale ihre Tochter auf die Füße gestellt und sie bei der Hand genommen. Als der Sheriff eintraf, waren sie schon auf der anderen Seite des Teichs und schritten sein Ufer aus rotem Lehm ab.

Sie umrundeten den Teich dreimal, bevor Gale ihre Tochter in das leere Fischhaus führte. Sie setzte sie auf den Picknicktisch und säuberte ihr ausgiebig das Gesicht. Katie Pru war ruhig, aber das war nicht ungewöhnlich. Gale fuhr immer wieder über das Haar ihrer Tochter und fragte: »Kleines, wie geht es dir?« Sie wußte nicht, was sie erwarten sollte, außer vielleicht, daß die dunklen Augen sich ihr traurig zuwandten und Katie Pru sagte: *Ich kenne dieses Geräusch. Es macht mir angst. Warum hast du es nie fertiggebracht, mich zu beschützen?* Aber statt dessen hob Katie Pru einfach die Hand und strich damit sanft über das Haar ihrer Mutter. Dann rollte sie sich zusammen und schlief ein.

Sie waren dort jetzt seit über einer Stunde. Gale beobachtete durch den Maschendraht hindurch, wie die struppigen Äste der Eiche im Regen zitterten. Als Teenager hatte Gale immer mit Sill unter diesem Baum gesessen und ihr Geistergeschichten erzählt: über Abendgesellschaften, die nie zu Ende gingen, und weinende Friedhofsstatuen und natürlich Linnie, die sich vor langer Zeit erhängt und hinterher offenbar ihre Meinung geändert hatte. Es gab viele Linnie-Geschichten: Linnie im weißen Morgenmantel auf einem schwarzen Pferd, Linnie, die in einen Stall einfällt und ganze Hühner frißt. Sill, die die dürren Beine zur Brust hochgezogen hatte, verschränkte die Hände hinter dem Kopf und preßte die Unterarme fest auf die Ohren. Hör auf, Gale, hör auf! Ich will davon nichts mehr hören. Gale hatte ihr damals noch nicht sagen können, was sie jetzt wußte: Geistergeschichten sickern immer durch. Man kann sich noch so fest die Ohren zuhalten, in der Nacht noch so laut schreien, noch so viele Gebete zum Himmel schicken, es hält sie nichts ab.

Gale wischte einen Krümel von Katie Prus Wange. Nun, Sill würde diese Erfahrung jetzt machen. Die frisch Verstorbenen sind die anspruchsvollsten Geister.

Die Tür des Fischhauses schwang ohne Vorwarnung auf, und ein Deputy trat ein. Er ließ den Blick einmal über die leeren Klappstühle und den langen, mit einem karierten Tischtuch bedeckten Picknicktisch schweifen und richtete die trüben Augen dann auf Gale.

»Entschuldigung, wir bitten alle Leute, nach Hause zu gehen. Heute abend kann für die Familie nichts mehr getan werden. Es ist besser, wenn Sie sich morgen nach ihnen erkundigen.«

»Meine Familie ist im Haus. Meine Großmutter, meine Tante. Ich warte auf sie.«

Der Deputy musterte sie schweigend. »Ich verstehe. Haben Sie sich heute abend in dem Haus aufgehalten?«

Gale lief rot an. »Nicht seit ... Ich war vorher drinnen, bevor das Barbecue begonnen hat.«

»Haben Sie sich auf dem Gelände befunden, als die Waffe losging?«

»Ja.«

»Und haben wir Ihren Namen aufgeschrieben?«

Gale zögerte. »Nein.«

»Das haben wir nicht? Sie sind den ganzen Abend über in dieser Hütte gewesen? Und wir haben Sie übersehen?«

»Ich war nicht hier, nachdem die Waffe losgegangen war. Ich habe meine Tochter zum Teich hinuntergebracht.«

Der Deputy öffnete die Drahttür weiter, bis sie gegen die Wand klatschte und er sich mit der Schulter dagegenlehnen konnte.

»Sie hören eine Waffe in einem Haus voller Verwandter losgehen und verdrücken sich zum Teich? Sie müssen wirklich eine begeisterte Anglerin sein.«

Gale schnürte es die Kehle zusammen. »Diese Bemerkung war überflüssig. Ich habe ein kleines Kind. Was auch immer in dem Haus passiert ist, sie muß nicht unbedingt in der Nähe sein.« Sie machte eine Pause. »Nicht allzu schwer nachzuvollziehen, denke ich.«

Der Deputy schürzte die Lippen. Im Licht des Fischhauses sahen seine schwarzen Haare wie Algen aus. Große Wasserflecken sprenkelten seine braune Uniform. Er behielt Gale weiter im Auge und klopfte mehrmals mit dem Hinterkopf gegen die Drahttür.

»Ich schätze nicht, nein«, antwortete er ruhig. Er zupfte einen Notizblock aus der Brusttasche und klappte ihn auf. »Wie heißen Sie bitte?«

»Gale Grayson.«

Er starrte sie an, während seine Finger immer noch in seiner Tasche nach einem Stift fischten. Seine Musterung begann bei ihren Brüsten, dann wanderte der Blick zum Mund hoch und wieder nach unten.

»Ich habe von Ihnen gehört«, stellte er schließlich fest. »Sie sind nicht so, wie ich erwartet hatte.«

Sie konnte sich denken, was er erwartet hatte: eine grinsende Riesin mit flammend rotem Haar und schwarzen Kleidern. Das Ironische am Klatsch war, daß er seine Opfer manchmal zu Bergen aufbaute, während er sie gleichzeitig zu Sand zerrieb. Sie hätte furchteinflößend und eine Gestalt aus einer Legende sein sollen. Statt dessen kauerte die Terroristenwitwe in einem stinkenden Schuppen, das Gesicht vom Licht gebleicht, und zupfte nervös an dem schlappen Schnürsenkel ihres Kindes.

Sie räusperte sich. »Wann kann ich mit meiner Großmutter reden? Wird sie immer noch befragt?«

Der Deputy zuckte mit den Achseln. »Damit habe ich nichts zu tun. Kommen Sie bitte mit mir mit.«

Er lehnte weiter reglos an der offenen Tür, während Gale die schlafende Katie Pru an ihre Schulter bettete und das Fischhaus verließ. Schwere Regentropfen klatschten auf ihre Haut, als sie rasch auf die Lichtstrahlen zuschritt, die die hintere Veranda verbargen. Verwirrt wischte Katie Pru das Wasser weg, das ihr ins Gesicht spritzte.

»Hör auf, Mama!« murrte sie. »Hör auf, mich mit dem Schlauch anzuspritzen!«

»Es ist alles gut, mein Schätzchen. Wir sind gleich im Haus.«

Auf den vagen Gestank des Fischhauses hin wirkte die Küche mit ihrem Geruch nach gebratenem Fleisch und Gewürzen tröstlich. Einen Moment später jedoch nahm Gale bereits den Geruch verschwitzter Männer in Baumwolluniformen und einen anderen, schwerer zu deutenden und noch unangenehmeren Geruch wahr. Sie wandte sich an den Deputy, der nach ihr den Raum betrat.

»Ich bleibe nicht hier.« Sie sprach mit ruhiger Stimme. »Meine Tochter und ich sind zu Fuß gekommen, und ich werde mit ihr nicht durch Dunkelheit und Regen zurückgehen. Ich wäre Ihnen dankbar, wenn Sie jemanden finden würden, der uns nach Hause fährt.«

Der Deputy öffnete den Mund, dann schloß er ihn. Er schob sich an ihr vorbei, verließ die Küche und verschwand in dem kleinen Flur, der in den vorderen Teil des Hauses führte.

Katie Pru zuckte und schlug mit dem Fuß gegen Gales Schenkel. Gale verzog das Gesicht, wiegte sich vor und zurück und sang leise. Die Wände des Hauses bestanden aus von Hand zugerichteten Kiefernstämmen. Sie waren dreißig Zentimeter stark und mit Brettern aus der Sägemühle verkleidet, die das Zimmer eng wirken ließen und alle Geräusche wirkungsvoll dämpften. Gales Lied wurde zu einem Flüstern, und sie konzentrierte sich auf das schwache Murmeln im vorderen Teil des Hauses. Sie erwartete, Weinen zu hören, hörte statt dessen aber ein leises Brummen. Das Geräusch summender Männer. Ereignet sich ein gewaltsamer Tod, versammeln sich die Männer wie Bienen, drehen ihre Runden und versuchen, mit ihrem gleichmäßigen Brummen beschwichtigend zu wirken.

»Hallo, Gale.«

Sie wirbelte herum und packte Katie Pru fester. Alby Truitt war nicht sehr groß, und als er sich ihr näherte, blieben die Dielenbretter stumm. »Es ist lange her«, sagte er. Seine Stimme war rauh. »Für gewöhnlich würde man jetzt sagen: ›Ich habe gehört, daß du zurück bist, und wollte dich immer mal anrufen‹, aber in Wahrheit dachte ich mir, ich würde dir irgendwann eh über den Weg laufen. So wie jetzt hätte ich es allerdings nicht eingerichtet.«

Gale nickte. Als sie Alby Truitt das letzte Mal gesehen hatte, hatte er am Schwimmbeckenrand von Calwyn Countys einzigem YMCA gestanden, in seine Trillerpfeife geblasen und ihr befohlen, die Augen aufzumachen und nicht ständig im Kreis zu schwimmen. Sie war sieben gewesen und er fast zwanzig, ein Collegestudent, der in den Sommerferien nach Hause gekommen war und als Schwimmlehrer ein paar Dollar zusammenkratzte. Sie, die sich in ihrer Vorstellung wie eine Buxby-Berkeley-Nixe im Wasser gedreht hatte, war aus dem Becken gehüpft und in die Dusche gerannt, in ihrer Kinderehre gekränkt. Noch Jahre später neckte Ella sie jeden Sommer. *Hab' heute Alby Truitt unten in der Bank getroffen, Gale. Er läßt dir ausrichten, daß er gestern abend einen Esther-Williams-Film gesehen hat ...*

Für eine Siebenjährige war er ein Turm mit nassen Beinen und einem braunen Rücken gewesen. In Wirklichkeit war er von gedrungener Gestalt, überragte sie allerdings immer noch um fast zwanzig Zentimeter. Sein braunes, oben ziemlich langes Haar war mit dem allmählichen Ergrauen heller geworden. Lange Falten begannen sich entlang der Wangen zu bilden, und eine noch tiefere Falte saß über der Nase und trennte die Brauen. Auf der Straße hätte Gale den Mann sicherlich nicht mit dem Teenager in Verbindung gebracht, wenn nicht Truitts Mund gewesen wäre, von dem jetzt wie damals etwas jungenhaft Beschwingtes ausging.

Sie schob Katie Pru weiter auf die Schulter hoch. »Es ist nicht immer einfach zu wissen, was man tun soll. Wie geht's Cammy?«

»Ungefähr so, wie zu erwarten war. Deine Großmutter nimmt sie und Sill heute mit nach Hause. Es wird für alle ziemlich anstrengend werden.«

Gale schloß die Augen. Wo sonst sollten sie hin als zu Ella? Aber die Vorstellung, daß diese Frauen am Ende des Flurs hinter geschlossenen Türen vor sich hin klagten ...

Als sie die Augen öffnete, musterte Truitt sie eingehend.

»Es tut mir leid«, sagte sie. »Ich denke nur an Katie Pru. Sie muß das alles nicht haben.« Sie machte eine Pause. »Und ich auch nicht.«

»Das kann ich verstehen.« Er streckte den Arm aus und

zog einen gelben Kunstlederstuhl unter dem Tisch hervor. »Es tut mir leid. Ich hätte dir einen Stuhl anbieten sollen. Sie ist ein kleines Ding, aber sie ist sicher schwer.«

Gale ließ sich auf dem Stuhl nieder. Katie Prus Kopf rutschte in die Senke zwischen ihren Brüsten. Gale hatte nicht lange bleiben wollen. Sie hatte eigentlich verlangen wollen, daß jemand sie auf der Stelle nach Hause bringt. Aber jetzt zögerte sie. Sie sah sich in der Küche um und betrachtete die benutzten Teller und das schmutzige Besteck. Irgendwer muß hier saubermachen, dachte sie. Ella muß die Busenbrigade hier reinschicken, bewaffnet mit Geschirrbürsten und Spülmittel, und ihr befehlen, die Küche wieder in Ordnung zu bringen. Dann wird sie sich das obere Stockwerk vornehmen müssen ...

Ihr blieb die Stimme im Hals stecken. »Jemand wird oben saubermachen müssen.«

Truitt zog einen zweiten Stuhl hervor und setzte sich. »Ich würde vorschlagen, eine Reinigungsfirma zu beauftragen«, empfahl er leise.

Sie nickte. Was stellt man mit Blut auf dem Teppichboden und Blut an den Wänden an? Gott sei Dank war Tom auf einem Altar gestorben, wo die Leute es gewohnt waren, mit Blut und Leichen zu tun zu haben. Ein kleines Lachen stieg ihr die Kehle hoch. Sie schluckte mühsam und spürte, wie ihre Lider heiß wurden.

Sie rang um Selbstbeherrschung und konzentrierte sich auf das gelbe Stoffrollo am Fenster über der Spüle. Es wurde allmählich alt. Die Ränder eines braunen Flecks verliefen innerhalb und außerhalb der Falten. Sie erinnerte sich an den Sommer, als Cammy es aufgehängt hatte. Gale hatte in der Küche gesessen, ein Brot mit Erdnußbutter und Banane gegessen und den überschüssigen Brotaufstrich auf eine kichernde Sill geschmiert. Cammy saß ihnen gegenüber und schob eine Häkelnadel mit einem gelben Faden durch ein Geschirrtuch.

»Ich will was Sonniges«, erklärte sie. Sie zog das Garn von der Docke und ließ eine gelbe Schlaufe wie ein Hufeisen in die Luft steigen. »Dein Daddy, Sill, sagt, wir können es uns nicht leisten, aber in dieser alten Küche ist nichts mehr gemacht worden seit damals in den Fünfzigern, als meine Großmutter den Wasseranschluß hat installieren lassen, und ich finde, es wird allmählich Zeit. Dein Daddy muß schließlich die Hälfte seiner Zeit hier verbringen, oder? Ich will, daß es alles weiß und gelb wird. Was hältst du davon, Sill? Meinst du, das schaut nett aus?«

Sill stieß Gale unter dem Tisch mit dem Fuß an und spuckte ein Stück gekaute Banane auf ihren Teller. »Klingt nett, Mama, wenn man auf Werbung für Scheidenspülapparate steht.«

Sill grinste mit weit offenstehendem Mund. Sandwichreste klebten ihr am Gaumen. Cammy langte über den Tisch und gab ihr eine Ohrfeige.

»So was sagst du nicht in meinem Haus, Sillena Anne Cane.« Cammys Augen waren rot gewesen, ihr schmaler Mund so klein wie ein Reißnagel, als sie ihre Tochter noch einmal schlug. »Schmutz, nichts sonst ist das. Widerliches Zeug. Ich werd dich grün und blau prügeln, wenn du so was jemals wieder sagst.«

Gale richtete ihren Blick auf Truitt. »Ist Faith noch hier?«

Seine Stirn runzelte sich. »Faith?«

»Faith Baskins. Sie ist eine Freundin von Sill.« Gale zögerte. »Eigentlich ist sie ihre Geliebte. Es wird für Sill schwer werden, und Faith sollte bei ihr sein.«

Truitt schob die Hände in die Taschen und musterte sie. Obwohl sie sich bemühte, ruhig zu bleiben, spürte sie, wie ihr Gesicht rot anlief. »Wußte Martin, daß sie ein Paar sind?«

»Ja.«

»Schon vor dem heutigen Tag?«

»Ja.«

»Und er war damit einverstanden, daß sie zum Barbecue kommen?«

»Ich habe mit ihm nicht darüber geredet.«

Seine Augen waren grau mit bernsteinfarbenen Flecken, und sie waren so dunkel, daß Sill sie, selbst als sie nicht hinschaute, auf sich gerichtet wußte. »Man hat mir gesagt, du warst draußen, als das Gewehr losging.«

»Das stimmt. Ich hab' beim Fleisch gestanden. Katie Pru war am Hundezwinger.«

Truitt fuhr mit dem Finger die Tischkante entlang und schlug plötzlich auf die Platte. »Weißt du, es ist drei Jahre her, seit ich Martin das letzte Mal gesehen habe. Sechs Monate, seit ich mit ihm am Telefon gesprochen habe. Kann nicht glauben, daß ich ihn einfach so hab' verschwinden lassen. Man erreicht einen Punkt, von da an ist alles nur noch Arbeit. Alles andere gerät außer Sicht.« Er machte eine Pause. »Du bist jetzt seit sechs Monaten zurück, nicht wahr, Gale? Hast du in dieser Zeit irgendwelche Veränderungen bei Martin festgestellt?«

»Nein. Keine Veränderungen.«

»Und wie steht's mit Cammy?«

Katie Prus Kopf war heiß, und Gale spürte, wie ein Schweißtropfen an ihrer Seite hinabrann. Sie verbiß sich ihre Wut. Sie hatte das alles doch hinter sich gelassen, verflucht noch mal! Sie war nicht nach Hause gekommen, um in einer schäbigen gelben Küche in gleißend hellem Licht verhört zu werden. Sie versuchte, ruhig zu bleiben, aber sie spürte, wie ihr Gesicht stählern wurde, während sie Truitt anstarrte.

»Nein.«

»Sprichst du viel mit Sill? Kommt sie oft nach Hause?«

»Das mußt du sie selbst fragen.«

Er erwiderte ihren Blick einige Sekunden lang. Dann grinste er und schlug beinahe glücklich auf den Tisch. »Hab' ein Exemplar von deinem Buch. Mußte es direkt aus England bestellen, aber ich dachte mir, was soll's, ich hab' dem Mädchen praktisch das Schwimmen beigebracht, da darf es mich ruhig interessieren, was aus ihr geworden ist.«

Eher wolltest du sehen, was die Terroristenwitwe so vorhat, dachte Gale. »Ehrlich? Wie lange ist es her, daß du es gelesen hast?«

Er lächelte gequält. »Ungefähr zwei Jahre. Lange bevor du zurückgekommen bist, Gale. Obwohl ich natürlich ein verdammt schlechter Gesetzeshüter wäre, wenn ich es nicht noch mal gelesen hätte, sobald ich hörte, daß du wieder da bist. Ich wette, du weißt nicht, daß ich auf dem College Geschichte als Nebenfach hatte. Im großen und ganzen kann ich mit der Geschichte der Südstaaten nicht viel anfangen. Das ähnelt zu sehr zeitgenössischer Soziologie, wenn du verstehst, was ich meine. Aber ich mag deinen Blickwinkel. Du schaust hinter das Offensichtliche. Und daher möchte ich mit dir morgen noch mal sprechen.«

Gales Mund wurde trocken. »Warum denn das?«

Truitt zuckte mit den Schultern. »Um die Sache aus deinem Blickwinkel zu betrachten.«

Gale hörte, wie ihre Stimme schriller wurde. »Was soll das heißen, Alby? Es war ein Unfall. Martin hat ständig an diesen verdammten Gewehren rumgefummelt.«

Er langte über den Tisch und schob sanft eine Haarsträhne aus Katie Prus Gesicht. »Das kleine Mädchen ist eine Schönheit, Gale. Schaut genau wie ihre Mutter aus.

Ich werd' einen meiner Männer holen. Du mußt das Kind jetzt ins Bett bringen.«

Zilah Greene hatte sich für das Bett dünn angezogen. Nur ein einfaches blaues Baumwollnachthemd, keine Spitze am Hals oder an den Manschetten, die auf der Haut kratzen könnten. Sie achtete in letzter Zeit auf so etwas. Zum Beispiel darauf, daß selbst das Weichste ihrer spitzenbesetzten Nachthemden am Morgen schwache rote Kratzer auf den Armen und im Nacken zurückließ. Sie wußte nicht, ob ihre Haut empfindlicher wurde oder ob sie nachts so ruhelos war, daß der Stoff an ihr rieb und scheuerte, wenn sie sich im Bett herumwälzte. Hätte sie die Wahl gehabt, hätte sie sich für Letzteres entschieden. Lieber sah sie in den Kratzern ein Zeichen dafür, daß ihr Kopf arbeitete, als ein weiteres Symptom des Alterns und des Verfalls eines in letzter Zeit zunehmend müderen Körpers.

Aber heute nacht konnte sie nicht schlafen. Die Luft war zu schwer, das Gewitter traf keine Anstalten, weiterzuziehen. Der Druck in ihrem Kopf sorgte für ein pulsierendes Stechen über dem rechten Auge, das nur nachließ, wenn sie vollkommen still lag. Falls sie vollkommen still lag. Die Matratze unter ihr versengte ihr Unterschenkel und Rückgrat. O Herr im Himmel, betete sie. Erhöre die Bitte deiner ergebenen Dienerin...

Im Wohnzimmer war es kühler. Sie ging auf dem gelben Teppichboden auf und ab, und seine noppenartige Oberfläche massierte die nackten Fußsohlen. Sie hob die Arme, um zu sehen, ob der Spitzenbesatz Spuren auf der Haut hinterlassen hatte, und stellte überrascht fest, daß es keinen Spitzenbesatz gab. Genaugenommen gab es nicht einmal ein Nachthemd. Sie war splitternackt. Ihr Haar kitzelte die entblößten Schultern, aber als sie es wegzuschieben versuchte, schlang es sich in blonden Locken um ihre Finger. Sie war schon seit Jahren nicht mehr blond, und sie war nie außerhalb des Bads oder des Schlafzimmers nackt gewesen. Sie ließ die Finger über den Körper gleiten, und ein Schauer folgte ihrer Berührung. Barry hatte sie immer so berührt. Er hatte die Spitze seines Fingernagels über ihren ganzen Bauch gezogen und war den rosa Spuren ihrer Schwangerschaftsnarben gefolgt. Ich liebe meine Kinder, flüsterte er dann. Ich liebe dich, weil sie in dir entstanden sind. Dann legte er sich auf sie, und ein herrliches Gefühl erfüllte sie. Nachdem die Dunkelheit sie erfaßt und wieder freigegeben hatte, schob sie den feuchten Hintern in die warme Mulde seiner Hüfte, und dann schliefen sie.

»Wir haben immer so tief geschlafen, Miß Linnie«, sagte sie. »Barry war keiner dieser Männer, die sich nicht um ihre Frauen kümmern. Er wollte, daß ich glücklich bin, und ich war es.«

Es wirkte so natürlich: Miß Linnie stand im Wohnzimmer, als wäre sie gerade von einem kleinen Spaziergang hereingekommen. Und an der Art, wie sie den Kopf schieflegte, meinte Zilah ablesen zu können, daß sie ihre Worte verstanden hatte. Es wirkte nicht ganz richtig, daß Miß Linnie etwas von Glück verstehen sollte, wenn man bedachte, daß sie sich ein Seil um den Hals geschlungen hatte, doch Zilah würde keine Fragen stellen. Das Licht um Miß Linnies Kopf herum glühte zu hell, als daß man irgendwelche Details hätte sehen können, aber Zilah meinte, ein Lächeln auf dem Gesicht der Frau zu erkennen.

Zilah lächelte zurück. Es muß an der Liebenswürdigkeit dieser Geste gelegen haben, der fürsorglichen Aufforderung, die sie implizierte: Miß Linnie schob das Licht von sich weg, damit Zilah ihr ganzes Gesicht sehen konnte. Sie war trotz allem eine schöne Frau.

Zilah ging auf sie zu. Sie wollte ihr dafür danken, daß sie all die Jahre hindurch dagewesen war, selbst während der Jahrzehnte, in denen Zilah, aus Blindheit oder weil sie zu beschäftigt war, sie nicht hatte sehen können. Sie näherte sich der Frau langsam, und lächelte so froh, wie sie nur konnte.

Miß Linnie hob eine Hand und drückte Daumen und Zeigefinger an ihre Lippen. Dann preßte sie die Finger graziös zusammen und riß sich die Lippen aus dem Gesicht.

Zilah sprang entsetzt zurück. Miß Linnies Augen, noch immer freundlich, fixierten die ihren, während ihre langen, wohlgeformten Hände wie wütende Möwen an ihren Armen, Brüsten, Schenkeln zerrten und Löcher in Kleidung und Fleisch rissen. Blut strömte ihr über das Gesicht. Das braune Kleid klebte ihr wie ein nasses, rotes Laken an den Beinen.

Als Zilah aufwachte, waren ihre Laken völlig durchnäßt. Die Haut um den Hals herum und auf ihren Armen war feuerrot vor lauter Kratzern.

*Die alten Männer haben wieder über Miß Linnie geredet. Ich frage mich wirklich, was aus uns geworden wäre, wenn sie einfach im Bett gestorben wäre.*

Becky Lawrence in einem Brief an ihren frisch angetrauten Ehemann Clarence, dem sie 1944 nach Frankreich schrieb

## 6

Es war halb zwölf, als der Streifenwagen an den Schaufenstern mit ihren heruntergelassenen Rolläden vorbeiglitt und vor der Baumwollspinnerei anhielt. Dünne, scharfe Regentropfen pickten an den Fenstern des Autos. Der Himmel war ohne Sterne. Die einzigen Lichter an diesem Ende der Stadt waren die Scheinwerfer des Streifenwagens und die Blinker, die verloren Signal gaben.

Gale lehnte sich schwer gegen die hintere Tür. Draußen dehnten sich die verfallenden Mauern der Baumwollspinnerei aus, krähenschwarz und vom Regen verzerrt. Sie wußte nicht, über was für eine Art Dach die Spinnerei einst verfügt hatte. Die einzigen Fotos, die es gab, zeigten ernst blickende Menschen, die sich um die Außentüren herum versammelt hatten. Sie standen mit dem Rücken an die Steinfassade gepreßt, als bräuchten sie die Wand, um sich daran aufzurichten. Der obere Teil war auf den Fotos nicht sichtbar, sondern nur rauhe Felsmauern, die vom weißen

Rand des Fotopapiers abgeschnitten wurden. Es war ein unvollständiges Bild, und von frühester Kindheit an hatte es sie beschäftigt. *Da war ein Dach, Gale Lynn,* hatte ihre Tante Nora gesagt. *Einfach ein altes Dach-über-dem-Kopf-Dach. Was machst du dir wegen eines Daches Sorgen?*

*Weil ich nicht verstehe, wie man sein ganzes Leben auf der anderen Schienenseite von etwas wohnen kann, ohne sich daran zu erinnern,* hatte sie erwidern wollen. Es war eine Frustration, die sich für sie als Teenager in eine Faszination verwandelte. Manchmal, wenn Sill über Nacht blieb, schlichen sie nach Einbruch der Dunkelheit die Treppe hinunter und zur Hintertür hinaus. Gelegentlich schien der Vollmond und machte es ihnen leichter, den Weg zu finden. Andere Male mußten sie sich anstrengen, die Orientierungspunkte auszumachen: den Drahtzaun der Greenes, den eisernen Jaguar, die helle Schotterauffahrt. Sie überquerten die Schienen, rannten durch die offene Tür der Spinnerei und ignorierten die riesige, gezackte Öffnung, wo die Ost- und die Südwand in Schutt lagen. Die Spinnerei war weniger ein Raum als ein Winkel: zwei Wände aus Granit und ab und zu ein Fensterbrett, als sollte so das bröckelige Gemäuer geschient werden. Der Boden drinnen war eine Mischung aus Unkraut und Dreck, überall lagen Geröll und Schutt herum. Die Mädchen kauerten in der Ecke, die die beiden Mauern bildeten, nieder, und Sills Augen begannen zu strahlen.

»Der alte Deak Motts sagt, man kann immer noch das Geräusch der Webstühle hören. Er sagt, in manchen Nächten hört man die Kinder aufschreien, die sich an den Spinnmaschinen geschnitten haben.«

Auf der anderen Seite der Ruine leuchteten die Lichter der zur Spinnerei gehörenden Siedlung wie entfernte Lagerfeuer. Zur Glanzzeit der Spinnerei hatte es fünfzig Häuser gegeben: zwergenhafte, weiß verputzte Gebäude, die ein Zimmer breit waren. Ihre Anzahl hatte, sogar noch als die Häuser vergrößert wurden, ständig abgenommen, bis sich die Größe der Gemeinde bei einundzwanzig eingependelt hatte. Gale starrte hinüber, bis die Lichter verschwammen.

»Ja«, flüsterte sie. »Ich kann sie hören.«

Es war ein schwaches Geräusch: das Stapfen abgetragener Sohlen auf dem Holzboden, das Saugen der Spinnmaschinen. Sie schloß die Augen und hörte einen Stuhl scharren, den Faden an einem der Webstühle reißen. »Ich kann sie hören, Sill. Du mußt bloß lauschen.«

Jedesmal schlug Sill Gale auf den Arm und lachte. Ihr Lachen brach sich an den Felsen. »Verflucht, Gale, du verrückte Großstadtschlampe. Du hörst überhaupt nichts.« Und dann hockte sie sich auf einen zerbrochenen Mauerstein und zündete sich eine Zigarette an.

Sill hatte recht gehabt. Sie hatte nichts gehört. Aber die Anziehungskraft, die die Ruinen ausübten, war groß genug gewesen, um Gale an den Webstuhl zu locken. In England war das Spinnrad für sie die Rettung gewesen. Jetzt lag das Rad zerlegt und unberührt in seinem Verpackungskarton. So also war es um ihren Trost bestellt. Als der Streifenwagen umdrehte, um über die Schienen zu holpern, wandten sich die Scheinwerfer ab, und die Silhouette der Spinnerei war verschwunden. Der Schotter knirschte unter den Reifen, als das Fahrzeug die Auffahrt von Ellas Haus entlangrollte. In der Armbeuge ihrer Mutter begann eine dösende Katie Pru zu nörgeln.

»Der Mann wirft Steine auf den Jaguwar, Mama. Sag ihm, er soll aufhören.«

Gale blickte auf den Hinterkopf des Polizisten, wo ein Wust blonden Haars unter der Mütze hervorquoll. »Das ist Deputy Ruch, Marienkäferchen. Und er wirft nicht mit Steinen. Es ist das Auto. Oma Ellas Auto macht das auch.«

»Der Jaguwar kennt Oma Ellas Auto. Ein Polizeiauto macht ihm bestimmt angst.«

Kindermund tut Wahrheit kund, stellte Gale in Gedanken trocken fest. »Nun, ich wette, der Jaguar hat keine Angst mehr, sobald er uns sieht. Du mußt jetzt aufwachen, damit wir aussteigen können.«

»Du mußt mich tragen. Kleine Mädchen laufen nachts nicht.«

Ruch brachte den Wagen zum Stehen und wandte sich zu ihnen um. Er war jünger als die Deputys, die Gale in Martins Haus gesehen hatte. Er hatte ein rundliches Gesicht, und die Falten um seine Nase herum wirkten in der Nacht noch tiefer. Er zerrte nervös am Lenkrad und nickte mit dem Kopf zum Haus hinüber.

»Sieht ziemlich dunkel aus. Ich werde Sie hineinbegleiten.«

Gale blickte an ihm vorbei auf die geschwärzte Umrißlinie des Hauses.

»Das Angebot nehme ich gerne an«, antwortete sie. »Die Sache ist, ich habe nur einen Schlüssel für den Vordereingang. Und als das Haus in den vierziger Jahren elektrisches Licht bekam, hat meine Großtante nicht daran gedacht, einen Schalter neben der Vordertür anbringen zu lassen. Ich nehme an, sie war der Meinung, daß alle, die in dem Haus was zu suchen haben, eh durch den Hintereingang kommen würden.«

»Wie lang dauert es, bis man sich einen Schlüssel zur Hintertür verdient hat?« fragte er lächelnd.

»Ich habe schon einen Antrag gestellt. Wie auch immer: Würde es Ihnen was ausmachen, in der Diele zu warten, während ich nach hinten laufe und das Licht anschalte?«

»Kein Problem.« Er langte zum Handschuhfach hinüber und holte eine Taschenlampe hervor. »Wenn ich immer nur Leute zu ihren Haustüren begleiten müßte, wäre ich ein glücklicher Mann.«

Unter den gegebenen Umständen eine eigenartig gedankenlose Feststellung, durchfuhr es Gale. Soweit sie sich erinnerte, hatte Atlantas jährliche Mordrate in dem Jahr, in dem sie nach England abgereist war, bedrückende 250 betragen, die von Calwyn County dagegen hatte bei zwei gelegen. Es war schwer vorstellbar, daß die Gewalttätigkeiten in dem ländlichen Bezirk innerhalb von sechs Jahren derart zugenommen hatte, daß die Gesetzeshüter nostalgische Gefühle entwickelten, was einen Bummel zur Veranda anging.

Sie betrachtete Ruchs Gesicht, als er die hintere Wagentür öffnete. Er konnte nicht älter als 25 sein. Gale sprang aus dem Auto und streckte Katie Pru die Hand hin. Sie erinnerte sich an die Aufregung in Martins Haus, die eigenartigen Gerüche. Vielleicht sprach eher Hilflosigkeit denn Prahlerei aus den Worten des jungen Mannes.

Der Regen ließ nach und fiel in Reihen kraftloser Tröpfchen. Ruch zog Katie Prus Wägelchen aus dem Kofferraum hervor. Katie Pru umklammerte Gales Hand, und sie rannten die Auffahrt hoch zu der Reihe Pflastersteine, die an der Vorderseite des Hauses entlangführte. Ruch lief neben ihnen her, und der Strahl der Taschenlampe in seiner Hand wackelte.

»Wissen Sie«, sagte er, »ich bin auf der anderen Seite des Countys in Praterton aufgewachsen, aber sogar dort haben wir von diesem Haus gehört. Haben bei den Pfadfindern immer Geschichten darüber erzählt.«

Gale warf ihm einen neugierigen Blick zu. »Ehrlich?«

»Na klar. Na ja, wenn ich sage ›dieses Haus‹, dann

meine ich eigentlich die Leute in diesem Haus. Oder die, die hier vor langer Zeit gewohnt haben.«

»Miß Linnie.«

Gale spürte seine Überraschung in der Dunkelheit. »Ja. Ich schätze, Sie haben die Geschichten auch gehört.«

»O ja. Miß Linnie und die Kühe, Miß Linnie im Baum...«

»Meine Lieblingsgeschichte war die von Miß Linnie und dem verriegelten Abort.« Er kicherte. »Wir haben immer gewetteifert, wer das lauteste Quieken von sich geben kann. Genau wie der alte Mann, der dort auf dem Sitz mit ihr gefangen saß.«

Gale machte einen langen Schritt, um den nächsten Pflasterstein zu erreichen, und half Katie Pru, über den nassen Boden hinwegzuhüpfen. »Diese Geschichte habe ich verpaßt«, erklärte sie.

»Sie war gut. Schauen Sie, es ist mitten in der Nacht, und dieser alte Mann verspürt ein natürliches Bedürfnis...«

Das Licht huschte über das Gesicht des Jaguars. Es gereichte Ruch zur Ehre, daß er sich nur kurz beunruhigt zeigte. Der Lichtstrahl zuckte zur Seite und richtete sich dann auf das knurrende Maul, bevor er weiterwanderte. Hinter dem Jaguar zitterte ein gewaltiger Pekanbaum im Wind, und die Astspitzen kratzten über die Backsteine.

»Wissen Sie«, sagte Gale plötzlich, »dort hat sie es getan.«

Der Lichtkegel hielt inne, und Ruch ließ den Leiterwagen rüde fallen. Er richtete den Strahl der Lampe auf Gales Oberkörper. »Wo?«

Sie deutete auf den Pekanbaum. »Der Ast ist nicht mehr da. Ihr Mann hat ihn abgesägt und verbrannt.«

Sie preßte Katie Prus Hand, ging weiter auf das Haus zu und ließ Ruch und seinen Lichtstrahl, den er über den Baum wandern ließ, hinter sich zurück.

An der Treppe zum Hauseingang blieb sie stehen. Sie wußte nicht, warum sie es gesagt hatte. Es war eine unausgesprochene Regel, daß die Familienmitglieder untereinander über Linnie reden durften, aber nicht mit Leuten außerhalb dieses Zirkels von Eingeweihten. Wenn Fremde irgend etwas Geheimnisvolles in Linnies Tod zu entdecken versuchten, sollten sie das ruhig. Aber die Familie durfte nicht zulassen, daß Fremde von Linnie Glynn Cane Besitz ergriffen. Letztendlich war es ja eine reine Familienangelegenheit.

»Hey«, schrie Ruch, »um den Stamm ist eine Kette gewickelt! Mir scheint, als würde ich mich an eine Geschichte über diese Kette erinnern, aber sie fällt mir nicht ein.«

»Eisen macht den Baum stark.«

»Es war etwas anderes. Irgendeine Geschichte... Wissen Sie, welche ich meine?«

Gale antwortete nicht. Sie öffnete ihre Handtasche und durchwühlte sie nach dem Schlüssel.

Der Lichtstrahl hüpfte über die Hausfassade, als Ruch zu ihnen trabte.

»Ich wußte nie, wo genau es passiert ist.« Seine Stimme nahm einen jungenhaften Ton an. »Ich schätze, ich hab' immer gedacht, daß sie im Haus gestorben ist. Ich wünschte mir, ich hätte das gewußt, als ich bei den Pfadfindern war. Da hätte ich allen anderen was voraus gehabt.«

»Na dann, erzählen Sie es nicht überall herum, sonst stauen sich hier sonntagnachmittags die Autos. Ich glaube nicht, daß Alby Truitt allzu erfreut wäre, wenn er einen Verkehrspolizisten dafür abstellen müßte.«

»Oh, Sie wissen doch, daß ich das nicht tun werde. Außerdem erinnern sich, glaube ich, eh nur noch wenige von uns daran. Vielen Dank! Das war wirklich super.«

Er richtete die Taschenlampe auf das Türschloß, während sie mit dem Schlüssel kämpfte. Sie stocherte mehrmals nach dem Schloß, bevor der Schlüssel hineinglitt und sie den Türknauf drehen konnte.

Sobald sie durch den Eingang getreten waren, holte Ruch tief Luft. Er ließ den Lichtstrahl von Wand zu Wand wandern. »Großer Gott«, stöhnte er. »Was um Himmels willen...?«

»Beruhigen Sie sich, Deputy. Das sind bloß tote Fische.«

Der Lichtstrahl bewegte sich weniger hektisch. »Verflucht«, knurrte Ruch und warf ihr dann sofort einen verlegenen Blick zu. »Entschuldigen Sie bitte, aber ich habe so was noch nie gesehen.«

»Dann kennen Sie den Rest des Hauses nicht.«

Er blickte sich in dem schwachen Licht neugierig um. »Es müssen Hunderte sein.«

»Irgendwas um die 550. Ich habe mal die exakte Zahl gewußt. Die Sommer konnten hier sehr langweilig werden.«

»Wer in aller Welt hat sie alle gefangen?«

»Mein Großvater.«

»Herrje.«

Das Licht rollte in der Diele wie eine Geistermurmel umher. Die Wände unter den Trophäentafeln waren weiß. Früher einmal mußte dieser Eingang mit seinen breiten, weißen Bohlen und der polierten Treppe in der Mitte auf andere Art atemberaubend gewesen sein, dachte sich Gale. Jetzt trat der Raum hinter seiner Ausstaffierung zurück. Die Fische, die ausgestopft an den Wänden hingen, waren über einen Zeitraum von dreißig Jahren hinweg zur Strecke gebracht worden. Das älteste Bronzeschild wies das Datum 2. August 1935 auf. Sie waren in den Bächen, Flüssen und Seen eines jeden Bundesstaats der USA und jeder kanadischen Provinz gefangen worden. Einige waren zweifelsohne illegal erbeutet worden. Andere waren vermutlich schon vom Aussterben bedroht gewesen, als Gerry Alden seine Schnur über das Wasser schnellen ließ. Sie alle waren bemalt und mit Schellack überzogen worden, so daß ihre natürlichen Farben nur noch als Grundierung für das endgültige Resultat dienten.

Gale wandte sich an Katie Pru. »Schätzchen, ich werde jetzt das Licht einschalten gehen. Du bleibst hier bei Deputy Ruch, okay?«

In dem schummerigen Licht sah sie, wie Katie Prus Kopf sich auf- und abbewegte. Gale lief den Flur entlang zur Küche. Sie brauchte nur ein paar Sekunden, um sich den Weg zu dem Doppelschalter neben der Gartentür zu ertasten.

Ein schwaches Licht sickerte von der Küche in den Flur. Als sie in die Diele zurückkehrte, hatte Ruch die Taschenlampe eingesteckt und las die Beschriftung unter einem steifschwänzigen Karpfen.

»Ely, Minnesota, 22. Juli 1956.« Er schüttelte den Kopf. »Wovon in aller Welt hat Ihr Großvater gelebt?«

»Er war Börsenmakler oder so was. Jedenfalls kein professioneller Fischer.« Sie machte eine Pause. »Meine Großmutter hat ihn seine Trophäen nicht in dem Haus in Atlanta aufhängen lassen. Meine Tante hat ihm dann erlaubt, sie hierherzubringen.«

»Da hat er Glück gehabt. Die meisten von uns haben kein extra Haus zur Hand. Und wir müssen essen, was wir fangen.« Er betrachtete sie voll Verwunderung. »Und Sie sagen, es gibt noch mehr im Rest des Hauses?«

»Keine Fische. Andere Tiere. Mein Großvater war auch ein ziemlich großer Jäger.«

»Kann ich mir vorstellen.«

Gale ging zur offenen Tür und packte den Knauf. »Nun, Deputy Ruch, vielen Dank, daß Sie uns hineinbegleitet haben.«

»Kein Problem. Soll ich noch den Rest des Hauses kontrollieren?«

»Nicht nötig.«

Er nickte. »Vielen Dank, Mrs. Grayson.«

Auf der obersten Stufe drehte er sich noch mal zu ihr um. »Wissen Sie, es ist gut, daß wir, als ich bei den Pfadfindern war, nicht wußten, wie es im Haus drinnen ausschaut. Es wäre zu verlockend gewesen. Ich würde jetzt wahrscheinlich auf der anderen Seite des Gesetzes stehen, wenn wir es geahnt hätten.«

Alby Truitt stand bei den Canes am äußeren Ende der Veranda und sah zu, wie Ryan Teller unter der Kette nackter Glühbirnen hindurchtauchte und auf dem im Dunkeln liegenden Feld verschwand. Nur eine Handvoll Autos war auf dem improvisierten Parkplatz zurückgeblieben. Truitt vermutete, daß sie von Leuten stammten, die zu entnervt gewesen waren, um allein nach Hause zu fahren.

Auf der anderen Seite der Wiese wurde ein Motor angelassen. Ein paar Sekunden später knatterte eine blaue Limousine an dem Haus vorbei. Fast eine Stunde lang hatte Teller Truitt und seinen Männer zugesetzt und war vom einen zum anderen geflitzt wie ein Moskito, der Zugang zu etwas saftigem Fleisch zu finden versucht. *Ich kann nicht nach Hause fahren, Sheriff – die Frauen dort drinnen sind Mitglieder meiner Gemeinde. Sie brauchen meinen Trost. Ich kann sie im Gebet anleiten.*

Ella hatte Truitt teilnahmslos angeblickt, als er sie gefragt hatte, ob sie den Pfarrer sehen wolle.

»Was kann dieser Mann uns schon sagen, Alby? Richten

Sie ihm aus, er soll nach Hause fahren und neben dem Telefon warten. Es mag ja viele Leute in der Stadt geben, die seinen ›Trost‹ suchen, aber von denen ist hier niemand im Zimmer.«

Für Truitt machte Ellas Entscheidung das weitere Vorgehen einfacher. Er wandte sich an den Pfarrer mit einem höflich formulierten Befehl: Gehen Sie, Reverend, oder seien Sie darauf vorbereitet, sich als Gefängnisseelsorger nützlich zu machen! Teller war widerwillig verschwunden und hatte beim Vorbeifahren kurz gehupt.

Die Moskitotür quietschte. Einer seiner Deputys trat auf die Veranda und hielt die Tür hinter sich auf.

»Sie kommen, Sir.«

Truitt nickte und schlüpfte in das Haus. Von der Rückwand des Arbeitszimmers her hörte er das dumpfe Stapfen von Gummi auf Holz. Er beneidete die Mannschaft aus der Leichenhalle nicht um ihren Weg diese schmale Treppe hinab.

John Bingham, der Coroner von Calwyn County, betrat schnaufend die Diele und schnitt eine Grimasse, als er Truitt sah. Er zupfte ein Taschentuch aus der Hosentasche und wischte sich den Schweiß aus dem feisten Gesicht. »Ich kann nur sagen, ich hoffe, du hast auf der Sheriff-Schule gut aufgepaßt.«

Truitt bedeutete Bingham, der Leiche nach draußen zu folgen. Als die Bahre sich die Verandatreppe hinabbewegte, rutschte der vordere Träger auf dem feuchten Holz aus. Truitt sprang nach vorne, denn er fürchtete, die in einem Sack verpackte Ladung würde sich von den Riemen losreißen und gräßlich über dem Boden herabbaumeln. Die Männer fluchten und fanden ihr Gleichgewicht wieder. Martins Leiche hatte sich unter den Haltegurten kaum bewegt. Truitts Herz raste, als die Mannschaft die

Bahre über das nasse Gras zu dem wartenden Lieferwagen schob.

Er wandte sich an Bingham. »Laß mal deine Mutmaßungen hören!«

Bingham schüttelte den Kopf. »Ich weiß nicht, was ich dir sagen soll, Alby. Ich mach den Papierkram fertig, damit wir die Leiche heute nacht noch zu Tests nach Atlanta ins Labor schaffen können.«

Truitt warf dem Coroner einen kritischen Blick zu. »Ich will mich anders ausdrücken: Was meinst du, womit habe ich es hier zu tun, Johnny?«

Bingham zuckte mit den Achseln. »Was ich sagen will, ist, daß ich dir nach dem, was ich gerade gesehen habe, noch nicht viel bieten kann. Hör zu, Alby: Ein Gewehrschuß ist kein aufgeschlitztes Handgelenk und keine kohlenmonoxydgefüllte Garage. Knallst du jemandem den Kopf weg, wird ein Haufen deiner gerichtsmedizinischen Daten über das ganze verfluchte Zimmer verspritzt. Wenn man jetzt noch berücksichtigt, daß in dem Zimmer da oben reichlich Spuren verwischt worden sind...« Er stieß einen leisen Pfiff aus. »Gut, wir schicken die Leiche rüber zu den Jungs in Atlanta, aber ich sag dir, erwarte dir nicht zuviel! Ich kann ungefähr vorhersagen, was sie dir melden werden: eine Kugel Kaliber .308, aus kurzer Entfernung frontal auf das Gesicht abgefeuert mit sofortigem Todeseintritt und verheerenden Folgen für die Wände. Hat Martin den Abzug betätigt, oder hat ihn jemand anders erschossen? Zum Teufel, um die Frage zu beantworten, braucht es mehr als nur gerichtsmedizinische Untersuchungen. Ich habe nachgesehen, ob der Abzug auf dem Finger eine Delle hinterlassen hat. Nichts zu sehen, aber das beweist gar nichts. Hast du die Hände auf Schmauchspuren untersucht?«

»Ja. Negativ, aber das ist bei einem Gewehr nicht weiter verwunderlich. Mein Gott, Johnny, läßt sich anhand der Indizien überhaupt sagen, ob sich ein Mann das Gewehr selbst an den Kopf gehalten und selbst den Abzug betätigt hat oder ob jemand anders es für ihn getan hat?«

Bingham schüttelte den großen Kopf, wodurch die sorgfältig gekämmten Reihen grauen Haars verrutschten. »Ich will dir eins sagen: Kein Gewehr geht von selbst los. Hat dir schon irgendwer verraten, warum er die Waffe rausgeholt hat?«

»Cammy sagt, er hat sie gereinigt. Das hat er immer gemacht, wenn er unter starkem Streß stand.«

»Hmm. Und ich steh mitten im Sumpf...«

»Ja, ich weiß.« Truitt warf ihm einen kritischen Blick zu. »Du würdest Selbstmord also nicht ausschließen?«

»Nein.«

»Wie steht's mit Mord?«

»Ich kenne nicht viele Menschen, die sich gerne ein Gewehr dicht vor das Gesicht halten und den Lauf hinabgucken, bevor sie abdrücken. Die meisten Selbstmordkandidaten würden sich die Waffe an einer Stelle gegen den Kopf pressen, wo sie sie nicht sehen können, und vorderhand habe ich keinerlei Hinweise auf eine Kontaktwunde entdecken können. Und wenn man den Zustand des Zimmers bedenkt ...« Bingham wischte sich mit dem Taschentuch über die Stirn. »Ich habe bemerkt, daß du die Frauen nicht zur Befragung auf die Polizeistation hast bringen lassen.«

»Scheint nicht nötig zu sein, daß sie so weit fahren. Ella ist schon ziemlich alt. Wir können das auch hier machen.« Truitt starrte lange auf den Verandaboden und stieß dann einen tiefen Seufzer aus. »Verflucht noch mal, Johnny, ich hasse diese ganze Sache, das gebe ich gerne zu. Martin war ein weithin respektierter Mann in diesem County. Berater im Auftrag des Landwirtschaftsministeriums, saß in der Bezirksverwaltung, war der letzte Präsident der Handelskammer. Ganz zu schweigen von seiner Arbeit für die Kirche. Eine schlimme Sache, egal, von welcher Seite man es betrachtet. Aber ich habe hier vier Frauen, alle mit ihm verwandt, von Kopf bis Fuß mit Blut bedeckt. Also, möglicherweise sind sie ja die Opfer eines schrecklichen Unfalls ...«

»Aber vielleicht sind sie es auch nicht. Ich bin nicht hier, um dir zu sagen, wie du deine Arbeit machen sollst, Alby, aber wenn sie keine Opfer sind, wirst du ihre Kleidung brauchen. Wie steht es mit Fingerabdrücken auf der Waffe?«

»Mehrere.« Truitt preßte den Daumen in die Handfläche, bis er ein befriedigendes Knacken hörte. »Im Grunde habe ich drei Möglichkeiten: Ich kann die Sache als einen Selbstmord behandeln und mit meiner netten, sanften Befragung fortfahren. Ich kann sie als einen Mord behandeln und sie alle einsperren, weil sie Spuren verwischt haben. Oder ich kann das Ganze als Unfall betrachten und sie bis morgen nach Hause schicken.«

»Dein Vorgänger wäre ein Gentleman gewesen und hätte sie nach Hause geschickt.«

»Scheiße. Mein Vorgänger hätte sie erst um einen ›Kredit‹ gebeten und dann heimgeschickt.«

»Das Leben in den Südstaaten, Alby. Du wußtest ja schon, bevor du dich um dieses Amt beworben hast, daß Andy Taylor eine Legende ist. In einer Welt voller Benimmregeln kann es keinen allseits beliebten Sheriff geben. Nicht, wenn er was taugt.«

Bingham machte eine Pause und widmete sich angelegentlich einem Niednagel. Als er wieder sprach, war seine

Stimme leise. »Hör mal zu, Kumpel. Du weißt, Haskell ist ein guter Mann. Er könnte das hier übernehmen.«

Truitt wurde steif. »Warum sagst du das?«

»Du weißt, warum ich das sage, Alby. Martin Cane war dein Freund. Kannst du objektiv bleiben?«

»Dafür bin ich als Sheriff gut genug, Johnny.«

»Na gut. Ich will dich noch was fragen. Ella Alden hat zu Hause deine Mutter gepflegt, bis sie gestorben ist. Das war vor nicht einmal einem Jahr, oder? Wieviel schuldet man jemandem für so was?«

Truitt schnürte es die Brust zusammen. »Ich stehe zu meiner letzten Aussage, Coroner.«

Bingham hob die Hände. »Prima. Aber sei vorsichtig, das ist alles, was ich sage. Du wurdest in dieses Amt gewählt, Alby, weil die Leute die Bande aus dem Justizgebäude satt hatten und wollten, daß ein frischer Wind weht. Aber das hat nicht viel zu bedeuten, wenn du mich fragst. Die Leute in dieser Gegend haben ein eigenartig loyales Verhältnis zu Ella Alden und ihrem Clan. Sie ist seltsam, und sie ist mächtig, und das flößt ihnen nicht unbedingt Vertrauen ein. Aber sie sitzt jeden Sonntag in der Methodistenkirche auf ihrer Bank und ihre Lippen bewegen sich, wenn sie die Bibelstellen mitliest. Sie werden ihr eher glauben als dir.«

»Was meinst du, warum ich wie auf Eiern gehe?«

Bingham packte Truitts Schulter, bevor er sich die Stufen hinabmühte. »Vielleicht können die Jungs in Atlanta die Sache ein bißchen beschleunigen.«

Der Coroner zwängte seine beträchtliche Körpermasse hinter das Steuer seines Ford Escort und drehte den Zündschlüssel. Truitt sah zu, wie der Transporter mit der Leiche die Auffahrt hinabrollte und das winzige Auto mit seinem beleibten Fahrer hinterdreinfuhr.

Er wandte sich wieder dem Haus zu und blickte den Deputy an, der im Eingang stand.

»Schnappen Sie sich Ruch«, befahl Truitt, »und sagen Sie ihm, er soll noch einmal zum Haus der Aldens fahren und Mrs. Grayson um einen Satz Kleidung für ihre Großmutter bitten.«

Im schwachen Schein der Verandalampe schwankte die Kante des Wohnzimmervorhangs und beruhigte sich dann.

»Mir ist es egal, ob sich Ihre Lippen bei der Bibellektüre bewegen, Miß Ella«, brummte Truitt leise. »Was auch immer Sie da oben in dem Zimmer angestellt haben, eins steht, verdammt noch mal, fest: Sie haben nicht in der Bibel gelesen.«

Gale trat aus ihrem Schlafzimmer und zog die Tür hinter sich zu, bis das Licht nur noch neben das Bett fiel und Katie Pru in Schatten gehüllt war. Normalerweise schlief Katie Pru auf der anderen Seite des Flurs im kleinsten der unbenutzten Zimmer. Heute rechnete Gale allerdings damit, daß darin jemand anders untergebracht werden würde. Sie warf einen Blick auf die drei übrigen Zimmer, Ellas am Ende des Flurs und die beiden Schlafzimmer, die ihrem eigenen gegenüberlagen. Sie hoffte nur ganz eigennützig, daß Ruchs Bitte um saubere Kleidung hieß, es würde Morgen werden, bevor irgendwer sonst eintraf.

Gale zog den Gürtel ihres Morgenrocks fester und stahl sich über die Eichendielen hinweg und die Treppe hinab. Zwei Korridore begrenzten die Treppe: Der eine führte am Eßzimmer vorbei zur Küche und war ganz mit Fischen dekoriert, und der andere war ein niedriger Gang mit glatten Wänden, die so dicht beieinanderstanden, daß Gales schmaler Körper kaum hindurchpaßte. Sill hatte diesen Gang den Pygmäentunnel getauft, weil sie sogar als einssechzig großer Teenager gezwungen gewesen war, sich in ihm zu bücken. Keiner hatte für die Enge des Korridors eine Erklärung. Nathan Glynn, der ursprüngliche Bauherr des Hauses, war ein relativ großer Mann gewesen, wie sich an der Konföderierten-Uniform ablesen ließ, die auf dem Speicher verpackt lag. Alles deutete darauf hin, daß er sich in seinem eigenen Korridor hatte ducken müssen.

Erst wenn man das Zimmer am Ende des Gangs erreichte, erhielt man einen Hinweis auf Nathan Glynns Motiv. Trotz ihrer Müdigkeit fühlte sich Gale erleichtert, als sie in das Arbeitszimmer trat und die Deckenlampe einschaltete. Ein freundlicher Lichtschimmer fiel auf ein abgenutztes Hahnentrittsofa und eine Truhe mit Decken, die in der Mitte des Zimmers stand, und erstreckte sich bis zu einem robusten Sekretär, der an die Wand gerückt worden war. Seit ihrer Kindheit war dies ihr Rückzugsort gewesen. In einem Haus, das in der Wut eines heimgekehrten Kriegers seinen Ursprung hatte, war dieses Zimmer eine architektonische Freude. Seine sechs Wände gaben dem Raum die Form eines Hexagons. An der Decke bildeten dreißig Zentimeter hohe Glaspanele, in die Sommerfrüchte eingraviert waren, ein milchiges Band entlang der Oberkante des Raums. In eine der Wände waren zwei massive Türen nach draußen eingelassen, deren Glasscheiben von Gazevorhängen wie von Nebelschwaden verhüllt wurden.

Entlang der restlichen fünf Wände hatte Glynn Regale bauen lassen, von denen jedes so dicht vollgestellt war, daß Gale gezwungen war, neue Bücher unter dem Sofa zu lagern. Auf den Regalen standen Töpfe, von denen Efeu herabrankte. Getrocknete, aufgespannte Schlangenhäute, die gemusterten Baumschößlingen ähnelten, waren an den vertikalen Brettern, die die Fächer trennten, befestigt worden, so daß Gale jedesmal, wenn sie das Zimmer betrat, das Gefühl hatte, in einen Wald des Wissens gelangt zu sein – oder zumindest in den Garten Eden, wie ihn sich ein Volkskünstler vorgestellt haben könnte. Die Wirkung war so groß, daß sie fast über das ausgestopfte Eichhörnchen auf der Deckentruhe oder die Reihe glänzender, mit Anzügen und Monokeln ausstaffierter Krähen hinwegsah, die auf dem Teppich hockten wie Buchhalter, die auf ihre Mahlzeit warteten.

»›Wer immer an Einsamkeit Vergnügen findet, ist entweder ein wildes Tier oder ein Gott‹«, murmelte sie. In ihrer Jugend hatte sie dieses Zitat Francis Bacons zu sticken begonnen, dieses Projekt aber zugunsten des Webstuhls aufgegeben. Die feine Handarbeit hatte zuviel Geschick in den Fingern erfordert. Den Webstuhl konnte sie mit dem ganzen Körper bewegen.

Ihr Blick wanderte über die Bücher, von denen einige dort schon so lange Einband an Einband standen, daß sie entzweigebrochen wären, hätte man sie herausgezogen. Ihr Mann Tom hatte gespottet, als sie ihm von dem Zimmer erzählte.

*Bekloppte Amerikaner. Da haben sie diese ganze Weite, und dann bauen sie sich klitzekleine Zimmer, um sich darin einzuschließen.*

*Damit solltest du doch Erfahrung haben, schließlich bist du in einem Dorf aufgewachsen. Dörfer sind schreckliche Orte, wenn man den eigenen Gedanken nachgehen will. Zimmer geben einem Raum zum Atmen.*

*Das ist die Frau in dir, mein Herz. ›Ein Zimmer für sich allein‹ und das ganze Gewäsch. Hab' ich nie verstanden. Wie kann man nur denken, wenn einem soviel Krimskrams die Sicht versperrt? Auf Feldern und Pfaden ist man besser dran.*

Gale preßte die warmen Finger gegen die Augen. Sie

hatte Tom nicht gesehen, nachdem er sich erschossen hatte. Sie hatte Beschreibungen gehört. Dörfer waren schreckliche Orte, wenn man seine Unwissenheit bewahren wollte. Aber Worte waren keine Augen, und trotz der Details war ihr Bild von seinem Tod sauber. Sie stellte sich vor, wie seine Leiche reglos auf der Seite lag, der Rücken gekrümmt, die Hände unters Kinn geschmiegt. In ihrem Phantasiebild von ihm wirkten seine Lippen schlaff, beinahe so, als würde er schmollen, was natürlich nicht möglich war. Sie hatte im Laufe der gerichtlichen Untersuchung erfahren, daß er sich die Kugel in den Mund geschossen hatte.

Sie dachte an die vier Frauen, die den Schuß aus Martins Gewehr gehört und seine Leiche gefunden hatten. Mehrere Sekunden mußten vergangen sein, bevor eine von ihnen schrie. Sie bezweifelte, daß sie selbst dazu genug Luft hätte einsaugen können.

Sie rammte die Fäuste in die Taschen des Morgenmantels und durchquerte das Zimmer. Vor dem Sekretär blieb sie stehen. Der Deckel war aufgeklappt, wodurch eine Tischfläche zum Schreiben entstand. Ein Notizbuch war an der Stelle aufgeschlagen, an der sie zuletzt gearbeitet hatte.

Eine 31jährige Frau aus dem Morgan County hatte mit Bleistift in einer Reihe grüner Hefte Tagebuch geführt, die in den historischen Archiven der University of Georgia aufbewahrt wurden. Gale hatte sie Wort für Wort abgeschrieben und dabei Bleistift und Papier benutzt, die dem Original so weit wie möglich entsprachen.

*22. September 1919*

*Klein Sam hat die ganze Nacht mit Fieber wach gelegen. Ich habe nicht schlafen können und hoffe, daß der Schmerz in meinen Beinen von der Müdigkeit stammt und nicht das erste Anzeichen einer Krankheit ist. Die Wilsons kommen morgen aus Taccoa, und ich muß noch die Bettwäsche waschen und frisches Fleisch in den Ofen schieben. Aber das Baby will nicht aufhören zu weinen, und es ist schon ganz rot angelaufen. Ich bin müde, müde und habe Marcus zu Dr. Allen geschickt. Aber es wird mindestens einen Tag dauern, und ich fürchte, ich habe größere Schmerzen als normal.*

Wir alle haben größere Schmerzen als normal, dachte sie, als sie das Notizbuch vorsichtig schloß. Tom hatte unrecht. Eine Frau brauchte sehr wohl ein Zimmer für sich allein.

Sie ließ sich auf einen Haufen abgenutzter Samtkissen fallen, die in eine Ecke des Sofas geworfen worden waren, und zuckte sofort zurück, weil sie im Nacken etwas Kratziges spürte. Sie untersuchte die Kissen und entdeckte, daß Linnies Tagesdecke, sauber gefaltet, unter ihnen hervorlugte. Gale hatte sie hier wie ein Kind, das sich schämt, versteckt, bevor sie zu dem Barbecue gegangen war, und hatte sie dann wie ein Kind vergessen. Ella würde entweder innerhalb einer Sekunde oder einer Woche merken, daß die Decke fehlte: ein perverser Indikator dafür, wieviel der Verlust eines Menschen bedeutete.

Sie preßte ihre Wange gegen das gewebte Tuch. Der Geruch nach Bleichlauge war verschwunden. Grundlage des Webmusters war der klassische Bogenknoten, dessen Schlaufen so angeordnet waren, daß sie wie erstarrte Flammen aussahen. Diese Tagesdecke allerdings kümmerte sich nicht im geringsten um die übliche Machart. Gale ließ die Finger sanft über die indigoblauen Schlaufen gleiten und bewunderte die Komplexität und den Einfallsreichtum des Musters. Gales Arbeiten am Webstuhl waren geradlinig gewesen und hatten mehr mit den Farben als den Mustern gespielt. Ihr war das Numerieren bei komplizierten Mustern zu umständlich gewesen und das Zählen zu mühsam. Und sie hatte sich nie an originellen Entwürfen versucht. Für sie lag ein Teil der Freude in der Routine: das Vor und Zurück des Webschiffchens, die Wiederholung der Linien, das Fortführen der Tradition.

Linnie mußte eine andere Berufung verspürt haben. Gale breitete die Tagesdecke auf den Knien aus. Die Schlaufen des Bogenknotens hatten beinahe die Form eines Paisleymusters, aber dessen Enden verliefen sich wie Reben und verschwanden in den Rändern des Tuchs. Es war, als hätte Linnie versucht, von den geometrischen Grenzen frustriert, die ihr der häusliche Webstuhl auferlegte, die fließenden Muster eines fabrikgefertigten Jacquards zu imitieren. Der Arbeitsaufwand, den dies gekostet haben mußte, war immens. Und auch absurd, denn als Linnie in den zwanziger Jahren das Erwachsenenalter erreichte, waren Tagesdecken in diesen beiden Stilen längst veraltet. Niemand außer isoliert lebenden Bewohnern der Appalachen oder in irgendwelchen Kommunen lebende Pseudo-Künstlerinnen hätte damals noch eines dieser beiden Webmuster benutzt.

Auf der anderen Seite des Hauses schlug die Tür zur hinteren Veranda zu. Gale ließ die Tagesdecke über die Sofalehne fallen, durchquerte das Zimmer und schaltete das Licht aus. Es war immer noch mitten in der Nacht: viel zu früh, als daß schon irgendwelche ernsthaften Befragungen stattgefunden haben konnten.

Sie lief durch den Zwergengang und umrundete die Treppe. Die Küchentür war geschlossen, was im Haushalt der Aldens, in dem sich alles ums Essen drehte, nur selten vorkam. Verblüfft ging Gale zur Tür, legte eine Hand dagegen und versuchte, irgendwelche Geräusche zu hören. Es gab keine. Sie drehte langsam den Knauf und schob die Tür auf.

Es dauerte einen Augenblick, bis ihr klar wurde, was nicht stimmte. Ella, Cammy und Sill saßen am Küchentisch, während Maralyn den Kühlschrank durchwühlte. Sie müssen hungrig sein, dachte sie sich. Sie hatte einmal gelesen, daß manche Menschen angesichts des Todes von Heißhunger überkommen würden. Sie sahen in ihrer sauberen Sommerkleidung beinahe entspannt aus. Dann sah sie es: Das Blut hatte in ihren Haaren Klumpen gebildet und die Gesichter mit Flecken übersät.

»Sill«, befahl Ella. »Du benutzt das Bad als erste.«

»Also, Mutter«, rief Maralyn hinter der Kühlschranktür. »Was hast du mit dem Kaffee angestellt?«

»Nun, er ist genau…« Ella wandte sich um, sah Gale und hielt inne. »Was tust du hier? Das Licht in deinem Zimmer war aus. Ich dachte, ihr schlaft längst.«

Gale erstarrte in der Türöffnung. »Katie Pru schläft. Ich war im Arbeitszimmer.«

Ellas Blick war herrisch. »Hast du nicht von deinem Cousin Martin gehört? Weißt du nicht, daß er umgekommen ist?«

»Doch, natürlich.« Gale betrachtete die Frauen hilflos und unsicher. Cammy starrte an einer Schüssel mit rosa Seidenblumen vorbei, die in der Mitte des Tisches stand, und ihr Mund war schlaff wie ein Gummiband. Sills Daumen rangen miteinander. »Ich war draußen, als es passiert ist«, stammelte Gale. »Ich weiß nicht, was ich sagen soll – es tut mir so leid. Aber was, in Gottes Namen…?«

Die Tür des Kühlschranks fiel zu. Maralyn preßte das kalte Kaffeepulver gegen ihre Brust.

»Gale«, begann sie.

Ella schnalzte die Finger in Richtung ihrer ältesten Tochter. Gale hatte diese Geste schon Hunderte Male gesehen, ein Schnippen und ein kurzes Winken mit der Hand. Sie bedeutete Schweigen und automatischen Gehorsam. Maralyn schloß den Mund. Ella packte die Tischkante und erhob sich von ihrem Stuhl. Sie stakste zur Tür, und der Geruch, den sie ausströmte, ließ Gale übel werden.

»Geh ins Bett, Gale!« befahl sie. »Du wirst hier nicht gebraucht. Wir können uns um Cammy und Sill kümmern.«

»Aber Ella. Um Gottes willen...«

»Geh, Gale. Kümmere du dich um Katie Pru. Ich habe hier alles unter Kontrolle.«

Ellas Haut war unterhalb des geronnenen Bluts fast durchscheinend, ihre Augen waren so hart, daß sie zu springen drohten.

Gale trat von der Schwelle zurück, als die Tür vor ihrer Nase zugemacht wurde. Sie starrte ungläubig auf das Holz, während sich der Gestank von Martins Blut im Flur ausbreitete.

*Linnie Cane war ein Eheweib*
*Und sie liebte ihren Sohn*
*Linnie Cane knüpfte auf ihren Leib*
*Und die Hölle war ihr Lohn.*

Ballade, gesungen von der Jugendgruppe der Methodistengemeinde in Statlers Cross während eines Picknicks, 1949

## 7

Der Jaguwar war an diesem Morgen schlecht gelaunt. Katie Pru wußte das, sobald sie die Treppe an der Vorderseite des Hauses hinunterrannte. Ihre Mutter folgte ihr mit einem Kaffeebecher in der Hand und einer Mappe voll Papieren über der Schulter. Es war noch früh, so früh, daß der Himmel die Farbe eines silbernen Geldstücks und das Gras einen seltsamen Grünton hatte.

»Es ist noch alles voll Tau, K.P.!« rief ihre Mutter. »Setz dich nicht auf den Boden! Tritt nicht in den Matsch! Und iß bitte deinen Toast, Madame!«

Ihre Mutter kümmerte sich nicht um den Tau. Sie setzte sich in ihrem blauen Jeansrock auf die mittlere Stufe, stellte den Kaffee neben sich und kramte in der Mappe. Katie Pru runzelte die Stirn und trat, den eingewickelten Toast in der Hand, auf einen Pflasterstein. Neben diesem war eine Stelle mit rotem Matsch. Sie schielte zu ihrer Mutter hinüber und steckte den Zeh hinein.

»Katie Pru.« Es war eine Warnung. »Wenn du mit dem Jaguar spielen willst, mußt du entweder auf den Pflastersteinen oder auf dem Gras bleiben! Sonst gehen wir wieder rein.«

Katie Pru fand das alles ziemlich merkwürdig. Sie war mitten in der Nacht aufgewacht, und das Bett war so groß, das Mobiliar so fremd gewesen, daß sie geschrien hatte. Ihre Mutter war gekommen und hatte geflüstert und ihr den Rücken gestreichelt, bis Katie Pru schläfrig geworden war. Ihre Mutter hatte sich abgewandt und die Knöpfe ihrer Bluse geöffnet, zuerst langsam, dann schneller, bis sie an ihnen riß und die abgewinkelten Arme wie Hühnerflügel in die Luft stieß. Als sie sich endlich auf dem Bett ausstreckte, war Katie Pru zu ihr rübergerutscht und hatte sich an ihrem Bauch zu einer Kugel zusammengerollt. Katie Pru war inmitten des warmen Essiggeruchs der Haut ihrer Mutter eingeschlafen.

Am Morgen hatte ihre Mutter sie beide angezogen, bevor sie die Schlafzimmertür aufmachte. Das Haus war still und die Tür zu Oma Ellas Zimmer geschlossen, als sie hinunter in die Küche huschten. Schnell ein Stück Toast und ein Becher Kaffee aus der Mikrowelle, und schon waren sie zur Tür hinaus.

Katie Pru ging jetzt mit dem durchweichten, in eine Papierserviette eingewickelten Stück Toast auf den mürrischen Jaguwar zu. Sein fauchendes Maul stand offen. Von den Augen – der einzige Teil an ihm, der nicht schwarz war – blätterte die gelbe Farbe ab, und es sah so aus, als würden die Augäpfel herausplatzen. Sie hielt ihm den Toast hin.

»Willst du was?«

Er antwortete nicht. Sie stellte sich vor ihn, dorthin, wo der Boden sowohl aus Gras als auch Matsch bestand, und hielt ihm die Hand vor das Maul. Sein Atem war kühl.

»Okay«, sagte sie. »Was willst du denn dann?«

»Ketchup.«

»Wozu das denn?«

»Er schmeckt lecker auf Mädchenzehen.«

»Laß das! Sag mir jetzt, was du willst!«

»Geh zur Seite!«

Sie gehorchte, warf ihm einen argwöhnischen Blick zu, bückte sich und drehte den Kopf so, daß sie sehen konnte, wohin er schaute. Da war natürlich die Auffahrt, und dann der dichtbelaubte Pekanbaum, dessen Äste so lang waren, daß sie wie Hundeschwänze hin und her wedelten, wenn der Wind blies. Eine schmale Straße führte am Haus vorbei, und auf der gegenüberliegenden Seite stand der Briefkasten, von dessen Pfosten eine Plastikmagnolie baumelte. Ansonsten gab es nur noch den Damm mit den Eisenbahnschienen, lang und hoch und voll Unkraut.

Sie richtete sich auf und sah den Jaguwar mit zusammengekniffenen Augen an. »Schaust du auf die Eisenbahnschienen?« fragte sie.

Er nickte nicht. Sein Knurren wurde ein kleines bißchen böse, seine Stimme barsch.

»Der Mann ist wieder da. Er ist auf den Schienen.«

Katie Pru wandte sich um. Und wirklich, dort war der Mann und bewegte sich wie eine riesige Gespenstheuschrecke mühsam die Schienen entlang. Sie blickte kurz zu ihrer Mutter, aber die schrieb mit dem Kaffee in der Hand in ihr Notizbuch und hatte nichts bemerkt.

»Ich mag den Mann nicht«, flüsterte Katie Pru. »Seine Geschichten machen mir angst.«

»Ich mag den Mann auch nicht«, fauchte der Jaguwar. »Er spuckt mich an.«

Der Mann machte kleine Babyschritte und stieß mit seinem Stock gegen die Schienen. Von der einen Hand baumelte eine weiße Schachtel, die mit einer Schnur zugebunden war. Der Mann kam nicht jeden Tag vorbei – wenn er das getan hätte, hätte der Jaguwar ihn längst gefressen –, aber er kam öfter, als es Katie Pru lieb war. Sie stopfte den Toast mit der Serviette in das Maul des Jaguwars und kletterte auf seinen Rücken, von wo aus sie zusah, wie der Mann zwischen den Ohren des Tiers in ihr Blickfeld gelangte.

»Kleine Miß!« Der Alte hob den Stock. Ihre Mutter riß überrascht den Kopf hoch. Der alte Mann stieß den Stock in die Luft, und die weiße Schachtel schlug gegen sein Handgelenk. »Ich dachte mir, ich komm besser in der Früh, vor all den anderen.«

Er sprach die Worte seltsam aus. Ihre Mutter stellte langsam den Kaffee weg und schob das Haar hinter die Ohren.

»Nun, Mr. Deak Motts«, rief ihre Mutter. »Ich fürchte, Sie sind ein bißchen zu früh dran. Ella ist noch nicht auf.«

»Ella? Wie kommst du darauf, daß ich Ella sehen will?« Er erreichte die Stelle, an der die Autos die Schienen überquerten, und stieg die Böschung hinab. »Ich will diesen alten Drachen nicht sehen, nein danke!«

Ihre Mutter nahm den Becher und nippte daran, während sie mit den Augen dem Mann folgte, der am Fuß der Böschung angekommen war, die Straße überquert hatte und jetzt die Auffahrt hochkam.

Als er den Jaguwar erreichte, blieb er stehen. »Kleine Miß«, rief er. »Warum versteckst du den Kopf?«

Der Jaguwar zwischen ihren Beinen regte sich. *Nicht beißen!* warnte sie ihn. *Mama steckt dich in den Zoo, wenn du beißt.*

»Ich schätze, sie ist nicht in Stimmung für eine Unterhaltung, Deaks«, rief ihre Mutter. »Warum reden Sie nicht mit mir?«

Er berührte die Füße des Jaguwars mit dem Stock und wandte sich dann Gale zu. »Traurig, das mit Martin. Er war ein guter Mann.«

Unter ihrem Arm hindurch sah Katie Pru, wie ihre Mutter nickte. »Danke, Deak. Ich werde es Cammy und Sill ausrichten.«

»Weißt du, ich war im Fischhaus, als das Gewehr losging. Ich wußte sofort, daß was nicht stimmt. Es gab niemanden in der Stadt, der in dem Moment mit einem Gewehr geschossen hätte. Zumindest aus keinem legalen Grund.«

Ihre Mutter schloß das Notizbuch. »Ich schätze, Sie haben recht. Es war zweifelsohne ein Schock.«

»Hier.« Er humpelte über die Pflastersteine, wobei seine Füße in den roten Matsch rutschten, und stellte die Schachtel neben Gale ab. »Meine Schwiegertochter hat die für euch alle gemacht. Zucchinimuffins. Ich schätze, sie sind zu klebrig.« Er stützte sich auf seinen Stock. »Ich hoffe, die machen mit dem Barbecue weiter. Sollte mir leid tun, wenn sie damit aufhören.«

»Oh, ich bin mir sicher, irgendwer führt es fort. So viel Geld läßt man sich nicht entgehen.«

»Sei dir da nicht zu sicher. Es passiert etwas, und schon will keiner mehr was damit zu tun haben. Aberglauben, nichts sonst. Als würde Unglück wie Pulver an einem haften bleiben.«

Ihre Mutter brauchte so lange, um zu antworten, daß Katie Pru den Kopf hob. Ihre Mutter saß still auf den Stufen und blickte zu Boden. Dann griff sie nach der Tasse und ließ den Kaffee wie eine fliegende Schlange durch die Luft segeln.

»Verraten Sie mir etwas, Deak«, erklärte sie. »Sie waren doch in dem Fischhaus, als die Waffe losging. Waren Sie auch dort, als Sill Martin ihre Freundin vorgestellt hat?«

»Das hübsche, dunkelhaarige Mädchen? Da war ich dabei.«

»Martin war wütend, als er das Fischhaus verließ. Wissen Sie irgendwas darüber?«

»Nun, Martin war ziemlich aufbrausend. Wobei er nie nachtragend war. Sill ist halt ein Mädchen, das schon immer gewußt hat, wie sie ihn reizen kann, das ist alles.«

»Haben Sie gehört, worüber sie gestritten haben?«

Deak stieß mit seinem Stock einen Stein weg, der gegen den Fuß des Jaguwars knallte. »Er wollte sie nicht dort haben. Hab' nicht ganz verstanden, wieso. Das Mädchen hat wirklich anständig gewirkt. Sie waren eine Weile dort drinnen und haben unserem Geplapper zugehört. Als Martin hereinkam, schien zuerst alles okay zu sein. Aber dann hat er diesen Gesichtsausdruck bekommen. Er konnte richtig böse ausschauen, wenn er wütend wurde.«

»Was haben sie denn zueinander gesagt?«

»Nicht viel. Sill hat so was gesagt wie ›Ich möchte dir jemanden vorstellen‹ und Martin hat geantwortet: ›Du mußt sie mir nicht vorstellen, ich habe mit ihr schon geredet.‹ Und das war's dann eigentlich auch schon. Er ist einfach explodiert und hinausgestürmt.«

»Und Sill ist hinter ihm hergerannt?«

»Genau.«

Ihre Mutter sah Katie Pru mit einem Blick an, der direkt durch sie hindurchging. Katie Pru hielt sich noch besser am Jaguwar fest. Sie mochte es nicht, wenn ihre Mutter sie so ansah. Sie hatte dann das Gefühl, sie wäre verschwunden.

»Verraten Sie mir noch etwas, Deak«, bat ihre Mutter schließlich. »Die Geschichte, die Sie immer erzählt haben. Die über das Lynchen. Ich erinnere mich, wie Sie sie erzählt haben, als ich ein Kind war. Ist sie wahr?«

»Wahr?« Deak trottete zu Katie Pru hinüber. »Kleine Miß, deine Mama meint, ich denke mir Geschichten aus.«

»Ich hoffe, daß es so ist«, sagte ihre Mutter.

Deak kicherte. Er packte mit einer blauen Hand voll Knoten den Jaguwar am Ohr und beugte sich dicht zu Katie Pru hinab. Farben schwammen in seinen Augen.

»Weißt du, wie alt ich bin, kleine Miß?« Seine Stimme war ein Flüstern. »Ich bin achtundachtzig. Früher war ich Sargbauer von Beruf. Wenn man Särge baut, kriegt man Geschichten zu hören. Hast du die über deine Großtante Linnie schon mal gehört?«

Ihre Mutter war aufgesprungen. »Deak!«

Er deutete mit dem Stock auf sie und wirkte dabei zugleich wütend und lächerlich. »Still, junge Frau! Das hier kann ein Kind ruhig hören.« Er wandte sich wieder Katie Pru zu. »Deine Großtante Linnie – für dich wäre es mehr als nur ein ›Groß‹ –, sie ist immer die Schienen entlanggegangen. Genauso, wie ich es tue. Früher gab es einen Zug, der auf dieser Strecke gefahren ist, wußtest du das? Er hat direkt vor der alten Spinnerei gehalten. Hat Baumwolle gebracht und Tuch mitgenommen, und er ist nicht weiter gefahren als bis hierher, denn hier waren die Schienen zu Ende.«

Seine Finger trommelten gegen das Ohr des Jaguwars. Sein Atem roch nach Medizin. »Nun, Linnie Glynn Cane, sie hat nicht in der Spinnerei gearbeitet. O nein, sie war zu fein für die Arbeit in der Spinnerei. Wollte keine Baumwollfusseln im Haar haben. Sie hat an ihrem eigenen Webstuhl gearbeitet. Wenn sie sich eine Stola gemacht hatte, hat sie sich die um die Schultern gelegt und ist damit die Straße auf und ab marschiert, als würde es niemanden was angehen. Manchmal ist sie zum Bahndamm hochgelaufen und auf den Zug aufgesprungen, der mit den Stoffballen weggefahren ist. Nur gab es keinen Zug zurück, weißt du? Der Zug ist nur zweimal die Woche gefahren. Also ist sie in der Abenddämmerung die Schienen entlang zurückgekommen, die Stola immer noch um die Schultern, und war die ganzen sechs Meilen vom Bahnhof in Oaktree aus über die Schienen getänzelt.«

Er grinste. Seine Zähne waren groß und gelb und hatten einen schwarzen Rand. Katie Pru packte die Hand ihrer Mutter, als diese zu ihr trat und sie umarmte.

»Das hier ist keine Geschichte zum Fürchten, kleine Miß. Linnies Ehemann Justin war ein Freund von mir. Eine Zeitlang glaubte er, daß sie sich rumtreibt, aber weißt du was? Es stimmte gar nicht. Ihr gefiel es einfach, mit dem Zug wegzufahren und dann wieder in die Stadt hineinzuspazieren.«

»Das ist ja eine tolle Geschichte, Deaks.« Die Stimme ihrer Mutter war ausdruckslos. »Bei Ihnen klingt es so, als hätte Linnie in ihrem ganzen Leben keinen einzigen Tag richtig gearbeitet. Die Wahrheit ist, daß sie die Wahl hatte: Sie konnte entweder auf der Farm arbeiten oder in der Spinnerei. Sie hat sich für die Farm ihrer Familie entschieden.«

»Die meisten Leute hatten keine Wahl.«

»Vielleicht. Das bedeutet aber nicht, daß sie nicht draußen auf den Feldern war und wie alle anderen gepflügt und gejätet hat. Landbesitz hat damals nicht Muße bedeutet. Und die Farm der Glynns hat einen guten Teil der Baumwolle geliefert, die die Spinnerei am Laufen gehalten hat.« Sie zog sanft an Katie Prus Hand. »Komm jetzt, Schätzchen. Mir ist nach einem Ortswechsel zumute.«

»Sie hat nicht draußen auf den Feldern gearbeitet, wenn sie die Schienen entlanggebummelt ist.« Der Alte schlug mit dem Stock gegen die Brust des Jaguwars. »Manche

Leute haben gesagt, irgendwann würde sie mal zu langsam gehen, und der nächste Zug würde sie einholen und überrollen. Aber das ist nicht passiert. Das war bloß der gehässige Tratsch der Leute.«

»Okay, mein Käferchen.« Ihre Mutter hob Katie Pru vom Rücken des Jaguwars. »Zeit, zu gehen.«

»Hey, wenn du Miß Cammy siehst, richte ihr bitte mein Beileid aus.«

»Mach ich, Deak. Es ist fast neun. Wird es nicht allmählich Zeit für die Kirche?«

Der alte Mann machte große Augen. »Kirche? Madam, ich hab nur einen sehr begrenzten Bedarf an Kirche.« Er wandte sich dem Jaguwar zu und spuckte aus.

Die ersten fünf Meilen von Praterton, Sitz der County-Verwaltung, nach Statlers Cross führte über eine glatte, vierspurige Asphaltstraße – einen Super-Highway des Hinterlands, an dessen Rand verkümmerte Schilder die Heilige Dreifaltigkeit des Tourismus priesen: Pfirsiche, Erdnüsse und Pekannüsse. Hinter einer Reihe von Verkaufsständen hatte eine neue Kirche der Kongregationalisten Fuß gefaßt: ein doppelt breiter Wohnwagen, in dessen Erkerfenster eine Bibel und ein Kreuz aus Plastik zur Schau gestellt wurden. Hinter der Kirche tauchte aus einem Schotter- und Erddelta eine Nebenstraße auf. Truitt rumpelte auf die schmale, holperige Straße und fuhr Richtung Nordwesten.

Die Straße begann respektabel und war auf beiden Seiten von Drahtzäunen begrenzt, in die sich Geißblattranken und die sangriafarbenen Blüten der Trompetenpflanze geflochten hatten. Scheckige Wiesen erstreckten sich nach beiden Seiten, vertraute Felder, die er in seiner Jugend aus der Fahrerkabine von Martins schwarzem Pritschenwagen betrachtet hatte.

*Also, wenn du auf einen Rehbock anlegst, achte darauf, daß du auf eine tödliche Stelle zielst. Ich will nicht, daß du wild in der Gegend rumballerst und die arme Kreatur dabei zum Krüppel schießt.*

Ihr erster Jagdausflug hatte sie in die Wälder um den Stack Mountain in der nordöstlichen Ecke des Countys geführt. Sie waren allein gewesen, und Martin hatte eine abgenutzte Jagdjacke mit einer Patina aus Schlamm und alten Haaren getragen, der dürre Alby eine hell-orangefarbene Weste, die nagelneu war und nach Polyester roch. Mit sechzehn war Alby schon weit über das Initiationsalter hinaus – das Gewehr in seinen Händen fühlte sich genauso ungewohnt wie ein Mädchen an.

Es war ein kühler Novembermorgen, und der Himmel bestand aus übereinandergeschichteten grauen Lagen, die die Kiefern in ein militärisches Grün tauchten und die Nadeln unter den Schuhsohlen ihrer Konturen beraubten. Er folgte Martin schweigend, zog die Schultern hoch und rückte die Weste zurecht, die immer wieder den Arm hinabrutschte und störte. Scheiße, es ist kalt, dachte er sich. Wo, zum Teufel, gibt es für mich was zum Schießen? Martin ging vor ihm her und drehte den Kopf von einer Seite zur anderen.

»Wonach suchst du?« fragte Alby.

Martin gab ihm das Zeichen, still zu sein. »Ruhig, Junge, sei einfach ruhig und paß auf! Die Schonung ist gleich dort vorne.«

Alby imitierte Martins Blicke und versuchte so herauszufinden, wonach dieser möglicherweise Ausschau hielt. Nach links, nach rechts, nichts außer Kiefern und tote Blätter. Die orangefarbene Weste rutschte nach hinten und scheuerte unter Albys Achseln. Er zuckte ein paarmal mit den Schultern, zog sie nach vorne und war auf seine Mutter wütend, die nicht gewußt hatte, was sie tat, als sie die Weste gekauft hatte. Wenn sein Vater noch dagewesen wäre…

Martin blieb plötzlich stehen.

»Mein Sohn«, sagte er langsam. »Was, zum Teufel, tust du da?«

Alby schaute auf. Sein Gewehrlauf stieß genau in die Mitte von Martins Rücken. Er warf einen Blick hinunter auf seine Hände. Sein Gesicht wurde heiß. Irgendwann – er wußte nicht, wann – hatte er einen Finger um den Abzug gelegt.

»Gott bewahre, Martin«, flüsterte er. »Herrje.«

»Leg es hin, Alby. Los, leg es einfach auf den Boden.«

Er warf das Gewehr auf die Erde, wich vor ihm zurück und rieb sich die Hand, als wäre er gestochen worden. Martin hob das Gewehr auf und machte sich wortlos auf den Weg zurück zu der Stelle, wo sie den Wald betreten hatten. Unbegreiflicherweise hatte Martin ihn am nächsten Wochenende wieder mitgenommen und dafür gesorgt, daß er im Wald blieb, bis er ein Reh geschossen hatte. Es war kein großes Reh, nur ein junger Bock. Aber er hatte das Gewehr auf etwas gerichtet, das er zu töten vorhatte, hatte sich entschlossen und hatte es schließlich getan.

Ein Schlagloch in der Form Alaskas öffnete sich in der Straße vor ihm. Truitt riß den grünen Dodge erst nach rechts, dann nach links.

Statlers Cross tauchte wie jedesmal völlig überraschend vor ihm auf, denn der Eisenbahndamm auf der einen Seite der Straße bildete einen Hügel. Truitt bremste ab und rollte gemächlich an der Methodistenkirche vorbei. Der Parkplatz war gerammelt voll, und die Eingangstüren standen offen. In der Vorhalle drängte sich eine Menge Gläubiger, die das Geschehen im Kirchenraum mitverfolgen wollte. Halb zehn war zu früh für den normalen Gottesdienst.

Ohne Zweifel hatte sich Bruder Teller, nachdem er in der Nacht daran gehindert worden war, der Familie Beistand zu leisten, entschlossen, der übrigen Gemeinde spontanen Trost zuzusprechen.

Truitt drückte auf das Gaspedal. Das halbe Dutzend Läden, die das Geschäftszentrum von Statlers Cross bildeten, hatten das aufgemöbelte Aussehen hoffnungsvollen Wohlstands. Vor zwanzig Jahren waren die Gebäude noch langsam verfallen. Jetzt waren nur die Fenster des alten Fotostudios verrammelt. Truitt rollte ganz langsam weiter und betrachtete den Ankleidetisch aus Kirschholz im Schaufenster des Antiquitätengeschäfts, die Auslage voll gehäkelter Kreuze und schleifenverzierter Körbe im Andenkengeschäft der Gemeinde und die Schaufenster von Greenes Eisenwarenhandlung, die seit dem Tod des Besitzers verdunkelt waren. Als er das Ende der Ladenreihe erreichte, bemerkte er zu seiner Überraschung, daß in Langleys Drugstore die Neonlichter brannten, obwohl es Sonntagmorgen war.

Kühle Luft umschloß ihn, kaum hatte er den Laden betreten. Cooper Langleys übliche Geschäftskleidung, Jeans und ein kariertes Hemd, war durch einen ausgebeulten schwarzen Anzug ersetzt worden. Mit seinem fast roten, zurückgekämmten Haar und den dürren Handgelenken, die aus den Jackenärmeln hervorragten, sah er wie ein Comic-Bösewicht aus den dreißiger Jahren aus. Er beugte sich über die Theke mit der Registrierkasse und unterhielt sich leise mit einem Mann, den Truitt nicht kannte. Er blickte kurz auf, als sich der Sheriff näherte.

»Alby, wie geht's dir? Schnapp dir eine Cola.«

»Danke, Coop. Und ich hab' auch noch nicht gefrühstückt. Ich nehm' mir ein paar von diesen Käsecrackern.«

Langley tippte den Betrag in die Registrierkasse. Sein

Ellbogen stieß gegen eine Pappschachtel, die auf der Theke stand. »Schlimme Sache, das mit Martin«, erklärte er. »Wir haben gerade festgestellt, daß er gestern in Höchstform war.«

»Wie meinst du das?« fragte Truitt und warf sich einen Cracker in den Mund. »Das mit der Höchstform?«

Langley sammelte die Münzen auf, die Truitt auf die Theke legte, und warf sie in die Geldschublade der Kasse. »Du weißt schon – das alles lief wie geschmiert. So was erfordert monatelange Planung, Dutzende von Leuten, aber es hängt doch alles von einem einzigen Menschen ab. Ich sag dir, diese Stadt wäre schon vor Jahren wie ein verwelktes Blatt fortgeweht worden ohne Martin und das Barbecue. Komisch, wie so eine Veranstaltung einen Ort bekannt machen kann.«

Der Fremde schüttelte den Kopf. »Es muß für die Familie ein schwerer Schlag sein. Ich schätze, Sie sind noch mal gekommen, um zu sehen, wie es ihnen geht?«

Truitt wandte sich dem Mann zu. Er war groß, um die Fünfzig und für die Kirche gekleidet. Er stach befremdlich von den Leuten ab, die sich Truitts Erfahrung nach normalerweise in Langleys Drugstore die Zeit vertrieben. Sein blauer Anzug war zu gut geschnitten, seine Schuhe zu blank poliert. Sogar sein graues Haar bauschte sich ein bißchen zu gefällig um das gebräunte Gesicht, als daß Truitt ihn für einen Einheimischen gehalten hätte. Pilot, entschied Truitt. Einer von den vielen, die nach Calwyn County gezogen waren, weil es weit genug von Atlanta entfernt war, um außer Reichweite der meisten Pendler zu sein, aber nicht so weit, daß die, denen der Sinn nach ein wenig Großstadtleben stand, nicht in die Zivilisation hätten zurückkehren können, wenn ihnen danach war.

Truitt legte den Kopf schief. »Kennen Sie die Canes gut?«

»Nur ein wenig. Meine Frau und ich sind mit Martin und Cammy zusammen in die Kirche gegangen. Wegen meiner Arbeit besuchen wir den Gottesdienst leider nur gelegentlich. Trotzdem, wenn man ein Mitglied der Methodistengemeinde hier in Statlers Cross ist, kannte man Martin. Er hatte mit so vielen Angelegenheiten zu tun. Ich hatte großen Respekt vor ihm.« Er machte eine Pause. »Martin war ein wahrer Mann Gottes.«

Der Mann hatte den Akzent eines Südstaatlers aus der Großstadt, von jemandem, der seinen Dialekt vor langem aufgegeben hatte und ihn jetzt nicht mehr unbefangen benutzen konnte. »Tut mir leid«, erklärte Truitt. »Ich habe früher mal gedacht, ich würde in diesem verdammten County jeden kennen, aber allmählich wird's hier richtig voll. Ich bin Sheriff Alby Truitt.«

Der Mann schüttelte die Hand, die Truitt ihm hinhielt. »Mal Robertson. Ich schätze, ich bin ein Neuankömmling. Wir sind jetzt seit ungefähr einem Jahr hier. Ich habe allerdings verwandtschaftliche Beziehungen hierher, die weit zurückreichen. Ich bin Pilot bei der Delta.«

Truitt lächelte. »Freut mich, Sie kennenzulernen. Ich erinnere mich an Ihren Namen von den Aussagen her, die mein Deputy aufgenommen hat. Ihr beide wart in der Gruppe Männer, die in das Zimmer gestürmt ist, nicht wahr? Ihr trefft euch doch heute morgen nicht etwa hier, um eure Geschichten zu verschönern, oder?«

»Um Gottes willen, nein, Sheriff«, antwortete Robertson. »Ich fliege morgen früh, und meine Frau wollte, daß ich noch ein paar Sachen besorge, bevor ich fahre.« Er wies auf die Schachtel. »Sie arbeitet zur Zeit ein bißchen als Krankenpflegerin. Cooper war so freundlich, für mich früher als sonst aufzumachen.«

»Zum Teufel, Mal, erzählen Sie dem Sheriff keine Lügen!« Cooper beugte sich über die Theke und senkte die Stimme. »Alby, die Wahrheit ist, wir waren beide in der Kirche. Aber als Ryan Teller von den Talkshows im Himmel zu reden anfing, die alle Martin als Gast engagieren werden, sind wir geflohen. Kann geschmacklose Predigten nicht ertragen.«

Truitt kicherte. »Talkshows im Himmel?«

»Nun ja, dazu muß man unseren Pfarrer kennen. Manchmal wünscht man sich, es wäre besetzt, wenn er das nächste Mal bei Gott anruft.«

Robertson grunzte zustimmend. »Ich habe Coop gerade erzählt, daß ich gestern beim Barbecue gesehen habe, wie eine Frau Fotos gemacht hat. Vermutlich für irgendeine Zeitung. Irgendwer sollte herausfinden, wer sie ist, und ein paar Abzüge für die Familie besorgen. Wie Coop bereits gesagt hat: Martin war in Höchstform. Es wäre schön, ihn auf diese Weise in Erinnerung behalten zu können.«

»Weißt du, von welcher Zeitung sie war, Coop?« fragte Truitt. »Ich kann mich nicht erinnern, daß in den Berichten irgendwelche Leute von den Medien erwähnt wurden.«

Langley schüttelte den Kopf. »Ich hab' sie nicht gesehen. Aber ich würde sie gerne ausfindig machen. Ich hätte selbst gern ein paar Abzüge.« Er wischte mit der Handfläche über die Theke. »Also, Alby, wir haben uns gefragt, wann wohl die Beerdigung stattfinden wird. Ich meine, ihr habt ja schließlich die Leiche noch bei euch und so weiter.«

»Nur noch einen Tag oder so. Wenn das Labor in Atlanta mit den Tests fertig ist, übergeben wir die Leiche an die Familie. Und dann liegt es an Cammy, alles weitere zu arrangieren.«

Langley war still. Er pochte leise mit der Faust auf die Theke.

»Es war ein Unfall, oder?« fragte er. »Ihr sucht doch nicht etwa nach was anderem?«

»Du weißt, wie es ist, Coop. Zuerst muß man wirklich alles beisammen haben.«

»Klar, das verstehe ich. Es ist nur... na ja, du weißt ja Bescheid mit Kleinstädten. Je schneller eine Sache geregelt ist, desto weniger Gerede gibt es.«

Truitt lächelte weiter höflich. »Gerede worüber?«

»Ach, zum Teufel, du weißt schon, Alby.« Langley redete im Falsett weiter. »›Was meinst du denn, was die Frauen da drinnen gemacht haben, Mama? Wenn sie nichts Böses getan haben, warum entscheidet der Sheriff dann nicht einfach, daß es ein Unfall war?‹ Du weißt, wie die Leute sind.«

Truitt zog einen weiteren Cracker aus der Schachtel. »Du überraschst mich, Coop. Du weißt, ich muß mich an das Prozedere halten. Du weißt, ich würde nie unkorrekt handeln.«

»Ich meine auch gar nicht, daß du das tun sollst. Ich meine nur, daß die Leute reden werden. Und Cammy, sie ist eine brave Frau, aber sie ist nicht über die Maßen belastbar.«

»Ich muß erst alle Fakten zusammenhaben, Coop.«

»Oh, natürlich, Alby. Ich hoffe nur, die Leute verstehen, daß du ebendas tust und nichts anderes.«

Robertson räusperte sich. »Sehen Sie, Sheriff, Coop hier redet um die Sache herum, aber ich glaube, ich kann seine Bedenken klarer formulieren, von Profi zu Profi sozusagen. Manchmal wird das Urteilsvermögen durch die eigenen guten Absichten getrübt. Coop hat mir gerade erzählt, daß Martin sich Ihrer angenommen hat, als Ihr Vater...«

Langley unterbrach ihn. »Ich habe nicht getratscht, Alby. Es ist nur so, daß ich weiß, wie es ist. Mein Bruder ist bei einem Autounfall ums Leben gekommen, und ich habe zwei Jahre lang zu beweisen versucht, daß es die Schuld des anderen war…«

Truitt spürte, wie ihm das Blut ins Gesicht stieg. Sein Blick wanderte von Langley zu Robertson. Er war wütend und verachtete den einen für seine Feigheit und den anderen für seine Wichtigtuerei. »Danke, Coop«, warf er ein. »Ich werde versuchen, meinem Kopf und nicht meinem Herzen zu gehorchen.«

»Also, Alby…«

Truitt konzentrierte sich auf Robertson. »Und genau deshalb würde ich mit Ihnen gerne noch einmal Ihre Aussage durchgehen, Sir.«

»Natürlich. Was wollen Sie wissen?«

»Soweit ich mich erinnere, steht in dem Bericht, daß Sie nach Martin gesucht haben, als Sie den Schuß hörten. Wieso?«

»Ryan hatte mich gebeten, ihn zu finden. Er wollte ihn was fragen.«

»Hat er gesagt, was?«

»Nein. Ich habe ihn aber auch nicht gefragt.«

»Wo haben Sie überall nach ihm gesucht?«

Robertson zuckte mit der Achsel. »Im Garten, im Fischhaus. Ich bin irgendwann sogar in die Küche gegangen, aber Ella hat mich von dort verscheucht. Sie sagte, sie mache noch mehr Eistee und könne jetzt keine Männer gebrauchen, die ihr mit ihren schmutzigen Füßen im Weg stehen.«

»War sonst noch irgendwer bei ihr in der Küche?«

»Cammy. Und diese große Frau, von der mir später jemand erzählt hat, daß sie Ellas Tochter ist.«

»Haben Sie sie gefragt, ob sie Martin gesehen haben?«

»Klar. Ella sagte, er sei draußen auf der Veranda, aber

die einzige Person da draußen war Zilah Greene auf der Schaukel.«

»Wie lange hatten Sie schon gesucht, als Sie den Schuß gehört haben?«

»Weiß nicht. Keine fünfzehn Minuten.«

»Und wie lange war es her, seit Sie die Küche mit den Frauen verlassen hatten?«

Robertson wölbte die Brauen. »Können nicht mehr als fünf oder zehn Minuten gewesen sein. Ich stand auf der Zufahrt, als ich den Schuß gehört habe. Habe weniger als eine Minute gebraucht, um zum Haus zurückzukehren. Ich habe fast Zilah über den Haufen gerannt, als ich reingestürmt bin.«

»War sie im Haus?«

»Nein, auf der Veranda. Aber ich habe noch nie solche Angst im Gesicht eines Menschen gesehen. Sie hatte ihren Rock gerafft und kam die Stufen herabgestürmt wie eine Fledermaus aus der Hölle.«

»Ich will wie Linnie die Schienen entlanggehen.« Katie zog das Rückenteil ihres blauen T-Shirts über die Schultern hoch und hüpfte auf eine Schwelle. »Ich will eine Stola tragen und schwänzeln.«

»Tänzeln«, verbesserte Gale sie. »Aber egal, es ist jedenfalls nichts für Vierjährige.«

»Dann mach du es. Du schwänzelst, und ich schau dir zu.«

»Oh, natürlich, meine Dame. Ich kann dich schon sehen, wie du rauf zu Oma Ella wetzt und zu ihr sagst: ›Schau mal, Mama hat mir beigebracht, wie man schwänzelt.‹« Gale stürzte sich auf Katie Pru und kitzelte sie am Bauch. »Spätestens heute mittag würden du und ich dann in einem Benimmkursus für Südstaatenladys hocken.«

Katie Pru brach in schallendes Gelächter aus, und ihr schmaler Körper wand sich unter den Händen ihrer Mutter. Gale schwang sie lachend in die Luft, umarmte sie fest und vergrub das Gesicht in dem winzigen Nacken. Mein Gott! Sie staunte über die physische Erscheinung ihres Kindes: ganz perlmuttfarbene Haut, kaum spürbare Knochen, und Haar, das so dünn war, daß sie sich konzentrieren mußte, um es zu fühlen. Katie Pru veränderte sich die ganze Zeit, blieb nie das Kind, das sie war. Gale verspürte einen vertrauten Schmerz, als sie einen dicken Kuß auf die Backe ihrer Tochter drückte. Vergiß Linnie! dachte sie sich. Kinder sind ihre eigenen Gespenster.

Nachdem sie sie noch einmal fest umarmt hatte, ließ sie das sich windende Kind langsam zu Boden gleiten. Sie standen auf den Eisenbahnschienen, Ellas Haus zur Linken und die Ruinen der Spinnerei zur Rechten. Als Gale Deak das letzte Mal gesehen hatte, war er die Auffahrt zum Haus der Greenes hochgehumpelt, und noch in hundert Meter Entfernung hatte man seinen Stock über den Kies scharren gehört. Jetzt waren sie allein, und das einzige Geräusch war der von Trauer erfüllte Refrain des Liedes »How Great Thou Art«, der durch die offenen Türen der Kirche schallte.

Katie Pru schlang die Arme um die Schenkel ihrer Mutter und drückte sie. »Komm, wir gehen zu den Ruinen, Mama«, flüsterte sie. »Dann können wir wieder Musik hören.«

Sie liefen die Südseite der Böschung hinab und betraten den offenen Raum der Spinnerei. Das Ritual hatte am ersten Sonntag im Frühling begonnen, als Katie Pru durch die offenen Kirchenfenster den Gesang gehört hatte und darauf zugerannt war. Gale hatte sie gefangen, und schließlich waren sie in der Spinnerei gelandet, wo sie sich auf eine große Steinplatte setzten und zuhörten, wie die Stimmen über die unbedachten Mauern schwebten. Sie konnten von ihrem Platz aus den Himmel sehen und die Ansammlung seltsam geformter Siedlungshäuser, die wie untersetzte Teleskope auf ihren Grundstücken standen.

Der Boden roch moderig, als sie sich einen Weg zu der Steinplatte suchten. Die Gemeinde sang voll Trauer die ersten Zeilen von »Sweet Hour of Prayer«. Heute würde es keine flotte Gospelmusik und keine Preislieder auf den Gott der anglikanischen Kirche geben. Der Kummer war zurückhaltend und verschlossen. Sie werden vermutlich den ganzen Morgen über für Martin singen und sich auf den Besuch bei der Familie vorbereiten, dachte Gale. Und so sollte es auch sein. Nichts weniger hatte Martin verdient.

Sie waren zehn Meter von der Steinplatte entfernt, als Gale plötzlich stehenblieb. Eine Frau, deren Kleidung die Farbe der Felsen hatte, hockte auf ihrem Platz. Sie war so gut getarnt, daß sie sich leicht auf sie hätte draufsetzen können, wäre nicht der Schlitz ihrer roten Lippen gewesen, dachte sich Gale. Von ihrem Hals hing die Kamera, die sie beim Barbecue dabeigehabt hatte.

Die Frau sah sie überrascht an und vergrub eine Faust in den Falten ihres Rocks. Sie war jung, vielleicht Anfang Zwanzig, und trug ein langes, graues Hemd, das von den Schultern aus gerade abfiel. Wäre es anders geschnitten gewesen, hätte man es für einen der teuren Kittel im Folklorestil halten können, die bei Macy's an den Kleiderständern hingen. In ihrem Fall jedoch war das Tuch zwar gebügelt, aber abgenutzt, und ihre Aufmachung kein bewußtes Styling. Das Haar, das die Farbe von Hafer hatte, war zu einem Pferdeschwanz zurückgebunden, und die blauen Augen waren kaum mehr als Vertiefungen unter den nackten Wimpern.

»Hallo«, sagte Gale. »Wir wollten nicht stören. Wir sind nur gekommen, um der Musik zuzuhören.«

»Ich weiß«, antwortete die Frau. »Ich sehe Sie jeden Sonntag hier. Ich dachte bloß nicht, daß Sie heute kommen würden.« Ihre geballte Faust rieb an dem dünnen Stoff des Kleides. »Ich wohne dort« – sie deutete auf ein gelbes Haus am Rand der Siedlung – »und ich kann die Spinnerei von meinem Schlafzimmerfenster aus sehen.«

Ihre Stimme war heiser und paßte weder zu ihrem ungekünstelten Äußeren noch zu ihrem schweren Südstaatenakzent. Gale erkannte, daß das Rot, das sie gestern noch für Lippenstift gehalten hatte, in Wahrheit natürlich war. Unwillkürlich starrte sie auf die Lippen der Frau. Sie waren außerordentlich, so prall, daß die restlichen Gesichtszüge verblaßten, sobald die Frau sprach.

Gales Stimme klang fröhlich. »Ich hoffe, es ist nicht zu langweilig, uns zuzuschauen.«

Die junge Frau errötete und wedelte mit den Händen. »So war es nicht. Ich habe nur eines Morgens aus dem Fenster geschaut, und da waren Sie beide. Ich fand, Sie sahen so hübsch aus, eine Mutter und ein Kind inmitten dieses ganzen Durcheinanders.« Ihr Gesicht verzog sich vor Sorge. »Ich habe Ihnen nicht nachspioniert oder so.«

»Und die Kamera?«

Die Frau schaute bestürzt auf ihren Fotoapparat hinab. »O nein, die ist nur für einen Kurs, den ich drüben auf der Kunstschule in Praterton besuche. Sie hat nichts zu bedeuten, ehrlich.«

Gale lächelte und zog Katie Pru zu sich. »Ich will Sie nur aufziehen. Ich habe Sie gestern beim Barbecue gesehen und dachte, Sie wären Journalistin. Schön zu wissen, daß Sie eigentlich Künstlerin sind. Ich bin Gale. Und das ist meine Tochter Katie Pru.«

»Ich heiße Nadianna Jesup. Freut mich, dich kennenzulernen, Katie Pru.«

Sie hielt Katie Pru die Hand hin, und das Kind betrachtete diese schüchtern und begann, mit dem Rücken gegen die Beine ihrer Mutter zu wippen. Nadianna strich den langen Rock unter den Schenkeln glatt und klopfte auf den Platz neben sich. »Ich muß dir ein Geheimnis erzählen, Katie Pru«, flüsterte sie. Katie Pru näherte sich ihr vorsichtig. Nadianna fuhr fort: »Über diese große Katze in deinem Garten. Als ich ein kleines Mädchen war, hatte ich einen Phantasietiger als Freund, und manchmal ist er weggerannt und hat mit dieser Katze gespielt. Ich habe dann überall im Haus nach ihm gesucht und konnte ihn nicht finden, aber wenn ich zu den Schienen hochgekrochen bin und dort rübergeschaut habe, da war er dann und hat mit eurer Katze getanzt.«

Katie Pru preßte eine Hand vor den Mund und dämpfte ihre Worte. »Wo ist dein Tiger jetzt?«

Nadianna schüttelte traurig den Kopf. »Ich habe ihn schon lange nicht mehr gesehen. Wenn du ihn siehst, sagst du ihm bitte, daß er nach Hause kommen soll?«

Katie Pru nickte mit großen Augen. Gale betrachtete die Frau stumm.

»Sie wissen eine Menge über uns«, stellte sie schließlich fest.

Nadiannas Blick war klar, als sie zu Gale aufschaute. »Nicht wirklich. Zumindest nicht mehr als irgendwer sonst. Ich bin bloß mit dem Wunsch aufgewachsen, ich hätte auch einen großen Eisentiger in meinem Garten.«

»Jaguwar«, verbesserte Katie Pru sie.

»Jaguwar. Sehen Sie, eigentlich weiß ich gar nicht soviel.« Nadianna stemmte die Hände in die Hüften. Ihre Stimme nahm einen scherzhaften Tonfall an. »Selbstverständlich weiß ich über Sie Bescheid, Mrs. Grayson. Das hier wäre doch wirklich eine traurige Kleinstadt, wenn ich es nicht täte! Aber glauben Sie mir, ich mein' es nicht böse. Wir haben nur noch keinen Kabelanschluß.«

Zu ihrer eigenen Überraschung mußte Gale kichern. »Sie haben recht. Beginnen wir von vorne. Freut mich, Sie kennenzulernen. Unterwegs, um am frühen Morgen ein bißchen zu fotografieren?«

»Hm-hm. Ich muß mich gleich für die Kirche umziehen, aber ich wollte die Spinnerei nach dem Regen von gestern nacht sehen.«

»Gehen Sie zu den Baptisten?«

»Zu den Pfingstlern. Wie auch immer, ich soll für meinen Kurs Fotos machen, die meine Kultur darstellen. Meine Großeltern haben in dieser Spinnerei hier gearbeitet. Meine Oma hat immer gesagt: ›In dieser Spinnerei ist so viel harte Arbeit geleistet worden, daß der Boden davon schön geworden ist.‹« Sie streckte plötzlich die Hand aus, drehte sie nach oben und offenbarte ein glattes Stück grünes Glas. »Sehen Sie? Solche Stücke kommen hier aus der Erde, schön wie Juwelen. Ich komme Tag und Nacht hierher und versuche, die perfekte Aufnahme von dem Licht auf den Trümmern zu machen.«

Gale wollte schon »schöne Idee« sagen, hielt dann aber inne. Sie war sich bei dieser Frau nicht sicher, und sie war sich auch, was ihre Reaktion auf sie anging, nicht sicher. Irgend etwas an dieser Fremden stimmte nicht: Was soll man von einer Person halten, die wie eine Südstaatlerin bei Flannery O'Connor ausschaut, aber Fotos von ihrer »Kultur« macht? Gale Grayson, du bist intolerant, schimpfte sie. Eine schweinsköpfige Großstadt-Chauvinistin.

»Ich weiß, was Sie meinen«, sagte sie. »Ich habe meine Sommerferien immer in Ellas Haus verbracht, und für mich ist es das Symbol einer besonderen Kultur gewesen. Ich habe früher gern beobachtet, wie unterschiedlich die Sonne auf das Dach strahlt.« Sie grinste. »Jetzt natürlich, als Erwachsene, würde ich viel dafür geben, wenn die Sonne auf mein eigenes Dach strahlen würde.«

Nadianna lachte. »Ich auch. Eigentlich suche ich gerade nach meinem Dach. Ich habe im Geflügelschlachthof gearbeitet, bevor er dichtgemacht hat. Und davor habe ich auf Kinder aufgepaßt. Das würde ich gerne wieder machen.« Sie ließ die Finger über Katie Prus Schulter krabbeln und zupfte ihr am Ohr. Katie Pru kicherte, sprang davon und näherte sich dann schüchtern wieder. Nadianna zupfte wieder an ihrem Ohr. »Ich kann mit Kindern umgehen», sagte sie. »Und ich habe gute Zeugnisse.«

Gale nickte vage und wollte so schnell wie möglich das Thema wechseln. »Und, wie klappt die Arbeit mit der Kamera? Haben Sie gestern gute Aufnahmen machen können?«

Es bedurfte eines durchdringenden Blicks von Nadianna, damit Gale bewußt wurde, was sie gesagt hatte. Das Blut stieg ihr in die Wangen.

»Es tut mir leid«, murmelte sie. »Das war schrecklich.«

»Nicht so schrecklich wie das, was geschehen ist.« Nadianna warf die grüne Glasscherbe gegen die Mauer, und das mit Wucht. »Ich hätte eine Filmkamera dabeihaben sollen. Eine 35-Millimeter-Kamera hat nicht gereicht.«

Gale starrte sie an. »Warum? Haben Sie was gesehen?«

Nadianna erhob sich ungeschickt. Ihr Gesicht wirkte verkniffen, und die Haut zwischen den Brauen war gerunzelt und weiß. Die Melodie von »Nearer My God to Thee« drang von der Kirche her zu ihnen.

»Ich habe nichts gesehen, Mrs. Grayson. Aber ich konnte die Geilheit spüren. Der Boden war ganz häßlich davon.«

*Sie stand auf der Kuhweide, ganz in Weiß. Ihre Fingernägel waren länger als Krallen, und sie langte zu der Flanke des Bullen und kratzte mit den Nägeln über sein Fell. Ich hab' gesehen, wie das Blut spritzte, aber der Bulle hat sich nicht bewegt. Sie mußte ihn verhext haben, denn er hat weitergeschlafen, so als wäre er schon tot und wartete darauf, ausgeweidet zu werden.*

Deak Motts während eines Abendessens
der amerikanischen Veteranenvereinigung, 1951

# 8

Sill wurde vom entfernten Klingeln eines Telefons geweckt. Das gedämpfte Läuten erklang einmal, zweimal und wurde beim dritten Mal unterbrochen. Von ihrem schmalen Bett aus konnte sie das einzige Fenster des Zimmers sehen, das sich ohne Vorhänge hart von der grauen Druckplatte des Himmels abhob. Es war unmöglich zu erraten, wie spät es war.

Und dann erinnerte sie sich. Letzte Nacht, wie sie panisch im Schlafzimmer ihrer Eltern umhergelaufen war, ihre Mutter, die am Boden neben dem massigen Körper ihres Vaters schrie, Ella, die Fragen stellte. Und Maralyn, die benommen neben dem Nachttisch stand, die großen Hände offen und hilflos.

Es klopfte leise und rasch an der Tür.

»Sill?« Gales Stimme war kaum lauter als ein Flüstern. »Bist du wach?«

Sill preßte die Handballen auf die Augen, rieb sie kräftig hin und her und glitt zwischen den Laken hervor. Am Fußende des Betts lag ein gelber Chenille-Morgenmantel. Irgendwer, vermutlich Ella, hatte darauf geachtet, daß die unerwarteten Gäste den widrigen Umständen zum Trotz mit kleinen Aufmerksamkeiten bedacht wurden.

»Komm herein, Gale!« Sill streifte den Morgenmantel über den Kopf und schloß den Reißverschluß bis zum Hals. »Ich hoffe, du bringst Kaffee mit.«

Der Porzellanknauf drehte sich, und Gale trat mit einem großen Blechtablett in den Händen rückwärts in das Zimmer.

»Tee eigentlich«, sagte Gale. »Ella hat mir versichert, daß du letzte Nacht genug Kaffee gehabt hast.« Sie war lässig gekleidet und trug ein Kambrikhemd und einen langen Jeansrock, was, wie Sill fand, eher zu einem Brunch als einer Totenwache paßte. Gale stellte das Tablett auf einen Schusterschemel, der schräg vor einer fadenscheinigen grünen Polsterbank stand. Vorsichtig zog sie eine hellblaue Serviette weg und präsentierte so den Korb darunter. »Zucchinimuffins, ein Geschenk von Myra Motts.« Sie blickte zu Sill. »Es kann natürlich sein, daß du gar nicht hungrig bist. Wenn du lieber Kaffee willst, dauert es nur einen Moment, dir welchen zu besorgen. Und ich weiß, es stehen hier zwei Tassen, aber wenn du keine Gesellschaft haben möchtest…«

Sill brachte ihre Cousine mit einer Handbewegung zum Schweigen und stapfte barfuß zu der Polsterbank. »Wie geht's Mutter?«

»Sie schläft in Ellas Zimmer. Ella und Maralyn sind dort den ganzen Morgen über ein- und ausgegangen, aber ich habe sie nicht gesehen. Es ist ruhig. War der Doktor gestern bei ihr?«

Sill nickte. »Dr. Bingham hat sie sich angesehen. Er hat

etwas von Beruhigungsmitteln gesagt.« Sie machte eine Pause. »Wer ist alles da?«

»Niemand – bis jetzt. Ella hat den Morgen am Telefon verbracht und den Verwandten gesagt, daß sie bis zum Begräbnis zu Hause bleiben sollen. Falls es natürlich jemanden gibt, den du und Cammy...«

»Nein, gibt es nicht.« Sie rang sich ein schwaches Lächeln ab. »Ich bin bei den Alden-Frauen doch in guten Händen.« Sie zog den Morgenmantel um sich herum zusammen. »Wie spät ist es?«

Gale zerrte einen Schaukelstuhl aus der Zimmerecke und ließ sich in ihn fallen. »Ungefähr zehn. Ella sagt, daß der Gottesdienst, falls Ryan Teller sich an die Tradition hält, heute morgen früher stattfinden wird, und danach werden alle hier rüberkommen. Deshalb habe ich vorgeschlagen, nach dir zu sehen.«

Sill betrachtete das hübsche Arrangement auf dem Tablett: eine Kanne, ein Milchkännchen mit passender Zuckerdose, zwei Tassen mit Untertassen, zwei Löffel und zwei besonders dicke Muffins. Alles war nett mit Silberbesteck und Porzellan aus einem Service mit blauen Rosen arrangiert, Erbstücke aus dem Besitz von Ellas Mutter Jessie. Sill lächelte wehmütig.

»Mein Gott, die Frauen in dieser Familie sind wirklich stur, wenn es darum geht, gesellschaftlichen Anlässen gerecht zu werden. Weißt du, woran mich das erinnert?«

Gale nickte. »Ich habe daran gedacht, als ich die Treppe hochgekommen bin. Die Geschichte von Jessie, der perfekten Gastgeberin. Oder ›Jessie nimmt sich des Pfarrers an‹, wie du immer gesagt hast.«

»Mal schauen, ob ich sie noch richtig zusammenbringe.« Sill senkte die Stimme und sprach mit kehligem, trägem Südstaatendialekt. »›Es war während der Depression, und Jessie hatte zwar ein exquisites Kristallgeschirr von ihrer Mutter, um damit dem neuen Pfarrer aufzuwarten, aber nicht den kleinsten Zuckerwürfel, nicht die geringste Prise Tee, um dem Wasser Geschmack zu verleihen. Sie hat also den Stuhl des Pfarrers neben das Fenster gestellt, wo ihm die pralle Nachmittagssonne auf den Schoß schien. Auf einem Tablett brachte sie ihm ein Kristallglas mit klarem Quellwasser. Er nahm das Glas, und als das Sonnenlicht auf die Facetten fiel, zuckten rosa und blaue Blitze über die Hand des Pfarrers. Hinterher behauptete er, es sei die beste Erfrischung gewesen, die er je zu sich genommen habe. Und von diesem Tag an hat Jessie also immer die Meinung vertreten, daß es unabhängig von den Schwierigkeiten, in denen man sich befindet...‹«

Gale holte tief Luft. »›... in erster Linie auf das Geschirr ankommt.‹ Ziemlich gut. Ich habe keinen einzigen Fehler entdeckt.«

Die Lehne der Polsterbank fühlte sich in Sills Rücken steif an, und die Füllung knackte, als sie sich dagegenlehnte. »Nein«, sagte sie leise. »Keine Fehler. Ella hat uns gut erzogen.«

Gale gab Sill eine dampfende Tasse Tee. »Faith hat heute morgen mehrmals angerufen«, sagte sie. »Sie will wissen, ob sie rüberkommen soll.«

»Was hast du ihr gesagt?«

»Daß du schläfst. Jemand würde sie später zurückrufen.«

»Würdest du das tun?«

»Um ihr was zu sagen?«

»Daß sie nicht kommen soll.«

Gales Gesicht war undurchschaubar. »In Ordnung«, erklärte sie schließlich. »Wird sie eine Begründung wollen?«

»Nein.«

Gale schaukelte stumm, und die Kufen des Stuhls rumpelten über die Holzdielen. Es war nie möglich, Gales Gedanken zu erraten. Sill hatte sich oft ausgemalt, daß ihre Cousine unter anderen Umständen einen großartigen Industriemagnaten oder zumindest eine teuflisch gute Kartenspielerin abgegeben hätte. Egal, was für eine Meinung sie hatte: Man konnte sie ihr nicht vom Gesicht ablesen. Und wenn sie sich doch entschied, sie zu offenbaren, dann tat sie dies nie direkt. Sie näherte sich ihren Äußerungen immer seitwärts wie eine Krabbe.

Und so tat sie es auch jetzt, während sie mit dem Finger den Tassenrand entlangfuhr.

»Als ich in England war«, erzählte Gale, »habe ich normalerweise nur Tee getrunken, wenn ihn andere für mich gemacht haben, was nicht so besonders häufig vorgekommen ist. Komisch, aber jetzt gerade wollte ich unbedingt einen.« Sie legte wie ein Kind die Hände um die Tasse und hob sie dicht vor das Gesicht. »Es liegt an diesen ganzen Pfützen draußen. Tee ist ein Trost.«

»Und deshalb hast du mir welchen gebracht? Du hast gemeint, ich brauche Trost?«

»Brauchst du denn keinen?«

»Nein.«

Sill beugte sich vor und häufte Zucker in ihre Tasse. Jessies Löffel aus Sterlingsilber fühlte sich in ihrer Hand überraschend leicht an. Das Silber hatte, wie Sill wußte, eigentlich ihrer Urgroßmutter Linnie gehört, aber im Durcheinander nach deren Selbstmord war der Besitz der toten Frau an deren Schwester Jessie statt an den jungen Sohn übergegangen, den Linnie zurückgelassen hatte. Sill hatte schon vor langem akzeptiert, daß Linnie durch ihren Selbstmord den Familienbesitz umgeleitet hatte. Vieles, was Sill hätte gehören sollen, würde also irgendwann einmal auf Katie Pru übergehen.

Sie blickte zu der Wand über dem Bett hoch. Eine schwarz gerahmte Sammlung von Haaren hing dort wie eine Werbetafel für Färbemittel in einem Schönheitssalon. Helles Haar, dunkles Haar, gelocktes, gerades: Von jedem Mitglied der Methodistengemeinde von Statlers Cross im Jahre 1925 war hier ein abgeschnittenes Überbleibsel verwahrt. Mit Ausnahme der ehrlosen Mrs. Linnie Glynn Cane. Der Platz, an dem sich ihre Locke befunden hatte, war leer, und der Klebstoff war zu einem dunklen Fleck auf dem Papier geworden. Irgendwer hatte sogar ihren Namen weggekratzt. Sill hatte sich immer gewundert, wer sich die Mühe gemacht hatte, sie ganz auszulöschen.

Es war seltsam, die dünnen Strähnen von Leuten zu sehen, die schon lange tot waren. Fast heidnisch war dieser Glaube, daß man ihre Seelen konservieren könnte, indem man etwas von ihrem Körper aufbewahrte. Besser bewahrte man Geschirr auf.

Sie sah, wie Gales Blick von dem Reliquienschrein zu ihrem Gesicht huschte.

»Woran denkst du?« fragte Sill.

Gale schüttelte den Kopf. »Es ist ein eindrucksvolles Denkmal. Wir haben uns als Kinder so darüber lustig gemacht! Wir konnten richtig grausam sein.«

»Das sind alle Kinder.«

»Vielleicht.« Das Knarren unter den Kufen stoppte, als Gale ihre Tasse und Untertasse auf die Schusterbank stellte. Sie nahm sich ein Muffin aus dem Korb, grub ihre Fingerspitzen in das feuchte Gebäck und zog den oberen Teil ab. Sie lachte leise. »Hast du dich jemals gefragt, wie zwei weiße Kinder, die nicht die geringste Sorge kannten, dermaßen schwierig werden konnten?«

»Wie wäre es mit ›der Apfel fällt nicht weit vom Stamm‹?«

Sill spürte, wie das Blut aus ihrem Kopf strömte. Sie wußte nicht, warum sie es gesagt hatte. Es war einfach eine leichthin gemachte Bemerkung, aber sie hätte sie ihrer Cousine gegenüber besser nicht gemacht.

Gale saß vollkommen reglos. Sie denkt an Daddy, dachte Sill. Panik stieg in ihrer Brust auf. Sie will wegen letzter Nacht Bescheid wissen. Sie will wissen, was alle werden wissen wollen: warum Daddy meiner Meinung nach sein Gewehr gereinigt hat.

Auch Sill saß reglos da, hielt ihre Teetasse in der Hand und hoffte, Gale würde die Gelegenheit vorübergehen lassen. Vielleicht würde ja ihr Feingefühl die Oberhand behalten und sie dem Kodex der Südstaaten entsprechend Zurückhaltung für wichtiger erachten als Informationsgewinn.

Nach einer ganzen Weile lehnte sich Gale auf dem Schaukelstuhl zurück und warf sich ein Stück Muffin in den Mund.

»Ich habe heute morgen mit Deak Motts gesprochen. Herrje, was für ein Hurensohn! Ich frage mich, was er wohl für Geheimnisse hat.«

Die Wut zerriß wie eine heiße Klinge Sills Brust. Verflucht noch mal, das Miststück umkreiste sie wie eine Katze! Warum rückte sie nicht einfach heraus damit und fragte? Warum sagte sie nicht einfach: ›Erzähl mir, was in dem Zimmer passiert ist, Sill. Du kannst mir vertrauen. Auch in meiner Vergangenheit gibt es ein Verbrechen.‹ Plötzlich wollte sie mit ihrer Familie nichts mehr zu tun haben. Sie wollte Faith.

Sie hob die Teetasse zum Mund. »Also, sag mal, Cousine, wie hast du eigentlich reagiert, als du erfahren hast, daß Tom tot ist?«

Gales Gesicht erbleichte. »Ich weiß nicht. Ich war wie betäubt. Gelähmt.«

»Weißt du, wie ich mich fühle? Ich erinnere mich, daß du mir mal erzählt hast, wie es dir kurz nach Katie Prus Geburt ging. Die Geburt war schwierig gewesen, und du warst die ganze Zeit hindurch außer dir vor Angst und ganz allein. Als es endlich vorbei war, warst du vollkommen erschöpft, sagtest du. Die Krankenschwester hat dir das Kind hingehalten, damit du es siehst. Und alles, was dir einfiel, war: ›Na also. Ich habe dich auf die Welt gebracht. Es ist erledigt.‹ Erinnerst du dich? Und du hast gesagt, es hätte Tage gedauert, bis du zu dem Baby eine tiefere Bindung gehabt hättest als zu einem Zimmer, das du gerade fertiggestrichen hast.«

Gale beobachtete Sill mit starrem Blick. »Die Liebe kam später«, erklärte sie. »Aber du hast recht. Es war nicht gleich danach. Da ich nun mal kurz nach Toms Tod entbunden habe, war es einfach zuviel, um alles auf einmal zu fühlen.«

»Nun, genau so geht es mir jetzt«, sagte Sill. »Es ist alles zuviel, um etwas zu fühlen. Vielleicht muß ich später getröstet werden. Ich danke dir für die Geste, aber, um ein Zitat Freuds zu paraphrasieren, manchmal ist Tee einfach nur Tee.«

Ella beobachtete vom Küchenfenster aus, wie Zilah Greene sich von der Seite her dem Haus durch den Garten näherte. Sie tauchte ihre Hände in das Seifenwasser in der Spüle und fischte eine weiße Steingutschüssel hervor. Nun, dachte sie, wenigstens schaut es nicht so aus, als würde Zilah Essen bringen. Wenn es eine Sache gab, die sie an den traditionellen Totenritualen nicht ausstehen konnte, dann war es der Brauch, die trauernde Familie zu füttern, als könne man dadurch, daß man sie mit Maisbrot vollstopfte, irgendwie den Kummer aufsaugen. Oder als könne man dadurch, daß man im Angesicht des Todes aß, die verlorene Seele in sich aufnehmen. Ella brachte die Schüssel in dem Geschirrständer neben der Spüle unter. Es war gut möglich, daß Martin ein Verlorener war, aber sie würde seiner Seele zuliebe nicht essen. Ein Mensch erntet, was er sät. Und Martin Cane hatte, verdammt noch mal, mehr gesät als bloß eine Kugel im Kopf.

Sie beobachtete, wie Zilah an dem Riegel zerrte, mit dem die Gartentür zwischen den beiden Grundstücken verschlossen war. Ellas Familie hatte den Zaun nicht errichtet und eigentlich auch nie den Bedarf für einen gesehen, da Ellas Großvater Nathan, der das Haus gebaut hatte, glücklicherweise gestorben war, bevor Robert Frost seine zynische Äußerung gemacht hatte. Vielmehr hatte Barry Greene den Zaun gebaut, weil er sich, wie er behauptete, wegen der großen Hunde, die Ellas Schwester Nora hielt, Sorgen machte. Aber alle wußten natürlich, daß er nicht die Hunde aussperren wollte. Er wollte Zilah einsperren. Er hatte für seine Frau einen Pferch errichtet, der genauso gepflegt und bescheiden war wie die Frau selbst.

Ella zerrte ein Geschirrtuch aus der Schublade neben der Spüle und sah den plötzlichen Schmerz auf Zilahs Gesicht, die die Hand von dem Riegel zurückriß, sie schüttelte, als würde sie ihr weh tun, und sie sich unter den Arm klemmte. Dann, die verletzte Hand immer noch unter der Achsel, streckte sie die andere Hand aus und riß den Riegel mit einer wütenden Drehbewegung hoch.

Ella ließ das Geschirrtuch auf die Arbeitsplatte fallen und empfing Zilah in der Tür zur hinteren Veranda.

»Na, komm doch rein«, sagte sie und hielt die Moskitotür auf. »Schau mal, wie naß deine Füße von dem Gras sind.

Das war vielleicht ein Gewitter letzte Nacht! Ich fürchte, uns steht ein ungemütlicher Sommer bevor.«

Zilah mühte sich die Steinstufen zur Veranda hoch. »O ja, es hat letzte Nacht schlimm geregnet«, erklärte sie. »Barry sagte immer, alle fünf Jahre haben wir einen wirklich nassen Sommer und dann einen richtig heißen. Ich wette, wenn wir zurückrechnen würden...«

»Ich bin inzwischen zu alt, um zurückzurechnen. Komm ins Haus, Zilah! Die Tür ist schwer.«

Ein paar braune Grasschnipsel klebten noch an Zilahs schwarzen Schuhen und den bestrumpften Knöcheln, als sie mitten in der Küche stand und beide Arme um sich geschlungen hatte. Mit ihren spitz hervorstehenden Schulterblättern und ihren dürren Beinen hatte Zilah Greene jenes Greisenstadium erreicht, das allzusehr der Kindheit ähnelt. Die Menschen sollten sterben, sobald sie diesen Punkt erreicht haben, dachte Ella. Sie zog einen Stuhl unter dem Küchentisch hervor und lud die andere Frau mit einer Handbewegung ein, darauf Platz zu nehmen.

»Ich habe gesehen, wie du dir da draußen weh getan hast«, erklärte sie. »Willst du ein bißchen Salbe?«

»Herrje, nein, Ella, mir fehlt nichts.« Sie sah sich in der Küche um, und ihr Blick schweifte über ein paar mit Alufolie abgedeckte Kasserollen auf der Arbeitsplatte. »Ich wollte nicht in solch einem unpassenden Moment stören. Ich habe einen Salat im Kühlschrank. Ich bring ihn später. Ich wollte bloß vor dem Gottesdienst kurz vorbeischauen, um zu sehen, ob Gale da ist. Ich habe einen Brief für sie. Ist aus Versehen in meinem Briefkasten gelandet.«

Ella langte in den Schrank über der Spüle und holte eine Tube mit Wundsalbe und Verbandszeug hervor. »Warum bist du selbst eigentlich nicht in der Kirche? Ich habe noch nie erlebt, daß Zilah Greene einen Gottesdienst verpaßt.«

»Das gestern abend war mir alles zuviel, schätze ich. Ich habe nicht gut geschlafen. Ich wollte nur den Brief bringen.«

»Gale ist da. Als ich sie das letzte Mal gesehen habe, war sie oben und hat Sill beim Anziehen geholfen. Du kannst den Brief mir geben. Aber du solltest etwas auf diesen Kratzer tun, Zilah. Der Riegel da draußen ist rostig. Du wirst krank, wenn du nicht aufpaßt.«

»Nein, ist schon in Ordnung, wirklich. Und ich möchte mit...«

»Mach dich nicht lächerlich! Du kannst dir nicht an einem rostigen Stück Metall einen blutigen Kratzer holen und das einfach ignorieren.« Ella setzte sich neben Zilah auf einen Stuhl und legte das Erste-Hilfe-Zeug vor sich hin. Sie beugte sich hinüber und packte Zilahs Arm. »Also, laß mal sehen.«

Zilah ballte die Hand zu einer Faust. »Nein, Ella.«

»Hör auf, dich wie ein Kind zu benehmen! Gib mir die Hand!«

Sie zerrte an der Hand der kleineren Frau und ließ nicht nach, bis diese endlich entspannt an ihrer Brust ruhte. Sie langte nach der Wundsalbe, drehte Zilahs Hand mit der Handfläche nach oben und holte zischend Luft. Rote, gezackte Risse, wie von Fingernägeln, zeichneten sich auf der zarten Innenseite des Handgelenks ab. Es hatte sich bereits dünner Schorf gebildet, aber die Haut war an den Rändern noch rosa. Die Wunden waren noch frisch, gerade einen Tag alt.

»Meine Güte«, hauchte sie. »Was hast du denn angestellt?«

Zilah versuchte sich loszumachen, aber Ella hielt ihre Hand fest. »Nichts«, murmelte sie. »Ich muß mit Gale reden. Ist sie nicht da?«

Ella klappte den Verschluß der Wundsalbe auf. »Sie ist da. Sie hat natürlich einiges zu erledigen. Ich sag ihr, daß du sie sprechen möchtest, sobald sie Zeit hat.«

Sie verschmierte sanft die Salbe und schob den Daumen unter das Bündchen des dünnen weißen Pullovers der Frau, um zu sehen, wie weit die Kratzer reichten. Zilah hockte in sich zusammengesunken auf dem Stuhl und preßte die Augen zu. Die von blauen Venen durchzogenen Falten ihrer Lider zuckten, als Ella nach der anderen Hand langte.

»Willst du mit mit reden, Zilah?« flüsterte Ella. »Willst du es mir sagen?«

Zilah öffnete die Augen. »Ich möchte mit Gale reden. Ich bin gekommen, um Gale zu sprechen.«

Ella hielt Zilahs Hände eine ganze Weile lang fest und studierte ihr zitterndes Gesicht. Die beiden Familien hatten über siebzig Jahre lang nebeneinander gewohnt. Während dieser Zeit hatte Ella beobachtet, wie Zilah ihre Kinder barfuß durch den Garten jagte und mit der Schürze nach ihnen schlug, als wären es Hühner, und mit ihrer hohen, sich überschlagenden Stimme stotternd den frechen Rücken hinterherrief. Sie hatte in dem Sommer, in dem Barry den Zaun errichtete, von der Veranda aus zugesehen. Sie hatte feuchte Laken über die Rohrmöbel auf der Veranda zum Trocknen gehängt und gesehen, wie er den Ausheber in den Boden rammte, die beiden Griffe zusammendrückte und die Erde an die Oberfläche holte. *Versucht er, uns zu trennen?* hatte sie sich gewundert. *Als wenn es dazu eines Zauns bedürfte!*

»Geh nach Hause«, sagte sie und ließ Zilahs Hände los. »Ich werde Gale sagen, daß du sie gesucht hast. Und mach dir keine Umstände wegen des Salats. Behalt ihn für dich. Wirklich.«

Als sie das Knirschen auf dem Kies hörte, eilte Gale zum Fenster von Sills Schlafzimmer und zog den Vorhang zurück. Eine Karawane regennasser Kleinlaster und gebrechlicher Limousinen holperte über die Eisenbahnschienen und schleppte sich die Auffahrt hoch.

Sill stöhnte hinter ihr. »Brauchst nichts weiter zu sagen!« rief sie laut. »Die Leute stellen sich zum Schmaus-und-Schmerz-Büfett an.«

»Fürchte, ja. Ella hat immer gesagt, wenn wir eine Million mit Aktien verdienen wollen, sollen wir in feuerfestes Glas und Alufolie investieren.«

Das Sonnenlicht war hart und kompakt wie ein Teller und ließ jetzt, nach dem Regen, einen Dunstschleier über dem Boden aufsteigen. Das Grundstück war mit Pfützen übersät, und als die Autos entlang dem Drahtzaun auf ihre Parkplätze rollten, versanken ihre Räder im völlig aufgeweichten Lehm. Türen öffneten sich. Dicke Waden in Strumpfhosen und verbeulte Hosenbeine wurden über die Türschwellen hinausgestreckt und prüften zögerlich den Boden.

»Hoffentlich bist du hungrig«, stellte Gale fest. »Die Heiligen Drei Könige kommen mit nahrhaften Geschenken.«

»Nahrhaft, zum Teufel damit! Ich hoffe, irgendwer bringt Wodka und einen Strohhalm.«

Eine blaue Limousine entließ eine Gruppe Besucher und parkte dann unter dem Pekanbaum. Ryan Teller kletterte in khakifarbenen Hemdsärmeln und lässigen Baumwollhosen aus dem Auto. In der hellen, schwülen Luft wirkte er seltsam nackt, ein barbarischer Prediger, der über die Pfützen hüpfte. Kein einziges schwarzes Kleidungsstück an ihm verriet den Anlaß. Nichts an ihm war schwarz außer der Bibel mit dem flexiblen Einband, die in seinen großen

Händen flatterte. Er winkte den Gemeindemitgliedern zu, die in einer langen Reihe durch den Garten gingen, verlangsamte aber das Tempo nicht. Er schritt zur Veranda und setzte sich mit einem breiten Lächeln an die Spitze der kleinen Gruppe, die sich an der Tür versammelt hatte.

»Ryan ist da, um seinen Pflichten als Seelsorger nachzukommen«, berichtete Gale. »Wie willst du das alles angehen?«

Von unten ertönte das leise Läuten der Türklingel, dem feste Schritte im Flur und das Knarzen der Haustür folgten. Stimmen drangen herein, eine undeutliche Mischung aus zudringlichem Bitten und Mitleidsbekundungen. Die Truppen des Herrn waren eingetroffen.

»Also, Sill...« Gale ließ den Vorhang fallen. »Willst du dich anziehen und nach unten gehen?«

Als sie sich umdrehte, hockte Sill zusammengekauert auf der grünen Polsterbank. Arme und Beine hatte sie unter dem gelben Bademantel angewinkelt und glich damit einem kaputten Drachen im Gras. Ihre Augen waren geschlossen, ihre Haut gerötet. Ein Tränenfaden sickerte unter den Lidern hervor.

Gale ließ sich neben ihr auf die Knie fallen. Sie versuchte, ihre Cousine bei der Hand zu nehmen, aber Sill hatte die Fäuste unter die Achseln geschoben. Sie keuchte heftig, die Unterlippe zwischen den Zähnen eingeklemmt, und Gale fürchtete schließlich, sie würde hyperventilieren. Sie langte nach oben, um Sills Gesicht in die Hände zu nehmen, aber die Berührung mußte Sill erschreckt haben. Sie richtete sich abrupt auf. Sie schob Gale zur Seite und preßte die Stirn gegen die Knie.

»Alles in Ordnung«, stöhnte sie keuchend. »Einen Moment nur. Mir geht's gleich wieder gut.«

Sie saß dort und hatte die Arme um die Knie geschlungen, ihr blondes Haar hing in Strähnen an den Seiten ihrer Beine hinab. Von Zeit zu Zeit zuckte sie. Gale versuchte nicht, sie noch einmal zu berühren.

Als Sill endlich den Kopf hob, lag ein feuchter Glanz auf ihrem Gesicht. Die Tränen waren verschwunden.

»Mir geht's gut«, stellte sie mit ruhiger Stimme fest. »Ich möchte mich jetzt anziehen.«

»Schau, warum bleibst du nicht einfach...«

»Mir geht's gut.« Sills Stimme zitterte, klang aber entschieden. »Hast du was, das ich anziehen kann?«

Ihr Mund bildete eine schmale Linie, ihre Augen waren wie aus Stein. Sie war zu irgendeiner Art von Entschluß gekommen, doch ob dieser ihren Schmerz oder ihre Pflichten als Gastgeberin betraf, wußte Gale nicht. Und sie hatte nicht vor, Sills Kummer zu hinterfragen.

Gale stemmte sich hoch. »Bedien dich aus meinem Schrank!« bot sie an. »Und ruf, wenn du mich brauchst!«

Sie verließ das Zimmer und schloß die Tür hinter sich. Ellas Stimme schallte die Treppe herauf. »Alma, warum nimmst du nicht diese Bohnen und bringst sie gleich in die Küche? Es gibt dort viel mehr Abstellfläche als hier im Eßzimmer, und dieser alte Tisch verträgt einfach keine heißen Sachen. Er kriegt im Nu weiße Ringe.«

Gale eilte die Treppe hinab. Ella, die ein schwarzes Leinenkostüm anhatte, stand vor der Eßzimmertür und versperrte wie ein Drehkreuz mit Hüftgürtel den Weg.

»Dot, warum gehst du nicht in die Küche und organisierst dort alles und sorgst dafür, daß alles richtig schön aufgereiht wird. Bedient euch einfach von Geschirr und Besteck! Also, ihr könnt hereinkommen und im Eßzimmer essen, das ist schon in Ordnung, nur stellt nicht diese wunderbaren heißen Kasserollen auf den Tisch. Beth Ann...«

Der Appell dauerte noch an. Als Gale das Treppenende

erreichte, fand Ella eine Lücke in der Schlange und durchquerte den Flur. Trotz der sorgfältig aufgetragenen Grundierung und dem Puder war ihre Haut blaß. Ella packte ihre Enkelin am Ellbogen und zerrte sie zu der gegenüberliegenden Wand.

»Wie geht's Sill?«

Gale befreite ihren Arm sanft aus Ellas Umklammerung. »Relativ gut. Sie zieht sich gerade an. Sie sagt, sie will bald runterkommen. Ist Katie Pru bei Maralyn?«

Ella nickte Richtung Wohnzimmer. »Maralyn hat sie gerade dorthinein verfolgt. Es ist gut, daß Katie Pru hier ist. Das gibt den Leuten noch etwas anderes außer dem Nächstliegenden, über das sie reden können.«

Sie drängte sich näher an Gale heran. Ihr Atem roch nach Kaffee. »Zilah war vor ein paar Minuten hier. Sie hat einen Brief für dich. Aber erst mußt du für mich noch was erledigen, Kind. Ryan Teller ist im Arbeitszimmer. Er möchte mit Cammy und Sill ›zusammenkommen‹. Sich einmischen, besser gesagt. Ich hab' ihn im Arbeitszimmer untergebracht, weil er einen ruhigen Ort zum Beten haben wollte. Wie wär's, wenn du dich zu ihm setzt?«

Gale verzog das Gesicht. »Allein mit Old Bible? Ich werd' nach Maralyn suchen. Sie ist in solchen Dingen besser als ich.«

Ellas Fingernägel gruben sich in Gales Ellbogen.

»Maralyn ist beschäftigt«, erklärte sie ruhig. »Du gehst jetzt dorthin und leistest dem Mann Gesellschaft. Es ist nicht nötig, daß er im ganzen Haus herumstöbert.«

Sie zwirbelte Gales Haut mit den Fingern, dann war sie weg, glitt mit ausgestreckter Hand den Flur hinab und flötete süßlich: »Dorothy, ich hatte dich gar nicht erwartet. Wo Joe doch so krank ist…«

Gale rieb sich den Ellbogen. Sogar für Ella war dieses Benehmen sonderbar. Sie warf einen letzten Blick auf ihre Großmutter und machte sich dann auf den Weg den schmalen Gang hinab zum Arbeitszimmer. Das schwache Morgenlicht färbte die Gazevorhänge kaum und hinterließ auf dem gravierten Glas, das die Decke umgab, nicht die geringste Wirkung. Allerdings schien das Dämmerlicht kein Problem zu sein. Ryan Teller lag lässig in einem Sessel und hatte seine verdreckten Slipper auf ihren Schreibtisch gelegt. Eines ihrer Notizbücher lag aufgeschlagen in seinem Schoß. Gale blieb mit der Hand auf dem Knauf stehen, starrte ihn an und stieß dann die Tür mit dem Fuß zu.

»Oh!« Teller ließ überrascht die Beine auf den Boden fallen und warf das Notizbuch auf den Tisch. »Ich habe gar nicht bemerkt, daß jemand hier ist.« Er richtete sich auf, und mit seiner Khakihose und seiner braunen Haut glich er, als er sich von dem salbeigrünen Polster löste, einer Gottesanbeterin, die ihr Blatt verläßt. Er umfaßte seine Bibel mit der linken Hand und streckte Gale die rechte hin.

»Entschuldigung.« Er wies mit dem Kinn auf das Notizbuch. »Ich habe es dort auf dem Schreibtisch gesehen und konnte einfach nicht anders.« Er griff nach ihrer Hand und drückte sie. »Sie müssen Gale sein. Ich habe Sie schon mal gesehen. Ich wollte eh mit Ihnen reden.«

»Ach, wirklich.« Seine Hand war feucht. Sie krümmte die Finger – eine subtile Bitte, sie freizulassen –, aber sein Griff wurde noch fester. »Nun ja, ich habe Sie auch gleich erkannt.« Sie blickte auf ihr Notizbuch. »Nur gut, daß Sie ein Pfarrer sind. Wären Sie etwas anderes, müßte ich Ihnen vielleicht eine runterhauen. Ich mag es nicht besonders, wenn man in meinen Papieren herumstöbert.«

»Papieren?« Er lachte leise auf. »Bei einem Notizbuch würde ich kaum von ›Papieren‹ sprechen. Wenn Sie Papiere sehen wollen, sollten Sie mal ins Pfarrhaus kommen.«

Ihr Kopf reichte bis zur Mitte seiner Brust. Sein oberster Knopf stand offen, und kleine blonde Haare kringelten sich über dem Stoff. Er roch süßlich. Seine Haut war unnatürlich braun, die Hand um die ihre unangenehm warm. Seine haselnußbraunen Augen warteten den Bruchteil einer Sekunde, bevor sie sich zum Kondolieren rundeten.

»Es tut mir so leid, Gale. Martin war wirklich ein einzigartiger und ganz besonderer Mensch. Ich habe ihn als meinen Freund angesehen.«

Gale langte mit der freien Hand hoch, tätschelte die seine und befreite sich durch sanftes Schütteln aus seinem Griff. »Danke, Ryan. Das ist schön zu hören.«

»Es muß Ihnen großen Kummer bereiten.«

»Es geht uns allen sehr nahe.«

Er seufzte. »Sie haben ihn nicht gemocht, nicht wahr?«

Sein Gesichtsausdruck war beinahe freundlich. Er preßte die Bibel gegen die Brust, und seine Finger trommelten träge gegen den schwarzen Ledereinband.

»Wie kommen Sie darauf?«

Wenn er lächelte, bildeten sich um seine Augen herum kleine Runzeln, und eine Furche verlief wie eine Schnittwunde quer über der Nase. Aber seine Augen zeigten keinerlei Gefühlsregung, während er sie beobachtete.

»Also, Gale, ich weiß, Sie sind eine gebildete Frau. Anders als viele der Menschen hier draußen. Wir können offen sein. Martin hat mir einmal erzählt, daß Sie als Teenager einen großen Einfluß auf Sill hatten, was er bedauerte, denn er hat geglaubt, daß Sie sich nicht viel aus ihm machen. Aber ich kann verstehen, daß eine Frau wie Sie mit einem Mann wie Martin Probleme haben könnte.«

Gale biß sich auf den Mundwinkel. »Wie das?«

Er klopfte sich mit einer Ecke der Bibel leicht gegen die Lippen. »Während ich gewartet habe, habe ich in Ihrem

Notizbuch ein paar Ihrer Kommentare gelesen. Ich stufe Sie als historische Revisionistin ein.«

»Interessante Ausdrucksweise.«

»Oh, ich will damit gar nichts sagen. Aber ich merke, daß Sie bei Ihrer Arbeit einen revisionistischen Ansatz verfolgen.« Er hob ihr Notizbuch auf. »Hören Sie sich das an: ›Vergleiche die Tagesabläufe von männlicher und weiblicher Landbevölkerung um die Jahrhundertwende! Stell die Verfügbarkeit von Ärzten und Zahnärzten im Morgan County vor 1930 fest! Finde die Lebenserwartung von Südstaatenfrauen auf dem Lande zwischen 1900 und 1930 heraus!‹« Er stieß einen langgestreckten Finger auf die Mitte der Passage. »›Hinterfrage den seit langem bestehenden Glauben an die Vorherrschaft des Matriarchats in den Südstaaten.‹ Also, das ist für mich sehr interessant.«

Gale verschränkte die Arme. »Wieso denn?«

Teller schloß vorsichtig das Notizbuch und klemmte es zwischen seine Handflächen. »Sie dürfen mich einen Chauvinisten nennen, aber ich glaube, daß das Matriarchat noch überaus lebendig ist. Es hat jetzt nur einen anderen Namen: Feminismus.«

Gale starrte auf Tellers schwarze College-Slipper mit ihren Bommeln hinab, die mit rotem Lehm aus den Pfützen draußen vollgespritzt waren. Sie schob die Fäuste in ihre Rocktaschen und bewegte sich zur Tür.

»Wissen Sie was, Ryan? Ich glaube, es ist jetzt wirklich nicht der Zeitpunkt, um so was zu diskutieren. In unserer Familie hat sich eine Tragödie ereignet, und...«

»Nicht Ihre erste Tragödie, nicht wahr, Gale?«

Sie blieb stehen und wandte sich wieder Teller zu. »Das heißt?«

Ryan zuckte mit den Achseln. »Nur Tratsch, der mir zu Ohren gekommen ist.«

»Okay, Sie haben recht, Ryan. Es ist nicht meine erste Tragödie. Ich weiß, wie die Tatsachen in einer kleinen Stadt verzerrt werden können, deshalb erzähl ich Ihnen die Geschichte, kurz und bündig. Mein Mann hat in England einen Rechtsanwalt ermordet. Die Polizei glaubt, daß er mit einer Gruppe Terroristen zu tun hatte. Er hat sich umgebracht, bevor man ihn festnehmen konnte. Das ist alles, was Sie wissen müssen.«

»Und Sie wußten davon nichts?«

»Ich wußte nichts. Aber man hat mir sehr genau erklärt, daß Unwissenheit keine Entschuldigung ist. Mehr will ich darüber nicht sagen.«

»Sie hätten sich die Zeit nehmen sollen, Martin besser kennenzulernen.«

»Worauf zielen Sie ab, Ryan?«

Er legte ihr Notizbuch auf den Schreibtisch zurück. »Martin war der anständigste Mensch, der mir je untergekommen ist. Er hatte eine ganz spezielle Begabung. Man brauchte bloß eine Menschenmenge vor ihn hinzustellen, und schon waren sie auf den Knien. Er war sich dessen nicht bewußt, aber ich. ›Erlaube dem Herrn, die Menschen zu dir zu bringen, und du wirst sie zur Wahrheit führen‹, habe ich ihm gesagt.«

Um das überfüllte Haus abzukühlen, hatte Ella die Klimaanlage auf volle Kraft gestellt. Gale spürte an den Beinen die kalte Luft, die den Lüftungsschlitzen im Boden des Arbeitszimmers entstieg. Aber Tellers gebräuntes Gesicht war von Schweiß überzogen, und die blonden Locken waren von seiner hitzigen Erregung feucht.

»Sie hätten mehr Zeit mit ihm verbringen sollen, Gale«, wiederholte er. »Er hätte Ihnen den Weg zeigen können.«

Gale preßte die Fäuste gegen das Futter ihrer Rocktaschen. »Schon gut, Ryan«, erklärte sie. »Ich will offen zu

Ihnen sein. Martin war ein bestimmter Typ Mann, für den ich nicht besonders viel übrig habe. Er hat zu viel gejagt, zu viel geredet und zu viel gebetet. Er hat seine Familie geliebt und hat getan, was er tun mußte, um sie zu unterstützen. Aber er hat es Sill und Cammy auch nicht leichtgemacht. Daran gibt es keinen Zweifel.«

»Manchmal ist es genau das, was Gott von einem Vater und Ehemann erwartet.«

»Das glauben Sie doch nicht im Ernst?«

Er streckte ihr seine Bibel hin. »Gale, spüren Sie das Verlangen zu beten?«

Sie betrachtete das schwarze Buch, dann hob sie den Blick zu seinem Gesicht.

»Ich habe nicht das Gefühl, daß Sie ein Mann sind, mit dem ich gerne beten würde.«

Teller warf den Kopf zurück und lachte. Es war ein heiserer Laut, der durch die Enge des Zimmers dumpf wurde.

»Martin hat gesagt, Sie wären eine harte Nuß. Jetzt verstehe ich, was er gemeint hat.« Er berührte sie leicht am Oberarm. »Nehmen Sie das, was ich gesagt habe, nicht persönlich. Ein Mann stirbt, und da gerät man ins Grübeln. Martin hat sich wegen Sill viele Sorgen gemacht. Wegen ihrer Freunde, der Leute, auf die sie hört. Er hat gesagt, sie habe sich von Gott abgewandt. Ich wollte Sie nur ausloten.« Er lächelte verlegen. »Ich schätze, ich hätte einen passenderen Zeitpunkt wählen sollen. Ihr Notizbuch hat mein Hirn stimuliert, das ist alles.«

Gale verschränkte die Arme. »Nun, das Haus ist voll Menschen, Ryan. Ich lasse Sie hier allein, während ich nach dem Rechten sehe.«

»Natürlich. Wenn Sill herunterkommt…«

Gale ging zum Schreibtisch, packte ihr Notizbuch und verließ das Arbeitszimmer, ohne sich die Mühe zu machen, auf seine Reaktion zu warten. Sie gelangte zur Treppe. Der Flur war immer noch mit Besuchern vollgestopft. Kleine Grüppchen hockten auf den Stufen, andere standen unbeholfen herum, denn die Fischmäuler erlaubten es ihnen nicht, sich an die Wände zu lehnen. Auf der anderen Seite des Flurs drang eine kratzige Stimme aus dem Eßzimmer.

»Linnie Cane war die Frau mit der schlechtesten Laune in ganz Calwyn County. Eher hätte sie sich eigenhändig erwürgt, als ›Guten Morgen‹ gesagt.«

Gale lugte zwischen den offenen Türflügeln hindurch ins Eßzimmer. Deak Motts saß an einem Tisch, einen leeren Teller vor sich und ein halbes Dutzend älterer Frauen um sich herum, die desinteressiert in ihrem Essen stocherten. Deak stieß seine Gabel in die Luft, während er sprach.

»An jenem Nachmittag hat sie ihrem fünfjährigen Sohn die Hände und das Gesicht gewaschen, ihm seine hübschesten Sachen angezogen und ihn in seinem Zimmer eingesperrt. Sie ist zur Scheune hinausgegangen, hat sich ein dickes Seil und einen Schemel gesucht und beides zum großen Pekanbaum hinausgetragen. Sie hat das Seil über den untersten Ast geschlungen, ist auf diesen Schemel gestiegen…«

Gale packte das untere Ende des Geländers und stieg die Treppe hoch. Trauergäste mit vollen Mündern gaben teilnahmsvolle Geräusche von sich, als sie an ihnen vorbeikam.

Mein Gott, dachte sie. In der Alden-Familie war der Tod zu einem Zuschauersport geworden.

»Komm her zu mir, Katie Pru. Ich mach die Tür zu, siehst du? Der ganze Lärm ist weg, und jetzt können wir es uns gemütlich machen. Deine Mama sagt, du magst dieses Buch. Setz dich hier neben mich auf das Sofa, dann lese ich dir vor.«

Katie Pru kniff die Augen zu und legte den Kopf auf den gläsernen Couchtisch im Wohnzimmer. Sie wollte nicht neben Tante Maralyn sitzen. Sie wollte nicht das *Skritsch-skritsch* von Tante Maralyns gelbem Haar hören, das ganz steif und lockig wie das einer Puppe war, oder ihren Fingern zu nahe kommen, die nach Pflastern rochen. Und sie mochte es nicht, wie Tante Maralyns Puder sie in der Nase kitzelte und ihre Augen tränen ließ. Aber am allerwenigsten mochte sie die Art, wie Tante Maralyn vorlas.

»Also, komm schon her, Katie Pru. Ich weiß, du magst Märchen. Deine Mutter mochte sie auch, als sie noch klein war. Komm, setz dich neben mich, dann lese ich dir was über den lustigen kleinen Mann vor.«

Katie Pru hob den Kopf gerade so viel, daß sie einen Blick auf das Rumpelstilzchen-Buch werfen konnte, das über dem Sofakissen hochragte. Es war ihr Lieblingsbuch. Wenn ihre Mutter es ihr vorlas, kuschelten sie sich in dem großen Bett aneinander, tief unter der Decke versteckt. Und wenn ihre Mutter eine Pause machte, brüllte Katie Pru immer die Namen – Rippenbiest! Hammelswade! – und war froh, es warm zu haben und gleichzeitig mutig zu sein.

Sie ließ den Kopf wieder auf die Arme plumpsen. »Du kannst das Buch nicht vorlesen«, erklärte sie. »Nur Mama kann das Buch vorlesen. Sie kennt die Wörter.«

Tante Maralyn lachte. Ihr Haar machte skritsch. »O je«, sagte sie. »Es gibt nichts auf der Welt, was deine Mama lesen kann und ich nicht. Wo hast du denn bloß diese dummen Ideen her? Also, komm schon hoch, Katie Pru. Du verschmierst die Glasplatte vom Tisch, und außerdem kann ich dein Höschen sehen. Ich weiß, du willst keine Schmollliese sein.«

Katie Pru wackelte mit dem Po. Natürlich wollte sie eine Schmolliese sein. Sie ließ den Kopf unten und huschte um die Tischecke herum, bis ihr Hintern von ihrer Tante wegzeigte. Dann ließ sie vorsichtig, so daß Tante Maralyn es nicht sehen konnte, den Kopf von den Armen rutschen, bis sie die Nase fest auf die Glasplatte des Tischs drückte.

So verharrte sie lange Zeit, denn sie wußte aus Erfahrung, daß Erwachsene bald schlapp machten und sie gewinnen würde. Sie hörte mit verstecktem Kopf Tante Maralyns Haar und ihren Seufzern zu und genoß das Gefühl von glattem Glas an ihrer Nase. Und wie hätte es auch anders sein können: Schon bald hörte sie das Sofa quietschen und das Geraschel kratziger Stoffe. Tante Maralyn hatte aufgegeben.

»Nun gut, kleine Miß«, erklärte sie. »Ich bin zu müde, um zu kämpfen. Du willst kein Buch lesen, ich will kein Buch lesen. Ich werde mal nach deiner Tante Cammy sehen.«

»Gut«, antwortete Katie Pru mit den Lippen auf dem Glas. »Ich will die Bilder anschauen.«

Sie hörte, wie das Buch neben ihrem Kopf auf den Tisch klatschte. »Nur zu. Ich sag deiner Mutter, daß du hier drinnen bist.«

Katie Pru wartete, bis das Zimmer still war, und blickte dann auf. Sie war mit den Bildern allein, wie sie es von Anfang an gewollt hatte. Sie stützte die Ellbogen auf den Tisch, legte das Kinn in eine Hand und schob träge das Buch beiseite.

Der Jaguwar hatte ihr als erster von den Bildern erzählt, und zwar kurz nachdem sie und ihre Mutter in dem Haus eingezogen waren. Großmutter Ella hatte den Zugang zum Wohnzimmer streng untersagt, aber der Jaguwar hatte erklärt, daß das nichts zu bedeuten habe. Katie Pru war eines Morgens heimlich in das Wohnzimmer gegangen, während ihre Mutter am Telefon war. Sie war so leise wie der Jaguwar in das Zimmer geschlichen und hatte den Kopf von einer Seite zur anderen gedreht, wie er es getan hätte. Zuerst hatte sie nicht gewußt, was er sehen wollte. Das Zimmer hatte auf sie nur alt und überladen gewirkt, angefüllt mit gelb gepolsterten, geschwungenen Möbeln. Sie streifte an den langen pfirsichfarbenen Vorhängen vorbei, die bis zum Boden reichten, und roch die zitronenfarbenen Armlehnen der rundlichen Sessel. Und dann entdeckte sie ihn: den runden Tisch vor dem Sofa mit den Hunderten von Gesichtern, alle in Schwarzweiß, die durch das Glas zu ihr hochblickten. Jungen mit Overalls und schmutzigen Mützen, Mädchen mit langem, lockigem Haar und großen Schuhen. Manche der Kinder sahen aus, als wären sie draußen beim Spielen fotografiert worden: Sie standen grinsend neben Fahrrädern oder unter großen, dicht belaubten Bäumen. Die meisten aber hatten Sonntagskleider an und waren mit unglücklicher Miene vor Erwachsenen postiert, die mit strengen Gesichtern Katie Pru anstarrten.

Später hatte sie ihre Mutter wegen der Bilder gefragt, und sie waren zusammen in das Zimmer gegangen.

»Diese Leute«, hatte ihre Mutter ihr erklärt, »sind Großmutter Ellas Freunde und Verwandte von früher. Manche Fotos stammen sogar noch von ihrer Mutter. Großmutter Ella hat sie unter das Glas getan, um sie zu schützen.«

Katie Pru deutete auf ein kleines Mädchen, das am Strand spielte. »Schau! Da bin ich!«

Ihre Mutter lachte sanft. »Nein, Schätzchen. Das ist ein Bild von meiner Mutter, das gemacht worden ist, als sie ungefähr so alt war wie du. Aber sie sieht dir sehr ähnlich, nicht wahr?«

Katie Pru war mit dem Fingernagel um das Gesicht des kleinen Mädchens herumgefahren, zum reichverzierten

Unterteil des Badeanzugs hinab und wieder hoch zum kurzen dunklen Haar. »Wo wohnt sie jetzt?« fragte sie.

Ihre Mutter, die auf dem Sofa saß, verschränkte die Arme vor der Brust und runzelte die Stirn. Es war kein verärgertes Stirnrunzeln, sondern die Art von Runzeln, die sie bekam, wenn sie nachdachte. Sie schaukelte still ein wenig hin und her, und einen Augenblick lang dachte Katie Pru, ihre Mutter habe sie nicht gehört.

»Wohnt sie am Strand?«

Ihre Mutter schüttelte den Kopf. »Sie lebt nicht mehr, Katie Pru«, antwortete sie. »Sie ist gestorben, als ich noch sehr klein war. Großmutter Ella hat sich um mich gekümmert, als ich ein Kind war.«

Katie Pru hatte schnell auf ein anderes Bild gedeutet und das kleine Mädchen nicht mehr anschauen wollen. Aber jetzt rieb sie mit dem Finger über das Glas und wischte die Flecken über dem Foto weg. War ihre Mutter beschäftigt, schlich sie sich häufig in das Wohnzimmer und betrachtete das kleine Mädchen. Sie hatte es niemandem verraten, aber das Bild beunruhigte sie. Friedhöfe waren Plätze für Erwachsene, die sehr krank oder sehr alt gewesen waren. Sie wußte das, weil ihre Mutter sie einmal zum Grab ihres Vaters mitgenommen hatte. Der Ort war nicht unheimlich, und es tat ihr nicht weh, an ihren Vater zu denken, weil er vor ihrer Geburt gestorben war. Aber es tat ihr weh, an das kleine Mädchen zu denken, das die Mutter ihrer Mutter war. Mütter und kleine Mädchen durften nicht sterben.

Sie bedeckte das Gesicht des Mädchens mit dem Daumen. Als sie ihn hochhob, blieb ein sauberer Fingerabdruck auf dem Glas zurück. Sie hatte es schmutzig gemacht. Jetzt mußte sie es sauber machen. Sie rollte die Zunge im Mund herum, lehnte sich über das Foto und spuckte.

»Was machen Sie denn hier?«

Sie riß den Kopf hoch. Es war eine Männerstimme, aber es war kein Mann im Zimmer. Sie blickte durch die offene Tür in den Flur, aber sie konnte niemanden entdecken.

»Wo sollte ich sonst sein? Ich bin die Hinterbliebene.«

Tante Maralyns Stimme klang eigenartig, so wie damals, als Katie Pru ihren Koffer mit Erdnußbutter angemalt hatte. Sie war wütend, scheute sich aber, zu schreien.

Der Mann scheute sich auch, zu schreien.

»Was soll denn das bedeuten?«

Tante Maralyns Lachen klang wie das Husten eines Hundes.

»Wußten Sie das nicht? Wollen Sie etwa behaupten, daß Sie letzte Nacht nicht wußten, wer, zum Teufel, ich bin? Scheiße noch mal, Martin hat Ihnen da wirklich einiges vorenthalten.«

»Sie sind eine Mörderin.«

»O nein. Ich sorge nur dafür, daß Dreckskerle wie Sie...«

»Sie sind eine Mörderin«, wiederholte der Mann. »Verspüren Sie den Wunsch zu beten?«

Die Spucke bildete über dem Gesicht des Mädchens kleine Bläschen. Vorsichtig legte Katie Pru ihren Finger in die Mitte und verteilte die Flüssigkeit im Kreis.

»Mit jemandem wie Ihnen beten? Nein danke. Ich will nicht, daß Gott glaubt, ich hätte schlechten Umgang.«

Die nassen Kreise wurden größer und größer, bis der Körper des kleinen Mädchens darunter verschwand. Katie Pru preßte die Handfläche auf den Tisch und bedeckte den Fleck. Sie verstand nicht, warum Tante Maralyn wütend war, aber sie vermutete, daß ihr diese Spucke kein bißchen besser gefallen würde als damals die Erdnußbutter.

*Nein*

Malcolm Hinsons Antwort auf die Frage,
ob er jemals Linnie Cane in seinem Fotostudio
gesehen habe, 1955

# 9

Alby Truitt hockte auf Zilah Greenes braungeblümtem Sofa und balancierte einen Berg Siebenlagensalat auf dem Knie. Behutsam stieß er die Gabel von der Seite in die Konstruktion und zog ein Stück mit Mayonnaise bedeckten Blattsalat hervor. Johnny Bingham konnte noch so oft behaupten, daß einen Sheriff niemand mochte, aber Truitt hatte während des letzten Jahrs zumindest eine Sache über sein Amt erfahren: In den Augen kleiner alter Damen waren Sheriffs und Pfarrer immer unterernährt.

Auf der anderen Seite des Couchtischs aus Ahorn saß Zilah auf einem kümmerlich gepolsterten Stuhl. Während er aß, huschte ihr Blick von seiner Hand zu seinem Mund. Sie stemmte die Handgelenke in den Schoß und zerriß eine Papierserviette. Das zerfetzte Papier häufte sich wie Schneeflocken auf ihrem bedruckten Baumwollrock. Ihre linke Handfläche war frisch verbunden.

Er stieß die Gabel in das nächste Salatblatt und warf ihr ein schiefes Lächeln zu.

»Schmeckt wirklich gut, Mrs. Greene«, erklärte er. »Vielen Dank. Ich habe heute morgen nämlich nicht gefrühstückt.«

Sie erwiderte sein Lächeln. »Nun, es hat mich nicht viel Mühe gekostet«, antwortete sie. »Ich wollte ihn eigentlich zu den Aldens hinüberbringen, aber Ella hat gesagt, daß sie ihn nicht brauchen.«

Truitt nickte und schaufelte einen Klumpen Erbsen und Käse in den Mund. Er bezweifelte nicht, daß das stimmte. Nachdem er den Drugstore verlassen hatte, hatte er sich der Karawane auf dem Weg zum Haus der Aldens angeschlossen und seinen Dodge zwischen einen weißen Ford Pickup und einer dürren Kiefer abgestellt. Innerhalb von Minuten waren hinter ihm weitere zwanzig Autos die Auffahrt hochgekommen und hatten entlang des Drahtzauns geparkt. Er war gezwungen gewesen, über den Kotflügel eines zerbeulten Kleinlasters zu klettern, um das Tor zu erreichen.

Truitt zog seine Serviette unter dem Teller hervor und betupfte sich damit den Mund. »Wobei haben Sie sich verletzt, Mrs. Greene?«

Sie blickte auf ihre Hand und schnalzte kurz. »Ach je, das ist nichts. Ich hatte Schwierigkeiten, das Gartentor aufzukriegen, das ist alles. Der Riegel klemmt. Barry wollte ihn reparieren, aber er hatte nie Zeit. Ella hat die Wunde gut verbunden.«

»Traurige Sache dort drüben«, erklärte er.

»Ja«, antwortete sie. »Wir verdanken Martin so viel.«

»Inwiefern?«

Sie blickte ihn erstaunt an. »Naja, ohne ihn hätten wir es nie und nimmer geschafft. Ich erinnere mich, wie Barry eines Tages nach Hause kam und sagte: ›Das war's, Zilah, ich mach den Laden dicht, ich verdien kein Geld mehr damit.‹ Ich habe geantwortet: ›Das kannst du nicht machen, wir haben doch nichts anderes.‹ Und er sagte: ›Nun, wir werden halt das Haus verkaufen müssen und nach Atlanta ziehen.‹ Ich hatte solche Angst. Ich hätte mein Haus nicht verlassen können. Mein Daddy hat dieses Haus gebaut.«

Ihre Augen glommen, als sie sich ihrer Angst erinnerte. Die Hände, deren Venen sich hellblau unter der Haut abzeichneten, zitterten. Truitt stellte seinen Teller vorsichtig auf den Couchtisch. Er hatte mit den Greenes nie viel zu tun gehabt. Der Besitzer der Eisenwarenhandlung und seine unscheinbare Frau waren lediglich schemenhafte Figuren auf den Jahrmärkten und Kirchenfesten gewesen. Sehr ähnlich dem, was aus Martin und Cammy hätte werden können, wenn das Barbecue sich nicht so spektakulär entwickelt hätte.

»Es ist ein schönes Haus, Mrs. Greene«, sagte er leise. »Ich bin froh, daß es bei Ihnen so gut gelaufen ist.«

»Das ist es ohne Zweifel. Als die Leute begannen, zu diesem Barbecue zu kommen, war es, als wäre das ganze County aufgewacht und hätte sich an Statlers Cross erinnert. Von überall her kamen Leute und kauften in der Eisenwarenhandlung ein. Ich habe großen Respekt vor Martin Cane.«

»Sie waren gestern auf dem Barbecue, nicht wahr, Mrs. Greene?«

Ihre Finger näherten sich dem Haufen Papierfetzen.

»Natürlich war ich das. Ich gehe immer hin, sogar letztes Jahr, als Barry so krank war. Ich versuchte, hier bei ihm zu bleiben, aber er sagte, nein, ich müsse gehen, schon allein, um unseren Dank zu zeigen.«

Truitt wischte sich mit der Serviette über den Mund, faltete sie und klemmte sie unter den Tellerrand. »Wissen Sie, Mrs. Greene, ich muß Martins Tod untersuchen. Der

Coroner verfaßt einen Bericht, und ich werde ihm sagen müssen, was meiner Meinung nach passiert ist.«

»Das weiß ich«, stellte sie fest.

»Ich muß daher mit Ihnen darüber reden. Ich habe meinen Sergeant heute morgen angerufen, und er konnte keinen Hinweis darauf entdecken, daß einer meiner Männer bereits mit Ihnen geredet hat.«

Sie betastete die Papierfetzen. »Ich bin gegangen, bevor Sie alle eingetroffen sind.«

Truitt tat überrascht. »Wieso?«

»Ich war müde. Und ich brauchte nicht zu bleiben. Ich hatte nichts gesehen.«

»Aber Sie verstehen, daß ich Ihnen trotzdem ein paar Fragen stellen muß?«

»Ja, Sir.«

Er zog seinen Notizblock hervor. »Es dauert nur ein paar Minuten, Mrs. Greene. Können Sie mir sagen, wo Sie waren, als die Waffe losging?«

»Auf der Veranda. Auf der Schaukel.«

Truitt lächelte. »Ich habe Martin geholfen, diese Schaukel aufzuhängen. Es war ein Geburtstagsgeschenk für Cammy. Waren Sie dort schon lange, als Sie den Schuß hörten?«

»Ich weiß nicht. Ich war nicht besonders hungrig. Ich habe in letzter Zeit nicht mehr viel Hunger, und manchmal tut mir der Anblick von Essen nicht gut.«

»Sie saßen also auf der Schaukel, bis es Ihnen bessergting?«

»Ja.«

»Erinnern Sie sich, ob die Haustüre offenstand?«

»Ich weiß nicht. Ich glaube, das tat sie nicht.«

»Konnten Sie irgendwas im Haus drinnen hören, Leute, die sich unterhielten oder herumgingen vielleicht?«

Sie zupfte einen Papierschnipsel aus dem Haufen und preßte ihn flach gegen den Daumen. »Nein. Ich glaube nicht.«

Truitt fuhr sich mit dem Finger über die Wange. »Also, lassen Sie mich einen Augenblick nachdenken. Bei der Schaukel ist ein Fenster, nicht wahr? Wissen Sie, ob es offen war?«

Sie zögerte. »Ich erinnere mich nicht.«

»Ist irgendwer auf die Veranda gekommen, während Sie dort saßen?«

»Ja, Sir. Dieser Pilot – Mr. Robertson. Er kam aus dem Haus und hat mich gefragt, ob ich Martin gesehen hätte.«

»Und hatten Sie ihn gesehen?«

Sie antwortete lange nicht. Sie saß stocksteif auf dem Stuhl, die Augen geschlossen.

»Mrs. Greene«, drängte Truitt sanft. »Haben Sie Martin in den Minuten, bevor das Gewehr losging, gesehen?«

Ihre Augen öffneten sich. »Ich habe Mr. Robertson gesagt, daß ich nicht weiß, wo er ist.«

»Das ist keine klare Antwort, Madam.«

»Nein, ich habe ihn nicht gesehen.«

»Und was war nach dem Schuß? Was haben Sie nach dem Schuß gehört und gesehen?«

Sie erhob sich mit einer Behendigkeit, die ihn überraschte. »Ich habe Ihnen bereits gesagt, Mr. Truitt, ich bin nach Hause gegangen. Hören Sie auf, sich deshalb Gedanken zu machen.« Sie nahm seinen Teller. Das fragile Salatgebilde brach zusammen, und ein paar Salatblätter fielen auf den Tisch. »Ich werde Ihnen etwas Eistee holen«, murmelte sie. »Sie bleiben schön sitzen.«

Sie verschwand durch eine Tür im hinteren Teil des Hauses. Truitt sah ihr mit dem Notizbuch in der Hand nach. Dann ließ er es auf das Sofa fallen, pfiff tonlos vor sich hin und begann, den verstreuten Salat mit seiner Serviette zusammenzuschieben. Er hörte, wie in der Küche ein Kühlschrank zugemacht wurde, und dann das Plätschern eines Wasserhahns und das Knacken einer Eiswürfelschale.

Er fühlte sich eigenartig erleichtert. Zilah glaubte nicht, daß es ein Unfall gewesen war. Egal, was sie auf Martins Veranda gesehen oder gehört hatte: Sie war überzeugt, daß es von Bedeutung war.

Ein heftiges Klopfen erschütterte die vordere Moskitotür. Truitt drehte sich um und sah, wie ungefähr einen Meter oberhalb des unteren Rahmens eine Nase gegen das Drahtgeflecht gedrückt wurde.

»Wenn ich aus Knetmasse wäre«, sagte die Nase, »würde ich mich durch diese Löcher quetschen und als Spaghetti auf dem Boden landen.«

»Wenn du aus Knetmasse wärst«, entgegnete Truitt, »würde ich dich zu einem Ball zusammenrollen und mir an die Stirn kleben.«

Die Nase kicherte, und eine kleine rosa Zunge versuchte, einen Weg durch die winzigen Löcher zu finden. Truitt ging lächelnd zur Moskitotür und öffnete sie leicht. Katie Pru Grayson, die einen roten Baumwollrucksack auf dem Rücken trug, sprang zurück und grinste ihn durch das Gitter hindurch an.

»Wir sind gekommen, um einen Brief zu holen«, verkündete sie.

Auf der untersten Verandastufe blickte Gale überrascht zu ihm auf. »Es tut mir leid, Alby. Ich wußte nicht, daß Zilah Besuch hat.«

Die Vormittagssonne hatte den Dunst aufgelöst, und ein Anflug von Röte lag auf Gales Gesicht. Trotzdem gelang es ihr, so auszusehen, als wäre ihr nicht heiß. Das Haar mit seinen auffälligen grauen Strähnen war lässig hinter die

Ohren gestrichen, und die Beine unter ihrem Rock waren bis auf ein paar Söckchen, die sie über den Rand der weißen Tennisschuhe gerollt hatte, nackt.

»Kein Problem. Ich war gerade dabei, zu gehen.« Er nickte in Richtung des Alden-Hauses und trat auf die Veranda hinaus. »Schön zu sehen, daß so viele Leute gekommen sind, um ihr Beileid auszudrücken.«

»Und kein Anzeichen dafür, daß es bald weniger werden.« Sie blickte mit zusammengekniffenen Augen zu Katie Pru hinüber, die von der Veranda gesprungen war und im hohen Gras im Kreis lief. »Wir brauchten eine Pause. Wir sind an Horden von Menschen gewöhnt, die uns in unsere süßen kleinen Bäckchen zwicken wollen.«

»Das geht selbst den Besten von uns so. Wie steht es um Cammy und Sill?«

Auf das Geräusch der Moskitotür hin drehte er sich um und sah, wie Zilah mit einem Tablett voll Gläsern in der Hand rückwärts auf die Veranda hinaustrat. Er streckte eine Hand in ihre Richtung aus. »Warten Sie, Mrs. Greene, lassen Sie mich…«

»Bleiben Sie, wo Sie sind. Ich hab's schon.« Die Eiswürfel in der bernsteinfarbenen Flüssigkeit klimperten, als sie auf die Stufen zueilte. »Oh, Gale«, rief sie atemlos. »Ich bin so froh, daß du gekommen bist. Hier, ich habe dir auch etwas Eistee gebracht. Ich habe euch beide durch den Garten kommen sehen. Bitte, setz dich und bleib ein bißchen. Ich weiß, du und der Sheriff, ihr könnt beide was zu trinken gebrauchen.«

Truitt nahm ein Glas, reichte es Gale und war ganz fasziniert von der Veränderung in Zilah. Vor ein paar Minuten noch war sie ängstlich und zögerlich gewesen. Jetzt wirkte sie nervös und – er versuchte, den Gemütszustand genauer zu bestimmen – erwartungsfroh.

»Ich kann nicht lange bleiben«, sagte Gale ihr. »Ich erwarte jeden Augenblick, daß Ella den Kopf zur Tür herausstreckt und mich auffordert, nach Hause zu kommen. Wie auch immer, Alby, wenn du klug bist, lehnst du nie ein Glas von Zilah Greenes Eistee ab.«

Truitt zwinkerte ihr zu, als er ein zweites Glas für sich selbst nahm. »Treibt den Göttern Tränen in die Augen, oder?«

»So gut wie.«

Zilah stellte das Tablett auf den Verandaboden. »Hör sich das nur einer an! Komm schon, Gale, ihr beide setzt euch jetzt hin.« Im Garten schlug Katie Pru verunglückte Räder. »Meinst du, dein kleines Mädchen will auch was?«

»Falls ja, wird sie uns schon finden.« Gale machte es sich auf der untersten Stufe bequem. »Zilah, bevor ich es vergesse, Ella sagt, du hast einen Brief für mich.«

»Oh, ich habe ihn dabei.« Sie langte in eine Tasche ihres Kleids und zog einen verknitterten Umschlag heraus. Nachdem sie ihn sorgfältig geglättet hatte, hob sie ihn hoch, damit Truitt ihn sehen konnte. »Er ist aus England. Das kann man an der Briefmarke erkennen.«

Katie Pru hörte auf, über den Rasen zu purzeln. »Ist Space Lucy drauf?« rief sie.

»Space Lucy ist ein Stoffdinosaurier, den Katie Pru einmal hatte«, erklärte Gale. »Wir haben einen Freund in England, der ihn auf seine Briefe zeichnet.«

Zilah strahlte. »Aber ja, Katie Pru, da ist ein Dinosaurier! Ich dachte mir schon, daß es eine geheime Nachricht an dich ist.«

Katie Pru rannte zum Haus, aber Gale nahm Zilah den Umschlag aus der Hand und steckte ihn in ihre eigene Tasche. »Wir lesen ihn später, K.P. Geh ein bißchen spielen! Ich will mich noch unterhalten.«

Katie Pru drehte ab, als Zilah und Truitt sich mit ihrem Tee auf die Stufen setzten.

»Ich bin so froh, daß du gekommen bist«, wiederholte Zilah. »Das ist eines der schlimmen Dinge, wenn du verwitwet bist. Es gibt niemanden, der dich aus dir selbst herausholt. Der Kopf kann sich alles mögliche einbilden. Und das ist auch der Grund, weshalb ich mit dir sprechen muß, Gale.«

»Natürlich, Zilah. Was gibt's?«

Zilah legte eine Hand auf Gales Knie und lehnte sich dicht an die jüngere Frau. »Glaub bitte nicht, daß ich verrückt bin. Du weißt schon, manchmal sagen die alten Leute Sachen, und die anderen meinen dann, sie sind verrückt.«

»Das tu' ich nicht, Zilah. Also, sag mir, was stimmt nicht?«

»Ich möchte mit dir über Linnie reden.«

Gale zog die Brauen zusammen. »Linnie Cane?«

»Ja. Ellas Tante Linnie. Du weißt doch, wen ich meine?«

Im Garten hatte Katie Pru sich niedergekauert, so daß nur noch ihr roter Rucksack über dem Gras zu sehen war.

»Natürlich«, sagte Gale. »Warum willst du über sie reden?«

Zilah gab ein angestrengtes Lachen von sich. »Nun, ob du es glaubst oder nicht, ich habe sie letzte Nacht gesehen – oder habe zumindest von ihr geträumt. Barry hat immer behauptet, Träume bedeuten nichts, aber ich glaube, er hat sich geirrt. Ich glaube, sie bedeuten eine Menge.«

»Nun, das glaube ich auch«, stimmte ihr Gale zu. »Zumindest können wir durch sie erkennen, was uns in Unruhe versetzt.« Sie machte eine Pause und fuhr mit dem Finger durch das Kondenswasser, das sich auf ihrem Glas gebildet hatte, bevor sie Zilah beruhigend anlächelte. »Also, hat Linnie dich in Unruhe versetzt?«

Katie Pru stand auf und befreite sich mühsam von ihrem Rucksack. Truitt sah, daß sie den Mund bewegte, hörte aber keinen Laut. Sie warf den Rucksack hoch über den Kopf und sprang in Riesenschritten zum Drahtzaun.

»Glaubst du an Besuche aus dem Totenreich?«

Zilahs Stimme war ernst, und Truitt achtete darauf, daß sein Blick nichtssagend blieb, als er ihr seine Aufmerksamkeit zuwandte. Gale gelang dies weniger gut.

»Besuche aus dem Totenreich? Naja, nein, Zilah. Ich glaube, die Toten können in unsere Köpfe eindringen, und dann denken wir...«

Im Garten hob das Kind seinen Rucksack wieder auf, und diesmal meinte Truitt, es singen zu hören, obwohl die Melodie und der Text undeutlich waren. Wieder kauerte Katie Pru im Gras nieder, sprang dann hoch, warf den Rucksack in die Luft und rannte in großen Schritten zum Zaun. Truitt stand auf und entfernte sich von der Veranda, denn er wollte Zilah die Möglichkeit geben, offen mit Gale zu sprechen. Gespenster. Herrje, er hoffte, die alte Frau war nicht dabei, senil zu werden. Falls sie in Martins Haus tatsächlich etwas beobachtet hatte, würde er sie als zurechnungsfähige Zeugin brauchen.

»Ich schätze, du hast recht«, erklärte Zilah. »Ich habe in letzter Zeit viel über sie nachgedacht, das ist alles. Weißt du, sie war eine schöne Frau – groß, mit zarten Knochen. Sehr graziös, wenn sie sich bewegt hat.«

»Ich habe nie ein Bild von ihr gesehen«, stellte Gale fest. »Du mußt ein gutes Gedächtnis haben. Du kannst nicht älter als – wie, wann ist sie gestorben?«

»Ich bin 1924 geboren.«

»Zilah, Linnie ist 1925 gestorben. Du kannst sie gar nicht gekannt haben.« Gales Stimme war ruhig und besänftigend, als würde sie mit einem verwirrten Kind sprechen.

Katie Pru hatte mit ihrer dritten Runde begonnen und kauerte wieder im Gras. Truitt konnte das Lied jetzt deutlicher hören. Es war eine alte Melodie, fast wie eine Gigue, und sie endete mit einem Grunzen, als Katie Pru den Rucksack wieder in die Luft schleuderte.

»Du meinst, ich bin alt und verrückt, nicht wahr, Gale? Ich erkenne das an der Art, wie du mich anschaust. Du versuchst, verständnisvoll zu sein, aber in Wirklichkeit lachst du mich aus.«

»O nein, Zilah. Ehrlich, das würde ich dir nicht antun.«

»Das würdest du schon. Genauso, wie die Leute es mit Gespenstern tun. Sie erzählen Gruselgeschichten, aber eigentlich ist für sie alles lächerlich.«

*Es war ein warmer Frühlingstag…*

Auf einen Schlag fiel Truitt die ganze Geschichte ein.

*…und alle in Statlers Cross machten sich fertig für die Premiere der ersten Theateraufführung in der Stadt. Es gab ein großes Getue. Das Stück war neu und von einem Nordstaatler, der in den Süden gekommen war, um das richtige Leben kennenzulernen. Die Zeitungen aus Atlanta würden darüber berichten, von überall her kamen die Leute. Und Linnie Glynn Cane hatte die weibliche Hauptrolle. Nun, Linnie Cane war die Frau mit der schlechtesten Laune in ganz Calwyn County. Sie hätte sich eher eigenhändig erwürgt, als ›Guten Morgen‹ gesagt. Ungefähr um drei Uhr nachmittags zog sie ihrem fünfjährigen Sohn seine besten Kleider an und sperrte ihn in sein Zimmer. Sie ging hinaus zur Scheune, suchte sich ein Seil und einen Hocker und trug beides zu dem Pekanbaum neben dem Haus. Sie schlang das Seil um einen Ast, stellte sich auf den kleinen Hocker und legte sich das Seil um den Hals. Und seither spukt sie durch die Stadt und trauert um den kleinen Jungen, den sie zurückgelassen hat.*

Zilah hat unrecht, dachte Truitt. Er hatte über diese Geistergeschichte nie gelacht.

Er stand jetzt weit im Garten. Das Lied des kleinen Mädchens war laut und deutlich:

*Versteck dich im Haus, Müllerssohn, Müllerssohn,*
*Versteck dich, sangen alle Engel,*
*Renn zu den Gleisen, Müllerssohn, Müllerssohn,*
*Dorthin, wo die Strümpfe hängen.*

Bei dem Wort »hängen« warf Katie Pru ihren Rucksack in die Luft und begann zu springen. Mit jedem Schritt zählte sie, und zwar so laut, daß sie auch auf der Veranda zu hören war.

»Eins, zwei...« Der Rucksack plumpste auf den Boden. Katie Pru wirbelte zu ihrer Mutter herum. »Nur zwei, Mama.«

»Versuch's weiter.« Gale bedeckte die Augen mit der Hand und kicherte, als sie Truitts verwirrten Gesichtsausdruck sah. »Ein Spiel, das Sill und ich als Kinder immer gespielt haben. Wirf was hoch und schau, wie weit du kommst, bevor es wieder auf dem Boden landet. Und währenddessen muß man lauter und lauter singen.« Sie wandte sich Zilah zu. »Hast du mal gesehen, wie wir...«

Sie verstummte. Sogar von dort, wo er stand, konnte Truitt die Bestürzung in Zilahs Gesicht erkennen. Ihr Mund war zusammengekniffen, ihre Augen wurden immer größer.

Katie Pru schrie jetzt beinahe. »›*Versteck dich im Haus, Müllerssohn, Müllerssohn...!*‹«

Zilah legte eine Hand auf Gales Arm. »Du läßt sie dieses Lied singen?«

»Sollte ich nicht? Kennst du das Lied, Zilah?«

»Natürlich kenne ich es. Und du kennst es auch, Gale. Du weißt, woher es kommt.«

»Es ist einfach etwas, das wir gesungen haben, als wir klein waren. Ich weiß nicht einmal, wer es uns beigebracht hat.«

Zilah starrte zu Katie Pru hinüber. »Der Text ist verkehrt. Es heißt ›Versteck dich im Haus, Weberssohn, Weberssohn.‹«

Truitt kämpfte ein plötzliches Frösteln nieder. Neben ihm fuhr sich Gale ängstlich mit den Händen über die nackten Beine. Zilahs Blick wanderte zu Gale.

»Die Leute haben das früher so gemacht. Sie haben sich Lieder ausgedacht, damit sie nicht vergessen. Ich erinnere mich, daß meine Mutter sie wie Rezepte weitergereicht hat. Mary Phagan, die *Titanic*, für sie alle gab es Balladen. Und es gab diese eine, die genau hier in Statlers Cross stattgefunden hat. Aber das Kind hat den Text ganz durcheinandergebracht.«

Aus der Kehle der alten Frau erscholl ein leises Trällern.

*Versteck dich im Haus, Weberssohn, Weberssohn.*
*Versteck dich, sangen alle Engel.*
*Renn zu den Gleisen, Weberssohn, Weberssohn,*
*Fort, fort von wo deine Mama hängt.*

»Wie schrecklich«, flüsterte Gale.

Zilah nickte. »Aber es ist eher seltsam als schrecklich. Martin stirbt letzte Nacht, und ich sehe Linnie. Von all diesen Trauergästen kommt dein kleines Mädchen heute zu mir herüber und singt ein Lied, an das ich seit fünfzig Jahren nicht mehr gedacht habe.« Ihr Griff um Gales Arm wurde fester. Truitt sah, wie die Haut der jungen Frau weiß wurde.

»Du begreifst das, nicht wahr, Gale? Die Sachen passieren nicht einfach zufällig. Es gibt einen Grund dafür. Mein Vater wollte es nicht glauben, aber es stimmt. Die Geister treten leise auf, weil sie uns dazu bringen wollen, zu lauschen.«

*Jeb sagt, er hat sie in dem alten Schulhaus gesehen, wie sie von Fenster zu Fenster gerannt ist, als es brannte. Das ist jetzt bald fünfzehn Jahre her, aber bis zum heutigen Tag schwört er, daß sie es war. Das County hat die Schule bald, nachdem wir abgegangen waren, geschlossen, weil es nur noch so wenige Kinder gab. Jeb hat immer vermutet, Linnie habe das Feuer gelegt aus Wut darüber, daß alle weggezogen sind.*

Olive Pirtle ihrer Freundin Martha Prescott
gegenüber beim Mittagessen in Atlanta, 1962

## 10

Gale durchquerte mit Katie Pru an der Hand Zilahs verwildernden Garten in Richtung der verrosteten Pforte im Drahtzaun. Hinter ihnen stand Zilah neben Truitt auf der Veranda und sah zu, wie sie durch das hohe Gras gingen. An der Pforte angelangt, öffnete Gale den behelfsmäßigen Riegel und schob Katie Pru in Ellas Garten hinüber. Erst jetzt hörte sie die Moskitotür hinter ihnen zuknallen. Gale schubste Katie Pru zur Rückseite von Ellas Haus hinüber, bevor sie sich umdrehte, um die Pforte wieder zu verschließen. Sie verstand nicht, warum Zilah sie so verstört hatte. Sie hatte seit langem die Kunst verfeinert, den weitschweifigen Monologen älterer Frauen zuzuhören – und sie dann selektiv zu vergessen. Es war dies der achtbare, wenn auch etwas brüchige Panzer eines Mädchens aus den Südstaaten. Diesmal jedoch hatte der Panzer nichts genützt. Sie schaute noch mal über die Gartentür auf das mit blauen Schindeln verkleidete Haus, das inmitten einer Collage aus hochgeschossenem Gras und vernachlässigten Azaleen stand. Sie dachte an die Geschichten, die sie Sill immer erzählt hatte – Linnie, die Rinder reißt, Linnie, die auf den Dächern brennender Scheunen tanzt. Volksmärchen, jede einzelne von ihnen, die von einer Generation zur nächsten weitergereicht wurden und die denselben Wahrheitsgehalt aufwiesen wie die bekannten Legenden vom blauen Ochsen oder dem Cowboy, der auf einem Wirbelsturm reitet. Und alle hatten mit einer großen, dunkelhaarigen Frau zu tun, die über ihren klappernden Webstuhl gebeugt Tücher produzierte, die so schön waren, daß sie sich gezwungen fühlte, die Eisenbahnschienen entlangzustolzieren, ganz egal, was die verfluchten Klatschweiber dazu sagten. Gale schob mit aller Kraft den Riegel vor und wirbelte herum. Scheiße. Warum beunruhigte diese Verrückte sie so sehr?

»Komm schon, Mama. Der Jaguwar sagt, du trödelst.«

Katie Pru hängte dem Jaguar ihren Rucksack um den Hals und stemmte die Hände in die Hüften, als hätte sie ihn gerade dabei erwischt, wie er einen Wanderer verschmaust. Die Sonne stand hoch am Himmel und spiegelte sich auf ein paar Autos, die immer noch auf der Kiesauffahrt standen. Mit Erleichterung stellte Gale fest, daß Ryan Tellers blaue Limousine verschwunden war. An ihrer Stelle parkte jetzt ein schicker Jeep Cherokee aus Fulton County, auf dessen Nummernschild eine den Wünschen des Besitzers entsprechend zusammengestellte Buchstabenkombination, TAXNSPND, zu lesen stand, also »tax and spend« oder »besteuern und Geld ausgeben«. Ein Aufkleber auf der Stoßstange verkündete: »Staatsangestellte und stolz darauf!« Gale wölbte im Vorbeigehen die Brauen. Es waren ein paar schrecklich mutige Städter unterwegs.

»Komm schon, Käferchen«, sagte sie zu Katie Pru. »Mal sehen, wer zuerst bei der hinteren Veranda ist.«

»Jaguwars rennen nicht gern um die Wette. Sie schleichen lieber.«

»Okay, dann schleiche ich mit dir um die Wette.«

Katie Pru fletschte die Zähne, streckte ihre Finger, bis sie Krallen waren, und kam in weiten, langsamen Sprüngen auf ihre Mutter zu. Zusammen huschten sie am Pekanbaum vorbei und liefen am Haus entlang nach hinten. Gale ließ Katie Pru auf allen vieren an sich vorbeikriechen, dann lief sie auf Zehenspitzen die Stufen zur hinteren Veranda hoch und gesellte sich vor der Küchentür zu ihr.

Sills Stimme, angespannt und schrill, drang aus dem Haus.

»Ich wollte nicht, daß du kommst. Daß du hierhergekommen bist, war einfach dumm.«

»Dumm wäre es, wenn ich zu Hause geblieben wäre. Was hast du von mir erwartet, daß ich neben dem Telefon sitze, bis du es für richtig hältst, mir zu verraten, was hier, verdammt noch mal, passiert?«

Ein schwerer Gegenstand knallte in die Spüle. Ein Wasserstrahl spritzte in das Becken und wurde gleich darauf wieder abgedreht.

»Ich wollte dich anrufen, sobald ich die Gelegenheit dazu habe«, sagte Sill. »Du hättest jetzt nicht kommen sollen.«

Die Stimme der zweiten Frau war tief und klang wie schwerer Rotwein.

»Komm schon, Sill. Ich wollte hier sein. Was auch immer los ist, ich steh dir bei. Das weißt du.«

Katie Pru, die zu Füßen ihrer Mutter kauerte, fauchte plötzlich, sprang auf und kratzte an der Küchentür. Gale schnitt eine Grimasse, zog die Tür auf und ließ das Kind einen Satz hinein machen.

Sill lehnte am Spülbecken. Ihr Gesicht verriet Bestürzung. Neben dem Küchentisch stand die kleine, dunkelhaarige Frau, die Gale auf dem Barbecue gesehen hatte.

Gale lächelte entschuldigend, als Katie Pru durch das Zimmer schlich. »Wir können jeden Tag nur für ein paar Stunden Menschen sein. Und heute mußten wir uns sogar noch besser benehmen als sonst.« Sie schloß die Tür hinter sich und ging auf die Frau zu. »Ich bin Gale, Sills Cousine.«

Der Händedruck der Frau war fest und ihre Haut trotz der Luftfeuchtigkeit angenehm trocken. Auch wenn ihr die Absätze ihrer Sandalen einen gewissen Vorteil verschafften, war sie kaum zwei Zentimeter größer als Gale. Sie trug ein weißes Männerhemd über der Hose und hatte einen schwarzen Ledergürtel um die Hüfte geschlungen. Scharfe Bügelfalten ließen ihre schwarzen Leinenhosen länger wirken, als sie waren. Die grünen Augen hinter der Brille mit dem blauen Gestell waren klar und intelligent.

»Ich bin Faith Baskins«, erklärte sie unverkrampft. »Wir haben heute morgen am Telefon miteinander gesprochen. Wärst du mir nicht schon von Sills Beschreibung her vertraut, hätte ich dich ganz bestimmt anhand deiner kätzischen Begleiterin erkannt. Nicht jede Frau in dieser Gegend wird von einem Löwen begleitet.« Sie beugte sich hinunter und kraulte sanft Katie Prus Kopf. »Löwen sind meine Lieblingstiere.«

Katie Pru zog eine Schnute. »Ich bin kein Löwe. Ich bin ein Jaguwar. Löwen haben zu viele Haare.« Sie betrachtete argwöhnisch Faiths gelockten Haarschopf mit seinen braunen und stahlgrauen Locken. »Du bist ein Löwe«, erklärte sie. »Deshalb magst du sie.«

Faith richtete sich auf und lachte. »Nun, darin steckt vermutlich mehr Wahrheit, als ich zuzugeben bereit bin.« Sie wandte sich an Gale. »Sill hat mir gerade gesagt, daß ich zu Hause hätte bleiben sollen. Ich hoffe, ich bringe niemanden in eine schwierige Situation, aber ich hatte das Gefühl, es ist besser, wenn ich hier bin.«

Gale durchquerte den Raum und öffnete den Kühlschrank. Übereinandergestapelte Glasschüsseln und Kasserollen, alle mit Klarsichtfolie abgedeckt, füllten die Fächer. Gale langte hinter eine Schüssel mit Obstsalat und zog einen Karton Traubensaft hervor.

»Ich glaube, du und Sill müßt das unter euch ausmachen«, erklärte sie. »Wenn sie dich hier braucht, dann solltest du auch hier sein.«

»Sie braucht mich.«

»Ich komme gerade von Zilah zurück«, berichtete Gale. »Alby Truitt war dort, und ich glaube, er ist auf dem Weg hierher.«

Sill wirbelte herum. »Wozu hat er mit Zilah gesprochen?«

»Ich weiß nicht. Ich schätze, er redet mit jedem, der dort war.«

Faith blickte auf. »Wer ist Alby Truitt?«

»Der Sheriff.« Gale löste die Plastikhülle mit dem Strohhalm vom Karton und riß sie mit den Zähnen auf. »Schau, Sill«, sagte sie leise. »Er tut nur seine Arbeit. Irgendeine Form von Untersuchung muß es geben. Er hat vermutlich keine Gelegenheit gehabt, Zilah gestern abend zu befragen.«

Faith begann, mit dem Hemdzipfel wie wild ihre Brille zu putzen. »Das stimmt. Er wird vermutlich auch mit mir reden wollen.«

»Wozu? Du bist doch gegangen, bevor …«

»Ja, Sill, aber ich war dort. Und es ist ja nicht so, als wenn mich keiner gesehen hätte.«

»Das Ganze hat mit dir nichts zu tun, Faith.« Sill schlug gegen die Kante der Spüle. »Siehst du, ich habe doch gesagt, du hättest warten sollen, bis ich anrufe.«

»Sill!« Faiths Stimme klang gebieterisch. »Beruhige dich!« bat sie mit sanfterem Ton. »Es ist alles in Ordnung. Du brauchst bloß ein bißchen Ruhe.«

Sill legte den Kopf einen Augenblick lang auf ihre Schulter, dann hob sie ihn. »Du hast recht. Ist schon wieder gut.«

»Schau, du bist besorgt und müde. Wenn es dich wirklich stört, daß ich hier bin, dann nehme ich mir ein Zimmer in Praterton. Auf diese Weise bin ich in der Nähe. Du kannst mich anrufen, falls du mich brauchst.«

»Damit würde ich mich besser fühlen.«

»Dann machen wir es so. Gib mir das Telefonbuch, und ich bin weg von hier.«

Gale blickte zu Katie Pru hinüber, die neben der Tür hockte und vorsichtig einen Käfer anpustete, der in einem Spinnennetz hing. Gale hielt den Saftkarton von ihrer Kleidung weg und stieß den Strohhalm in die Öffnung. Purpurfarbener Saft rann an ihren Fingern hinab und tropfte zu Boden.

»Oh, Mist«, fluchte sie. »Diese Dinger sind von Männern erfunden. Niemand, der jemals einen Boden aufwischen mußte, würde so etwas entwerfen.«

Mit einem Aufschrei hechtete Katie Pru an den Beinen ihrer Mutter vorbei und begann, die Pfützen aufzulecken. Gale packte sie an der Hüfte und stellte sie auf die Füße.

»Kathleen Prudence, du leckst keine Sachen vom Boden auf! Herrje, jeder Schuh in Statlers Cross ist heute durch diesen Raum marschiert.«

»Aber ich will Saft!«

»Du kannst den Saft im Karton haben.«

»Jaguwars trinken nicht aus Kartons.«

»Katie Pru …«

»Ich will Saft! Laß mich los!«

Mit einem Fuß zog Gale einen Stuhl vom Küchentisch

weg, auf den sie dann Katie Pru setzte. Sie kniete vor dem Kind nieder und nahm seine Hände.

»Du leckst nicht am Boden. Das ist eine Regel. Du nimmst jetzt eine Auszeit.«

Katie Pru sackte gegen die Stuhllehne und verzog das Gesicht. »Ich hasse Auszeiten«, sagte sie.

»Du hast selbst entschieden, eine zu nehmen. Jetzt bleibst du da sitzen, bis der Wecker klingelt. Sill, würdest du bitte die Uhr vom Backofen auf vier Minuten stellen?«

Katie Pru preßte die Augen zu und trat gegen die Sprossen zwischen den Stuhlbeinen.

Sill drehte an der Uhr. »Das erinnert mich an etwas, Gale. Eine Frau ist vorbeigekommen. Sagte, sie habe heute morgen mit dir gesprochen. Sie hat ihre Telefonnummer hiergelassen für den Fall, daß du einen Babysitter brauchst.«

Die Stöße gegen die Stuhlbeine wurden lauter. Katie Pru verschränkte die Arme und schnaufte durch die Nase.

»Ich blas' dich mit Rotz voll.«

Gale nahm den Zettel, den Sill ihr hinhielt, und steckte ihn in die Tasche. »Falls du noch mal von ihr hörst, sag ihr, daß ich ihr danke, aber keine Hilfe brauche. Auch wenn es im Moment nicht danach aussieht: Ich kann mein Kind allein großziehen, auch wenn das heißt, daß ich nasalen Geschossen ausweichen muß.«

Truitt stampfte mit den Füßen auf die Kokosmatte vor Ella Aldens Haustür. Die Matte, ein großer Halbkreis auf dem Ziegelboden, war schwarz und in einer Ecke mit einer handgemalten Hartriegelblüte verziert, deren ineinander verschlungene Blätter das Wort »Willkommen« bildeten. Unter der Blume stand mit abgehackten roten Strichen die Signatur: Ella Alden 1988. Er gab ein kurzes zufriedenes Schniefen von sich, als er an die Tür klopfte. Die Matte sah für ihr Alter unglaublich sauber aus. Er hatte schon immer vermutet, daß Ella eigentlich eine Heilige war. Wie anders war es zu erklären, daß diese Frau sich bereit erklärt hatte, eine leidende Invalidin bis zu ihrem Tod zu pflegen, obwohl sie nichts dazu verpflichtete und sie dieser auch nicht besonders nahestand?

Als seine Mutter erfahren hatte, daß sie an Leberkrebs erkrankt war, hatte sie nur eine Bitte an ihn gehabt: daß sie in dem Haus sterben dürfe, in dem sie ihn großgezogen hatte. Truitt brachte das in Schwierigkeiten. Trotz seines Berufs gehörte er zu einer Generation, die glaubte, daß es für den natürlichen Tod nur einen Ort gebe: die kühlen, sauberen Räume eines Krankenhauses. Aber sie hatte dort nicht hingewollt. Sie wollte zwischen ihren eigenen Laken, umgeben von den eigenen vier Wänden, sterben. Und sie rief Ella an.

Truitt hatte es nie verstanden, weder aus der Sicht der einen noch aus der der anderen. Es hatte zwischen seiner Mutter und Ella keine Verbindung gegeben außer den paar Jahren, während derer Ella an der örtlichen High-School unterrichtet hatte, an der seine Mutter Schülerin war. Und Ella hatte keine medizinische Ausbildung. Trotzdem wollte seine Mutter ausgerechnet sie. Und Truitt, der sich selbst der Aufgabe nicht gewachsen fühlte, fügte sich.

Beim Begräbnis seiner Mutter hatte er Ella nach dem Grund gefragt.

»Der Tod macht mir nicht soviel Angst wie anderen Leuten, Alby. Ich habe den Tod gesehen und war ihm mein ganzes Leben hindurch nahe. Ich habe mich mit ihm nie angefreundet, aber ich lass' mir von ihm keine Angst einjagen. Jedes Lebewesen verdient es, beim Sterben betreut zu werden. Das ist es, was deine Mutter wollte. Du wirst es auch wollen, irgendwann einmal.«

Vielleicht würde er das. Er fragte sich, wie viele Menschen dies wirklich erlebten.

Die Tür öffnete sich plötzlich. Maralyn Nash stand im Eingang. Sie wirkte mitgenommen.

»Entschuldigung, Alby«, sagte sie. »Ich war oben bei Cammy. Was können wir für Sie tun?«

»Es gibt noch ein paar Sachen, die ich mit Ihnen besprechen muß, Maralyn.« Er blickte an ihr vorbei auf die breite Treppe. »Wie geht es Cammy?«

»Sie hat Medikamente bekommen, ist aber immer noch unruhig. Es wird für sie schwer werden. Sie hat ihr Leben um diesen Mann herum aufgebaut.« Sie guckte zu ihm hoch, und ein Muskel zuckte unter ihrem linken Auge. »Müssen Sie ins Haus kommen?«

»Ich glaube schon.«

Sie trat hinter die Tür und wartete, bis er eingetreten war. Er war früher nur einmal in dem Alden-Haus gewesen, als er Martin begleitet hatte, um sich eine Leiter zu borgen, und jetzt verblüffte ihn das Haus genauso wie damals. Nicht so sehr, weil es so grotesk war – und das war es, weiß Gott, über alle Maßen –, sondern weil es Beleg für die Besessenheit eines Mannes war. Als sie nach ihrem Besuch weggefahren waren, hatte er Martin gefragt, warum Ellas Mann diese ganzen Fische konserviert hatte. »Lust«, hatte Martin geantwortet. »Und Macht. Ich glaube, der Mann hat die Trophäen wegen all dem, was er im Bett nicht gefunden hat, an die Wand gehängt.«

Damals verstand Truitt nur ansatzweise, was Martin meinte. Als er die Fische jetzt betrachtete, spürte er, wie ihm die Magensäure in der Speiseröhre aufstieg.

»Also, Alby, Sie haben noch mehr Fragen?«

»Ja, habe ich. Ich kann gleich mit Ihnen anfangen, Maralyn. Gibt es ein Zimmer, in dem wir unter uns sind?«

»Das sind wir jetzt in fast allen. Mutter hat den Leuten gesagt, daß sie gehen sollen, und das haben sie gemacht.« Sie deutete auf eine Tür gleich zu seiner Linken. »Gehen wir ins Wohnzimmer.«

Er ließ sich in einen pfirsichfarbenen, dick gepolsterten Sessel fallen, während Maralyn sich auf der Kante eines zitronenfarbenen Sofas niederließ.

»Übrigens, Alby«, sagte sie. »Ich muß noch einmal in Cammys Haus. Sie hat heute morgen nach ihrer Handtasche gefragt.«

Truitt zog einen Notizblock aus der Tasche seiner Anzugjacke und blätterte die Seiten durch. »Das kann ich für Sie erledigen. Sagen Sie mir einfach, wie sie aussieht, und ich veranlasse, daß einer meiner Männer sie hinüberbringt.«

»Ich kann sie nicht beschreiben. Ich erkenne sie, wenn ich sie sehe.«

»Nun, das Haus ist immer noch versiegelt. Ich kann Sie nicht unbeaufsichtigt hineinlassen. Vielleicht kann ich Sie später selbst hinbringen.«

»Gut. Wenn ich es mir aber recht überlege, kann sie eigentlich auch mein Mascara benutzen, wenn sie welches will.«

Er blickte zu Maralyn auf und staunte darüber, daß sich Cammy wegen ihres Gesichts Sorgen machte. Oder besser gesagt, dachte Truitt, daß Maralyn sich an ihrer Stelle Sorgen machte. Das mußte er ihr lassen: Die Frau bewahrte Haltung. Letzte Nacht waren er und seine Männer Voyeure gewesen, die sie in einem höchst privaten Moment mit Blut auf Schenkeln und Haar überrascht hatten. Heute jedoch, da sie ihm mit aufgedonnerter Haartracht und perfektem Make-up entgegengetreten war, hatte er entschieden den Eindruck, in aller Form empfangen zu werden.

»Maralyn, ich bin es Martin schuldig, in Zusammenhang mit dem letzten Abend alles zu klären. Also, wann haben Sie Martin vor dem Schuß das letzte Mal gesehen?«

Sie drückte eine gebräunte Hand in das gelbe Sofakissen. Ein reichverzierter, mit Diamanten besetzter Trauring glitzerte, als sie mit dem Finger trommelte. »Nun, das war vermutlich, als Martin und Sill ihren Wortwechsel hatten. Sie haben davon gehört, nehme ich an.«

»Ja, ziemlich viele Leute haben uns davon erzählt. Soweit ich verstehe, gab es böses Blut zwischen Martin und Sill. Können Sie mir da weiterhelfen?«

»Fragen Sie Sill! Das geht mich nichts an.«

Sie war ganz in Weiß gekleidet: ein Strickhemd aus Baumwolle, das sie in einen Rock aus Segeltuch gestopft hatte, dicke Sportsocken, die über den Knöcheln gerollt waren, und saubere, geschnürte Tennisschuhe. Mit ihrer gebräunten Haut und ihren muskulösen Gliedern wirkte sie, als wäre sie bereit für einen Nachmittag auf dem Platz, nur daß bei der heutigen Schwüle niemand außer verrückten Hunden und Republikanern nach draußen gehen würde. Natürlich hätte sie, soweit es ihn betraf, sowohl das eine als auch das andere sein können, denn Ellas älteste Tochter hatte, als er die Familie kennenlernte, bereits in Atlanta gewohnt. Für ihn war sie immer einfach eine weitere von Martins weiblichen Verwandten gewesen, verwitwet, förmlich und gebieterisch.

»Maralyn, ich will offen zu Ihnen sein, ich bin in einer unangenehmen Situation. Ich habe mit dem Coroner geredet, und er zögert, Martins Tod einfach als Unfall zu den Akten zu legen. Hat Ella nicht erzählt, daß Sie Krankenschwester sind? Nun, Sie waren in dem Zimmer. Sie begreifen sicherlich, wie schwierig es für uns ist, festzustellen, was genau passiert ist. Als Martins Freund möchte ich die Fakten klären, dafür sorgen, daß alles richtig festgehalten wird, und dann die Akte schließen, damit seine Verwandten und Freunde sich an die Aufgabe machen können, ihn angemessen zu betrauern. Ich kann das aber nur tun, wenn ich alles weiß. Wollen Sie mir helfen?«

Sie entspannte sich auf dem Sofa. »Sill und Martin haben sich auf dem Barbecue gestritten. Sill hatte die außerordentlich schlechte Idee, ihre lesbische Freundin mitzubringen, und Martin hat sich darüber aufgeregt. Ich mache ihr keinen Vorwurf, und ich mache ihm keinen Vorwurf. Es ist ihr Leben, aber es war sein Haus und seine Kirche, und er hatte wirklich das Recht, von jedermann Respekt zu erwarten.«

»Wußte er schon vorher, daß Sills Freundin – Faith heißt sie, glaube ich – dort sein würde?«

»Ja. Aber das alles müssen Sie mit Sill besprechen.«

»Das werde ich. Sagen Sie mir genau, was Sie von dem Streit in Erinnerung haben. Wo waren Sie?«

»In der Küche am Fenster. Ich konnte alles sehen, allerdings nichts hören. Aber ich mußte die Worte gar nicht verstehen, um zu wissen, um was es ging.«

»Wirklich? Wieso das?«

»Ich habe Martin mein ganzes Leben lang gekannt – wir sind zusammen aufgewachsen, gut einen Kilometer voneinander entfernt –, und ich habe ihn nie derart außer sich gesehen. Er war wütend und verlegen. Martin war nicht gerade ein Anhänger liberaler Ideen. Daß Sill ihre sexuelle Orientierung so offen zur Schau stellte, konnte er nicht einfach hinnehmen.«

Truitt blickte auf den Couchtisch hinab. Er fand ihn ein bißchen zu bizarr: ein Haufen toter Leute, die unter Glas konserviert wurden. Er fragte sich, welches der blinzelnden, kerngesunden Kinder in Kleidern aus den vierziger Jahren Maralyn war. Er konnte es nicht erraten. Zu viele

Jahre und zu viel Härte lagen auf dieser athletischen Frau mittleren Alters, als daß er den Engel in ihr noch hätte entdecken können.

»Also«, sagte er sanft, »wo genau waren Sie, als die Waffe losgegangen ist?«

»Immer noch in der Küche«, antwortete sie. »Mit Mutter, Cammy und Sill.«

»Sill war zu Ihnen gekommen?«

»Ja. Nach dem Streit ist Martin ins Haus gegangen...«

»Durch welche Tür?«

»Die hintere. Er ist in die Küche gekommen, außer sich vor Wut. Er hat uns nicht einmal angesehen. Ist einfach durchmarschiert und im Flur verschwunden.«

»Wann ist Sill hereingekommen?«

»Ein paar Sekunden später. Sie wollte ihm nachlaufen, aber Ella hat gesagt, sie solle ihn in Ruhe lassen. Da ist Sill explodiert. Ich habe sie nie zuvor so erregt erlebt. Sie hat Ella angeschrien und ständig wiederholt, daß Martin sie akzeptieren müsse. Ich habe versucht, sie zu beruhigen, aber sie hat mich weggestoßen. Und als wir mitten in der Auseinandersetzung waren, hörten wir den Schuß.«

»Was hat Cammy während dieser ganzen Zeit getan?«

Maralyn schnitt eine Grimasse. »Cammy wollte nicht zwischen ihre Tochter und ihren Mann geraten. Sie wäre von beiden Seiten zu Tode getrampelt worden, wenn sie es getan hätte. Sie stand drüben an dem Tisch und hat an diesem idiotischen Kranz für das Schwein herumgefummelt.«

»War sonst noch jemand im Haus?«

»Nicht daß ich wüßte.«

Truitt betrachtete seinen geöffneten Notizblock. »In Ordnung. Sie haben also den Schuß gehört. Was dann?«

»Wir sind nach oben ins Schlafzimmer gerannt.«

»War die Tür offen oder geschlossen?«

»Geschlossen.«

»Abgesperrt?«

»Nein.«

»Und dann?«

»Sill öffnete die Tür, und wir gingen alle hinein.«

Truitt lehnte sich in seinem Sessel zurück und nahm den Stift aus der Hemdtasche.

»Sagen Sie mir genau, was Sie gesehen haben.«

Sie blinzelte hinter ihrer runden Nickelbrille. »Martin neben dem Bett auf dem Boden. Blut.« Sie machte eine Pause. »Die Wände, der Boden, der Lampenschirm auf dem Nachttisch. Spritzer davon, Pfützen. Sie wissen schon. Sie haben es gesehen.«

»Was ich gesehen habe, Maralyn, ist ein Zimmer, in dem beträchtliche Aktivitäten stattgefunden haben. Ihr Frauen habt in dem Zimmer viel durcheinandergebracht. Viele Informationen vernichtet.«

»Es war einfach so unglaublich.« Ihre Stimme wurde leise. »Ich bin Krankenschwester – Blut stört mich nicht. Ich habe damit und mit Schlimmerem jeden Tag in der Klinik zu tun. Aber es gab so viel davon, und es war alles so unwahrscheinlich.« Sie richtete den Blick auf Truitt. »Er hatte kein Gesicht mehr, Alby. Er lag dort auf dem Boden, eng zusammengerollt. Ich habe den Oberkörper erkannt, die Hände, die Beine. Zum Teufel, ich habe diese verdammten idiotischen Stiefel erkannt, die er sogar im Sommer tragen mußte. Es war so unwirklich. Ich schätze, wir haben ein bißchen durchgedreht und glaubten, wir müßten bloß die Teile einsammeln, dann könnten wir ihn wieder zusammensetzen. Natürlich konnten wir das nicht. Es gab zu viele Stücke. Wir wußten gar nicht, wo wir anfangen sollten.«

Truitt betrachtete die Spitze seines Stifts. »Als meine

Mutter krank war, habe ich sie besucht und war jedesmal entsetzt über die Gerüche. Menschen riechen auf eine besondere Art, wenn sie sterben. Ich habe es nicht ertragen. Ihre Mutter jedoch war dort, hat sie gepflegt, und sie hatte keine Probleme mit dem Geruch. Sie hatte sich daran gewöhnt, denke ich. Ich schätze, ich bin ein bißchen überrascht, wie Sie auf Martins Leiche reagiert haben. Ich hätte erwartet, daß sich Krankenschwestern bei einer solchen Katastrophe anders verhalten. Ich glaube, daß Sie besser auf das hätten eingestellt sein sollen, was eine medizinische Routinesituation war.«

Maralyn zog den weißen Rock über die Knie. »Das ist eine interessante Unterstellung, Alby. Aber ich habe mich ganz genau wie eine Krankenschwester verhalten. Mein erster Impuls war es, Martins Leben zu retten, und nicht, für Sie Spuren zu bewahren. Wenn es dort drinnen ein bißchen drunter und drüber gegangen ist, dann tut mir das leid. Aber die Wahrheit ist, daß der Mann für uns vier Ehemann, Vater und Cousin gewesen ist. Wir waren nicht in einem Sprechzimmer, sondern in einem Schlafzimmer. Hier hat es sich nicht um Blut in einem Reagenzglas, sondern um Blut außer Kontrolle gehandelt. Wenn Sie meine Professionalität in Frage stellen wollen, nur zu! Ich bin die erste, die zugibt, daß ich zu jenem Zeitpunkt nicht professionell gehandelt habe.«

»Wie steht es mit Krankheiten, die über das Blut übertragen werden? Hat Ihnen Ihr Instinkt als Krankenschwester nicht geraten, zumindest die anderen Frauen vor diesem ganzen Blut zu schützen?«

Ihre Antwort war knapp. »Martin war nicht krank, Alby. Er war tot.«

Verflucht, dachte sich Truitt. Er hätte sie am Abend zuvor nicht gehen lassen sollen. Bingham hatte versucht, ihn zu warnen. *Denk daran, in was für einem Zustand das Zimmer ist, Alby. Ich würde auf jeden Fall in Betracht ziehen, daß es sich um einen Mord handelt.* Aber er hatte statt dessen auf Martins Witwe geschaut und Mitleid mit ihr gehabt und die Kleider konfisziert, die Frauen aber ungehindert miteinander sprechen lassen. Wieviel Zeit hatten sie gehabt? Vierzehn, fünfzehn Stunden, um sich zusammenzusetzen und alles durchzugehen? Er starrte auf Maralyns kräftige Hände, ihre muskulösen Arme. Sie lügen mich an, meine Dame, dachte er. Vernünftige Menschen tun einfach nicht, was Sie getan haben.

»Wo war die Waffe, bevor Sie sie aufgehoben haben?«

»Ich habe sie nicht aufgehoben. Das war Mutter.«

»Ella hat Ihnen die Waffe gegeben?«

»Das ist richtig.«

»Haben Sie gesehen, wo sie gelegen hatte, bevor Ella sie Ihnen gab?«

»Nein.«

»Wie hat Martin gelegen?« fragte er.

»Auf der Seite.«

»Wie weit vom Bett weg?«

»Direkt daneben, soweit ich mich erinnere.«

»Und wo waren seine Hände?«

Maralyn zuckte mit den Achseln. »Ich kann mich nicht erinnern.«

»Als Sie die Leiche beschrieben, haben Sie aber ausdrücklich die Hände erwähnt. Bemühen Sie sich, Maralyn: Wo waren seine Hände? Lagen sie dicht am Körper? Lagen sie dicht beieinander? Hatte er eine hoch über den Kopf geworfen? Wie sahen sie aus?«

»Ich erinnere mich nicht.«

Truitt seufzte und lehnte sich in seinem Sessel zurück. »Die Leute von der Spurensicherung behaupten, an den

Händen sei rumgepfuscht worden. Sie sind gesäubert worden. Wissen Sie irgendwas darüber?«

»Wenn Sie mit ›rumgepfuscht‹ meinen, daß jemand sie berührt hat, dann schon. Ich erinnere mich, daß Cammy sie gehalten hat, sie vielleicht sogar ein wenig gestreichelt hat, nachdem wir ihn auf das Bett gehievt hatten.«

Er starrte sie ungläubig an. »Und zu keinem Zeitpunkt ist Ihnen der Gedanke gekommen ›Das sollten wir nicht tun‹ oder ›Lassen wir ihn einfach in Ruhe, bis der Sheriff kommt‹? Sie hatten nicht den Gedanken im Hinterkopf, Maralyn, daß Sie, ganz egal, ob Sie sich nun professionell verhalten haben oder nicht, unter Umständen die Spuren eines Verbrechens verwischen?«

Die Augen hinter der Nickelbrille zuckten kein einziges Mal. »Ich glaube, Sie vergessen sich, Alby. Erstens war das kein Verbrechen – es war ein Unfall. Und zweitens, wie in aller Welt hätten wir uns denn verhalten sollen?«

Ihre Augen hielten die seinen fest, bis er den Blick abwandte. Sie hat das alles zu sorgfältig durchdacht. Sie hat nicht getrauert, sie hat kalkuliert, dachte er sich. Er warf seinen Stift auf den Tisch. »Woher haben Sie die Kleider, die Sie anhaben? Sind Sie heute morgen nach Atlanta gefahren?«

»Nein, ich wollte über das Wochenende bleiben – bin Freitag abend gekommen. Ich hatte die Kleider im Koffer bei mir.«

»Was meinen Sie: Wozu hat Martin das Gewehr rausgeholt?«

Er hatte vorgehabt, sie mit der Frage zu überraschen, aber es funktionierte nicht. »Cammy hat es Ihrem Mitarbeiter gestern schon gesagt. Das Gewehr war für ihn eine Entspannung. Wann immer er zu viele Probleme hatte, hat er es hervorgeholt, saubergemacht und geölt.«

»Es gab kein Öl und keine Reinigungsutensilien, Maralyn. Was haben Sie vier damit gemacht? Die Sachen aufgeräumt, während Sie den Leichnam neu arrangiert haben?«

Sein Sarkasmus drang nicht zu ihr durch. Sie steckte einen Finger in ihr Nest aus Haaren und kratzte sich leicht.

»Wenn Sie sagen, daß es kein Öl und keine Reinigungsutensilien gab«, antwortete sie langsam, »dann wird es stimmen. Vielleicht ist die Waffe losgegangen, bevor er das Zeug rausholen konnte, ich weiß nicht. Aber was Sie wurmt, ist, daß Sie es auch nicht wissen. Und Sie haben verfluchte Angst, daß Sie es nie herausfinden werden.«

Katie Pru stand auf der untersten Treppenstufe und grinste ihre Mutter an. »Wenn du mich auf die Schultern nimmst«, sagte sie, »kann ich die Fische sehen.«

»Wenn ich dich auf die Schultern nehme, falle ich um.«

»Wenn du mich auf die Schultern nimmst«, erwiderte Katie Pru listig, »bin ich eine Erwachsene.«

Gale schlug entsetzt die Hände vor das Gesicht. »Ich will nicht, daß du eine Erwachsene wirst! Du würdest verlangen, daß ich mich auf einen Stuhl setze und eine Auszeit nehme.«

Katie Pru konnte sich vor Kichern nicht mehr aufrecht halten und klammerte sich mit den Armen an Gales Hals. Gale gab nach, nahm ihre Tochter hoch und wiegte sie vor und zurück.

Faith kam den Flur herab und blieb an der Haustür stehen. »Siehst du, das ist es, was ich an Kindern mag«, sagte sie. »Du zwingst sie, auf einem Stuhl sitzenzubleiben, und sie lieben dich dafür.«

Gale blickte über das verwuschelte braune Haar hinweg und versuchte, einige vorwitzige Strähnen von ihrem Mund wegzublasen. »Oh, es kann schon sein, daß sie einen lieben«, erklärte sie. »Aber sie schmieden trotzdem Ränke.«

Die Wohnzimmertür öffnete sich, und Maralyn erschien. »Der Sheriff ist hier«, verkündete sie vergnügt. »Man hat mich ordnungsgemäß verhört und entlassen. Er will als nächstes mit Mutter reden. Ich habe mich nicht bereit erklärt, sie zu holen.«

Sie ging an ihnen vorbei und schlenderte den Flur hinab. Gale warf Faith einen Blick zu, und diese wölbte die Brauen und zuckte mit den Achseln.

»Gale.«

Sie erschrak. Truitt stand auf der Schwelle zum Wohnzimmer und sah der sich entfernenden Gestalt ihrer Tante hinterher.

»Gale«, wiederholte er und richtete seine Aufmerksamkeit auf sie. »Hast du eine Minute Zeit? Ich würde gerne mit dir sprechen.«

Gale warf Faith einen Blick zu, die sofort begriff und nickte. »Mir macht es nichts aus, auf sie aufzupassen«, erklärte sie. »Ich lasse sie sogar auf meine Schultern klettern.«

Truitt hatte sich schon umgedreht, um in das Wohnzimmer zurückzukehren, als er plötzlich innehielt. »Entschuldigung, Madam«, sagte er. Er streckte Faith die Hand hin. »Ich bin Sheriff Alby Truitt. Und Sie sind ...«

Faith' Lächeln war freundlich. »Faith Baskins. Ich bin eine Freundin von Sill.«

»Ah ja. Ich habe von Ihnen gehört. Sie waren gestern abend auf dem Barbecue, nicht wahr?«

»Ja, das war ich. Für kurze Zeit.«

Truitt nickte. »Ich glaube nicht, daß wir Gelegenheit hatten, mit Ihnen zu reden.«

»Ich muß unmittelbar, bevor es passiert ist, gegangen sein.«

»Später, oder vielleicht morgen ...«

»Kein Problem. Ich wohne im Creeley House Inn in Praterton.«

»Ist das Ihr Cherokee da draußen?«

»Jawohl, Sir, das ist meiner.«

»Interessantes Nummernschild.«

»Meine persönliche Theorie. Wir zahlen in diesem Land viel zuwenig Steuern für das, was wir kriegen.«

Truitt grinste. »Damit haben Sie sicher großen Erfolg auf Dinner-Partys.«

»Sorgt für Stimmung.«

»Sie haben Ihr Auto waschen lassen.«

Faith' Mund stand nur einen Moment lang offen, bevor sie in scherzhaftem Ton antwortete:

»Tja, Sheriff, das tue ich manchmal.«

»Vor kurzem?«

»Heute morgen.«

»Bevor Sie hierhergefahren sind?«

»Das stimmt.«

»Wieso das?«

»Es war total versifft. Ich wollte hier draußen behilflich sein, und ich dachte mir, falls ich Leute herumkutschiere, dann haben sie es sicher gern, wenn es ein bißchen sauber ist.«

Truitts Blick wanderte über Faiths Kleider und nahm, da war Gale sich sicher, den schwarzen Gürtel und die gebügelte Leinenhose der Frau wahr. Sie war ohne Zweifel keine Frau, die in einem schmutzigen Auto herumfahren würde. Er strich sich mit dem Finger über die Wange. Ein skeptisches Lächeln lag auf seinem Gesicht.

»Macht es Ihnen was aus, mir zu verraten, wo?«

»Kein Problem. In der Kennedy-Waschstraße am LaVista Boulevard. Das ist in Atlanta.«

Er nickte. »Ich kenne LaVista. Danke.«

Immer noch lächelnd lud er Gale in das Zimmer ein und schloß hinter ihr die Tür. Während sie sich auf dem gelben Sofa niederließ, nahm er ihr gegenüber in Ellas pfirsichfarbenem Ohrensessel Platz. Die Polster gaben unter ihm nach, als er sich darauffallen ließ.

»Ich wette, da ist Pferdehaar drinnen.« Er klopfte sanft auf die Armlehne. »Ein gutes Möbelstück mit Pferdehaar erkennt man immer. Es schaut so steif aus, daß man meint, man bricht sich das Rückgrat darauf, aber dann ist es wirklich unglaublich nachgiebig.«

»Er ist schon gut eingeritten. Wenn ich als Kind nicht darauf herumgehopst bin, habe ich mich auf ihm zusammengerollt und gelesen.«

»Ehrlich? Irgendwie kann ich mir nicht vorstellen, daß irgendein Kind hier drin gelesen hat.« Er deutete auf den Glastisch. »Wie hast du dich bloß konzentrieren können, wenn dich so viele Leute beobachtet haben?«

Gale lächelte. »Und in welchem Raum, meinst du, haben mich keine Leute beobachtet? Es war sowieso nicht einfach, sich in diesem Haus zu konzentrieren.«

»Kann ich mir vorstellen. Jeder wußte, was du treibst.« Er betrachtete weiter den Tisch. »Apropos, erzähl mir von dieser Space Lucy. Das ist kein Geheimcode, oder?«

Gale lachte. »Da müßtest du schon Katie Pru fragen.«

Truitt beugte sich nach vorne. »Die nächste Frage wird dich reizen, aber bleib ganz ruhig! Ich muß nur sichergehen. Du hast eine Vergangenheit, Gale. Ich will nichts suggerieren. Ich muß es nur wissen. Von wem ist der Brief?«

Gale wartete, ließ den Ärger in sich aufsteigen und dann verpuffen. »Ich bin nicht gereizt«, verkündete sie fröhlich. »Wenn du nach einer Verbindung zwischen Martins Tod und dem internationalen Terrorismus suchst, wirst du sie in meinem Brief nicht finden, Alby. Er ist von einem Polizisten. Einem von deiner Sorte. Ich schätze, wenn ich ihn lese, wird er vom Wetter handeln und davon, wie sehr ihm meine letzte Katie-Pru-Geschichte gefallen hat.«

»Oh! Verflucht noch mal! Weißt du, als ich Teenager war, wollte ich nach England ziehen und für Scotland Yard arbeiten. Oder, falls das nicht klappt, für M15. Zu viel James Bond und Emma Peel, schätze ich mal. Es hat so exotisch gewirkt.«

»Es ist unterhaltsamer, wenn es auf der Leinwand bleibt.«

»Das bezweifle ich nicht.« Er bog seinen Zeigefinger um, bis er knackte. »Es war sicher nicht einfach, zurückzukommen. Ich kenne die begrenzte Toleranz in Kleinstädten ein wenig.«

»Es war auch nicht einfach, dort zu bleiben.«

»Nein, ich schätze, das war es nicht.« Er ging zu seinem Mittelfinger über. »Der Coroner ist nicht bereit, Martins Tod zu einem Unfall zu erklären.«

Gale, die eine vertraute Übelkeit in ihrem Magen spürte, nickte wortlos.

»Er kann sich nicht mit dem Gedanken anfreunden, daß Waffen von selbst losgehen«, fuhr Truitt fort. »Und ich kann mich nicht mit dem Gedanken anfreunden, daß Martin oben in seinem Schlafzimmer mit einem geladenen Gewehr hockte, während draußen das halbe County sein Barbecue aß.«

Er hielt inne. Gale betrachtete ihren Tennisschuh. Er erwartete von ihr, daß sie es sagen würde, er erwartete von ihr, daß sie diejenige sein würde, die als erste laut aussprach, was wirklich in jenem Zimmer passiert war. Nun, warum nicht, dachte sie verbittert. Wenn du ein Problem hast, wende dich an einen Experten.

»Du meinst, es war Selbstmord.« Sogar auf sie selbst wirkte ihre Stimme ausdruckslos.

Truitt runzelte die Stirn. »Selbstmord? Ohne Abschiedsbrief? Ohne Vorsatz? Er rennt einfach nach oben und bum! ist es vorbei? Zum Teufel, nein, Gale, ich glaube nicht an einen Selbstmord.«

Über sich hörte Gale nun das Knarzen entschlossener Schritte. Ella war in ihrem Schlafzimmer, trat auf die Dielen und belastete die Balken.

»Also was dann?« Ihre Stimme war heiser.

»Sag mir, was du meinst.«

Sie biß sich auf die Wangeninnenseite und spürte etwas Salziges auf der Zunge.

»Es war ein Unfall. Oder Selbstmord. Wenn du etwas anderes glaubst, liegst du total verkehrt. Es gibt Männer, die Selbstmord begehen, Alby. Sie stecken sich eine Waffe in den Mund und kümmern sich einen Dreck darum, wer sie findet oder in welchem Zustand.«

»Er hat sich die Waffe nicht in den Mund gesteckt. Soviel weiß ich. Der Schuß wurde aus kurzer Distanz abgegeben – aus sehr kurzer, das gestehe ich dir zu. Aber das hier war kein Selbstmord. Ich habe den Mann seit über 25 Jahren gekannt. Hatte Martin ein Problem, dann hat er es gelöst. Er war nicht der Typ, der Selbstmord begeht.«

»Der Typ, der Selbstmord begeht.« Ihre Hände waren kalt. Die Finger fühlten sich dünn und trocken an, und ihr Trauring rutschte bis zum Knöchel.

Truitt ging zum Fenster. »Ich habe ein halbes Dutzend Zeugen, Gale, die sagen, daß nicht mehr als sechzig Sekunden verstrichen sind zwischen dem Zeitpunkt, da die Waffe losging, und ihrer Entdeckung, daß die Schlafzimmertür verschlossen war und diese Frauen sich dahinter eingesperrt hatten. Mehrere Minuten – vielleicht sogar zehn – vergingen, bevor Ella die übrigen hereinließ, und zu diesem Zeitpunkt waren die Spuren bereits verwischt. Also, es tut mir leid, aber es gibt zuviel Fernsehen, Kino und Bücher in der Welt, als daß diese Frauen glauben konnten, einfach den Schauplatz eines gewaltsamen Todes derart verwüsten zu dürfen. So etwas passiert schlicht und einfach nicht, Gale.«

»Das weißt du nicht. Du warst nie in solch einer Situation.«

Er breitete die Arme aus. »Ich bin lang genug bei der Polizei, um zu wissen, wann etwas nicht stimmt. Sie müssen völlig verrückt geworden sein ...«

»Und du meinst, das ist so unwahrscheinlich? Versetz dich in ihre Lage, Alby. Würdest du nicht schreien? Würdest du nicht ...?«

»... Hirnmasse aufheben und in den Schädel eines Toten stopfen? Nein, Gale, das würde ich, glaube ich, nicht tun. Außer ...«

»Außer was? Ich kann mir nicht vorstellen, irgendwas anderes zu tun. Hätte ich Tom gefunden, hätte ich auch alles mögliche getan. Mein Gott, Alby, wie kannst du das nicht begreifen?«

»Und wie kannst du es nicht begreifen? Wie, zum Teufel, erträgst du es ...«

Truitt ließ sich in seinen Sessel zurücksinken, hob die Hände zum Gesicht und rieb so fest, daß die Augen feucht wurden. »Verflucht«, stieß er leise aus. »Es tut mir leid. Ich vergesse immer wieder, daß sie deine Verwandten sind. Ich denke immer, daß du ... Verflucht, Gale ...«

Er beugte sich nach vorne und stieß mit dem Knie ungeschickt gegen die abgeschrägte Kante des Tischs. Das Glas verrutschte, und die Ecke eines Fotos kam darunter zum

Vorschein. Er starrte auf das weiße Dreieck und schnippte mit dem Daumen daran.

»Ich versuche, objektiv zu sein.« Er klang müde. »Du weißt das mit meinem Vater. Seine Leiche wurde in einem brennenden Haus gefunden, an einen Stuhl gefesselt. Kokainschmuggler – netter kleiner Nebenjob für einen Bengel aus irgendeiner gottverlassenen Gegend. Ich war fünfzehn, ein schlechtes Alter, um ein Paria zu werden. Und ich wäre einer geworden, wenn Martin nicht gewesen wäre. Er hat mich unter seine Fittiche genommen und allen gesagt: ›Schaut her: Der Junge ist in Ordnung.‹«

Er hob den Blick zu ihrem Gesicht. »Er hat mich zu seinem Sohn gemacht, Gale. Und als ich ihn nicht mehr gebraucht habe, habe ich ihn im Stich gelassen. Ich war ein junger, aufstrebender Sheriff, und er mit seinem kitschigen Barbecue und seinen alten Kumpels und all seinen Beziehungen... Ich wollte nicht, daß die Leute sagen: ›Siehst du? Alby Truitt gehört auch zu dem Gerichtsklüngel. Nur eine neue, etwas genießbarere Version seines Alten.‹ Ich hatte Kontakte zum Bundesstaat und zu den Universitäten und nach Atlanta, und ich wollte nicht, daß diese Leute denken, ich sei nur ein unwissender, rückständiger Bauerntrottel von einem Sheriff. Gale, die Wahrheit ist, Martin war mir peinlich.«

Gale drehte die Hände auf ihrem Schoß hilflos nach oben. »Er hätte das verstanden, Alby«, murmelte sie. »Er hätte dir keinen Vorwurf gemacht.«

Truitt funkelte sie an. »Ja, das hätte er. Er hätte mich als das Stückchen Scheiße erkannt, das ich bin. Und dann hätte er zu mir gehalten. Er war ein besserer Mensch als ich. Und ich bin ihm was schuldig.«

Ella stand am Fenster, schaute auf die hinteren Felder und ließ geistesabwesend einen Finger über den Bund ihres schwarzen Rocks fahren. Einmal meinte sie, ein Donnern gehört zu haben, weit weg und grummelnd, aber sie war sich nicht sicher. Ihre ganze Aufmerksamkeit war auf das Lüftungsgitter zu ihren Füßen und die Stimmen gerichtet, die durch den Schacht aus dem Wohnzimmer hochstiegen.

Hinter ihr wälzte sich Cammy im Bett.

»Sill?« Halb ein Flüstern, halb ein Stöhnen. »Kleines?«

Ella wandte sich zu ihr. »Ich bin Ella, Cammy. Wirst du wach?«

Keine Antwort. Cammys Hand rutschte unter das Kopfkissen und knüllte den Stoff unter der Wange zusammen. In dem trüben Licht, das durch die Vorhänge fiel, ähnelte sie einem schmollenden Kind. Der Mund war zu einer Schnute verzogen, die Augen fest zugepreßt. Ella ging zum Bett und legte sanft eine Hand auf Cammys Kopf. Ein seltsam singendes Geräusch wie ein hoher Geigenton entwich dem Mund der jüngeren Frau.

»Ruhig jetzt«, gurrte Ella. »Schlaf wieder ein! Es gibt nichts, für das du aufwachen müßtest. Schlaf einfach wieder ein!«

Das singende Geräusch verstummte, und Cammys geschlossene Lider entspannten sich. Ella wartete, bis der Atem wieder gleichmäßig wurde, und ging dann zum Gitter zurück. Sie bemühte sich, die Stimmen zu hören, aber sie waren verstummt.

Draußen hatte der Himmel einen kräftigen Purpurton angenommen. Ein Sturm zog auf. Das Wetter war in den beunruhigenden Sommerrhythmus von heißen, schwülen Tagen und wilden, sturmerfüllten Nächten übergegangen. Sie und Nora hatten in solchen Nächten immer am Fenster gekauert und zugesehen, wie die Blitze den Himmel zerrissen und der Wind die Äste der Pekanbäume umbog. Einmal war ein Ast schließlich abgebrochen und hatte einen weißen Riß zurückgelassen, dort, wo er vom Stamm gehangen hatte. Das war das Schrecklichste für sie gewesen, nicht das Zucken der Blitze oder das Krachen des Donners, sondern das rohe Weiß des zerrissenen Holzes, das gegen die graue Patina der Rinde genauso schockierend wie Blut wirkte.

Vor ihr erstreckte sich das Land der Aldens, gelbe Felder, die von wucherndem Kudzu, kleinen Hügeln und vereinzelten Kieferngehölzen unterbrochen wurden. Insgesamt hatte ihr Vater Nora und ihr 130 Hektar hinterlassen, viel davon parzellenweise an Rinderzüchter verpachtet. Ein nicht zu verachtender Besitz, vor allem an heutigen Maßstäben gemessen. Ein Sturm mußte da schon weit wandern.

Cammy murmelte, und Ella trat noch mal an ihre Seite. Ein Schweißtropfen perlte über die Stirn der schlafenden Frau und färbte den mauvefarbenen Kissenbezug unter ihrem Kopf dunkel. Ella verspürte eine Welle des Mitleids, als sie einen Finger auf den sich ausbreitenden feuchten Fleck legte. Du bist in ein tiefes Loch gefallen, Cammy, dachte sie. Es ist ein Brunnenschacht mit einem Steindeckel. Als was du wieder auftauchen wirst, weiß Gott allein.

Sie drehte sich um und wandte sich dem Gitter zu. Gale und Alby gaben ihr einiges zu denken.

*Ich habe Gespenster in Hüftgürteln besser werfen sehen als uns.*

Bob Hinson, nachdem das von ihm trainierte Softballteam bei einem Turnier seiner Kirchengemeinde verloren hatte, 1964

## II

Zilah Greene hatte ein ungewöhnliches Gedächtnis. Sie konnte sich an das Geräusch der Kürbisrassel erinnern, die ihr Vater ihr gemacht hatte, und an den Geschmack der Stäbe ihrer Wiege, die sie kaputtzunagen versucht hatte. Sie erinnerte sich daran, wie wund ihr Hintern gewesen war, wenn ihre Mutter ihr zu lange die Windeln nicht gewechselt hatte, und an den Geruch von Schmierfett an den Händen ihres Daddys, wenn er sie in die Luft hob. Barry schüttelte immer den Kopf und murmelte: »Es ist nicht normal, daß sich jemand an so was erinnert. Keiner erinnert sich daran, wie er ein Jahr alt war.« Aber Zilah schon.

Über den Garten hinweg sah sie das Haus der Aldens, rote Winkel vor einem purpurnen Gewitterhimmel. Dahinter schaukelten die massigen Pekanbäume im Wind wie riesige, ein wenig alt gewordene Bauchtänzerinnen mit Blättern statt der Pailletten am Schleier. Sie stand stumm da und sah zu, wie sie sich bewegten, die Arme dick und die Hüften schwer. Plötzlich überkam sie das Gefühl, ihr Magen sacke weg. Sie zog einen Stuhl unter dem Küchentisch hervor und ließ sich vorsichtig darauf nieder.

Ihre Mutter hatte sich gerne hingesetzt und den Bäumen zugesehen. Sie zog den Schaukelstuhl an das Fenster und hob Zilah auf den Schoß, und sie beide warteten dann auf den heraufziehenden Sturm und beobachteten, wie die großen Bäume schwankten. Meistens schlief sie ein, ein Opfer des beruhigenden Rhythmus des Schaukelstuhls und des leisen Gesangs ihrer Mutter. *Zilah, Zilah, Zilah, Zilah, Zilah, mein Schatz.*

Ihre Eltern besaßen nie viel, nicht so viel wie sie und Barry, als nach dem Krieg die Eisenwarenhandlung zu florieren begann. Ihr Daddy arbeitete nebenan für Mr. Steve Alden, kümmerte sich um die Baumwollernte und wartete die Maschinen. Davor hatte er dasselbe für Mr. Justin Cane getan, dessen Frau, Miß Linnie, das Haus von ihrem Vater geerbt hatte. *Ich arbeite nicht für einen Boß, Zilah. Ich gehöre zum Haus.* Barry hatte immer gesagt, daß das Blödsinn war – ein Mensch gehörte nur sich selbst. Aber je länger sie lebte, desto mehr verstand sie, was ihr Vater gemeint hatte. Sieht man etwas lange genug, gehört es einem irgendwann, lebt man in seinem Schatten, wird man Teil von ihm. Das war auch ihre Ansicht in bezug auf das rote Haus draußen vor dem Küchenfenster. Die Leute, die dort wohnten, starben, zogen weg, kamen wieder – es spielte keine Rolle. *Sie* war immer da.

Der Donner brach wie ein Gähnen hervor, zuerst laut, dann leiser, in der Ferne grollend. Sie stemmte sich am Tisch hoch und ging zur Spüle. Das Licht unter den Pekanbäumen war fleischfarben, und die Schatten und das Gewitter ließen unter den Ästen dunkle Senken entstehen. Nichtsdestoweniger, es reichte aus. Sie brauchte kein Licht, um das braune Tuch zu sehen, das von dem großen Pekanbaum herabhing, der dem Alden-Haus am nächsten stand.

*Still, Schätzchen, still. Mama sorgt dafür, daß es weggeht. Es ist nichts passiert, was meinem kleinen Mädchen angst machen könnte.* Und dann das Lied ihrer Mutter. *Zilah, Zilah, Zilah, Zilah, Zilah, mein Schatz.*

Das Kinn ihrer Mutter hatte gezittert, wenn sie sang. Der Rest ihres Gesichts war glatt wie das einer Stoffpuppe, bevor die Gesichtszüge aufgenäht werden. Das war das einzige, das sie nicht verstand: Wenn sie sich an so viel erinnerte, warum konnte sie sich dann nicht an die Augen ihrer Mutter erinnern?

»Zeit für ein Nickerchen.«

»Ich will kein Nickerchen machen.«

»Du wirst nachher schlecht gelaunt sein, wenn du keins machst.«

»Du wirst nachher schlecht gelaunt sein, wenn ich keins mache.«

Gale griff nach der knubbeligen Baumwolldecke, die auf ihrem Bett lag, und zog sie unter dem Kopfkissen hervor. Wenn Katie Prus Logik schon mit vier derart bestechend war, was drohten dann wohl die Teenagerjahre noch zu bringen? fragte sie sich. Sie schaute auf ihre Tochter, die die Arme über dem weißen T-Shirt verschränkt hatte. Eine Schar schnatternder Gänse lief am Saum ihrer Shorts entlang. Gale klopfte auf das kühle weiße Laken unter der Decke.

»Ich habe eine weise Frau zur Welt gebracht, K.P.«, sagte sie. »In Ordnung, wir werden beide schlecht gelaunt sein, wenn du kein Nickerchen machst. Außerdem ist es draußen grau und düster. Als ich ein kleines Mädchen war, fand ich nichts schöner, als an einem Regentag mit Socken unter die Decke zu krabbeln und zu schlafen. Also, zieh die Schuhe aus und komm hier hoch.«

Katie Pru ließ sich zu Boden plumpsen und schlüpfte aus ihren blauen Tennisschuhen. Mit gerunzelter Stirn warf sie erst einen skeptischen Blick auf die zerknitterten Socken, die von ihren Zehen baumelten, und dann auf das Bett, das sich weiß und glatt vor ihr ausbreitete. Schließlich schaute sie zu ihrer Mutter hoch.

»Kuschel mit mir!« bat sie.

Gale seufzte. »In Ordnung. Wir kuscheln ein bißchen. Aber dann mußt du auch einschlafen. Ich habe zu tun, Katie Pru. Ich bleibe und arbeite hier im Zimmer, aber nur, wenn du richtig schläfst. Wenn du Schwierigkeiten machst, gehe ich nach unten. Abgemacht?«

»Abgemacht.«

Summend kletterte Katie Pru in das Bett. Gale wartete, bis die vier Glieder ihrer Tochter alle flach auf der Matratze lagen, dann nahm sie die Decke und zog sie bis zum Kinn des Kindes hoch. Katie lächelte und drehte sich zur Wand, während Gale neben ihr ins Bett stieg.

Katie Pru wackelte mit dem Hintern, bis er in die Kurve von Gales Bauch paßte. »Ich mach' die Augen gar nicht zu«, verriet sie.

»Das ist in Ordnung. Du kannst mit offenen Augen schlafen.«

Gale legte einen Arm über das zusammengerollte Kind und schob den anderen unter das Kissen. Vom Flur her kam das Gemurmel von Frauenstimmen. Obwohl die Worte nicht zu verstehen waren, bestand kein Zweifel, daß eine der Stimmen Ellas war, die schrill und scharf durch das Holz drang. Gale fragte sich, wieviel die vier wußten und ob Alby bei Maralyn genauso freimütig gewesen war wie bei ihr. Vermutlich nicht. Sie verstand genug von der Jagd, um zu wissen, daß ein guter Jäger das Wild nicht anschrie, bevor er den Abzug drückte. Ein wie guter Jäger war Alby also? Und was verriet es über sie beide, daß er für einen Augenblick vergessen hatte, sie zur Herde zu rechnen?

Sie schob ihren Kopf dichter an den von Katie Pru. Das Haar des Kindes hatte einen kräftigen, erdigen Geruch, als hätte es lange draußen gespielt. Gale legte vorsichtig den Zeigefinger auf Katie Prus Handfläche und fuhr darüber. Die kleinen Ballen waren trocken.

Und reglos. Gale fuhr noch einmal mit dem Finger über Katie Prus Hand und wollte, daß sich die Finger ihrer Tochter auf diesen Reiz hin wie bei einer Venusfliegenfalle um den ihren schlossen. Aber nichts passierte. Der Greifreflex, der bei dem Säugling so stark ausgeprägt gewesen war, war längst der bewußten Motorik gewichen. Gale schloß die Augen. Es war etwas so Einfaches, und doch vermißte sie es zutiefst.

Sie zwang sich, wieder an die Frauen zu denken. Alby Truitt verdächtigte sie also des Mordes. Oder besser gesagt, er verdächtigte eine von ihnen des Mordes und die anderen der Verschwörung. Den Gedanken dieses Südstaatensheriffs zufolge war Blut auf einer Frauenhand irgendwie gleichbedeutend mit Blutvergießen. Er verstand nicht, daß die Hände einer Frau dazu gemacht waren, Blut zu berühren, und daß das Blut von Kindern, Eltern, Fremden und Ehemännern über ihre Hände lief. Und manchmal, in dunklen Becken und leeren Räumen, war es sogar ihr eigenes.

Sie lockerte die Arme um Katie Pru. Unter dem weißen Laken war der kleine Körper des Kindes nicht mehr als ein Buckel. Gale und Ella hatten einmal in genau der gleichen Weise in diesem Bett gelegen: am Tag, als ihre Mutter begraben worden war. Ella hatte sie rasch, noch bevor das Begräbniszelt abgebaut worden war, zum Haus der Familie in Statlers Cross gebracht. Keine bloße Formalität wie die Vaterschaft oder das Gesetz würde Ella Alden um das Recht bringen, das Kind ihrer toten Tochter großzuziehen. In der Nacht nach dem Begräbnis hatte sie daher mit Gale in dem Mahagonibett des Gästezimmers geschlafen und das dauernde Klingeln des Telefons ignoriert.

Mitten in der Nacht war Gale aufgewacht. Ihr erster Gedanke galt ihrer Mutter Kathleen, die sich in dem von Schatten erfüllten Raum an sie gekuschelt hatte. Sie drehte sich zu ihr, um sie zu umarmen, wollte die Hand hoch zum Gesicht ihrer Mutter schieben und vielleicht einen Finger über ihrer Lippe krümmen. Aber als sie herumrollte, fiel das Licht aus dem Flur auf die schlafende Gestalt neben ihr. Gale schrie auf. Die Frau, die sich im Bett aufrichtete, war uralt. Die Haut hing lose von ihrem Gesicht, und ihr Mund, den sie in ihrer Überraschung weit öffnete, bildete ein glänzendes, zahnloses O. Sie streckte eine Hand zu Gale hinüber, aber das Kind stürzte, wild auf die Decke schlagend, aus dem Bett. Jetzt fiel ihr, wann immer sie an ihre Mutter dachte, Ella ein und die glänzend-schwarze Lücke in ihrem Gesicht.

Draußen wehte der Wind die Äste des Pekanbaums gegen die Hauswand. Vorsichtig schob sich Gale von Katie Pru weg und kletterte aus dem Bett. Im Fenster blitzte das Grün der hin und her gepeitschten Blätter. Der Sturm wurde stärker. Sie ging zum Fenster und lugte nach draußen. Sie konnte vom Himmel nichts entdecken. Während die anderen Fenster auf der Rückseite des Hauses zu den Weiden hinausgingen, war hier der Pekanbaum so nahe, daß das Zimmer in das Laub eingebettet schien.

Sie preßte das Gesicht gegen die Scheibe und versuchte,

unten den Boden zu sehen. Der Fuß des Baums war massig, und vom zwei Meter dicken Stamm aus erstreckten sich zwanzig Meter lange Wurzeln in alle Richtungen. Sie fragte sich, wie schnell Pekanbäume wuchsen. Dieser hier hatte auf sie immer gewaltig gewirkt, aber welchen Eindruck hätte er auch sonst hervorrufen sollen? Es war Linnies Baum. Er war ihre Waffe gewesen.

Als sie sich abwandte, schlug der Umschlag in der Rocktasche gegen ihr Bein. Sie zog den Brief hervor und fühlte sofort, wie es ihr die Brust zusammenschnürte. Normalerweise waren Daniel Halfords Mitteilungen lang und weitschweifig. Dieser Brief hier bestand nur aus einem Blatt, Vorder- und Rückseite.

*Gale,*

*war heute zum samstäglichen Mittagessen bei Maura und Jeffrey. Sie sind, so scheint es, glücklich wie eh und je. Ich habe ihnen Katie Prus Zeichnung gegeben. Vergiß nicht, ihr zu sagen, daß Maura begeistert war. Ein kleines Mädchen ohne Schuhe, das Würmer aus der Erde zieht und sich auf den Kopf legt! Wir haben vermutet, daß es autobiographisch ist. Du mußt Dich an dem Tag prächtig amüsiert haben.*

*Freut mich zu hören, daß Deine Arbeit gut vorangeht. »Die häuslichen Aufzeichnungen von Landfrauen in den Südstaaten von 1900 bis 1929.« Klingt für mich ein bißchen abwegig, aber schließlich bin ich auch nur ein einfacher britischer Bulle, der immer noch meint, Geschichte bedeute Robin Hood gegen den Sheriff von Nottingham. Ich weiß aber genug über die Geschichte der amerikanischen Südstaaten, um Dir eine Frage zu stellen: Wie haben diese Frauen im ständigen Kampf gegen Armut und Baumwollkap-*

*selkäfer, verflucht noch mal, die Zeit zum Schreiben gefunden?*

*Ich habe gestern ein modernes Antiquariat in der Nähe der Victoria Station besucht. Es würde Dir gefallen: gemütlich, Lichtinseln um dick gepolsterte Sessel herum, ein Besitzer, der alles weiß, aber über einen sechsten Sinn dafür verfügt, wann er dich in Ruhe lassen muß. Ich bin auf ein Exemplar Deines Buchs gestoßen. Es hat dort im Regal gestanden: blauer Rücken, goldene Beschriftung. Ich glaube, Du hast einmal gesagt, wenn man etwas findet, das jemand geschrieben hat, von dem man verlassen worden ist, dann ist das, als würde man einem Gespenst begegnen. Du hattest recht.*

*Ruf mich an.*

Es gab keine Unterschrift. Seit Halford und sie einen Monat nach ihrer Ankunft in Statlers Cross zu korrespondieren begonnen hatten, hatte es nie eine gegeben. Zum größten Teil bestanden ihre Briefe aus Mitteilungen allgemeiner Art: wie Katie Pru sich umstellte, ob es besser war, in London vom Regen oder in Georgia vom Schweiß durchnäßt zu werden. Dieser Brief jetzt aber war in einem anderen Ton gehalten. Sie las noch mal den letzten Absatz, ihre Augen stolperten über die Worte. *Jemand, von dem man verlassen worden ist.* Sie mußte heftig an einem Brocken Schuldgefühl schlucken. Sie hatte nicht das Gefühl gehabt, ihn verlassen zu haben. Nicht wirklich. Sie hatte das Gefühl gehabt, daß sie sich in der richtigen Entfernung voneinander befanden.

Sie ging auf Zehenspitzen zum Bett und steckte den Umschlag so unter das Kopfkissen, daß die Ecke mit Space Lucy hervorschaute. *Ruf mich an.* Sie hatte ihn nie anrufen wollen. Beim Schreiben war die Distanz größer. Die Kontrolle.

In der Zimmerecke stand ein antiker Rosenholzstuhl, der mit einem altmodischen senffarbenen Samtstoff bezogen war. Auf dem Stuhl lag ein Stift und eines ihrer Notizbücher, das auf einer mit ihrer sauberen Handschrift bedeckten Seite aufgeschlagen war. Die nüchternen Eintragungen von Müttern und Ehefrauen: Mütter, deren Kinder bei der Geburt starben, Ehefrauen, deren Männer – Söhne und Ehemänner – zur Haustür hinausgingen und nie wiederkehrten, Ehefrauen, die gar keine Ehefrauen waren, sondern betrogene Geliebte in einem Zeitalter, als weder Kreditkarten noch Telefone eine Spur wiesen.

Sie hatte auf dieser Seite den Eintrag einer Frau aus Watson County, Georgia, im Jahr 1919 abgeschrieben:

*Ich bin die letzte Nacht aufgeblieben und habe geweint, denn meine Finger tun so weh von der Nadel. Ich habe neun Stunden hintereinander gestickt, habe nur eine Pause gemacht, um die Kinder zu füttern und Mama zu baden, die in Wahrheit zu meinem siebten Kind geworden ist. Letzte Woche habe ich dem Pfarrer von meinem Weinen erzählt und daß diese Anfälle mir solche Angst machen, und er hat gesagt, ich soll mich über mein Leben freuen, was ich auch wirklich tue, denn in Gottes Liebe genieße ich Überfluß.*

Überfluß. Es war bald ein Jahrhundert später schwer zu sagen, ob aufrechter Glaube oder Zynismus aus diesem Wort sprach. Vor allem eine Sache hatte sie bei ihren Recherchen überrascht: der Schock, den diese jungen Bräute erlitten, sobald sie ihr Schicksal in seinem ganzen Ausmaß erkannten. Soviel Vorfreude während der Zeit der jungen

Liebe, soviel Sorge um die Zustimmung der Eltern, und dann das Staunen angesichts der körperlichen Arbeit, die der Haushalt und die Kinder erforderten – als wenn ihre eigenen Mütter hinter Vorhängen gearbeitet hätten.

*...sie wusch ihrem fünf Jahre alten Sohn Hände und Gesicht, zog ihm die hübschesten Kleider an, die sie ihm gemacht hatte, und sperrte ihn in sein Zimmer...*

Gale kannte alle Linnie-Geschichten auswendig. Wie jeder. Es hatte sie immer erstaunt, wie wenig sich die Geschichten, die hier in der Gegend erzählt wurden, veränderten. Sogar die Gestik, Mimik, all die Begleiteffekte schienen von einer Generation an die nächste weitergereicht zu werden.

*Sie ging zur Scheune hinaus, nahm das dickste Seil, das sie finden konnte, und trug es zusammen mit einem kleinen Hocker, den sie zum Pflaumenpflücken benutzte, zum größten Pekanbaum...*

Hier wurde der Erzähler normalerweise langsamer, denn er wußte, was kam, und vermutete, daß dies beim Zuhörer auch der Fall war. Kommen ein Seil und ein Baum in einer Geschichte zusammen vor, wird jemand gehenkt. Die Western beruhten darauf – und das gleiche galt für die Südstaaten.

*Sie schlang das Seil um den untersten Ast, stellte sich auf den Schemel...*

Und ließ ein fünfjähriges Kind zurück. Gale schaute zum Fenster und den peitschenden Ästen hoch. Linnie hatte ein fünfjähriges Kind zurückgelassen, das seine Sonntagskleider trug und in einem Zimmer eingesperrt war. Welches Zimmer? Dieses hier, das von allem abgeschieden lag und nur Ausblick auf den Baum bot? Sicher nicht. Also eines der anderen, deren Fenster zu den endlosen Weiden hinausgingen.

Gale zitterte. Hatte Linnies Sohn sich sein ganzes weiteres Leben hindurch an diesen Tag erinnert? Hatte er sich an die Sorge um seine Kleider, einen Kuß, die Ermahnung, brav zu warten, bis sein Daddy nach Hause kommen würde, erinnert? Hatte es ein Versprechen gegeben? *Sei brav, dann essen wir heute abend Kuchen.* Und als seine Mutter nicht zurückkam, ist er da zwischen Fenster und Tür hin- und hergestolpert in seinem Bemühen, hinauszugelangen und jemanden zu finden, der ihm helfen könnte?

Sie blätterte vorsichtig in ihrem Notizbuch. Worte von Frauen, die müde waren, frustriert, einsam. Aber sie fanden die Zeit, zu schreiben. Sie stellten sicher, daß sie irgendeine Art von Aufzeichnung hinterließen wie eine Flaschenpost, die in das Meer geworfen wird, damit sie jemand findet und entziffert. Linnie andererseits hatte nichts zurückgelassen, nur eine Überdecke an der Wand und einen Selbstmord, der Anstoß zu Hunderten von Geschichten gab.

Gale hörte hinter sich Katie Pru gleichmäßig atmen. Es hatte Zeiten gegeben, nachdem Tom sich getötet hatte, da hatte sie gedacht, ihr Schmerz würde niemals enden. Aber sie hatte immer gewußt, daß sie sich aus einem einfachen Grund nicht umbringen würde: Sie hatte ein Kind.

Die Frage war also: Warum war Linnie nicht die gleiche Bindung eingegangen?

*Sie war die Frau mit der schlechtesten Laune in ganz Calwyn County. Eher hätte sie sich eigenhändig erwürgt, als ›Guten Morgen‹ gesagt.* Gale hob den schwarzen Stift auf und blätterte in dem Notizbuch zur letzten Seite.

Sie hatte Katie Pru. Sie hatte keinerlei Zweifel, daß ihre Chancen, Toms Tod zu überleben, viel geringer gewesen wären, hätte sie nicht das Kind gehabt. Eine Mutter nimmt vieles auf sich, um den Griff einer Kinderhand spüren zu können.

In der Nacht, als ihre Mutter begraben wurde, hatte Gale auf dem Bett gelegen und, wie ihr schien, stundenlang dem Klingeln des Telefons zugehört. Sie hatte damals mit dem mysteriösen Instinkt eines Kindes gewußt, daß der Anrufer ihr Vater war, der sie zurückzubekommen versuchte, sie nach Hause bringen wollte. In den folgenden Jahren ließ Ella nur wenige Kontakte zu. Sie wollte ihre Enkelin allein erziehen, und die Männer mit ihren Gesetzen konnten da zur Hölle fahren.

Man brauchte ein kaltes Herz, um einen Vater auszusperren. Vielleicht hatte Sill recht. Vielleicht waren Kinder wirklich grausam.

Sie begann zu schreiben. Namen. Ungefähre Daten. Geburtsorte, Freunde der Familie, längst vergessene Pfarrer und Doktoren. Als sie fertig war, war die Seite voll.

Der Apfel fällt nicht weit vom Stamm. Sill hatte es beiläufig, wie die banale Zusammenfassung eines Gesprächs, hingeworfen, aber keine von beiden hatte es als eine solche akzeptiert. Gale starrte auf das Papier. Linnie hatte kein schriftliches Zeugnis hinterlassen müssen. Ihre Familie war Zeugnis genug.

Langsam malte sie ein Kästchen um einen Namen: Jules Samuel Cane. Der fünfjährige Junge, den Linnie zurückgelassen hatte. Ellas erster Cousin. Martins Vater. Linnie Cane, Selbstmörderin und Gespenst, war Martins Großmutter. Gale schüttelte verwundert den Kopf. Zilah hatte recht. Sie, Gale, mußte durch Tricks dazu gebracht werden, zuzuhören.

*Ich kann dir gar nicht sagen, wie schrecklich es hier ist – der Gestank, der Lärm, Napalm. Manchmal schließe ich einfach die Augen und träume von den Tagen, als wir meinten, Angst kriegt man, wenn man an einem Lagerfeuer sitzt und sich Gespenstergeschichten erzählt.*

Jason Stone in einem Brief an seinen Bruder Butch aus Da Nang, 1967

## 12

Ella Aldens Entscheidung, sich von ihm in ihrem kargen Eßzimmer befragen zu lassen, überraschte Truitt nicht. Und er vermutete, daß ihn auch ihr Gespür für filmische Inszenierungen nicht hätte überraschen sollen.

Ella saß mit gefalteten Händen am Mahagonitisch. Der Lippenstift war gleichmäßig aufgetragen, das weiße Haar bauschte sich wohlgeordnet. Auf der mit Gips verputzten Wand hinter ihr wölbte sich ein ausgewachsener Schwertfisch, der von der Schwertspitze bis zum Schwanzende mindestens zwei Meter maß. Das eine graue Auge des Fischs starrte Truitt an, und auf dem Unterkiefer war eine Reihe scharfer, mit Staub bedeckter Zähne zu sehen. Der mit Schellack überzogene Körper glänzte, und er erhob sich über Ellas Kopf wie der Regenbogen eines Tierpräparators.

Truitt bemühte sich, nicht zu lachen. »Meine Güte, Ella«, rief er aus. »Ich glaube, ich bin noch nie in Ihrem Eßzimmer gewesen. Wo in aller Welt haben Sie den Fisch her?«

Ihr Lächeln wirkte leicht affektiert. »Ach der. Den hat mein Mann Gerry vor der Küste Floridas gefangen, hm, das muß 1953 gewesen sein. Er war ein großer Sportler, Alby. Er ist 1965 gestorben. Er ist hier in der Nähe geboren worden, aber er hat das Stadtleben bei weitem bevorzugt. Außer wenn es um die Jagd ging. Deshalb sind wir in den fünfziger Jahren mit der Familie nach Atlanta gezogen. Erinnern Sie sich überhaupt noch an ihn?«

»Nein, Madam.« Die Wahrheit war, daß Martins Familie wegen ihrer Frauen und nicht wegen ihrer Männer bemerkenswert war. Martin hatte darüber immer gemeckert. Sowohl sein Vater als auch sein Großvater hatten jeweils nur ein Kind gezeugt, beides Jungen. Der Rest der Familie stammte von Linnies Schwester Jessie ab, und das waren alles Mädchen. Sie heirateten natürlich, aber niemanden von Bedeutung. Oder in Gales Fall vielleicht von Bedeutung, aber nicht von Dauer.

»Ich fürchte, er hat hier in der Gegend keinen großen Eindruck hinterlassen«, sagte Ella. »Er war immer irgendwohin unterwegs zum Jagen und Fischen und hat diese ganzen Kadaver mitgebracht und ausstopfen lassen. Was geatmet hat, war auch jagdbar. Damals hat es noch nicht so viele Gesetze gegeben, wissen Sie. Wenn Hemingway sich noch nicht erfunden gehabt hätte, hätte Gerry die Rolle übernommen.«

Truitt preßte die Fingerspitzen leicht auf die Tischplatte. »Mal sehen... 1965. Wie alt war Gale, als Ihr Ehemann gestorben ist?«

»Gale?« Ella legte leicht erstaunt den Kopf schief. »Sie war noch gar nicht geboren. Wieso?«

»Ich weiß nicht. Versuche nur, das alles in den Griff zu

bekommen. Martin hat von seiner Familie erzählt, und weil ich hier in der Nähe aufgewachsen bin, habe ich immer geglaubt, ich würde alle kennen. Wie sich herausstellt, ist mein Bild ziemlich unvollständig. Ich versuche jetzt nur, alles zusammenzustückeln. Also, wie ist denn Gales Mutter gestorben?«

»Durch einen Autounfall. Sie meinen doch nicht, Gale...«

»Nein, nein. Ich habe mehrere Zeugen, die sagen, daß sie sie und Katie Pru in dem Moment gesehen haben, als der Schuß losging. Es ist eigentlich so, Miß Ella, daß Gale die einzige Frau in diesem Haus ist, deretwegen ich mir keine Gedanken mache.«

»Mein Gott, Alby. Das klingt ja gerade so, als hätte sich ein schlimmes Verbrechen ereignet.« Das Lächeln auf Ellas Gesicht war gutmütig. »Hat es aber nicht, wissen Sie. Ein tragischer Unfall, natürlich. Aber mit Tragödien werden wir fertig. Wir werden beten, wir werden Cammy und Sill helfen, und wir werden da durchkommen.«

Ella richtete den goldenen Reifen an ihrem Arm und zog an der Verschlußkette, bis diese wieder frei herabbaumelte. Sie trug ein bernsteinfarbenes Strickkleid und darüber eine kurzärmelige Leinenjacke. Über ihrer linken Brust war eine goldene Anstecknadel in Form eines Baums befestigt, dessen Blätter aus winzigen Perlen bestanden. Sie wartete geduldig, bis er sprach. Ihr Gesicht wirkte gelassen, aber die Augen waren scharf. Sie war, wie Martin gesagt hätte, eine harte Nuß.

»Wissen Sie, Miß Ella, Sie erinnern mich sehr an meine Großmutter. Alles Schlimme, was unserer Familie zustieß, konnte sie wieder richten. Ich erinnere mich, wie eine meiner Großtanten in der Küche saß, nachdem mein Vater gestorben war, und im Flüsterton davon sprach, daß es eine

Schande sei und ganz unmöglich, jemals wieder erhobenen Hauptes auf die Straße zu treten. Und meine Großmutter, nun, sie hat einfach die Hand gehoben und gesagt: ›Es reicht. Wir reden nicht mehr darüber. Es ist die Aufgabe Gottes, zu richten, denn er weiß, uns Menschen zerfrißt es bei lebendigem Leibe, wenn wir urteilen müssen.‹ Und es wurde in der Familie nie wieder davon gesprochen.«

»Genau dafür sind Familien da. Sie schützen uns vor dem Klatsch da draußen.«

Sie sagte es mit einer gewissen Schläue, eine Frau, die, wie Truitt dachte, zu sehr von sich selbst eingenommen war, um sich auf leichte Andeutungen zu beschränken. Er grinste sie an.

»Zwei Punkte für Sie, Miß Ella. Es gab viel Klatsch damals, nicht wahr? Ein fünfzehnjähriger Junge braucht besonderen Schutz davor.«

»Und er hat ihn bekommen, nicht wahr, Alby?« Der Blick von Ellas dunklen Augen war scharf wie der eines Raben. »Ich habe Ihre Großmutter Tannie ein bißchen gekannt. Wir waren zur gleichen Zeit auf der High-School.« Sie machte eine Pause. »Also, was meinen Sie, was würde sie Ihnen jetzt sagen, Alby?«

»Worüber?«

»Über Martin.«

»Hmm. Das ist eine gute Frage. Was würde Tannie mir jetzt sagen?« Er begann, Kreise auf den Umschlag des Notizblocks vor ihm zu malen. »Nun, Tannie hat fest an die Intuition geglaubt. Ich schätze, gemäß heutigem Sprachgebrauch würde man sagen, sie hat mit der rechten Hirnhälfte gedacht.«

Ella grunzte. »Ich habe nie Menschen vertraut, die sich nach dem Herzen richten. Intuition klingt für mich zu sehr nach einem faulen Kopf. Tannie hat nicht gerade viel gelesen, soweit ich mich erinnere.«

»Nein, Madam, ich kann nicht sagen, daß sie das hat. Sie hätte meinen Großvater wahrscheinlich nicht mit Hemingway verglichen. Aber das heißt nicht, daß sie dumm war. Als ich gesagt habe, daß Sie mich an sie erinnern, meinte ich es eigentlich nicht in oberflächlicher Hinsicht. Sie hat keine Kleider wie die Ihren getragen. Das einzige Stück Schmuck, das sie besaß, war der Trauring, und ihr Haus war in keiner Weise mit diesem hier zu vergleichen. Aber es gibt andere Sachen, die mich glauben lassen, daß Sie und meine Großmutter Menschen vom gleichen Schlag sind.«

»Wie was zum Beispiel?«

Truitt klappte das Notizbuch auf und begann, seine Kreise auf ein leeres Blatt zu malen. Er warf Ella einen Blick zu. Ihre Miene war immer noch freundlich, aber ihr Blick zuckte von seinem Gesicht zu seinen Händen.

»Nun, zuerst einmal sind Sie beide zwischen den Weltkriegen geboren worden und haben, will ich wetten, auf den Knien von Großmüttern gesessen, die sich noch an den Bürgerkrieg erinnert haben. Ich habe Tannie oft nach den Geschichten gefragt, die ihre Großmutter über den Bürgerkrieg erzählt hat, und sie hat immer geantwortet: ›Es gab keine Geschichten, Alby. Nur zusammengebissene Zähne und schmutzige Hände.‹«

»Also, was wollen Sie damit sagen, Alby?« Ellas Stimme klang beinahe beschwingt.

»Nun«, sagte er, »ich denke, daß es hinter all dem Anstand und guten Benehmen in dieser Familie höllisch viele zusammengebissene Zähne und schmutzige Hände gibt.«

Ihre Züge verhärteten sich.

»Was ist in jenem Zimmer passiert, Ella?« fragte er leise.

»Das habe ich schon gestern abend Ihrem Beamten erzählt.«

»Sie haben ihm gestern abend eine bestimmte Version erzählt.«

»Es war die Wahrheit. Wir waren in der Küche und haben einen Schuß gehört. Wir sind nach oben gerannt und alle zusammen in das Zimmer gestürzt.«

»Maralyn zufolge war Sill in der Küche ziemlich aufgeregt. Sie haben sich mit Sill gestritten.«

»Das stimmt. Sie wollte weiter mit Martin reden, und ich habe ihr gesagt, daß es nicht der richtige Zeitpunkt dafür wäre. Sill kann ausgesprochen emotional sein. Sie hatte einen ihrer klassischen Anfälle, würde ich sagen.«

»Was genau heißt das?«

»Oh, Sie wissen schon – blinde Wut, Tränen, trotziges Aufstampfen, theatralische Gesten. Wenn Sill derart wütend wird, wiederholt sie immer wieder dieselben Worte, als wäre ihr Hirn hängengeblieben. Gestern war es ›Er kann nicht einfach vor mir davonlaufen‹. Man kann da nichts tun, wenn sie sich so benimmt, außer die Luken dichtmachen und alles unter Kontrolle halten.«

»Würden Sie sagen, daß sie außer Kontrolle war?«

»Natürlich war sie das, aber wenn Sie irgendwas zu suggerieren versuchen, Alby, dann können Sie das vergessen. Sill war bei mir und Cammy und Maralyn in der Küche, als das Gewehr losging. Das werde ich beschwören.«

Truitt schlug ein frisches Blatt auf und schob den Notizblock über den Tisch zu ihr hin. »Könnten Sie bitte skizzieren, wo Sie Martins Leiche gefunden haben, als Sie in das Zimmer kamen? Und zeichnen Sie bitte auch ein, wo das Gewehr gelegen hat.«

Ella nahm den Stift und malte ein paar Linien auf das Papier. Sie drehte den Notizblock zu ihm hin.

»Das hier ist das Bett. Das ist Martin. Und das hier«, sagte sie und deutete mit dem Stift, »ist das Gewehr.«

Er starrte auf die Seite. »Ella, so wie Sie es gezeichnet haben, lag das Gewehr ganz auf der anderen Seite des Zimmers.«

»Genau dort hat es gelegen. Bei der Kommode.«

»Sind Sie sicher?«

»Ziemlich sicher. Ich habe es selbst aufgehoben.«

»Wieso?«

»Um es aus dem Weg zu räumen. Damit sich niemand verletzt.«

»Warum haben Sie es Maralyn gegeben?«

»Ich mußte mich um andere Dinge kümmern.«

»Sie haben also die Waffe der einzigen Person im Zimmer mit einer medizinischen Ausbildung gegeben.« Er machte eine Pause und wartete darauf, daß sie antwortete. Sie sagte nichts. »Wessen Fingerabdrücke werde ich außerdem noch auf der Waffe finden, Ella?«

Ihr Armreif schlug gegen den Tisch. »Um Gottes willen, Alby, ich habe keine Ahnung, wer diese Waffe in der Hand hatte. Und was spielt es denn für eine Rolle? Wir können von Glück sagen, daß niemand sonst verletzt worden ist, wenn man bedenkt, daß das Ding kaputt ist.«

Truitt lehnte sich in seinem Stuhl zurück und kratzte sich am Kinn. »Was meinen Sie, warum hat Martin das Gewehr herausgeholt?«

»Keine Ahnung. Cammy sagt, er hat es oft hervorgeholt, wenn er nervös war. Sie sagt, er hat es saubergemacht, wie sie die Spüle putzt.«

»Um Streß abzubauen.«

»Richtig.«

»Aber es gab kein Öl und keine Reinigungsutensilien.«

Sie sah ihn überrascht an. »Aber ja, es war alles da. Ich habe es selbst gesehen.«

»Wo?«

»Auf dem Nachttisch. Direkt neben dem Bett. Lumpen auch. Martin hat sie sich selbst zurechtgeschnitten.«

Er studierte ihr Gesicht. Sie war eine oder zwei Generationen nach jener Ära geboren worden, als Südstaatenladys noch die Sonne gemieden hatten. Obwohl die Haut unter dem Puder blaß war, war es offensichtlich, daß ihr Gesicht früher mit Sommersprossen übersät gewesen war. Sie sahen jetzt nicht mehr wie Sommersprossen aus. Die Zeit hatte die Haut auf ihren Wangen in Krokodilsleder verwandelt. Die Sommersprossen hatten sich nach innen gekehrt, so daß das Gesicht jetzt mit Splittern bedeckt zu sein schien.

»Das einzige auf dem Nachttisch waren ein Wecker und eine Lampe, Ella. Ich habe darauf geachtet.«

»Nun, Alby, das kann einfach nicht sein. Die Sachen lagen genau dort. Auf dem kleinen Tischtuch.«

»Wie hat das Tischtuch ausgesehen?«

»Puh, ich weiß nicht. Quadratisch. Ein Spitzensaum, Stickerei in der Mitte. Das Öl und die Reinigungsutensilien hatten daraufgelegen.«

»Die einzigen Gegenstände auf dem Nachttisch«, wiederholte er, »waren ein Wecker und eine Lampe.«

Ihre Stimme wurde lauter. »Nun, dann muß einer Ihrer Männer die Sachen weggeräumt haben. Ich...«

Sie hielt inne und ließ den Stift auf den Tisch fallen.

»Was, Ella?«

»Sie waren dort. Ich habe sie selbst gesehen.«

Er durchblätterte sein Büchlein, bis er zu den Notizen vom Tatort stieß. »Nein, Madam«, stellte er fest. »Meine Männer hätten sie nicht weggeräumt. Und wir haben das ganze Zimmer durchsucht. Wenn wir etwas gefunden hätten, das darauf hindeutet, daß Martin tatsächlich sein Gewehr gereinigt hat…«

»Aber das hat er, Alby. Ich sag es Ihnen.«

Sie starrte ihn an, und ihre verblaßten braunen Augen waren so reglos wie die des Schwertfischs über ihrem Kopf.

»Nun, es tut mir leid, Ella. Daß Sie das sagen, genügt nicht.« Truitt klopfte mit seinem Stift auf den Tisch. »Ich weiß, daß Sie daran gewöhnt sind, das letzte Wort zu haben, aber bei allem gebührenden Respekt, so läuft es diesmal einfach nicht.«

Sill stand draußen vor Ellas Schlafzimmertür und lauschte auf irgendein Geräusch von drinnen. Jetzt, um vier Uhr nachmittags, nach einem unablässigen Summen von Stimmen, war es im Haus endlich still.

Im oberen Flur waren die Türen zu den vier Schlafzimmern geschlossen. Zuvor hatte sie von ihrem eigenen Zimmer aus gehört, wie Gale und Katie Pru das ihre betreten hatten, und dem leisen Gemurmel von Mutter und Kind war eine lange Phase der Ruhe gefolgt. Sie stellte sich die beiden jetzt vor, wie sie dort drinnen auf dem alten Doppelbett aus Mahagoni lagen, einer von Gales Armen schützend um die schlafende Tochter geschlungen. Sill verspürte plötzlich ein Brennen im Rachen. Sie packte den Knauf von Ellas Tür, drehte ihn und ging hinein.

Das Zimmer war kühl und abgedunkelt. Als sie die Tür hinter sich schloß, sprang die Klimaanlage an. Das Licht, das durch die Vorhänge drang, war weich, und Sill mußte die Augen weit aufreißen, um in Ellas massigem, mit Schnitzereien verziertem Bett die Gestalt unter den Laken auszumachen.

»Mutter?« flüsterte Sill. »Mutter, bist du wach?«

Es kam keine Antwort. Ihre Mutter schlief unter den verwühlten Laken, hatte die Knie zur Brust hochgezogen und preßte mit der Faust einen Knäuel dunklen Bettuchs an die Wange. Sie atmete tief und langsam. Sill kauerte neben dem Bett nieder und berührte ihre Mutter an der Hand.

»Mutter?« wiederholte Sill. »Bitte wach auf! Ich muß mit dir reden. Ich konnte heute nicht hinuntergehen. Ich bin in meinem Zimmer geblieben. Ich wollte heute niemanden sehen.« Sie machte eine Pause. »Ryan Teller war hier.«

Nichts. Sie starrte auf das schlafende Gesicht, dessen Züge im Dämmerlicht weich wirkten. Hätte das Haar ihrer Mutter nicht grau auf dem Kissen geglänzt, sie hätte jedes Alter haben können: das der selbstsicheren Mutter aus Sills Kindheit oder das der widerstandsfähigen ihrer Jugend. Tränen sammelten sich in Sills Augenwinkeln und rannen ihr über die Wangen. Es ist nicht fair, dachte sie. So brauch ich dich nicht. Ich brauch dich wie früher. Als du mich beschützen wolltest.

Im Flur wurde eine Tür geschlossen, und Schritte entfernten sich die Treppe hinab. Sill stand auf und wischte sich mit der Handfläche über das Gesicht. Gale mußte die schlafende Katie Pru in ihrem Zimmer zurückgelassen haben, wo sie wie Cammy in die dünnen Laken des Bettes eingewickelt lag. Sicherlich war sie in dem Wissen eingeschlafen, daß ihre Mutter bei ihr war, beruhigt durch die Wärme von deren Körper, dem festen Griff ihrer Arme. Wieder brannten in Sills Augen heiße Tränen. Wie kommt es, daß Kinder überhaupt einschlafen, wo sie doch wissen, daß sie allein sein werden, wenn sie aufwachen?

Sie zwinkerte, bis die Tränen weg waren, streckte sich auf der Matratze aus und streifte leise die Schuhe ab. Dann hob sie vorsichtig die Laken hoch und rutschte neben ihre Mutter.

Zuerst war es seltsam, die Wärme der alten Haut dicht an der ihren. Sie versuchte, sich an das letzte Mal zu erinnern, da sie neben ihrer Mutter eingeschlafen war. Es mußte in ihrer frühen Kindheit gewesen sein, als sie noch klein genug war, um auf Cammys Bauch zu liegen. Sie schloß die Augen, rückte näher und schlang einen Arm um die Hüfte ihrer Mutter. Sie erinnerte sich an den Geruch frisch gewaschener Baumwolle, den weiten Fächer eines weißen Hemds, das seidene Blau einer Krawatte...

Der Schmerz war so plötzlich, daß er ihr den Atem nahm: das Bild ihres Vaters, der sie an seiner Brust hielt, während sie seinem Herzen zuhörte und sich dem Rhythmus seines Ein- und Ausatmens anzupassen versuchte.

Sie vergrub das Gesicht im Haar ihrer Mutter. Schluchzer zerrissen ihren Körper. Hilf mir, hilf mir, hilf mir. Und dann: Halt mich auf, mein Gott, Mutter, halt mich auf.

*Sind mir total egal. Eine Frau, die sich nicht um ihr Kind kümmern kann, hat es eh nicht verdient, daß man sie einen Menschen nennt.*

Jules Cane, Linnies Sohn, auf die Frage hin, was er von den Geschichten über den Geist seiner Mutter halte, 1969

## 13

Gale hielt vor den geschlossenen Eßzimmertüren kurz inne und warf einen Blick auf ihre Uhr. Viertel vor drei. Alby und Ella hatten sich seit mindestens vierzig Minuten in dem Eßzimmer eingesperrt. Hinter der Tür dröhnte die Stimme des Sheriffs und bildete den Auftakt zu Ellas einsilbiger Antwort. Sie ist entweder ein Lehrbeispiel dafür, wie man sich kurz faßt, oder sie ist gerade dabei, ihn höllisch gegen sich aufzubringen, dachte Gale. Sie trat schnell zu den Türen hin und neigte den Kopf.

»Also, wollen Sie noch irgendwas von dem ändern, was Sie mir erzählt haben?«

»Nein.«

»Nun, lassen Sie sich Zeit und denken Sie darüber nach…«

»Wenn Sie mir weiter so zusetzen…«

»Ich setze Ihnen nicht zu, Ella. Aber wir haben hier ein paar Ungereimtheiten, und ich brauche Ihre Antworten, um Sinn in das Ganze zu bringen.«

Schweigen. Gale meinte, einen Seufzer zu hören, dem das Scharren eines Stuhls folgte. Sie trat zurück, als sich die Türen öffneten und Truitt in den Flur stolzierte. Hinter ihm war Ella mit brettsteifem Rücken sitzengeblieben. Ihre gefalteten Hände lagen auf dem Eßtisch. Sie bewegte sich nicht, als Truitt die Türen hinter sich schloß.

Er lehnte sich dagegen, behielt die Hände auf dem Türknauf und schaute Gale an.

»Weißt du, was Martin immer zu mir gesagt hat, Gale? Er sagte, Mutter Natur hat es so angelegt, daß nichts passiert, was nicht die ganze Welt erschüttert. Als ich jünger war, habe ich das nicht verstanden. Insekten sterben, Blätter fallen von den Bäumen, na und? Ich habe das erwidert, und er antwortete immer: ›Das stimmt. Das tun sie.‹ Als wäre die Tatsache, daß ich darauf hingewiesen hatte, nur ein weiterer Beleg für seine These.«

Gale lehnte an der Wand und spürte, wie sich eine Flossenspitze in ihrem Haar verfing. Sie langte nach oben und befreite sich. »Es klingt ein bißchen zu sehr nach Ökospinner, um aus dem Mund eines Jägers wie Martin gekommen zu sein.«

Truitt schüttelte den Kopf. »Du irrst dich. Das ist eines der Dinge, die er mir beigebracht hat: Die Jagd stiftet Verbindungen.«

Gale hob die Brauen. »Und er hat wirklich diese Worte benutzt?«

Truitt lächelte. »Vielleicht nicht. Aber du bist Historikerin. Du weißt, was er gemeint hat. Hast du schon mal etwas gemacht, nur um zu sehen, wie deine Vorfahren gelebt haben? Kerzen gezogen? Süßkartoffeln in der Herdasche gebacken? Irgend so was?«

Sie zögerte. »Ich habe früher gewoben.«

»Nun, dann weißt du Bescheid. Martin hat mir gesagt,

daß die Jagd ihm hilft, in Kontakt zu bleiben. Er meinte, sein Vater und sein Großvater wären im Wald und würden mit ihm zusammen den Abzug drücken.« Er winkte mit dem Arm in Richtung Eßzimmer. »Verflucht, Gale, hast du dir diesen Schwertfisch schon mal genauer angesehen? Es ist eine unglaubliche Kreatur. Ella scheint zu meinen, daß dein Großvater auf die Jagd gegangen ist, um Hemingway zu imitieren. Ich glaube das nicht. Ich glaube, jedesmal, wenn er einen Fisch aus dem Wasser gezogen hat oder vom Rückstoß zurückgeworfen wurde, spürte er seinen Vater in den Armen.«

Gale dachte an die Krähen im Arbeitszimmer, denen man steife rote Westen und gelbe Schuhe angezogen hatte. Sie konnte verflucht noch mal nichts Nobles an ihnen entdecken, und sie weigerte sich auch, darüber nachzudenken, welche Art von väterlicher Verbindung den Mann inspiriert hatte, der die Vögel ausgestopft hatte.

»Ich weiß nicht, Alby«, sagte sie. »Ich fürchte, du unterstellst deinen männlichen Verwandten edlere Motive, als sie verdienen.«

Er lächelte sie an, ein schiefes Grinsen, das man für chauvinistisch hätte halten können, wenn nicht der ernste Ausdruck seiner Augen gewesen wäre. »Ich versuche nur, aus dem Gewehr schlau zu werden, Gale«, sagte er leise. »Ich weiß, wie ernst Martin diese Kirchenbarbecues genommen hat. Was hat er mit einer geladenen Waffe im Haus gewollt, während draußen diese ganzen Leute waren?«

»Mein Gott, Alby.« Gale lachte eher überrascht denn amüsiert. »Das klingt ja so, als wäre Martin ein Lee Harvey Oswald.«

»Oswald? Nein, das habe ich nicht gemeint. Ich meine, nach allem, was ich gehört habe, ist alles gut gelaufen, die Leute beginnen gerade, sich ihre Teller zu holen und sich zum Essen hinzusetzen. Martin geht ins Haus, und ein paar Minuten später ist er tot. Nun, der auffälligste Zwischenfall war der Streit mit Sill. Aber laut Maralyn wußte er, daß die beiden dasein würden. Er hatte also Zeit, sich seine Reaktion zu überlegen und abzuwägen, wie er die Sache angehen würde.«

»Vielleicht reagierte er heftiger, als er geahnt hatte.«

»So heftig, daß er nach drinnen rennt und sich seine Waffe grapscht? Und was dann? Die Erklärung mit der Entspannungsübung ist bizarr. Ich kann nicht glauben, daß Martin Cane in sein Schlafzimmer rennt und während einer Kirchenveranstaltung sein geladenes Gewehr zu reinigen beginnt, weil seine Nerven ein wenig gelitten haben.«

Hinter der geschlossenen Eßzimmertür knarzte ein Stuhl. Truitt stand reglos da und hatte den Blick auf einen Punkt nahe Gales Rocksaum gerichtet. Er weiß, daß Ella zuhört, dachte sie. Und genau das wollte er auch. Sie fühlte vertrauten Abscheu in sich hochsteigen. Sie mochte Truitt. Und sie wußte, er war über den Tod eines Mannes, den er respektiert und in gewisser Weise vielleicht sogar geliebt hatte, wirklich bestürzt. Aber sie würde ihm nicht helfen. Nicht so, wie er es wollte.

Sie stieß sich von der Wand ab. »Nun, Alby, ich muß noch etwas arbeiten. Und da Katie Pru gerade schläft, möchte ich, wenn es recht ist…«

»Oh, sicher.« Er runzelte die Stirn und zögerte eindeutig, die Unterhaltung zu beenden. »Ich habe nur laut nachgedacht. Ich will dich nicht aufhalten.«

Sie nickte kurz und ging den Flur hinab. Irgendwer hatte die Haustür offenstehen lassen. Der stahlgraue Himmel ließ ein trübes Licht in die Eingangshalle fallen. Im Wohnzimmer war es so dunkel, daß Gale das Deckenlicht einschaltete, bevor sie sich auf das Sofa setzte.

Während ihrer Kindheit hatte sie den gläsernen Couchtisch wegen der Fotos und seiner länglichen Form die »Leute-Bank« genannt. Sie kannte die Geschichte hinter jedem Foto auf dem Tisch, und wenn sie um der Dramatik willen ausgeschmückt werden mußten, war sie sich dazu nicht zu schade gewesen. Jetzt wanderte ihr Blick zu einem bestimmten Bild, von einer Frau mit drei Kindern, die vor einem gemalten Hintergrund mit Parthenon stand. Die Frau hatte ein Kleid aus einem satinartigen Stoff an, das ihr bis zur Wadenmitte reichte. Vor ihr standen zwei junge Mädchen, von denen das kleinere die Hand der Frau hielt. Rechts von ihr stand ein wenig abseits ein Junge in weißen Shorts und einem zu großen weißen Hemd.

Sie blickte auf, als Truitt unter den Türstock trat. »Übrigens, Gale, ich habe noch eben zwei Fragen. Weißt du, wie Cammys Tasche aussieht? Maralyn sagt, Cammy habe heute morgen nach ihr gefragt. Ich wollte zum Haus rüberfahren und sie holen.«

Es ist zweifelhaft, daß Cammy heute morgen nach überhaupt irgendwas gefragt hat, Sheriff, dachte Gale, sagte aber nichts. Statt dessen zuckte sie mit den Achseln. »Ich weiß es wirklich nicht, Alby. Ich achte nicht auf die Handtaschen anderer Frauen.«

»Oh. Und hast du eine Fotografin gesehen, die auf dem Barbecue Fotos gemacht hat?«

»Ja«, antwortete Gale. »Ich bin ihr heute morgen begegnet. Sie heißt Nadianna Jesup. Sie wohnt in der alten Siedlung, die zur Spinnerei gehörte.«

»In der Siedlung? Ist sie eine Reporterin?«

»Nein. Sie fotografiert nur zum Spaß. Macht Aufnahmen für einen Kurs.«

»Aha. Danke.« Er kam in den Raum und schaute neugierig auf den Tisch. »Teil deiner Recherche?«

Die Frage hatte nicht bösartig geklungen, aber Gale spürte, wie sie rot wurde.

»Also, ja... nein. Mein Buch handelt von Frauen im ersten Viertel dieses Jahrhunderts, zu denen auch Linnie Cane gehört. Mir wurde heute nach meinem Plausch mit Zilah klar, daß ich noch nie ein Foto von ihr gesehen habe. Ich frage mich, ob es eins gibt.«

»Hmm.« Truitt sank auf dem Pferdehaarsessel nieder und ließ die Augen über die Fotos wandern.

»Und wonach suchst du jetzt? Nach einer Frau aus jener Zeit, die eventuell Linnie Cane sein könnte?«

»Nein. Ich kenne alle diese Leute hier, oder zumindest ihre Familiennamen oder ihre Verwandten. Eigentlich habe ich nach einem eher indirekten Hinweis gesucht.«

»Wie zum Beispiel?«

Gale kämmte sich das Haar hinter die Ohren und seufzte. »In Katie Prus Zimmer hängt ein Rahmen, ein Bilderrahmen mit einer Locke von jedem Mitglied der methodistischen Gemeinde von Statlers Cross im Jahre 1925.«

»Wie hübsch.«

»Naja, das Interessante daran ist, daß Linnies Haar früher auch dabei war, aber irgendwann im Verlaufe der Jahre hat es jemand entfernt und ihren Namen weggekratzt. Ob aus Wut oder Aberglauben, weiß ich nicht. Ich habe bloß gedacht, vielleicht...«

»Daß jemand sie auch aus den Familienfotos herausgeschnitten hat?«

»Es wirkt einfach so seltsam. Ich meine, schau dir mal dieses Foto hier an. Die Frau ist Jessie, Linnies Schwester, und die beiden Mädchen sind Jessies Töchter Ella und Nora. Aber siehst du den kleinen Jungen, der neben Nora steht? Wie alt ist er deiner Meinung nach? Zwei oder drei? Das ist Jules, Linnies Sohn.«

Truitt guckte sich das Bild unter Gales Finger genau an. »Martins Vater«, erklärte er.

»Richtig. Aber keine Linnie. Und sie ist erst gestorben, als er fünf war.«

»So sagt man.«

»So steht es in der Familienbibel. Die Frauen in meiner Familie haben die ganzen Jahre hindurch ziemlich gut mit all den Geburten und Todesfällen mitgehalten. Sowohl Jules als auch Ella wurden 1920 geboren. Linnie ist 1925 gestorben. Wenn du dir dieses Foto hier anschaust, erkennst du, daß es in einem Studio gemacht worden ist. Im Hintergrund steht eine Stoffkulisse mit griechischen Tempeln. Warum sollte Jules nur mit seiner Tante und seinen Cousinen auf einem Studiofoto sein, wenn seine Mutter noch lebte?«

Truitt zuckte mit den Achseln. »Jessie hat an dem Tag auf die Kinder aufgepaßt.«

»Das glaube ich nicht. Studiofotos waren damals, in den frühen zwanziger Jahren, eine große Sache. Die Familien machten einen Termin aus, warfen sich in Schale. Fotos waren das Porträt des armen Mannes. Also, hätten die beiden Schwestern, Jessie und Linnie, sich zusammengetan und beschlossen, daß sie ein Bild nur von sich und den Kindern wollen, würde das Sinn machen. Aber daß Jessie eine Aufnahme von sich mit dem Kind ihrer Schwester machen läßt? Ich verstehe das nicht.« Sie klopfte auf das Glas. »Ich möchte wetten, daß die meisten der förmlichen Porträts hier in der Gegend in dem Studio auf der anderen Straßenseite gemacht worden sind. Ich frag mich, ob in der Scheune von irgendwem noch Aufnahmen lagern.«

»Frag Deak. Wenn irgendwer weiß, was in den Scheunen der Leute hier unten liegt, dann er.«

»Vermutlich hast du recht.« Sie starrte auf das Foto. Der

Junge stand neben einem Sockel in Form einer ionischen Säule. Sein Rücken war gerade, seine Füße zeigten nach vorne. Aber seine linke Hand war verschwommen, als hätte er im letzten Augenblick der Versuchung nicht widerstehen können, die Hand auszustrecken und das reichverzierte Pappmaché des Piedestals zu berühren. Gale spürte, wie eine Welle der Zuneigung in ihr aufstieg. Katie Pru hätte den Sockel auch berührt.

Truitt unterbrach sie in ihren Gedanken. »Also was, hast du nach einer körperlosen Hand auf seiner Schulter gesucht oder nach einer Fußspitze, die von außen ins Bild ragt?«

Gale lachte verlegen. »Ja. Genau danach habe ich gesucht. Aber es gibt nichts. Ich versteh's trotzdem nicht.«

Truitt knetete die Falte zwischen den Brauen. »Nun«, fragte er beiläufig, »was hat das deiner Meinung nach mit Martins Tod zu tun?«

Gale schaute ihn überrascht an. »Nichts. Zilah hat einfach meine Neugierde geweckt, das ist alles. Und ich dachte mir, es könnte mir bei meinen Buch helfen.«

»Blödsinn. Martin wurde gestern getötet, und du fängst heute wieder das Arbeiten an? Während seine Witwe und seine Tochter hier im Haus sind und ich herumlatsche und Fragen stelle? Da müßtest du schon ein ziemlich kalter Fisch sein, um so gleichgültig zu sein.«

»Ich habe einen festen Abgabetermin.«

»Das ist eine höchst bemerkenswerte Feststellung.« Eine Locke fiel ihm in die Augen, und er schob sie ungeduldig beiseite. Er richtete den Blick auf Gale, aber als sie nicht reagierte, beugte er sich über die Fotos.

»Ich habe noch nie gesehen, daß Fotos so aufbewahrt werden«, stellte er fest. »Aber es ist ein gutes Mittel, um dafür zu sorgen, daß die Familiengeschichte weiter überliefert wird. Ich meine, man muß kein Familienalbum hervorziehen, um sich Bilder anzuschauen. Man setzt sich einfach mit einer Tasse Kaffee hin, und voilà, schon sieht man sich Tante Bitsy gegenüber.«

Gale beobachtete, wie Truitts Finger über das Glas glitten.

Er kicherte leise. »Schau mal, Gale. Diese junge Dame schaut genauso aus wie Katie Pru.«

»Das ist meine Mutter Kathleen. Sie ist bei einem Autounfall ums Leben gekommen, als ich ungefähr in Katie Prus Alter war«, erklärte sie.

»Hübsch. Wie alt ist sie auf dem Foto?«

»Dreizehn, vierzehn, glaube ich. Das Foto wurde gemacht, als sie Brautjungfer auf Martins und Maralyns Hochzeit war.«

»Cammys«, verbesserte Truitt sie.

Er sah sie an, aber Gale konnte nicht verhindern, daß sie rot anlief.

»Cammys.« Seine Stimme war ruhig.

»Nein, es ist Maralyns Hochzeit.« Gale schloß die Augen und holte tief Luft. Sie haßte Polizisten. »Maralyns und Martins. Sie waren als Teenager kurz verheiratet. Cammy ist Martins zweite Frau.«

*Ich schwöre bei Gott, Mann, ich komm nach oben, und da liegt sie, in meinem Bett, dieses Scheißding. Ich berühre sie nicht, weiß nicht, was ich tun soll. Ich denk mir, da ist ein verdammtes Gespenst in meinem Bett, und dann, was für ein Witz, setzt sie sich plötzlich auf, und Ratten quellen ihr aus der Brust, und ich denk mir, herrje, die sieht genau wie meine Exfrau aus.*

Tim Falcon zu seinen Kumpeln
in der Plastikfabrik, 1971

# 14

Nadianna Jesup wußte, kaum daß der Mann um die Spinnerei herumgegangen und in den Pfad eingebogen war, der zur Siedlung führte, daß er mit ihr sprechen wollte. Sie wußte, er kam zu ihr, weil Gale Grayson gesehen hatte, wie sie auf dem Barbecue Fotos machte.

Ihre Schwester hatte es ihr bereits gestern gesagt, nachdem Nadianna ins Haus gerannt war und sich in ihr Zimmer eingesperrt hatte. »Mach schon und ruf den Sheriff an und erzähl ihm, daß du ein paar Fotos hast«, hatte Ivy sie aufgefordert. »Irgendwer wird's ihm erzählen, und dann wirst du sie eh hergeben müssen.«

»Ich will aber nicht«, hatte Nadianna protestiert. »Auf ihnen ist nichts zu sehen. Und sie gehen niemanden was an.«

»Ist doch egal, Nadi. Ein Mann ist heute dort drüben getötet worden. Meinst du, der Sheriff wird nicht wissen wollen, was in dieser Kamera ist? Und außerdem, wie willst du wissen, daß du nicht ein Foto von irgendwas hast? Diese Polizisten sind ausgebildet. Sie sehen Sachen, die du nicht siehst.«

Nadianna war auf ihr Bett gerollt und hatte sich das Kissen gegen den Bauch gedrückt. Ihr Puls raste so schnell, daß ihre Haut vibrierte. Sie versuchte nachzudenken. Was war auf dem Film? Ein paar ältere Damen, die in dem Fischhaus saßen, ein Mann, der Stühle trug, ein Vogel. Und dann die Fotos von ihm: wie er predigte, sich nach vorne beugte und einer Frau ins Ohr flüsterte...

Sie begann heftig zu zittern. Ivy setzte sich auf das Bett und umarmte sie, sagte ihr, daß sie sich beruhigen solle, daß alles in Ordnung sei, daß so was ein Schock sei, aber Gott in seiner Gnade...

Nadianna stopfte sich das Kissen in den Mund und biß fest zu. Sie wollte nicht schreien. Sie wollte Ivy nicht anschreien. Ivy hatte keine Ahnung. Ivy war nicht dort gewesen.

In der Nacht schlief Nadianna unruhig. Der Staub, der in ihren Augen kratzte, kratzte auch in ihren Träumen. Szenen vom Barbecue flackerten gelb und grobkörnig. *Nun, viele von euch kennen mich... Ihr kennt mich als einen Bürger dieser Stadt, als jemanden, der diese kleine Gemeinde liebt... Aber das alles sind irdische Dinge. Ich möchte, daß ihr mich jetzt so seht, wie ich wirklich bin, ein demütiger Teil von Gottes Herde...*

Und dann der Schuß, krachend, durchdringend. Sie hatte schon gehört, wie Tiere – Eichhörnchen, Vögel – erschossen worden waren, aber noch nie, wie es einen Menschen getroffen hatte. Es klang anders. Es gab nichts, womit man die Kugel, die das Leben eines Menschen raubte, hätte vergleichen können.

Der Mann klopfte jetzt an die Eingangstür. Nadianna

strich ihr Kleid glatt, bevor sie zum Knauf griff. In ihrer Hand lag die Filmrolle.

Sie hielt sie ihm hin, bevor er etwas sagen konnte. Er schaute überrascht auf ihre offene Hand hinab.

»Deshalb sind Sie doch gekommen, oder?« fragte sie. »Nun, nehmen Sie ihn, Sir. Ich hoffe, er nützt Ihnen, aber ich glaube es nicht.«

Er nahm den Film und betrachtete ihr Gesicht, während er die Rolle in einen Umschlag steckte. »Ich stell Ihnen eine Quittung dafür aus. Nadianna Jesup, in Ordnung?«

»Nicht nötig. Ich habe viel darüber nachgedacht. Es ist nichts drauf, was ich haben will. Warum sollte ich auch? Es ist alles nur Schlechtigkeit.«

Der Mann schlug seine Jacke zurück, um die Marke an seinem Gürtel zu zeigen. »Ich bin Sheriff Truitt«, erklärte er. »Darf ich hereinkommen? Ich möchte mich mit Ihnen ein wenig über gestern unterhalten.«

Sie schüttelte entschlossen den Kopf. »Nein, Sir«, antwortete sie. »Mein Vater und meine Schwester sind auf der anderen Seite des Countys, um Verwandte zu besuchen, und ich würde lieber hier stehenbleiben, wenn es Ihnen nichts ausmacht.«

»Das ist in Ordnung. Ich bin Ihnen dankbar dafür, daß Sie mir den Film gegeben haben, Miß Jesup. Er könnte mir dabei helfen, die Leute zuzuordnen. Wo sie mit wem zu welchem Zeitpunkt waren. Wir versuchen nur herauszufinden, was genau gestern passiert ist.«

»Ich weiß nichts. Ich war einfach nur dort mit meiner Kamera.«

Truitt sah sich auf der kleinen Holzveranda um und lehnte sich dann gegen das schmale Geländer. Der Ast einer Quitte, dessen rosa Blüten vom Wind zerzaust wurden, kratzte über seinen Rücken.

»Ich muß Ihnen ein paar Fragen stellen, Miß Jesup. Wozu haben Sie die Fotos gemacht?«

»Für einen Kurs. Ich versuche Dinge zu finden, die meine Kultur repräsentieren. Dieses Barbecue ist, seit ich mich erinnern kann, Teil meiner Kultur. Schon als ich klein war und meine Eltern mich nicht hingehen lassen wollten, stand ich draußen und habe es gerochen.« Sie zögerte, denn sie wußte nicht, was dieser Mann von ihr wollte. »Es roch nach Autos und Fleisch.«

Er lächelte. »Das kann ich mir vorstellen. Wo findet Ihr Kurs statt?«

»Im Kunstzentrum von Praterton.«

»Ehrlich? Das ist ein ganzes Stück von hier weg. Sie fahren bloß für einen Fotokurs so weit?«

Die Frage machte sie wütend. Sie konnte es verstehen, wenn Mrs. Grayson sich ein bißchen hochnäsig benahm – schließlich war sie eine Alden, und außerdem, wenn man bedachte, was sie durchgemacht hatte, mußte Nadianna einfach Mitleid mit ihr haben –, aber bei diesem Typ... Sie antwortete mit einem eisigen Lächeln.

»Genau, Sheriff. Ich fahre einmal die Woche dreißig Minuten nach Praterton, um dort einen Fotokurs zu besuchen. Ich habe sogar Geld gespart und mir eine richtige Kamera gekauft. Und Sie werden es nicht glauben, aber ich habe sogar Preise bei Wettbewerben gewonnen, so daß ich mich jetzt für ein Stipendium bewerbe...«

Er hob lachend die Hände. »Hoppla, schon gut, Miß Nadianna. Ich habe es nicht böse gemeint.« Er hielt inne, und sein Lächeln verblaßte, während er sie studierte. »Nein, das stimmt nicht. Sie hatten vollkommen recht damit, mich zurechtzuweisen. Es war arrogant von mir. Ich bitte um Entschuldigung.«

Sie verschränkte die Arme und rieb die Ärmel ihrer

Bluse. »Okay«, sagte sie. »Die Leute denken einfach...« Sie beendete den Satz nicht. Er wußte, was die Leute dachten. Kleines Mädchen aus der Pfingstler-Gemeinde einer Arbeitersiedlung. Auch wenn die Spinnerei verschwunden war und die Siedlung nur noch eine Ansammlung von Häusern, blieb das Etikett haften.

Er blickte sie grimmig an. »Ich weiß genau, wovon Sie sprechen«, erklärte er. »Die Leute nehmen alle möglichen Sachen an, ohne einen zu kennen. Noch einmal, es tut mir leid. Ich werde diesen Fehler Ihnen gegenüber nicht wiederholen. Nun, was das Barbecue angeht, haben Sie irgend etwas gesehen, während Sie die Fotos gemacht haben, das etwas mit dem Tod von Mr. Cane zu tun haben könnte?«

Sie bückte sich und hob neben der Tür ein Blütenblatt auf. Sie rollte es zwischen den Fingern, bis der Saft hervortrat. »Nichts«, sagte sie.

»Nadianna, wenn Sie etwas gesehen haben, müssen Sie es mir sagen. Es könnte mir dabei helfen herauszufinden, was Mr. Cane zugestoßen ist.«

Sie hob das Kinn. Ihr Vater nannte dies ihren hochmütigen Ausdruck, und er haßte ihn.

»Es gibt einen Unterschied zwischen Predigen und Politisieren, Mr. Truitt. Wenigstens sollte es den geben. Falls Sie überhaupt was auf meinen Fotos finden, werden Sie feststellen, daß Martin Cane bei weitem nicht so gut darin war, beides zu trennen, wie er es hätte sein sollen.«

Cammys Knochen fühlten sich aufgeweicht an, wie Baumwolle, die man im Regen liegengelassen hatte. Einmal, als Martin versucht hatte, mit dem Rauchen aufzuhören, war er dazu übergegangen, Lollis zu lutschen. Nur beschränkte er sich nicht auf die Zuckermasse. Wenn er den Stiel erreicht hatte, lutschte er weiter, und der Stiel wanderte

Stück für Stück in den Mund, bis er ganz verbogen und aufgeschwemmt war. Sie fand sie später in den Aschenbechern: u-förmig verbogene Stengel, um deren Kern herum sich das Papier zu Matsch aufgelöst hatte. Ihre Glieder fühlten sich wie diese Lutscherstiele an. Bei der nächsten Bewegung würden sich ihre Knochen verbiegen.

Sie versuchte den Mund zu öffnen, aber auf den Lippen klebte Kleister. Die Lider waren vernäht. Alles war schwer. Sogar die Haarwurzeln bohrten sich in den Schädel, bis es schmerzte. Sie begann zu zittern. Sie wollte eine Decke, fürchtete aber, daß die Knöchel in sich zusammenfallen und die Handgelenke nutzlos zu Boden sinken würden, sollte sie sich eine zu nehmen versuchen.

*Martin?* Es kam keine Antwort, denn sie hatte keinen Laut von sich gegeben. Ihr ganzer Körper klapperte. *Martin, ich brauche eine Decke.*

Ella hatte eine Decke gewollt. Ella und Maralyn hatten eine Decke auf den Boden legen wollen. Aber sie ließ nicht zu, daß sie ihr Bett durcheinanderwühlten. Es hatte sie zuviel Arbeit gekostet, es an diesem Morgen für das Barbecue herzurichten, und wenn Martin entdeckte, daß es nicht gemacht war, würde der Teufel los sein. Außerdem lag eine direkt vor ihnen auf dem Boden, zusammengerollt und voluminös. Aber sie war schwer. Sie konnten sie allein nicht hochheben. Sill mußte ihnen helfen, und Sill hatte die ganze Zeit geschimpft.

Dumme Sill. Die Kinder in der Schule hatten sie so genannt, *Silly Sill.* Aber Sill war alles andere als das. Sie war eine gute Tochter, so hübsch, so klug. Cammy war stolz auf sie. Sie und Martin stritten sich gelegentlich, aber das war normal zwischen Vätern und Töchtern. Väter und Töchter durften sich nicht zu nahe kommen, deshalb mußten sie von Zeit zu Zeit streiten.

*Pack hier an, Sill. Pack genau hier an, und wir heben ihn auf das Bett.* Ella hatte herumkommandiert, und Sill hatte geholfen, obwohl sie gar nicht gewollt hatte. Cammy hatte nicht verstanden, warum Sill so zögerte. Es hatte wie eine ganz einfache Bitte geklungen: Nimm dieses Ende und heb die Decke auf das Bett. Aber nachdem sie damit fertig waren, hatte Cammy auf Sills Hände geschaut und verstanden. Die Decke war zerrissen. Das Tuch klebte wie Farbe an Sills Händen.

Ihre Zähne klapperten laut. Sie bissen in ihre Lippen, während die Kiefer auf- und absprangen. Ihr war kalt. Sie brauchte etwas, um sich zu wärmen.

Neben ihr bewegte sich Martin im Bett.

»O Gott, Mutter, bist du wach? Du zitterst! Ich werd dich wärmen.«

Sill zog etwas Schweres über Cammys Körper. Sie stopfte es um sie herum fest und ließ ihre Hand unter Cammys Bauch eingeklemmt liegen.

»So ist es gut, Mutter, gleich wird dir warm. Alles ist in Ordnung.«

Sill, nicht Martin, war bei ihr im Bett. Schon längst nicht mehr Martin.

Cammys Bauch wurde warm dort, wo Sill ihn berührte. Warm wie Wasser. Warm wie die Fetzen der Decke, die rot von Sills Hand heruntergetropft waren.

Cammy richtete sich auf und schrie.

*Ich frage mich, ob Gespensterhaftigkeit in der Familie liegt.*

Gale ihrer Cousine Sill gegenüber,
nach dem Tod ihrer Tante Nora, 1973

# 15

Deak Motts humpelte zum Moskitogitter der vorderen Veranda seines Sohns und warf einen kritischen Blick zum Himmel. Er konnte sich an eine Zeit erinnern, da er sich einen Dreck um das Wetter gekümmert hatte, da er jederzeit überallhin gelaufen war und einem Blitz genauso leichtfertig getrotzt hatte wie dem Gesetz. Der Blitz erschlug brave Menschen, die sich nichts zuschulden hatten kommen lassen: Golfer, Paddler, einsame Leser auf Aluminiumgartenstühlen. Sowohl Deak Motts als auch sein Gott hatten gewußt, daß er kein braver Mensch war.

Jetzt suchte er den Himmel nach Hinweisen auf einen himmlischen Scharfschützen ab. Das hatte das Alter bei ihm bewirkt: Er fürchtete den Tod nicht, wollte aber die Bedingungen selbst bestimmen. Wenn ihn jemand mit zwanzig gefragt hätte, wie er den Tod mit 86 sehen würde, hätte er gegrinst und gesagt, damit er dieses Alter erreiche, müsse Gott vorher ohne Testament abtreten. Er hatte seither gelernt, nicht so spöttisch zu sein. Gott konnte einen blitzartig auslöschen, und nichts war glorreich daran, wie ein verkohltes Schwein auszusehen, wenn man in den Sarg geworfen wurde.

Die Luft war drückend, aber der Himmel hatte noch nicht ganz die Gewitterfarbe angenommen. Es blieben Deak fünfzehn, vielleicht zwanzig Minuten. Er schlurfte zu einer Bank, die an der Holzwand stand, und nahm seinen Eimer und eine kleine Schaufel.

»Ich gehe zum Friedhof«, rief er über die Schulter. »Ich komme später wieder, um zu duschen.«

Niemand antwortete. Er hatte sich oft gewundert, was passieren würde, falls es ihn dort draußen auf dem flachen Gelände erwischen sollte. Sie würden vermutlich erst nach Stunden nach ihm suchen, und wenn sie ihn schließlich fanden, würde er als armer, verbrannter Klumpen zwischen den Gräbern liegen. Er hatte keinen Zweifel, daß man ihn ordnungsgemäß betrauern würde. Aber danach, was dann? Wie lange dauerte es, bis die Erinnerungen starben und er einfach zu einem weiteren Grabstein geworden war? Besser war man ein Gespenst, dachte er wehmütig, als er den Haken der Moskitotür öffnete. Es gab keine schlechten Gespenstergeschichten. Ist ein Leichnam erst mal herbeibeschworen worden, stirbt er nicht mehr.

Er ließ die Tür hinter sich zuknallen und machte sich, wie er es jeden Sonntag um genau fünf Uhr nachmittags tat, entlang dem kurzen, grasigen Pfad auf den Weg zum Friedhof. Die Grenze zwischen dem Grundstück seines Sohns Miles und dem Kirchenfriedhof wurde von einer Reihe von Granitblöcken markiert, die wie Brotlaibe in Nord-Süd-Richtung von der Straße aus auf ein entferntes Kieferngehölz zuliefen. Als er die Grenzlinie erreichte, machte er einen Schritt auf einen der Blöcke und setzte dann die Fußspitze vorsichtig auf der anderen Seite in die feuchte Erde, bevor er das Gewicht verlagerte und hinüberstieg.

Er ging zur Mitte des Friedhofs, hielt inne und stellte fest, daß das Grab seiner Frau noch immer sauber und gepflegt war. Gut. Er wollte sich im Moment nicht um Bethie kümmern. Martin Cane sollte in den nächsten Tagen beerdigt werden, und das Denkmal mußte bis dahin fertig sein.

Er blieb genau in der Mitte des Friedhofs stehen. Die Marmorspitze des Gedenksteins glitzerte unter dem verhangenen Abendhimmel. Als Kind hatte er die anderen Städte beneidet, die ihre Konföderierten-Denkmäler nach der Jahrhundertwende errichtet hatten, als der einsame Soldat, der sich, auf sein Gewehr gestützt, ausruht, der letzte Schrei gewesen war. Dieser einfache weiße Obelisk, der in dem Jahrzehnt, das dem Krieg unmittelbar folgte, aufgestellt worden war, hatte im Vergleich farblos gewirkt. Sein eigener Urenkel hatte ihn als Kind Apollo 11 genannt. Er hatte früher immer Angst gehabt, daß eines Tages alle, die über das Denkmal Bescheid wußten, tot sein würden, so daß niemand mehr verstand, was es mit der Inschrift »Wir werden trauern und uns erinnern« auf sich hatte. Jetzt bereitete es ihm keine Sorgen mehr. Er hatte vor langer Zeit schon gelernt, daß Stimmen, nicht Steine, die besten Übermittler von Erinnerungen waren.

Er ließ Eimer und Schaufel auf den Boden fallen und kniete langsam nieder. Das Unkraut um das Denkmal herum war frisch, und es gab schnell nach. Er zog geschickt daran, und seine dicken Finger packten es an den grünen Spitzen und warfen es in den Eimer.

»Ich habe Pflaster auf meinen Knien, aber du darfst sie nicht anfassen.«

Er hob den Kopf. Das kleine Alden-Mädchen – er

konnte sich nicht an seinen Namen erinnern – stand ungefähr einen Meter von ihm entfernt. Dürre Beine ragten unter kurzen Hosen hervor. Er winkte mit dem Finger in ihre Richtung.

»Wozu hast du Pflaster, kleine Miß? Hast du dich gehäutet oder was?«

Sie schüttelte den Kopf. »Ich habe mit meinen Filzstiften Auas auf meine Knie gemalt. Sie sind nicht mehr weggegangen, deshalb hat Oma Ella Pflaster draufgeklebt.«

Er hörte, wie sich hinter ihm eine Frau räusperte. »Ella dachte, es gehört sich nicht, daß kleine Mädchen mit Knien herumlaufen, die blutig aussehen. Besser verschwendet man ein bißchen Verbandsmaterial.«

Er drehte den Kopf, bis der Hals weh tat. Das andere Alden-Mädchen – mein Gott, er konnte sich auch an seinen Namen nicht erinnern – trat rasch in sein Blickfeld.

Er wandte sich wieder der Vogelmiere zu. »Nun, das ist typisch Ella«, antwortete er. »Während des Zweiten Weltkriegs ist sie mit aufgemalten Strümpfen herumgelaufen. Hat Bethie verrückt gemacht. Ella dachte immer, sie wäre was Besseres. Liegt sicher an Atlanta.«

Sie lachte leise – ein gutes Lachen, nicht die Sorte, die höflich oder erzwungen klang. Sie kniete neben ihm nieder und begann, auf der linken Seite des Denkmals die winzigen Schößlinge aufzurupfen.

»Komm her und hilf mir, Katie Pru!« rief sie. »Mal schauen, wie viele von diesen Pflanzen du in Mr. Deaks Eimer werfen kannst.«

Katie Pru trabte zu ihrer Mutter und kauerte zwischen ihnen nieder.

»Ich schau zu«, erklärte sie. »Du wirfst die Pflanzen in den Eimer.«

Deak kicherte über das Stirnrunzeln ihrer Mutter. Gale

– ihr Name war Gale. »Nun, mir ist noch kein Kind untergekommen, das sich nicht die Finger hätte schmutzig machen wollen«, stellte er fest.

»Oh, sie macht sich gerne schmutzig, kein Problem. Sie wählt nur lieber selbst den Zeitpunkt.«

»Das kann ich ziemlich gut verstehen.«

Der Himmel wurde dunkler. Die winzigen Schößlinge begannen im Wind zu zittern. Er schätzte, höchstens noch sieben bis zehn Minuten.

»Deak«, sagte Gale, »ich wollte Sie etwas fragen. Ich versuche, ein paar Fotos von Leuten zu finden, die Anfang des Jahrhunderts in Statlers Cross gelebt haben. Ich habe mich gefragt, was mit diesem alten Fotostudio in der Ortsmitte ist.«

»Dem Laden von Malcolm Hinson?«

»War er der letzte Besitzer?»

Deak packte ein Unkraut an der Wurzel und zog es aus der Erde. Er ließ es auf den größer werdenden Haufen im Eimer fallen.

»Er war der einzige Besitzer. Der Laden hat dichtgemacht, als Hinson mit Fotografieren aufgehört hat. Ich schätze, das muß irgendwann nach dem Zweiten Weltkrieg gewesen sein.«

»Er hat ihn wegen des Kriegs geschlossen?«

»Eigentlich wegen der Depression. Konnte sich damals niemand Bilder leisten, und er hat sich nie davon erholt. Später, nach dem Krieg, haben die Leute begonnen, sich ihre eigenen Kameras zu kaufen. Und wenn man ein richtig hübsches Bild wollte, hat man einen Tagesausflug gemacht und ist nach Athens gefahren.«

Sie ließ eine Handvoll kleiner Stengel in seinen Eimer fallen.

»Was ist aus ihm geworden?«

Er zuckte mit den Achseln. »Naja, eine Zeitlang hat er davon geredet, daß er wieder in den Norden ziehen will, aber er hatte sich eine Ehefrau zugelegt – das Butcher-Mädchen –, und sie wollte nicht mit. Also haben er und der andere Yankee, Parrish Singleton, angefangen, für diesen großen Farmer drüben im Walton County zu arbeiten.«

»Parrish Singleton. Der Stückeschreiber, oder?«

»Stimmt. Er hat Lucy Stone geheiratet. Also, ich war mir sicher, daß Parrish ein Mann wäre, der so schnell wie möglich von hier verschwinden würde. New York City – da kam er her, und dorthin würde er zurückkehren, dachte ich. Aber er hat's nicht getan. Er ist geblieben, hat etwas Gemüse angebaut und verkauft. Hab' nie viel von ihm gehört. Ist vor langer Zeit gestorben.«

Gale fuhr mit der Hand über den Flecken Gras, auf dem sie gerade Unkraut gejätet hatte. »Er hat dieses Historienstück geschrieben. Das eine, das nie aufgeführt wurde.« Sie machte eine Pause. »Er und Malcolm Hinson sind Anfang der zwanziger Jahre als Künstler hier runtergekommen, um die Kultur der Südstaaten zu retten. So eine Art Vorläufer des Federal Art Project, schätze ich.«

Deak schnaubte. »Aufdringliche Yankeedeppen, wenn Sie mich fragen. Wollten, daß wir wie der Rest des Landes werden, das ist alles, was diese Kerle wirklich vorhatten. Ich hab' mit ihnen nie was anfangen können. Malcolm ist mit seiner Kameraausrüstung rumgelaufen und hat gefragt, ob er auf den Feldern Aufnahmen machen darf, während wir pflanzen, oder in der Kirche, wenn wir beten. Der Pfarrer hat uns Leute gefragt, was wir davon halten, und wir haben gesagt, Teufel noch mal, nein. Wir waren doch keine Eingeborenen, von denen man Schnappschüsse macht. Wir waren kein Umschlagbild für *National Geographic*. Gut, das mit seinem Studio war anders. Da konnten wir hingehen, wie wir wollten. Aber daß er Bilder von uns machte, während wir unseren normalen Beschäftigungen nachgehen, damit wollte ich nichts zu tun haben.«

Katie Pru steckte die Hand in den Eimer und holte eine Faust voll Pflanzen hervor. Sie stand auf und begann, sie auf dem schmalen Absatz am Fuß des Denkmals aufzureihen.

»Was tust du da, kleine Miß?«

»Ich schmücke das Schloß.«

Deak seufzte und warf wieder einen Blick zum Himmel. Drei Minuten. Er würde es gerade noch zurück zum Haus schaffen, bevor die ersten Tropfen fielen.

Er legte die Schaufel in den Eimer und erhob sich mühsam. »Tja, Miß Gale, wir müssen hier verschwinden, wenn wir zu Hause sein wollen, bevor es zu regnen anfängt. Sind Sie zu Fuß hier? Ich habe kein Auto gehört.«

»Ich habe bei der methodistischen Kirche geparkt. Nur eine Frage noch, Deak. Wissen Sie, wer den Schlüssel zu dem Studio hat?«

Er wandte ihr den Blick zu. »Warum wollen Sie denn da hinein?«

»Es gibt vielleicht noch ein paar Fotos. Ich würde durch sie ein besseres Gefühl für das County in jenen Jahren bekommen.«

Er schüttelte den Kopf. »Das bezweifle ich. Malcolm hat den Laden vor mindestens vierzig Jahren dichtgemacht. Ich bin mir sicher, daß man ihn vor langer Zeit leer geräumt hat.«

»Sie haben vermutlich recht. Ich wollte nur mal nachsehen.«

»Die Mühe können Sie sich sparen. Da sind jetzt nur noch Ratten und Kakerlaken drinnen.« Er nahm den Eimer und entfernte sich von ihnen. »Wenn es überhaupt mal was gab, ist es inzwischen aufgefressen worden.« In der wachsenden Dunkelheit konnte er gerade noch die Reihe Granitblöcke hinter Bethies Grab erkennen. Er packte den Eimer fester und machte sich auf den Weg nach Hause.

Hinter ihm raschelte das Gras. »Noch etwas, Deak. Sie waren sechzehn, als Linnie gestorben ist, nicht wahr?«

Er hatte einen Fuß gehoben, bereit, einen weiteren Schritt zu tun, und für einen wilden Moment dachte er, er würde sich nie wieder bewegen können. Dann senkte er den Fuß langsam, wandte sich ihr zu und schlenkerte mit dem Eimer, um das Gleichgewicht zu halten.

»Ja.«

»Sie war erst 25. Sie müssen sie ein wenig gekannt haben.«

»Kleine Stadt. Hab' jeden gekannt.«

»Ich würde mich gerne mit Ihnen hinsetzen und über sie reden. Bald.«

»Wozu?«

»Ich möchte wissen, warum sie es getan hat.«

»Sie meinen, sie hat es mir gesagt?«

»Vielleicht haben Sie sich ein paar Gedanken über sie gemacht.«

»Sie kennen alle meine Geschichten.«

»Was ist mit den Teilen, aus denen Sie keine Geschichten gemacht haben?«

»Gibt es nicht, Miß.«

Der Geruch nach Donner erfüllte seine Nase. Es würde ein schlimmes Gewitter werden. Eine Menge Blitze, die im Himmel ihren Anfang nahmen und die Erde versengten. Er hatte sein ganzes Leben lang in Statlers Cross gelebt. Es würde ihm das Herz brechen, es sterben zu sehen. Aber Martins Tod würde das Ende sein. Das erkannte er jetzt.

Die Brust tat ihm plötzlich weh, und er fragte sich, ob es

helfen würde, zu schluchzen. Aber schließlich setzte er sich in Bewegung. Er hatte schon zu viele Blitze gesehen, um rumzustehen und zu gaffen. Auch wenn er es war, der drauf und dran war, Blitze zu schleudern.

»Miß!« schrie er. »Wie ich gehört habe, hat Malcolm einen Enkel, der zurück nach Calwyn County gekommen ist. Ein Pilot. Er weiß vielleicht etwas über das alte Fotostudio.«

Ein langer Blitzstrahl zuckte über den südlichen Himmel, als Truitt in seinen Wagen kletterte und die Auffahrt hinabrollte. Im Rückspiegel konnte er das Alden-Haus, dessen Fenster erleuchtet waren, wie eine Taschenlampe hin und her schwanken sehen. Er streckte den Arm aus, nahm sich sein Mobiltelefon und drückte die Taste für die Nummer vom Büro. Haskell nahm nach dem ersten Klingeln ab.

»Hat dich der Regen da draußen schon erreicht, Alby? Bei uns hier kommt ganz schön was runter, und es zieht nach Norden. Du müßtest auf dem Weg nach Hause eigentlich darauf stoßen.«

»Ich sag dir was, warum bringst du das Unwetter nicht selbst her?« sagte Truitt. »Wir müssen noch mal das Haus der Canes anschauen.«

»Bist du dazu gekommen, mit ihnen allen zu reden?«

»Nein. Nur mit zweien. Die Frau ist mit einem hysterischen Anfall aufgewacht und mußte versorgt werden.« Er schnitt eine Grimasse. Es klang lahm, und er wußte, daß es auf Haskell, der ein Jahrzehnt später und zwei Counties entfernt geboren worden war, richtig feige wirken mußte. »Ich treffe die beiden morgen. Ich habe aber eins beschlossen: Wir müssen uns noch mal den Tatort anschauen.«

»Gib mir dreißig Minuten.«

»In Ordnung.«

Er steckte das Telefon wieder in den Halter. Die ersten schweren Tropfen schlugen auf die Windschutzscheibe, als im Süden ein weiterer Blitz den Himmel zerriß. Er schaltete die Scheibenwischer ein und sah, wie die großen Tropfen zu den Rändern des Fensters spritzten. Obwohl er in seinem Geländewagen eingeschlossen war, konnte er den lehmigen Duft der Luft draußen riechen, eine dicht geschichtete Mischung, die jetzt, da es feucht wurde, von Erde und Teer aufstieg. Normalerweise beruhigten ihn solche Gerüche und bestätigten ihm, daß sich seine Füße auf dem richtigen Stück Erde befanden. Diesmal jedoch fühlte er sich deprimiert. Wie auch immer sich der Fall entwickeln würde – und entwickeln würde er sich –, nichts würde dadurch in Ordnung kommen. Als er seinen ersten Rehbock geschossen hatte, hatten die Beine unter dem Tier nachgegeben, als hätte ein unsichtbarer Stock dem Reh die Beine weggeschlagen. Und so wird es auch in diesem Fall sein, dachte er sich. Wenn alles gesagt und getan ist, wird der unsichtbare Stock in meiner Hand und nicht Martins Kugel den meisten Schaden angerichtet haben.

Er brauchte nicht mehr als zwei oder drei Minuten, um vor dem Haus der Canes vorzufahren. Gelbe Absperrbänder, die von dem Regen der vorangegangenen Nacht zu Boden gedrückt worden waren, bildeten einen schlappen Kreis um die Zelte und Tische herum. Das Essen und der Abfall, das wußte er, würde man in Tüten packen, aber nicht wegwerfen. Er zog die Nase kraus bei dem Gedanken, das alles durchsuchen zu müssen, aber wenn seine Vermutung richtig war, dann würde seine Mannschaft genau damit den Abend zubringen.

Er parkte den Geländewagen am Straßenrand und ging zu dem Polizeibeamten, der in seinem Streifenwagen saß. »Ist heute irgendwas passiert?« fragte er.

»Nein, Sir.« Ruch stellte hastig seinen Styroporbecher auf den Sitz neben sich. »Es war ziemlich ruhig. Mehrere Schaulustige sind vorbeigefahren, ein paar Leute, die die Familie besuchen wollten. Ich habe sie runter zu den Aldens geschickt, wie Sie gesagt haben. Der einzige, der in das Haus wollte, war der Pfarrer. Sagte, er wollte hineingehen und für den Verstorbenen beten.«

»Was? Ist er verrückt?«

Ruch grinste. »Das habe ich ihn nicht direkt gefragt, Sir. Er sagte auch, Mrs. Cane habe ihn gebeten, ihr ihre Bibel zu bringen.«

»Mrs. Cane stand den ganzen Tag unter Beruhigungsmitteln. Ich hoffe bei Gott, Sie haben ihn nicht reingelassen.«

»Nein, Sir. Ich habe ihm gesagt, er könne außerhalb der Absperrbänder so viel beten, wie er wolle, aber er könne nicht in das Haus, außer jemand von der Polizei begleitet ihn.«

»Was hat er darauf geantwortet?«

»Irgendwas wie, daß man ihm nicht erlaube, seinen Pflichten als Seelsorger nachzukommen. Ich habe ihm gesagt, daß wir mehr als bereit wären, ihm einen Gefallen zu tun, aber er brauche dazu die Genehmigung und einen Begleiter, und, naja, er hat dann einfach so ein bißchen geschmollt und ist gegangen. Ansonsten, nicht viel los.«

»In Ordnung. Ich gehe jetzt in das Haus. Ich erwarte eine Suchmannschaft. Wenn sie kommen, sagen Sie ihnen, daß ich schon drinnen bin.«

»Jawohl, Sir.«

Truitt nickte zum Abschied und trat über das Absperrband. Der Himmel war schiefergrau, und der Regen hatte gleichmäßig zu fallen begonnen. Ein weiterer Blitzstrahl veranlaßte Truitt, über das Gras zu traben, und auf den sofort darauffolgenden Donnerschlag hin sprintete er unter das Laubdach der Eichenbäume, die die vordere Veranda vor dem Wetter schützten. Auf der Holzschwelle hielt er mit dem Knauf in der linken Hand und dem Schlüssel am Schloß inne. Der Regen klatschte auf seinen bloßen Kopf. Die Spurensicherung war in dem Haus immer noch nicht abgeschlossen. Wäre der Tod bereits zu einem Unfall erklärt worden, hätte jemand eine gründliche Reinigung veranlaßt. Aber so, wie die Dinge standen, hatten die Feuchtigkeit und die Hitze des Tages reichlich Zeit gehabt, auf den Inhalt des Hauses einzuwirken. Truitt stampfte mit den Füßen auf. Der Inhalt des Hauses! Ein elender Scheißkerl war er. Er packte fest den Knauf, rammte den Schlüssel in das Schloß und stieß die Tür auf.

Ein schwacher gelber Schimmer färbte die Wände, als er das Deckenlicht einschaltete. Er griff in seine hintere Tasche, zog ein Paar Plastikhandschuhe heraus und streifte sie über.

Truitt machte das Licht im Arbeitszimmer an. Die Blutflecken auf dem Teppich waren immer noch mit Plastikfolie abgedeckt. Er stieg über sie hinweg und gelangte zu Martins Waffenschrank. Er betrachtete die Gewehre, die mit der Mündung nach unten auf einem Stück weißem Filz standen. Er kauerte nieder und zog die Schublade unten in dem Schrank hervor. In ihr lagen Schachteln mit Patronen und ein paar alte Ausgaben der Waffenzeitschrift *Guns and Ammo*. Truitt zog einen Stift aus der Tasche, hob damit die Zeitschriften hoch, untersuchte ihre Titelblätter und wandte die Aufmerksamkeit dem Boden der Schublade zu. Er beugte sich nach unten und schnupperte. Falls leichte Duftspuren von Waffenöl zurückgeblieben waren, konnte er sie durch den scharfen Geruch von Reinigungsmitteln und die muffigen Ausdünstungen von altem Papier und alter Pappe hindurch nicht feststellen. Keinerlei Anzeichen von Ölflecken auf dem Boden der Schublade oder den Zeitschriften selbst.

Er schob die Schublade zu, ging zur Treppe und stieg hinauf, immer zwei Stufen auf einmal nehmend und von einer Seite zur anderen schwankend, um den Fußabdrücken in der Mitte auszuweichen. Die Tür zu Martins und Cammys Zimmer war verschlossen, und er beließ sie so. Seine Leute hatten dort gestern alles abgesucht, und er würde Haskell bitten, es, bevor er heute ging, noch einmal zu tun, aber Truitt war sicher, daß Haskell nichts finden würde.

Das Badezimmer war ein kleiner Raum, der sowohl vom Schlafzimmer als auch vom Flur aus zugänglich war. Eine Birne in der Lampe über dem Spiegel war durchgebrannt, und in dem düsteren Licht nahm der ganze Raum, der in Gelb gehalten war, das Aussehen von altem Tesafilm an. Truitt fuhr mit dem Finger über das Waschbecken und steckte den Kopf unter den Wasserhahn, um daran zu riechen. Er überprüfte die Toilettenschüssel und die Badewanne und untersuchte das Porzellan auf Tropfen und Schaumbläschen. Nichts. Das kleine Bad war, obwohl es so vergilbt wirkte, makellos.

Er öffnete einen schmalen Wäscheschrank, der hinter der Tür versteckt war, und entließ den Duft von Weichspüler und Seife in das Zimmer. Gelbe und braune Handtücher und Waschlappen lagen gefaltet und sauber gestapelt in zweien der drei Fächer. Das dritte war offensichtlich ein Stauraum für nicht benötigten Krimskrams: ein Stück Seife, das einem Schwan ähnelte, eine Rolle Toilettenpapier, die mit einer gehäkelten Puppe überzogen war, ein paar Seifen in der Form von Fischen und Muscheln. Das alles war auf die Seite geschoben worden, um

Platz für einen Stapel Papier zu machen. Truitt achtete sorgfältig darauf, nicht den Krimskrams durcheinanderzubringen, und zog die Blätter aus dem Schrank.

Ein Flugblatt, das ganz oben auf dem Stapel gelegen hatte, segelte zu Boden. Truitt bückte sich, um es aufzuheben, und setzte sich auf den Rand der Badewanne.

Vorne auf dem gefalteten Blatt war ein altes Foto von einem toten Kind zu sehen, auf dessen Mantel der Davidsstern deutlich zu erkennen war. Über dem Foto stand: »Die Nazis haben Kinder getötet.« Truitt schlug das Faltblatt auf. »Und die Regierung der Vereinigten Staaten tut das auch.« Ein blutiger Fötus, von dessen Bauch noch die Nabelschnur herabhing, nahm die ganze Doppelseite ein. »Ist für Ihr Leben irgendein Preis zu hoch?« Auf der letzten Seite war, zusammen mit den Privatadressen und Telefonnummern der zuständigen Ärzte, eine Liste von Kliniken im ganzen Südosten der Vereinigten Staaten angegeben.

Truitt durchblätterte den Stapel: Spendenaufrufe von Anti-Abtreibungs-Organisationen, mit denen er vertraut war, andere mit Namen, von denen er noch nie gehört hatte. Ein Blatt sah wie der Rohentwurf für das Flugblatt aus. Die Ränder waren mit Anmerkungen in Bleistift versehen. »Foto größer machen.« »Adressen noch mal überprüfen.« »Vielleicht sollte man auch die Namen der Frauen und Kinder der Abtreibungsärzte hinzufügen.« Er studierte die Handschrift. Sie war kräftig und nach rechts geneigt. Er war sich nicht sicher, ob es Martins war.

»Martin«, sagte er. Er wiederholte den Namen noch einmal lauter. »Martin. Auf was, zum Teufel, hast du dich da eingelassen?«

Miss Linnies Maisgrütze

*1 Tasse groben Maisgrieß*
*1 Teelöffel Salz*
*1 Tasse Wasser*
*1 halbe Tasse Monterey-Jack-Käse, gerieben*

*Maisgrieß und Salz in kochendes Wasser schütten. Zwanzig Minuten kochen lassen. Käse hineinrühren. Mit einer Prise Paprikapulver servieren. Schmeckt gespenstisch gut.*

Das Statlers-Cross-Kochbuch

## 16

Zilah schaltete das Küchenlicht aus und beugte sich über die Spüle, um hinauszuschauen. Draußen regnete es gleichmäßig, und die Tropfen waren so groß, daß sie sogar in der Finsternis sehen konnte, wie die Grashalme von ihnen umgebogen wurden. Ihr kleines Haus war dunkel. Sie lugte hinaus auf das seitliche Stück Garten, wo sich ihr Grundstück als rußschwarzer Streifen bis zum Zaun hin erstreckte. Dies war ihre liebste Tageszeit, wenn die Sonne endlich untergegangen war und sie in der Dunkelheit am Fenster stehen konnte. Niemand konnte sie sehen. Nachts waren sie und ihr kleiner Bungalow nichts als der schwärzeste Teil des Schattens, den das Haus der Aldens warf.

Zwei Lichtstrahlen wanderten plötzlich über ihren Garten und beleuchteten den Zaun, als sie in die Auffahrt nebenan einbogen. Sie tanzten mehrere Sekunden lang über den Stamm des Pekanbaums und ließen die unteren Äste und die Perlenketten des Regens aufleuchten.

Der Motor verstummte, und die Scheinwerfer erloschen. Die Fahrertür öffnete sich, und eine Gestalt kletterte heraus, die sich unter dem Regen duckte. Zilah beobachtete, wie die Gestalt noch einmal in das Auto langte und einen Regenschirm vom Boden hervorholte. Das Licht der Innenbeleuchtung fiel auf Gales Gesicht.

Katie Pru saß auf dem Beifahrersitz. Ihr dunkles Haar war kaum über den unteren Fensterrand hinweg zu sehen. Gales Kopf tanzte auf und ab, während sie redete. Sie versuchte offenbar erfolglos, ihre Tochter dazu zu überreden, das Auto zu verlassen. Katie Prus Hand fuhr hoch, und die Eistüte, die sie in der Hand hielt, schwankte gefährlich durch die Luft. Gale tauchte nach vorne und nahm dem Kind das Eis aus der Hand. Katie Pru wandte sich von ihrer Mutter ab, richtete sich auf und preßte die Nase gegen das nasse Fenster der Autotür.

*Zilah, geh vom Fenster weg. Es gibt dort nichts zu sehen. Es hat dort noch nie was zu sehen gegeben.*

Ihre Mutter hatte ängstlich geklungen. *Es gibt an den Fenstern nichts zu sehen. Komm her zu mir auf den Schaukelstuhl. Komm sofort hierher.*

Sie hatte viele Stunden lang in den Armen ihrer Mutter geschaukelt. Hatte auf dem Stuhl geschaukelt, genauso wie sie auf Martin Canes Verandaschaukel geschaukelt hatte. Und sie hatte Dinge gesehen, die sie nicht hätte sehen sollen. Aber sie war ja ein Kind gewesen. Nur ihre Mutter hatte keine Augen gehabt. Sie starrte in die Dunkelheit, und die Mutter und die Tochter auf der anderen Seite des Zauns waren plötzlich verschwommen. Sie war nicht das einzige Kind gewesen, das was gesehen hatte, damals, vor all diesen Jahren. Noch ein anderes Kind hatte zugesehen und von hoch oben in dem roten Backsteinhaus herabgeblickt wie ein zwischen den Blättern versteckter Engel.

Und dieses Kind hatte Augen gehabt.

Draußen trommelte der Regen gegen die hohen Terassentüren des Arbeitszimmers, und gelegentliche Blitze beleuchteten die Glasgravuren entlang der Zimmerdecke, bis die Bücherregale des Raums aussahen, als hätten sie einen Heiligenschein mit Wackelkontakt. Gale saß auf dem salbeigrünen Sofa und strich das Laken über Katie Prus Schultern glatt. Es war dem Kind schwergefallen, einzuschlafen. Die Geräusche im ersten Stock, unterdrückte Schluchzer, plötzliches Wehklagen, die es in der Nacht zuvor glücklicherweise nicht gegeben hatte, hatten dafür gesorgt, daß Katie Pru mit weit aufgerissenen Augen und voll Sorgen in Gales Schlafzimmer lag. Nach ein paar Minuten hatte Gale Bettwäsche aus dem Wandschrank geholt und versucht, für Katie Pru in dem abgeschiedenen Arbeitszimmer ein Bett herzurichten. Sogar hier war es schwierig, einzuschlafen. Tote Krähen und Schlangenhäute mochten für eine Vierjährige tagsüber eine Attraktion darstellen. Nachts waren sie einfach Kadaver.

»Tu sie nach draußen, Mama. Ich kann mit diesen Vögeln im Zimmer nicht schlafen.«

Gale hatte ihr ihren Wunsch erfüllt und den ganzen Schwarm den schmalen Gang hinab in die Küche getragen, wo sie im Licht der Blitze zwischen abgedeckten Blechen mit Brownies und anderem Gebäck hockten. Nach mehreren Wiegenliedern und einer heiseren Version von »Hi-Lili, Hi-Lo« hatte sich Katie Pru schließlich in den Schlaf gemurmelt, als auch ihr letzter Wunsch, »Kuschel mit mir, Mama«, befriedigt worden war, indem Gale sich über sie gebeugt und ihr den Rücken gestreichelt hatte.

Das gravierte Glas erstrahlte, gefolgt von einem Donnerschlag. Gale versuchte, in der Dunkelheit zu sehen, wie sich Katie Prus Schultern hoben und senkten. Als sie sicher war, daß das Kind schlief, drückte sie sich vorsichtig von den Kissen hoch und ging zu den Terrassentüren. Das gedämpfte Licht von der Lampe auf der hinteren Veranda schien durch die gazeartigen Vorhänge und fiel auf ihre Uhr. Es war dreiviertel zwölf.

Sie sollte sich eigentlich hinlegen. Sie blickte auf das ordentliche Lager aus Decken, das sie auf dem Boden vor dem Sofa errichtet hatte. Vielleicht würde sie, wenn sie den Kopf erst mal auf das Kissen gelegt hatte, sofort in tiefen Schlaf fallen, aber sie bezweifelte es. Es gab zu vieles, über das sie nachdenken mußte, zu vieles, das sie ordnen mußte.

Sie ließ sich in den dick gepolsterten Sessel neben der Tür fallen und zog die Beine unter den Rock. Sie legte den Kopf auf die gepolsterte Lehne und atmete tief. Alle konkreten Verweise auf Linnie waren getilgt worden. Man hatte es mit der Effizienz eines Stadtratsbeschlusses bewerkstelligt: Laßt ihre Fotos verschwinden, laßt ihr Haar verschwinden, löscht sie bis auf eine Überdecke völlig aus! Ersetzt sie durch einen Kobold, jemanden, der sich durch mündliche Überlieferung und Folklore kontrollieren läßt! Gale wandte den Kopf ab, als hinter den Terassentüren ein Blitz zuckte. War Selbstmord solch ein großes Tabu? Konnte die Tatsache, daß man sich in den zwanziger Jahren das Leben genommen hatte, solch eine umfassende Manipulation erklären?

Und was war mit dem Kind, das nach dem Selbstmord zurückgeblieben war? Gale schlug die Augen auf. Katie Prus Bein war unter dem weißen Laken hervorgerutscht und hing an der Seite des Sofas hinab. In Gales Brust bildete sich ein heißer Knäuel.

Sie stemmte sich aus dem Sessel hoch und ging noch einmal zur Terrassentür. Ihre Uhr zeigte 11 Uhr 50 an. In England war es kurz vor fünf Uhr morgens.

Seltsam, daß sie nie angerufen hatte, aber trotzdem die Nummer wußte. Sie nahm das Telefon von der Truhe vor dem Sofa und drückte die Tasten.

Es klingelte einmal. Die Stimme war schneidend.

»Halford.«

»Daniel?« Sie zögerte und war sich nicht sicher, was sie sagen sollte.

»Gale? Bist du es?«

»Ich bin's.«

»Geht's dir gut? Geht es Katie Pru gut?«

Trotz ihrer Angst lächelte sie. Er klang noch genauso, seine Stimme war eine Mischung aus Selbstbeherrschung und Sorge. Er ist durch und durch ein verfluchter britischer Bobby, dachte sie. Er muß erst die näheren Umstände überprüfen, bevor er sich hineinwagt. Sie grapschte sich ein Kissen von ihrem Lager, sank zu Boden und lehnte sich gegen die Truhe.

»Mir geht's gut. Uns geht's gut. Ich wußte nicht, wann du aufstehen mußt, um zur Arbeit zu gehen. Ist es jetzt gerade ungünstig?«

Während eines Moments des Entsetzens wurde ihr klar, wie anmaßend es von ihr gewesen war, davon auszugehen, daß er allein war. Die Frage war aus ihrem Mund hervorgeholpert, bevor sie die Möglichkeit hatte, es zu verhindern.

Halford grunzte zur Antwort. »Natürlich bin ich allein. Ich bin ein verdammter Bulle, und es ist Sonntagabend. Entschuldigung, Montagmorgen. Wie spät ist es bei euch drüben eigentlich, verflucht noch mal?«

»Längst Schlafenszeit. Hör mal, ich wollte mit dir über etwas reden. Hast du eine Minute Zeit?«

»Klar. Wart mal kurz.« Sie hörte etwas rascheln und das Quietschen von Sprungfedern. »So. Ich bin bereit. Bist du sicher, daß es Katie Pru gutgeht?«

»Ganz sicher.«

»Gut. Also, in ein paar Minuten sag ich dir, wie absolut großartig es ist, von dir zu hören. Aber jetzt verrat mir erst mal, was los ist.«

Sie wußte nicht, wo die Tränen herkamen, und sie hatte das Gefühl, es spräche für sie, daß es wenige waren und sie auf die Augenwinkel beschränkt blieben. Es war gut, mit ihm zu reden und seine Stimme zu hören.

Sie versuchte, die Geschichte chronologisch zu erzählen, beginnend mit Martins Tod und den Ereignissen der letzten 36 Stunden. Aber bald merkte sie, daß sie vor- und zurücksprang und Martins Leben mit Linnies Selbstmord und siebzig Jahren Hilfsbereitschaft und Boshaftigkeit in der kleinen Stadt verwob. Halford ließ sie erzählen und unterbrach sie nur, um sich die Genealogie und den allgemeinen Hintergrund erläutern zu lassen. Schließlich sackte sie gegen die Kiste.

»Mein Gott«, stieß sie hervor. »Wie spät ist es? Mußt du nicht in die Arbeit?«

»Mach dir deshalb keine Sorgen.«

»Daniel, ich weiß nicht, was ich wegen Alby tun soll. Er ist überzeugt, daß jemand Martin umgebracht hat.«

»Das ist er, weil er ein kluger Mann ist, Gale. Schau dir mal an, mit was er es zu tun hat: mit einer Leiche, einer verschlossenen Tür und Spuren, die so weit zerstört sind, daß sie nichts mehr nützen. Unter diesen Umständen würde ich in die gleiche Richtung ermitteln.« Er machte eine Pause. »Was meinst du, warum deine Großmutter und die anderen sich so verhalten haben?«

»Schock.«

»Komm schon, Gale! Glaubst du das wirklich?«

Sie spürte Wut in sich aufsteigen. Der Donner draußen war ein träges Grollen in der Ferne. »Ich weiß nicht,

Daniel. Ich bin nicht auf die Leiche meines Mannes gestoßen. Ich habe nicht die geringste Vorstellung, wie ich reagieren würde.«

Am anderen Ende der Leitung herrschte Schweigen. In ihren Augen wallten wieder Tränen auf, aber diesmal zwinkerte sie sie ungeduldig weg. Als Halford wieder redete, war seine Stimme leise.

»Ich sage dir, wie du meiner Meinung nach reagieren würdest, Gale. Irgend etwas würde über dich fallen. Wie ein Schild oder ein Glaskasten. Du würdest dich dadurch sicher und betäubt fühlen, zumindest für den Augenblick. Und du würdest tun, was du deiner Meinung nach tun solltest: Du würdest den Puls fühlen, du würdest etwas Tröstendes sagen für den Fall, daß er dich hören kann, und du würdest dich sofort um Hilfe bemühen.«

Ihre Zunge war dick. »Das weißt du nicht, Daniel.«

»Doch, das tue ich. Ich weiß das, weil ich dabei war, als du erfahren hast, daß Tom tot ist. Ich weiß, wie du reagiert hast.«

»Aber ich habe nicht seine Leiche gefunden.«

»Stimmt. Aber nur eine von diesen Frauen war seine Ehefrau. Nur eine war seine Tochter. Und Tatsache ist, daß diese Frauen behaupten, sie alle seien von irgendeiner Form von Hysterie ergriffen worden. Ich glaube das nicht, Gale. Und Alby auch nicht. Und du tust es übrigens auch nicht.«

Katie Pru strampelte und stieß das Laken von sich. Gale zog es vom Sofa und knüllte es gegen ihre Brust.

»Nein«, flüsterte sie. »Nein, das tue ich nicht.«

»Glaubst du, daß er unter Umständen ermordet worden ist?«

»Fragst du mich, ob ich glaube, daß eine meiner Verwandten ihn getötet hat?«

»Ich frage dich, ob es dir, soweit du diese vier Frauen kennst, möglich erscheint, daß er ermordet worden ist?«

Der Regen hatte aufgehört. Sie versuchte, ihn auf den Scheiben der Terrassentüren zu hören, aber alles, was sie vernahm, war das gelegentliche Platschen von Tropfen, die auf die Blätter eines der unteren Äste der Bäume aufschlugen.

»Ja. Es könnte sein, daß er ermordet worden ist.«

Halfords Stimme war ruhig. »Dann mußt du das Alby sagen. Du mußt ihm sagen, was du über die Frauen weißt und weswegen du es für möglich hältst, daß ihn jemand umgebracht hat.«

»Ich habe gesagt, daß es möglich ist. Ich glaube nicht, daß es eine von ihnen getan hat.«

»Gale.« Seine Stimme klang rauh. »Du bist auf diesem Gebiet kein Fachmann. Laß Alby das handhaben!«

»Aber Alby – und du –, ihr glaubt beide, daß A zu B führt. Und das ist hier nicht der Fall. Ich habe gerade zwanzig Minuten damit zugebracht, dir nur das Nötigste über Martin zu erzählen, und mußte dabei sicherlich fünfzigmal etwas nachtragen und ergänzen.« Sie hielt inne, denn ihr wurde bewußt, daß Halford trotz all seiner Geduld vermutlich mit seinem Latein am Ende war. »Irgendwie geht alles auf Linnie zurück, Daniel. Da bin ich mir sicher.«

Am anderen Ende der Leitung seufzte Halford tief.

»Misch dich da nicht ein, Gale! Du bist Historikerin. Lies, mach Notizen, stell Behauptungen auf, tu, was immer du tun willst, aber komm Truitt nicht in die Quere! Ich werde nicht als dein Leumund auftreten, falls er dich wegen Behinderung von Polizeiermittlungen festnimmt.«

»Ein Schönwetterfreund, das ist alles, was Sie sind, Mistah.« Sie versuchte, britisch zu klingen.

Halford lachte. »Schreckliches Cockney. Du bist zu

lange weggewesen.« Seine Stimme wurde plötzlich zärtlich. »Ich habe schon früher mal versucht, dir was auszureden, Mrs. Grayson. Und ich habe verflucht wenig Glück damit gehabt.«

*Na, du traust dich nicht, da will ich was wetten. Angeblich weiß man nicht, ob man die eigenen Zähne klappern hört oder die Milch aus dem Euter, die auf ihre Kieferknochen trifft.*

Tommy Falcon seinem Freund Greg Dawson
gegenüber, den er dazu bringen wollte,
auf einer Weide zu übernachten, auf der
angeblich ein Gespenst Milch aus den Eutern
der Kühe trank, 1977

## 17

Gale wußte, welches das Haus von Mal Robertson war, obwohl sie den Mann in Blue jeans, der im Garten einen beigen Volvo polierte, nur vage wiedererkannte. Das Haus stand an der Kreuzung zweier Schotterstraßen, die der nächtliche Regen aufgeweicht hatte. In Luftlinie befand es sich vermutlich nicht mehr als eineinhalb Kilometer nordöstlich von Ellas Haus, aber weil Gale die gewundenen Landstraßen nehmen mußte, hatte sie laut Kilometerzähler eine über dreimal so lange Strecke zurückgelegt, als sie den grauen Chevrolet auf die Lehmfläche steuerte, die als Auffahrt zu gelten hatte. Das letzte Mal war sie in dem August, in dem sie dreizehn geworden war, bei diesem Haus gewesen. Sill und sie waren derart gelangweilt, daß sie nach einem kriminellen Zeitvertreib suchten, über Ellas hintere Felder gestreift und hatten das Gebäude verlassen vorgefunden. Eine Woche lang trugen sie Picknickpakete zu dem Haus, wo sie den überdachten Gang entlangtrampelten, der die beiden Gebäudeteile verband, und fettigen Geflügelsalat an eine Familie wilder Katzen verfütterten, die unter der zusammengeschusterten Veranda lebte. Und jeden Tag, bevor sie gingen, sagten sie Lebewohl, indem sie Granitbrocken durch die Fenster warfen.

Jetzt zuckte sie beschämt zusammen bei dem Gedanken an diese alten Fensterscheiben, die sie am Ende jener Woche zu einem Scherbenhaufen reduziert hatten. Allerdings würde sie jetzt niemand mehr vermissen, dachte sie sich, als sie aus dem Auto ausstieg. Entweder war Malcolm Hinsons Enkel ein höllisch guter Heimwerker oder der brave Nachkomme glaubte, daß man die Stätten seiner Vorfahren ehren müsse. Von draußen schien es, als wäre das Haus komplett renoviert worden. Den Gang zwischen den beiden symmetrischen Gebäudeteilen hatte man verkleidet. Eine glitzernde, elfenbeinerne Farbschicht bedeckte die Wände, die Gale als unbehandelte Kiefernplanken in Erinnerung hatte, und in einem blassen Braungrau gehaltene Fensterläden und Verzierungen bildeten die dazu passende Ergänzung. Die Tür war blau wie das Ei eines Rotkehlchens, und eine Bronzeananas, seit der Kolonialzeit Symbol der Gastfreundschaft, war unterhalb einer glitzernden Verandalampe aus Bronze an die Schindelverkleidung geschraubt worden.

»Es ist wunderschön geworden!« rief sie, während sie Katie Pru an der Hand nahm. »Als ich das letzte Mal hier war, hat es wie etwas aus *Gottes kleiner Acker* gewirkt.«

Der Mann richtete sich auf und knüllte das Rehledertuch in der Hand zusammen. »Das hat meine Frau auch gesagt. Vor allem, nachdem sie in der Toilette eine Schlange gefunden hat. Danach gab es für sie kein Halten mehr, was die Renovierungsarbeiten angeht.« Er wischte ein letztes

Mal über die Motorhaube des Volvos und wandte sich dann ihnen zu. »Ich bin Mal Robertson.«

»Gale Grayson. Und das ist Katie Pru.« Gale wies mit dem Kinn auf das Gebäude. »Ich hätte gedacht, daß das Haus schon zu verfallen ist.«

»Um die Wahrheit zu sagen, das war es vermutlich auch. Aber es befand sich in Familienbesitz. Und wenn meine Frau sich was in den Kopf setzt...« Robertson hob ein sauberes Tuch vom Gras auf und wischte sich die Finger daran ab, während er Katie Pru zuzwinkerte. »Tut mir leid, daß Sie meinetwegen so früh aufstehen mußten. Aber ich muß um elf in Atlanta am Flughafen sein...«

»Kein Problem. Katie Pru und ich waren eh schon früh wach. Es ist im Moment nicht gerade ruhig im Haus. Es tut uns gut, mal rauszukommen.«

Er ballte das Tuch zusammen und warf es neben einer offenen Dose Polierwachs in das Gras. »Das mit Martin tut mir verdammt leid.« Sein Blick zuckte zu Katie Pru, die das Autopflegeset betrachtete. »Ich habe ihn nicht besonders gut gekannt, aber ich kannte ihn genug, um zu wissen, daß er ein Mann mit Prinzipien war. Die findet man nicht häufig – ganz bestimmt nicht in Atlanta, und nachdem ich seit einiger Zeit Teil des ländlichen Amerika bin, kann ich Ihnen sagen, daß es hier draußen nicht anders ist.«

»Sie klingen wie Diogenes, der nach einem ehrlichen Menschen sucht.«

Sein Lachen war kurz und laut. »Nun ja, wenn man in der ganzen Welt umherfliegt, hat man manchmal schon den Eindruck, es ist überall dasselbe. Aber Martin – Martin war jemand, für den ich viel Respekt hatte. Er hatte einen ... moralischen Kern.«

Gale blickte zu dem Haus. Sie dachte, sie hätte in einem der Fenster eine leichte Bewegung gesehen, aber wegen des sich spiegelnden Morgenlichts war es nicht klar zu erkennen.

»Es ist seltsam, wie die Leute ihre Nuancen einbüßen, sobald sie tot sind«, stellte sie fest. »Martin war ein sehr moralischer Mann. Aber er hatte so viele verschiedene Facetten. Ich denke, die meisten Menschen haben sie gar nicht alle mitbekommen.« Sie warf Katie Pru, die noch immer von der Dose Polierwachs fasziniert war, einen Blick zu. »Wenn ich sterbe, wird Katie Pru hoffentlich den Mumm haben, auf mich mit all meinen wunderbaren Launen eine Lobrede zu halten.«

Er lächelte. »Ich hoffe, Sie haben Ihre älteren Verwandten bereits davor gewarnt, daß Sie mit dem Gedanken spielen, schmutzige Wäsche auf ihren Särgen auszubreiten.«

»Mein Gott, ich bin mir völlig sicher, daß meine älteren Verwandten ihre schmutzige Wäsche bereits auf ihren Betten ausgebreitet haben, bevor sie von uns gehen. Das ist etwas, das wir inzwischen gelernt haben: Rüttle an deinen Skeletten, bevor jemand anders die Chance hat, es für dich zu tun.«

Die Morgenluft war nicht mehr bloß heiß, sondern schwül, und Gale spürte die ersten Schweißtropfen auf der Stirn.

»Mal, wie ich gestern abend am Telefon erklärt habe, interessiere ich mich für das Fotostudio Ihres Großvaters. Oder besser gesagt, für die Fotos, die dort gemacht wurden.«

»Wollen Sie an ein paar Skeletten meiner Familie rütteln?«

Sie grinste. »Eigentlich brauche ich sie für mein Forschungsprojekt. Ich schreibe ein Buch über Landfrauen in den Südstaaten zu Beginn des Jahrhunderts, und ich habe Namen und Texte, aber ich hätte gerne auch ein paar Gesichter.«

»Ich bezweifle, daß das Studio Ihnen viel helfen wird. Ich bin ungefähr vor einem Jahr drinnen gewesen – es gibt da nicht viel außer ein paar alten Staffagen und einem Haufen Staub.«

»Keine alten Karteikästen oder ausgemusterten Fotos?«

Er zog ein Taschentuch aus seinen Shorts und wischte sich über die feuchte Stirn. »Naja, das kann ich nicht kategorisch verneinen. Jemand von der Bauaufsicht hat es sich mit mir angesehen, aber ich bin mit ihm nicht auf den Speicher gegangen. Meine Nebenhöhlen haben den ganzen Staub nicht vertragen. Es lagen ein paar Leinwände herum – alte Kulissen zumeist.«

»Bauaufsicht?«

Er verschränkte die Arme. »Ja. Das ist einer der Gründe, warum meine Frau und ich hierhergezogen sind, wenn Sie die Wahrheit wissen wollen. Sie spielt mit dem Gedanken, ein kleines Restaurant zu eröffnen – einen Teesalon, eigentlich – und, naja, uns gehört dieses Haus hier draußen, und da habe ich gesagt, mal schauen, was sich machen läßt... Natürlich, als wir hierhergekommen sind und das Haus so heruntergekommen war... Aber das Studio ist von der Substanz her in Ordnung. Wenn wir erst mal jemanden gefunden haben, der ihren Job übernimmt, wird sie mit der Arbeit an dem Teesalon beginnen.«

Ein Teesalon in Statlers Cross. Gale stieß den Fuß in das geschnittene Gras.

»Wie verbringt Ihre Frau denn jetzt die Zeit?«

»Sie arbeitet so ein bißchen als Krankenschwester. Altenpflege ist, glaube ich, der richtige Ausdruck dafür. Aber sie ist damit nicht glücklich.« Er blickte gedankenverloren zum Haus. »Es ist für sie ein schweres Jahr gewesen. Seit sie den Teesalon plant, hat sich ihre Einstellung vielen Dingen gegenüber wirklich verändert.«

»Sie müßten das Studio also eh bald leer räumen.«

»Ja, das meine ich auch. Mein Vater hat es vor allem als Rumpelkammer benutzt, und als er gestorben ist, hat meine Mutter alles rausgeholt, was sie behalten wollte. Sie werden also ein paar alte Möbel finden, vielleicht ein oder zwei Schachteln – nichts Wertvolles. Wenn Sie sich aufmachen wollen und für mich schon mal mit dem Aufräumen beginnen, soll mir das recht sein.« Er ging zur Veranda hinüber und hob einen Schlüssel auf, der auf der Treppe lag. »Ich vertraue Ihnen in dieser Sache natürlich. Ich habe einen Freund, der an der Georgia State University Professor für Geschichte ist. Nach Ihrem Anruf gestern abend habe ich mit ihm geredet. Er ist mit Ihrem Buch vertraut. Sagt, Sie sind in Ordnung.«

»Ich werde sehr vorsichtig sein.«

»Da bin ich mir sicher. Ich hätte gern alles zurück, was Sie finden. Ich bin kein professioneller Historiker, und dieses ganze Genealogie-Theater läßt mich kalt. Trotzdem würde ich gerne sehen, was mein Großvater so alles getrieben hat. Ich habe ein paar von seinen Fotos im Haus aufgehängt. Wären die Umstände anders gewesen, hätte er sich, glaube ich, einen Namen machen können.« Er schaute auf die Uhr. »Wenn Sie das nächste Mal vorbeikommen, bitte ich Sie ins Haus. Ich würde es auch jetzt tun, aber ich muß …«

»Klar. Hören Sie, ich bin Ihnen wirklich dankbar. Übrigens, wann genau ist denn Ihr Vater gestorben?«

Auf der anderen Seite des Volvos begann Katie Pru »The Wheels on the Bus« zu singen. Gale blickte auf den Boden. Die Dose mit Polierwachs und beide Tücher waren verschwunden.

»Katie Pru. Was machst du da?«

»Ich bin ein Scheibenwischer.«

Gale rannte um das Auto herum. Katie Pru saß neben der hinteren Tür auf dem Boden. Sie schaute zu ihrer Mutter hoch und grinste.

»Das hier ist ein Bus. Der Scheibenwischer macht eine Schweinerei.«

Gale starrte auf den beigen Volvo, der bis vor kurzem noch in der Morgensonne geglänzt hatte. Wachsklumpen hingen von der Tür. Katie Pru steckte alle fünf Finger in die Dose und holte einen dicken Batzen heraus. »Schau, Mama«, rief sie lachend und hielt die Finger hoch. »Ich kann die ganze Erdnußbutter auf einen Haps essen.«

Gale sprang zu ihrer Tochter und packte deren Hand, bevor das Polierwachs in den Mund gelangte.

»Nein, Madame!«

Katie Pru zuckte beim strengen Ton von Gales Stimme zusammen. Auf ihrem Kinn bildete sich ein Grübchen, als sie die Tränen zurückzuhalten versuchte.

Gale packte Katie Pru beim Handgelenk und zerrte sie grob um das Auto herum. Robertson hielt ihr ein sauberes Tuch hin.

Sie bückte sich und wischte wütend die Hände ihrer Tochter ab. »Kathleen Prudence, so was darfst du nie, niemals in den Mund stecken! Davon wirst du krank. Dein Bauch tut dann schrecklich weh. Katie Pru, du mußt lernen, nachzudenken.«

»Falls es Sie beruhigt: Ich glaube nicht, daß es giftig ist«, erklärte Robertson.

»Das weiß sie nicht. Mein Gott, Katie Pru! Du mußt lernen, so was nicht mehr zu tun!«

Katie Pru machte die Augen zu und wandte den Kopf von Gale ab. »Geh weg«, sagte sie. »Geh weg und schrei mich nicht an! Mamas dürfen kleine Mädchen nicht anschreien.«

Gale ließ sich auf die Fersen nieder, und ein Gefühl der Hilflosigkeit breitete sich in ihrer Brust aus. »Ich weiß, Schatz. Mamas sollten nicht schreien. Aber was, wenn…«

Gales Kehle schmerzte. Was, wenn du nicht zu singen angefangen hättest? Was, wenn ich nicht bemerkt hätte, daß die Dose weg ist? Was, wenn du dieses verfluchte Zeug gegessen hättest und ich dich gefunden hätte… Sie schloß die Augen und kämpfte gegen das Brennen hinter den Lidern an. Ich schaffe es nicht, dachte sie sich. Ich kann nicht arbeiten, mein Leben leben und das Kind beschützen. Nicht allein.

Vor zwei Tagen hätte sie ihre Tochter noch den Frauen aus ihrer Familie anvertraut. Vor zwei Tagen hätte sie noch geschworen, daß sie, allen Eigenheiten zum Trotz, grundanständige Menschen waren.

Sie zog Katie Pru an sich und vergrub das Gesicht in ihrem Haar. »Bitte lerne, auf dich aufzupassen!« murmelte sie. »Du mußt lernen, auf dich aufzupassen!«

»Okay, Mama.« Katie Pru drückte sich von ihrer Mutter weg und legte die Hände auf beide Seiten von Gales Gesicht. Sie beugte sich nach vorn, bis ihre Stirn an der von Gale lag. »Ich kann auf mich aufpassen«, flüsterte sie.

Truitt legte den Telefonhörer wieder auf und betrachtete ihn trübsinnig. Ein leerstehendes Haus war Freitag nacht außerhalb der im Süden Georgias gelegenen Stadt Hahira niedergebrannt – nur war es nicht wirklich leerstehend gewesen. Bis Samstagmorgen hatten die Feuerwehrmänner sechs Leichen aus der verkohlten Ruine hervorgezogen, vermutlich alles Mordopfer, denn der Sheriff ging von Brandstiftung aus. Das Kriminallabor in Atlanta führte jetzt Untersuchungen durch. Martin würde warten müssen, bis er dran war.

»Frühestens heute nachmittag«, rief Truitt Haskell zu. »Vielleicht schaffen sie es, uns bis dahin mündlich ein paar Testergebnisse mitzuteilen.«

Haskell steckte den Kopf in Truitts Büro. »Was willst du also bis dahin machen?«

»Ich möchte, daß du heute unseren Pfarrer Teller besuchst. Finde heraus, warum er gestern abend in das Haus der Canes wollte.«

»Mach ich.« Haskell trommelte mit den Fingern gegen den Türrahmen, bevor er wieder im Flur verschwand.

Truitt schob den Stuhl zurück und stand auf. Auf seinem Schreibtisch lagen sechs Fotos von Nadianna Jesups Film aufgereiht. Er verstand nichts von Kunst, aber er konnte sehen, daß diese Bilder mehr waren als typische Schnappschüsse: die Seitenansicht eines Mannes, der sich Metallstühle – auf der einen Lehne stand deutlich *SC Methodists* geschrieben – wie Krücken unter die Arme geklemmt hatte; eine Taube, die neben der Sandale einer Frau an einem schmelzenden Eiswürfel pickte; drei ältere Frauen, die im Fischhaus nebeneinander vor Tellern saßen, auf denen sich Essen türmte. Und dann gab es noch Martin. Truitt mußte an alte Fotos aus den dreißiger Jahren von Huey Long, dem populistischen Politiker und Gouverneur von Louisiana, denken. Wenn man sich die Farbe wegdachte, hätten es auch Fotos von ihm sein können. Truitt zog ein Bild von Martin, auf dem er mit erhobenem Arm und verschmitztem Gesicht das Mikrofon an die Lippen preßte, zu sich heran und hob es auf. *Zwischen Predigen und Politisieren besteht ein Unterschied, Mr. Truitt. Und falls Sie überhaupt was auf meinen Fotos finden, werden Sie feststellen, daß Martin Cane nicht annähernd so gut darin war, beides auseinanderzuhalten, wie er gedacht hat.* Verflucht, aber das Mädchen hatte recht.

Er legte das Foto hin und griff nach einem anderen. Dieses war ein bißchen künstlerischer. Nadianna hatte offenbar in der Tür zum Fischhaus gestanden, deren Rahmen am Rand gerade noch zu sehen war. In der Hütte beugte sich Martin über eine sitzende Frau. Es war nicht möglich, seine Gesichtszüge im einzelnen zu sehen, aber seine lässige Haltung deutete auf ein beiläufiges, beinahe freundliches Interesse hin. Nadianna wußte vermutlich nicht, wer die Frau war, aber Truitt schon. Obwohl sie der Kamera den Rücken zuwandte, erkannte er, daß die braunen Locken und die schmalen Schultern Faith Baskins gehörten.

Auf dem Foto beugte sich Martin nach vorne über Faith, bis diese leicht vor ihm zurückwich: die Haltung eines Mannes, der neugierig ist, und nicht die von jemandem, der gleich seine Tochter und deren Geliebte verstoßen wird.

Aber am meisten interessierte Truitt die letzte Aufnahme auf dem Film. Martin stand in dem Zelt mit dem Essen, und am unteren Rand des Bildes waren die Sachen zu sehen, die auf den Tischen standen. Sein Kiefer hing herab, und sein Blick war in einem Ausdruck völligen Entsetzens erstarrt und es drückte noch etwas anderes aus, das Truitt nicht benennen konnte. Wohin hast du geschaut, mein Freund? Was hast du in dem Objektiv dieser Kamera gesehen?

Neben dem Telefon stand ein Becher kalter Kaffee. Truitt nahm ihn und trank ihn leer. »Ich tauge verdammt wenig, Martin«, murmelte er. »Manchmal glaube ich, daß ich gut bin, aber eigentlich bin ich nur ein Stück Scheiße auf Füßen.«

Die Hausdurchsuchung gestern abend hatte nicht viel erbracht. Sie hatten den Platz in Martins Schrank gefunden, wo dieser aller Wahrscheinlichkeit nach sein Waffenöl aufgehoben hatte, aber keine Flasche, keine Lumpen, keine Reinigungsbürste. Heute würde eine Gruppe weiter die Müllsäcke durchsuchen. Er stellte den Becher auf den Schreibtisch und sammelte die Fotos ein. Was für ein Spiel spielten diese Frauen?

»Haskell!« rief er und schob die Fotos in einen Umschlag. »Bist du noch da? Wenn ich es mir recht überlege, dann gib mir fünf Minuten und ich komme selbst zu Teller mit. Ich habe das Gefühl, wir werden noch mal den ganzen Tag drüben in Statlers Cross verbringen.«

Haskell antwortete nicht. Truitt runzelte die Stirn, trat aus seinem Büro und ging den Flur hinab. Er warf einen Blick in Haskells Büro nebenan und entdeckte seinen Kollegen schließlich, nachdem er dieses leer vorgefunden hatte, in der Empfangshalle.

Haskell wandte Truitt den Rücken zu, aber an der Art und Weise, wie er die Hände in die Taschen seiner Uniform gesteckt hatte, war abzulesen, daß er nicht glücklich war. Er schien mit jemandem zu reden – oder besser gesagt, jemand schien mit ihm zu reden –, aber der Sprecher wurde von Haskells breit aufragendem Körper verdeckt. Der Sergeant holte eine Hand aus der Tasche und streckte sie in einer flehentlichen Geste in die Luft. Als er das tat, kamen ein weißes Hosenbein und saubere, geschnürte Tennisschuhe hinter ihm zum Vorschein. Die Runzeln auf Truitts Stirn vertieften sich, als er die Tür aufriß und auf Maralyn Nash zuging.

»Maralyn«, rief er, »was kann ich für Sie tun?«

Ihre Brillengläser blitzten, als sie die harten braunen Augen auf ihn richtete. »Ich habe dem guten Deputy hier zu erklären versucht, daß ich in Cammys Haus gehen und ein paar Sachen holen muß, die sie braucht. Ihr Mann, der das Haus bewacht, hat gesagt, ich könne nicht ohne Begleitung hinein und er habe nicht das Recht, es mir zu erlauben. Nun, ich will verdammt sein, wenn ich mir von irgendeinem Pfadfinder sagen lasse, daß ich nicht in das Haus meiner eigenen Familie darf...«

Truitt streckte den Arm aus und faßte Maralyn sanft am Ellbogen. Er blickte zu Haskell auf. »Craig, geh und such jemanden, der Mrs. Nash zum Haus ihrer Cousine fahren kann. Maralyn, Sie können in mein Büro kommen, solange er sich darum kümmert.«

Er hielt ihr die Tür auf und dirigierte sie in sein Zimmer.

»Nehmen Sie gleich hier Platz«, bat er sie. Er nahm den leeren Becher von seinem Schreibtisch. »Ich wollte mir gerade Nachschub holen. Wie trinken Sie den Ihren?«

»Mit Milch. Aber wenig.«

Er nickte und verließ das Büro. Er schlüpfte in das Zimmer, in dem die Beweismittel lagerten, quittierte für einen braunen Umschlag, den er sich nahm, und füllte rasch die Becher, bevor er wieder in sein Büro zurückkehrte. Er gab Maralyn ihren Kaffee und setzte sich hinter seinen Schreibtisch.

»Also«, sagte er und blies den Dampf von seinem Becher. »Ich schätze, Sie sind zu dem Schluß gekommen, daß ein Laie für den Job besser geeignet ist.«

Ihr Blick war verständnislos. »Was?«

»Cammys Bibel zu holen. Ich schätze, Sie haben sich gedacht, Ryan wäre nicht die richtige Person, um in das Haus zu gehen und sie zu holen.«

Die Augen hinter der Brille blinzelten nicht. Er wartete geduldig.

»Oh«, stieß sie hervor. »Cammy kann Ryan besser ertragen als ich.« Sie machte eine Pause. »Haben Sie ihn in das Haus gelassen?«

»Natürlich nicht. Wir haben ja auch Sie nicht hineingelassen, oder? Nein, er braucht einen Begleiter wie alle anderen auch. Vorausgesetzt natürlich, daß Cammy ihn tatsächlich gebeten hat, hineinzugehen.«

»Ich weiß nicht, wie sie das hätte tun sollen. Sie hat Beruhigungsmittel bekommen.« Sie schniefte. »Ich weiß, er und Martin waren eng befreundet. Er denkt vermutlich, daß er eine Art heiliges Privileg hat, in ihrem Haus zu sein. Ich kenne Männer wie ihn.«

Truitt betrachtete sie über den Becher hinweg. »Wie ging es denn Cammy heute morgen?«

Maralyn trank einen ziemlich großen Schluck Kaffee. »Nicht allzugut. Manche Frauen werden mit solchen Situationen besser fertig als andere.«

»Es ist schwer für sie. Ich weiß nicht, wie überhaupt jemand mit so etwas fertig wird.«

»Ich schätze, es liegt an der Erziehung. Als mein Vater gestorben ist, hat meine Mutter bestimmt keinen Monat lang geweint. Das konnte sie nicht – sie hatte vier Töchter, um die sie sich kümmern mußte.«

»Erwachsene Töchter?«

Maralyn starrte ihn an. »Ja, erwachsene Töchter, obwohl meine jüngste Schwester Victory erst zwanzig war. Was haben Sie damit gemeint?«

Er schüttelte den Kopf. »Nichts. Ich versuche nur, alles einzuordnen. Ich habe Martin praktisch mein ganzes Leben lang gekannt, aber trotzdem gibt es manches, was ich über seine Familie nicht gewußt habe. Ihr Stammbaum ist ein bißchen verwirrend. Sie waren zu viert, nicht wahr? Mal sehen – Sie, Kathleen, die gestorben ist. Victory und...«

»Ginnie. Sie ist ein Jahr jünger als ich. Sie wohnt drüben in der Nähe von Lake Lanier in Gainesville.«

»Ich habe sie hier nicht gesehen.«

Maralyn stützte die Ellbogen auf die Armlehnen des Stuhls und hielt den Becher in Brusthöhe. »Nein. Mutter hat sowohl sie als auch Vic angerufen und ihnen gesagt, daß sie vor dem Begräbnis nicht zu kommen brauchen. Da Gale und Katie Pru bei ihr wohnen, gibt es im Haus nicht genügend Platz für zwei mehr.«

»Ah! Ich schätze, es war eine ziemlich ausgelassene Kindheit, die Sie da hatten. Wollen mal sehen, Sie alle haben Statlers Cross verlassen und sind nach Atlanta gezogen...«

»Als ich vierzehn war.«

»Haben Sie die Sommer in Statlers Cross verbracht?«

»Sommer, Wochenenden, wann immer wir Zeit hatten.«

Truitt nippte an seinem Kaffee. »Hmmm. Vier Mädchen. Und im Sommer waren da obendrein noch die Cousins... Ich schätze, es ist kein Wunder, daß Martin und Sie sich nähergekommen sind.«

Die Muskeln um ihren Mund herum spannten sich ein wenig an. Sie hat es erwartet, dachte er.

»Martin und ich sind uns nicht nähergekommen, Alby. Wir sind zusammengewachsen.«

Er betrachtete sie genau, die ledrigen Falten ihrer Wangen und ihr widerspenstiges, gebleichtes Haar. Ihre Finger waren groß und knochig. Die Sehnen zeichneten sich unter der Haut der Handrücken ab. Er dachte an Cammy, die nach oben huschte, um sich im Schlafzimmer zu verstecken, während ihr Ehemann und seine Jagdfreunde in der Küche frische Zimtschnecken vertilgten. Er konnte sich nicht vorstellen, daß diese Frau hier irgendwohin huschte.

»Wie lange hat diese Ehe gehalten?« fragte er.

Sie bewegte sich nicht und hielt den Kaffeebecher reglos vor die Brust. »Ein Jahr. Dreizehn Monate, um genau zu sein.«

»Unüberbrückbare Differenzen?«

»Das könnte man so sagen. Ich mochte es nicht, geschlagen zu werden.«

Er blickte auf seinen Becher hinab. Er glaubte ihr. Eines der Paradoxa, mit denen er als Sheriff fertigzuwerden gelernt hatte, war die Tatsache, daß anständige Menschen zu unanständigen Dingen fähig waren.

»Wie oft hat er Sie geschlagen?«

»Einmal, und danach habe ich gesagt, wir würden versuchen, mit dem Problem fertigzuwerden. Schließlich war auch sein Vater ein Schläger gewesen. Er hat mich ein zweites Mal geschlagen, und da habe ich ihn verlassen. Ich habe ihm keine dritte Chance gegeben.«

»Hat er Cammy jemals geschlagen?«

»Ich weiß es nicht. Wenn, dann hat sie es mir nicht gesagt. Ich habe natürlich meine eigene Theorie.«

»Und die wäre?«

»Männer wie er ändern sich nicht.«

»Sill?«

»Ich weiß es nicht. Er hat sie versohlt, zu fest, meiner Meinung nach.«

»Haben Sie was dagegen getan?«

»Was kann man da schon tun? Er war ihr Vater.«

»Nimmt Ihre Klinik Abtreibungen vor?«

Kaffee schwappte auf ihre Hand. Sie schrie auf und ließ den Becher auf Truitts Schreibtisch fallen. Die Flüssigkeit breitete sich in Richtung seiner Papiere aus. Er nahm sie schnell hoch, langte in die Schreibtischschublade und zog mehrere Papiertaschentücher hervor.

Er gab ihr eines. »Es tut mir leid, Maralyn«, sagte er und wischte über seine Schreibtischplatte. »Ich wollte Sie nicht so überraschen.«

Sie preßte sich das Taschentuch auf die Hand. »Verflucht, natürlich wollten Sie das, Alby. Ich weiß nicht, warum Sie es wissen wollen, aber ja, wir bieten Frauen alle Arten von medizinischer Versorgung an.«

»Ist Martin jemals bei Ihnen in der Klinik gewesen?«

»Aber nein. Warum sollte er?«

Er öffnete den braunen Umschlag und nahm das Anti-Abtreibungs-Pamphlet heraus, das jetzt auseinandergefaltet war und in einer Plastikhülle steckte. Er schob es ihr unter Vermeidung der nassen Stellen hinüber.

»Ich habe das hier in seinem Haus gefunden. Haben Sie es schon mal gesehen?«

Sie hob das Pamphlet vorsichtig hoch und las es langsam, bevor sie es wieder hinlegte.

»Nicht genau dieses, nein. Aber andere wie dieses. Es gibt viele Menschen, die nicht verstehen, was wir machen.«

»Schauen Sie bitte auf die Rückseite«, wies er sie an. »Kommt Ihnen das bekannt vor?«

Sie drehte das Pamphlet um. »Meine Klinik ist hier aufgelistet.«

»Richtig. Kennen Sie welche von den anderen?«

»Die meisten. Wir werden allmählich ein ziemlich exklusiver Zirkel, wissen Sie.«

Falls dies ein Versuch in Sarkasmus sein sollte, schlug er fehl. Das Gesicht unter ihrem gebräunten Teint war blaß geworden.

»Irgendeine Idee, warum Martin so was gehabt hat?«

»Wer weiß? Er war sehr in religiöse Aktivitäten verwickelt. Vielleicht ist er auf eine Adressenliste geraten.«

»Es kommt mir ziemlich heftig vor. Nicht die Sichtweise normaler Abtreibungsgegner, finde ich.«

»Wenn jede Gruppe von Abtreibungsgegnern normal wäre, würden keine Ärzte und Krankenschwestern getötet werden.«

»Es würde Sie also überraschen, wenn Martin mit so einer Gruppe zu tun hätte?«

»Das ist vollkommen ausgeschlossen. Ich kenne Martins Standpunkt in dieser Frage sehr genau. Er hat es nicht gutgeheißen, aber er würde eine Frau nicht daran hindern, ihre Wahl zu treffen. Und er hat seine Religion ganz sicher ernst genug genommen, um nicht in solche faschistische Propaganda verwickelt zu werden.«

Truitt zog den verpackten Entwurf mit den in Bleistift geschriebenen Anmerkungen hervor und legte ihn vor sie.

»Wir haben auch das hier in seinem Haus gefunden. Sind Sie mit Martins Handschrift vertraut genug, um uns sagen zu können, ob er dies geschrieben hat?«

Sie starrte auf das Pamphlet. Die Hände lagen in ihrem Schoß.

»Maralyn, haben Sie das Gefühl, daß das hier Martins Meinung wiedergibt, so weit Sie mit ihr vertraut waren?«

Sie blieb stumm. Licht blinkte auf ihrer Brille.

»Maralyn!« Seine Stimme war streng. »War Martin Teil einer Gruppe, die Abtreibungskliniken belästigt hat?«

Sie starrte auf den Entwurf, dann schoß ihr Blick zu dem fertigen Pamphlet.

»Das kann er nicht gewesen sein. Wie könnte er?« Sie legte die sehnigen Hände an die Wangen und schob die Haut nach oben. Ihre Stimme versagte. »Er weiß, was ich durchgemacht habe. Er kannte das gottverdammte Resultat.«

»Was für ein Resultat, Maralyn?« fragte Truitt sanft. »Sagen Sie mir, was Ihnen zugestoßen ist.«

Das Telefon klingelte. »Nicht jetzt!« rief Truitt gereizt hinein.

»Die Mannschaft ist aus dem Haus der Canes zurück, Sheriff. Sie müssen sich hier etwas ansehen!«

Truitt hängte auf und blickte zu Maralyn. Ihr Blick haftete wie hypnotisiert an dem Entwurf. Truitt stand auf und schob das Konzept und das Pamphlet in den Umschlag.

»Geben Sie mir zwei Minuten, Maralyn«, bat er. »Dann können wir weiter miteinander reden.«

Er traf Haskell im Flur. Ruch stand neben ihm. Er hielt ihm eine geschlossene Einkaufstüte hin.

»Vielleicht ist es besser, wenn du dir Handschuhe anziehst«, sagte Haskell.

Truitt streifte ein Paar Handschuhe über. »Ihr beide werdet mir meinen Garten jäten, falls das hier nicht wirklich gut ist!«

Die Polizisten waren still, während Truitt die Tüte öffnete. Zuerst dachte Truitt, daß sie ein Handtuch enthielt. Das Tuch sah abgenutzt aus und hatte blaue Streifen. Aber als er es aus der Tüte zog, sah er, daß es eine schlaffe Handtasche war.

»Sie werden nicht glauben, wo ich sie gefunden habe, Sir«, erklärte Ruch. »Im Wohnzimmer, hinter die Sofalehne gestopft.«

Außen auf der Handtasche waren große, rotbraun verschmierte Flecken zu sehen. Drinnen lagen inmitten weiblicher Utensilien ein kleines Kännchen Waffenöl, ein zerlegter Reinigungsstab und ein Knäuel Lumpen.

*Ich versteh nicht, warum dieser Kerl von* Foxfire *nicht uns interviewt. Meine Großmutter buttert noch selbst, mein Großvater erzählt Gespenstergeschichten, die übertreffen sogar die von denen oben in den Bergen, und uns würde es was nützen, bekannt zu werden.*

Randy Motts im Gespräch mit einem Kunden
in seinem Autogeschäft in Praterton,
Verwaltungssitz von Calwyn County, 1979

# 18

Ella bemerkte die Krähen auf der Arbeitsplatte genau in dem Augenblick, als das Telefon klingelte. Einen panischen Moment lang starrte sie auf ihre Schnäbel und versuchte festzustellen, welche von ihnen geschrien hatte. Aber dann ertönte das Klingeln noch einmal. Sie ging an dem Trio vorbei zu dem Telefon an der Wand.

Sie wartete bis zum dritten Klingeln, bevor sie den Hörer abnahm. Die Stimme in der Leitung war ruhig und verfügte über eine urbane, an keinen bestimmten Ort gebundene Qualität. Ella wußte sofort, um wen es sich handelte.

»Ich würde gern mit Sill sprechen. Hier ist Faith.«

Ella senkte die Stimme und schnurrte wie eine Südstaatlerin. »Faith, hier ist Mrs. Alden. Es tut mir leid, aber Sill ist gerade oben bei ihrer Mutter. Es war eine anstrengende Nacht. Ich sag ihr, daß Sie angerufen haben.«

»Mrs. Alden, ich war gestern bei Ihnen zu Hause. Es tut mir leid, daß ich keine Gelegenheit hatte, mich Ihnen vorzustellen. Aber ich komme heute vormittag noch mal. Ich wollte bloß nachfragen, ob ich irgend etwas mitbringen soll.«

»O mein Gott, es ist wenig sinnvoll, jetzt zu kommen, Faith. Sill muß sich im Moment auf ihre Familie konzentrieren. Ich werde ihr aber sagen, daß Sie angerufen haben. Ich bin mir sicher, sie wird sich bei Ihnen melden, sobald sie fertig ist.«

»Mrs. ...«

»Wir können jetzt wirklich keine Besucher gebrauchen, meine Liebe. Bis bald.«

Ella hängte auf, bevor Faith noch mehr Bitten nachschieben konnte. Sie nahm den Schwamm aus der Spüle und ließ kaltes Wasser darüber fließen. Es war so schwierig, mit den Anhängseln der Familie fertigzuwerden. Die Fremden meinten immer, sie müßten so problemlos Eingang in den Clan finden wie blaue Karten, die unter einen Satz rote gemischt werden. Manchmal dauerte es Jahrzehnte, bis die Neulinge – und die Familienmitglieder, an die sie sich angehängt hatten – erkannten, daß es einfach nicht möglich war.

Sie tupfte mit dem Schwamm auf einen der Vögel. »Man sollte meinen, die Leute verstehen das«, murmelte sie. »Man sollte meinen, sie könnten sich die eigenen Familien anschauen und sehen, daß die Drähte zu fein verwoben sind, um irgend jemanden durchzulassen. Und trotzdem jammern sie immer weiter und wollen hereingelassen werden, nicht wahr?«

Sie begann die Arbeitsplatte abzuwischen. Sie hatte das Mädchen nicht angelogen. Es war eine anstrengende Nacht gewesen. Welches Medikament auch immer Johnny Bingham Cammy gegeben hatte, die Wirkung hatte plötzlich nachgelassen. Ella hatte am Fenster des Eßzimmers gestanden und zugesehen, wie Gale und Katie Pru in den Buick kletterten, als sie den Schrei hörte.

Sie wußte nicht, um wieviel Uhr Gale und Katie Pru zurückgekommen waren. Es war lange nach Einbruch der Dunkelheit gewesen, denn als sie Cammy kurz allein ließ, um ein kaltes Tuch zu holen, hatte sie den Buick nicht im Garten gesehen. Sie schaute nicht noch einmal nach, da sie und Maralyn zu sehr von der trauernden Mutter und ihrem Kind in Anspruch genommen wurden. Am Morgen waren sie alle vier erschöpft, und das war auch gut so. Die Anfangsphase ging vorüber. Bald würde es sich zeigen, was für eine Art von Witwe Cammy Cane abgeben würde.

Ella preßte den Schwamm aus und hielt ihn wieder unter den Wasserhahn. Was konnte die Frau mit dieser faden Durchschnittsstimme schon von Schmerz wissen?

Sie hörte, wie im Flur hinter ihr die raschen Schritte ihrer Enkelin näher kamen. »Hast du einen Moment Zeit, Ella? Ich möchte dir jemanden vorstellen.«

Gale trat, gefolgt von einer jungen Frau, durch die Tür. »Nadianna, das hier ist Katie Prus Urgroßmutter Ella Alden. Ella, das hier ist Nadianna Jesup. Sie hat sich bereit erklärt, heute auf Katie Pru aufzupassen. So ein bißchen zur Probe. Falls es funktioniert, wird sie Katie Prus Kindermädchen.«

Ella konnte mit dem Namen nichts anfangen, obwohl es in ganz Calwyn County büschelweise Jesups gab. Und das Gesicht mit seinen ausgewaschenen Augen war so ungewöhnlich, daß sie es, hätte sie es vorher schon einmal gesehen, wiedererkannt hätte, da war sie sich sicher. Aber es gab etwas an ihren Kleidern, dem langen, beigen Kleid, den abgetragenen, aber polierten Slippern. Die Gestalt war ihr irgendwie vertraut. Sie hatte sie schon mal gesehen.

Das Mädchen kaute verlegen auf den Lippen. Ella hielt

ihr die Hand hin. »Nun, Nadianna, ich hoffe, Sie wissen, auf was Sie sich da einlassen. Katie Pru ist eine Katastrophe. Eine wunderbare Katastrophe, wohlgemerkt, aber nichtsdestoweniger eine Katastrophe. Ich habe immer gesagt, daß Kinder wie sie der Grund sind, warum Frauen keinen Nachwuchs mehr kriegen sollten, sobald sie älter als 35 sind. Es kostet zuviel Energie. Und was noch wichtiger ist, es erfordert zuviel Nachdenken.«

Das Mädchen kaute nicht mehr auf den Lippen. Ihr Gesicht zog sich plötzlich hinter deren Fülle zurück. »Ich bin mir sicher, es wird schon klappen, Mrs. Alden. Ich habe mit Katie Pru geredet, und ich bin sicher, wir werden Freunde. Ich habe ein paar Nichten in ihrem Alter.«

Ella starrte auf die außergewöhnlichen Purpurlippen. Wo in aller Welt habe ich die schon gesehen? überlegte sie. Irgendwo, irgendwo vor kurzem. Sie lächelte.

»Zu welchen Jesups gehören Sie?«

Nadianna deutete auf die Vorderseite des Hauses. »Wir wohnen da drüben bei der Spinnerei. Howard Jesup war mein Opa.«

»Uh-huh.« Ella kannte aber keinen Howard Jesup. Die Wahrheit war, daß sie überhaupt keinen Jesup beim Vornamen kannte.

»Nun, ich hoffe, es klappt alles«, sagte sie. »Sie fangen also heute an?«

»Ich werde es heute mal probieren. Katie Pru und ich werden Gelegenheit haben, uns besser kennenzulernen.«

»Gute Idee.« Ella wandte sich ihrer Enkelin zu. »Das erinnert mich daran, daß ich mit dir reden muß, Gale. Vielleicht können wir Nadianna und Katie Pru irgendeine Beschäftigung geben.«

»In Ordnung«, antwortete Gale. »Wir haben Katie Pru mit einem Buch im Wohnzimmer gelassen. Nadianna, warum bitten Sie sie nicht, Ihnen das Arbeitszimmer zu zeigen? Sie erzählt gerne von den wilden Tieren dort.«

Nadianna wölbte die Brauen, sagte aber nichts, als sie die Küche verließ. Gale zog einen Stuhl unter dem Tisch hervor und setzte sich. »Okay. Worüber willst du reden?«

»Über Alby.«

»Was ist mit Alby?«

Ella hob den Schwamm auf, wandte Gale den Rücken zu und begann die Resopalplatte zu schrubben.

»Ich weiß, daß er dich gestern offiziell verhört hat«, erklärte sie.

»Meiner Erfahrung nach war das kein Verhör.«

»Und außerdem weiß ich, daß er dich auch inoffiziell verhört hat.«

Schweigen. Ella legte das Kinn schief und betrachtete ihre Enkelin über die Schulter hinweg.

»Ich will wissen, was er dir gesagt hat.«

Gale zuckte mit den Achseln. »Ich glaube, er wollte auf die Beziehungen innerhalb der Familie hinaus, aber ich bin mir nicht sicher. Er wollte wissen, wie es war, die Kindheit in diesem Haus hier zu verbringen.«

»Du hast deine Kindheit nicht in diesem Haus hier verbracht.«

»Die Sommer meiner Kindheit dann halt. Fast dasselbe.«

»Nein, das ist es nicht. Ich habe meine Kindheit hier verbracht. Und deine Mutter auch. Sogar Sill hat als Kind mehr Zeit in diesem Haus verbracht als du.«

Gales Gesicht wurde rot, und Ella konnte nicht sagen, ob es aus Verlegenheit geschah oder das erste Anzeichen von Wut war.

»Was willst du damit sagen, Ella?«

Ella drehte den Hahn auf und hielt die Hände unter den

Wasserstrahl. »Du weißt vieles nicht, was diese Familie betrifft, Gale, ob dir das gefällt oder nicht. Ich habe dich in Atlanta großgezogen. Jeden Sommer hier ein paar Monate verbracht zu haben mit dem Wissen, daß man wieder fahren wird, daß man wieder fahren kann, das hat hier bei uns nicht viel zu bedeuten. Ich gebe dir nicht die Schuld daran, ich will dich bloß daran erinnern. Bevor du dem Sheriff gegenüber weiter über die Beziehungen innerhalb dieser Familie plapperst, solltest du daran denken, daß du nicht zu dem Haus gehörst. Du hast kein Recht, darüber zu sprechen.«

Sie hörte hinter sich einen Stuhl über den Boden scharren. »Ist das alles, was du mir sagen zu müssen meintest?« Gales Stimme war ruhig.

Ella wusch sich weiter die Hände. »Ich denke schon. Bilde dir bloß nicht ein, daß du irgendwas über diese Familie weißt! Alby Truitt ist kein einfältiger Mensch.«

»Das habe ich auch nicht angenommen.« Gales Stimme zitterte vor Wut. »Und ich weiß, verdammt noch mal, mehr über diese Familie, als mir recht ist.«

Ella erkannte daran, wie die Luft klang, daß Gale den Raum verlassen hatte. Ihre Mutter hatte ihr einmal gesagt, wenn sie genau auf die Stille lauschte, würde sie die Luft knistern hören, als würde sich in der Leere ein Feuer ausbreiten. Nur spürte sie jetzt kein Feuer. Sie spürte Eis.

Sie packte ein Handtuch und tupfte die Hände trocken. Nun gut, dachte sie sich, manche Dinge mußten einfach erledigt werden. Und sie war diejenige, die es tat.

Maralyns Stimme war heiser. Sie saß vor Truitts Tisch, Tränen strömten hinter ihrer strengen Nickelbrille hervor, und sie nahm die Einkaufstüte, die er neben dem Telefon abstellte, nicht wahr. Er zog die Schublade heraus und gab ihr ein Päckchen Taschentücher.

»Ich hatte eine Abtreibung, bevor Martin und ich geheiratet haben«, stieß sie hervor. »Er ist mit mir mitgegangen. Es hat ewig lange weh getan. Er ist jeden Tag zu mir nach Hause gekommen, um zu sehen, wie es mir geht.«

»Sie waren in Statlers Cross?«

Sie nickte. »Es war im Sommer. Wir hatten einen Arzt in Athens gefunden. Es war schrecklich. Ich bin nach Hause gekommen und konnte mich kaum bewegen. Ich glaube, Mutter hat was geahnt, aber sie hat nie was gesagt. Sie hat bis heute nie was gesagt. Das war noch in der schlimmen alten Zeit, als es illegal war. Ich bin davon steril geworden.«

Die Muskeln in ihrem Arm zuckten. Er konnte es unterhalb der Tischkante nicht sehen, aber sie mußte die Hände zusammengepreßt haben. Er blickte auf die eigenen Hände hinab und entdeckte, daß er das gleiche tat. »Glauben Sie, daß das zu Ihrer späteren Scheidung beigetragen hat?«

»Nein«, antwortete sie. »Er hat sich in der Sache wunderbar verhalten. Hat sich sogar selbst die Schuld gegeben. Hat gesagt, daß er mich vor allem nicht dazu hätte überreden sollen, mit ihm zu schlafen, und daß er mich zweitens, nachdem ich schwanger geworden war, sofort hätte heiraten sollen. Ich habe es ihm nie gesagt, aber das alles war Gewäsch. Ich wollte mit ihm schlafen, und ich wollte dieses Baby nicht haben.«

»Mir ist diese Sache nicht ganz klar, Maralyn. Meinen Sie, es hätte Martins Charakter nicht entsprochen, in der Anti-Abtreibungs-Bewegung aktiv zu werden?«

Das Licht, das durch die Fenster hinter ihm fiel, blitzte auf ihrer Brille. »Es wäre einfach nicht möglich. Er und ich hatten ein Übereinkommen. Es war eine schreckliche Sache, die wir durchgemacht hatten. Als ich beschloß, mich auf Gynäkologie zu spezialisieren – um Frauen bei ihren Abtreibungen beizustehen –, habe ich es mit ihm besprochen, obwohl er und Cammy schon seit mehreren Jahren verheiratet waren. Er hat mich darin sehr unterstützt. Es hat mich an den Teil in ihm erinnert, den ich geliebt hatte –, den Grund, weshalb ich ihn geheiratet hatte.«

»Haben Sie diese Frage mit ihm vor kurzem noch einmal besprochen?«

Sie putzte sich mit einem Taschentuch die Nase. »Nein. Während all dieser Jahre hatten wir ein Übereinkommen. Es war ein Geheimnis, das wir bewahrt haben. Es war der Teil von ihm, den ich weiter festhalten konnte.«

Sie schluchzte. Truitt ging zu seiner Bürotür und winkte Haskell herein. Der Deputy nahm an der Wand Platz und zog einen Notizblock hervor.

Truitt packte die Lehne seines Schreibtischstuhls und beugte sich nach vorne. »Maralyn«, sagte er leise. »Ich werde Ihnen eine Frage stellen, und ich möchte, daß Sie nachdenken, bevor Sie sie beantworten. Als Sie gleich nach dem Schuß in das Zimmer gegangen sind, haben Sie dort irgendwelche Utensilien zum Reinigen von Gewehren herumliegen sehen?«

Sie schneuzte sich. »Nein.«

»Ein Ölkännchen?«

»Nein.«

»Bürsten? Stäbe? Lumpen?«

»Sie haben mich das schon mal gefragt.«

»Da haben Sie nicht geantwortet. Ich will, daß Sie sich genau überlegen, was Sie sagen.«

»Ich überlege mir immer, was ich sage, Alby. Ich habe diese Sachen nicht gesehen.«

»Ella schon.«

»Mutter irrt sich.«

»Verflucht wichtige Angelegenheit, in der sie sich da irrt.«

Maralyn warf die Hand in die Luft und ließ das Taschentuch flattern. »Hören Sie, Alby, meine Mutter ist in den Siebzigern. Wer weiß schon, in welcher Angelegenheit Sie sie während dieser ganzen Befragung noch verwirrt haben.«

Truitt legte die Hand auf die geschlossene Plastiktüte, öffnete sie aber nicht. »Wir haben Cammys Handtasche gefunden.«

Sie blickte ihn mit offenstehendem Mund an.

»Sie wollten doch, daß ich Ihnen Cammys Handtasche besorge, nicht wahr?«

»Wo...?«

Truitt ignorierte die Frage. »Interessanter Inhalt, Maralyn. Wollen Sie mir etwas darüber erzählen?«

Ihr Mund klappte zu. Sie starrte ihn lange an. »Ich muß mit Mutter reden. Ich brauche vielleicht einen Anwalt«, erklärte sie.

Alles, was an Trauer in ihrer Stimme gelegen haben mochte, war verschwunden. Ihr Ton war hart, ihr Mund angespannt.

Truitt schlug auf die Stuhllehne und schob die Einkaufstüte zu Haskell hinüber. »Gut«, erklärte er. »Sie beide können das in Ellas Haus besprechen. Wir folgen Ihnen.«

*Jimmy Carter hat die Wahl verloren, weil zu viele von den verdammten Yankees glauben, wir mit unserem »Ach, Andy«-Gedöns, unserem Opossumfresser-Grinsen und unseren Verwandten, die nicht tot bleiben wollen und immer wieder aus den Wandschränken hervorkriechen und die Hunde erschrekken, sind bizarr und rückständig. Und das Frustrierende ist, uns gefällt das.*

Brad Stone, Zeitungsredakteur
aus Calwyn County,
in einer Kolumne im Januar 1982

## 19

Der Jaguwar gähnte. »Es ist so heiß, daß ich die Luft trinken kann«, behauptete er.

Katie Pru sah zu, wie ihre Mutter, die eine schwere Schultertasche trug und ihre Wanderstiefel anhatte, ihr von oben auf den Gleisen zuwinkte und die andere Seite hinunter verschwand. »Nee«, sagte sie. »Man kann Luft nicht trinken. Man kann nur Regen und Cola trinken.«

»Ich kann Luft trinken. Am Morgen hängen Tropfen an meinem Bauch. Das ist die Luft, die durch meine Haut sickert.«

»Hör auf! Du erzählst Blödsinn!«

»Tue ich nicht. Schau morgen früh nach, dann wirst du es sehen.«

Katie Pru wollte hochlangen und den Jaguwar ins Ohr kneifen, wie sie es in den Filmen Erwachsene bei Kindern hatte tun sehen, aber sie hielt sich zurück. Falls sie es tat, würde der Jaguwar vielleicht aufjaulen, und dann würde

Nadianna, die vom Pekanbaum aus auf sie aufpaßte, herübergelaufen kommen und sie wegreißen. Nadianna würde vielleicht sogar ins Haus gehen, ein Seil holen und es um den Hals des Jaguwars schlingen. Dann würde sie den Jaguwar fortzerren und ihn in den Zwinger mit den wütenden Hunden und dem Schwein stecken. Dem Jaguwar würde das überhaupt nicht gefallen. Er würde das Schwein mit niemandem teilen wollen.

»Schweine schmecken lecker«, hatte der Jaguwar behauptet, als sie ihm erzählt hatte, was sie in dem Stall bei Cammys Haus gesehen hatte. »Man kann aus ihnen gute Sandwiches machen.»

Sie hatte mit dem Jaguwar wegen des Wetters nicht viel spielen können, und daher hatte sie während der Gewitter die pfirsichfarbenen Vorhänge im Wohnzimmer beiseitegezogen und sich auf die Fensterbank gelehnt, um mit ihm zu reden. Von dort aus hatte sie sehen können, wie der Regen auf ihn niederprasselte. Der Regen machte ihm nichts aus – er hatte ihn sogar gern, weil er sein schwarzes Fell glänzend machte und die Erde unter seinen Füßen in Matsch verwandelte. Während der Gewitterstürme stand er mit offenem Maul im Vorgarten, und das Wasser tropfte von seinen Zähnen und seiner Zunge herab. Manchmal brüllte er, und Lichter blitzten am Himmel auf. Sie wußte, er konnte Regen trinken. Aber kein Jaguwar konnte Luft trinken.

»Züge trinken Luft.«

Sie klopfte ihm auf den Kopf. »Das tun sie nicht.«

»Schau nur genau hin. Sie trinken die Luft und spucken das Heiße wieder aus.«

Sie antwortete nicht. Er wußte, es gab keine Züge mehr.

Er wußte, sie würde keine Züge mehr vorbeifahren sehen, ganz egal, wie lange sie noch auf die Gleise hinausstarrte. Und es gab auch keine Linnies mehr. Linnies tänzelten nicht mehr die Schienen entlang.

Sie hörte das Knarzen der Haustür und sah aus dem Augenwinkel, wie Oma Ella auf die Veranda trat.

»Katie Pru!« rief Oma Ella. »Geht's dir gut? Wo ist Nadianna?«

»Ich bin hier, Mrs. Alden.« Nadianna ging schnell zur Vorderseite des Hauses. »Ich bin ganz in der Nähe. Ich kann sie gut sehen.«

»Wollte bloß mal nachsehen. Bei dem Kind muß man ständig aufpassen. Kommt rein, wenn ihr was zu trinken wollt.«

Die Tür knallte hinter ihr zu. Katie Pru schaute stumm zu Nadianna hinüber, aber diese ging schon zu dem Pekanbaum zurück. Katie Pru betrachtete ihr langes Kleid und fragte sich, wie es kam, daß es bei keinem Schritt im Matsch landete. Selbst Katie Prus Shorts verfehlten den Matsch nie.

Am Baum angelangt, ließ Nadianna die Finger über die Kette gleiten, die sich in den Stamm gegraben hatte. Sie preßte erst einen, dann alle fünf Finger auf die Glieder. Sie stemmte sich mit einem Arm gegen den Baum, als versuche sie, ihn umzuschubsen, und stieß sich dann langsam wieder ab.

Katie Pru hopste vom Rücken des Jaguwars und rannte zu ihr hinüber.

»Was tust du da?«

Nadianna zwinkerte mit den Augen. Zwei Tränen rollten auf ihre Wangen. Sie wischte sie weg und verschränkte die Arme. Sie wies mit dem Kinn auf die Kette. »Ich habe bloß die da angesehen.«

»Sie ist aus Eisen. Es macht den Baum stark«, erklärte Katie Pru. »Oma Ella sagt das.«

Katie Pru streckte den Arm aus und versuchte, einen der Äste zu packen, kratzte aber statt dessen mit den Fingern nur über die Rinde. Sie stieg auf die Wurzeln am Fuß des Baums, stellte sich auf die Zehenspitzen und krallte sich in den Stamm, aber das brachte ihr nichts außer Flechtenkrümel unter den Fingernägeln ein. Sie verschränkte die Arme wie Nadianna und starrte die Kette an.

»Warum weinst du?« fragte sie.

Ein Brummen wie das eines Flugzeugs zog an ihnen vorüber. Nadianna schlug nach dem Moskito, der auf Katie Prus Bein gelandet war. »Ich habe von dieser Kette gehört«, antwortete Nadianna. »Meine Großmutter hat immer eine Geschichte über sie erzählt.«

»Ich will die Geschichte hören.«

»Ich weiß nicht, Katie Pru. Sie ist sehr traurig.«

»Meine Mama erzählt mir auch Geschichten.«

»Erzählt sie dir traurige Geschichten?«

»Die kleine Meerjungfrau heiratet den Prinzen nicht wirklich«, sagte Katie Pru. »Sie verwandelt sich in Meeresschaum. Und das Walroß frißt die ganzen Baby-Austern.«

Nadianna lächelte. »Das sind traurige Geschichten. Nun, na gut.« Sie lehnte sich so gegen den Baumstamm, daß ihr Kopf die Kette berührte. »Es war einmal eine Frau in Blau. Sie war sehr schön und auch sehr traurig. Der Mann, der sie liebte, versuchte, sie zum Lachen zu bringen. Er zog sich lustige Kleider an, und sie kicherte, aber danach ist sie wieder traurig geworden. Er hat ihr lustige Lieder vorgesungen, und die haben sie zum Lachen gebracht, aber sobald er damit fertig war, wurde sie wieder ganz melancholisch.«

»Was ist das?«

»Traurig. Sie wurde traurig. Und er hat ihr sogar Witze

erzählt und sie gekitzelt und über die Felder gejagt, aber sobald sie sich beruhigte und zu lachen aufhörte, wurde sie wieder ganz traurig. Eines Tages hat Herr Traurig selbst an ihre Tür geklopft. Er hatte lange Beine und trug einen großen Hut. Und er sagte: ›Liebe Frau, es ist Zeit, daß Sie alles beiseitelegen und mit mir kommen.‹ Und da hat sie ihrem kleinen Jungen das Gesicht und die Hände gewaschen, hat ihm die schönsten Kleider angezogen, die sie für ihn gemacht hatte, und dann ist die Frau in Blau durch die Tür zu Herrn Traurig getreten und mit ihm weggegangen. Und der Mann, der sie liebte, hat gesehen, wie sauber und hübsch sie den kleinen Jungen gemacht hatte, und er hat es als ein Zeichen dafür genommen, daß sie endlich glücklich war. Und um seine Liebe zu zeigen, hat er eine Kette um seinen liebsten Baum gelegt, denn so lange der Baum groß und kräftig war, würde es auch ihre Liebe sein.«

Katie Pru blickte auf die Kette und zog die Nase kraus. »Was ist mit dem kleinen Jungen passiert?«

»Ihm ging es prächtig, denn nachdem er mit seiner Mutter weggegangen war, hat Herr Traurig sich nie wieder blicken lassen. Und daher war der kleine Junge glücklich bis an das Ende seiner Tage.«

»Oh!« Katie Pru polkte die Flechten unter den Fingernägeln hervor.

»Und siehst du, wie der Baum um die Kette herumgewachsen ist? Das kommt daher, daß der Baum sie mit aller Kraft halten will. Er hat die Frau in Blau auch geliebt.«

»Okay.«

Katie Pru kletterte über die Wurzeln des Pekanbaums, rannte zum Jaguwar und kletterte an ihm hoch. Sie wälzte sich herum und lag mit geschlossenen Augen und weit offenem Mund rücklings auf ihm.

»Was tust du da?« fragte der Jaguwar schließlich.

»Ich trinke Luft«, antwortete sie. »Ich trinke Luft und denke nicht an die traurige Frau.«

Es war eine langsam dahinziehende Karawane: zuerst Maralyn Nash in ihrem schwarzen Mercedes, dann Truitt in seinem Dodge. Ruch mit dem braunen Streifenwagen bildete das Schlußlicht. Truitt hielt sich genau zwei Wagenlängen hinter Maralyn. Sie reagierte darauf, indem sie nicht schneller als 50 fuhr.

Auf dem Beifahrersitz des Dodge nickte Haskell in Richtung des Autos vor ihnen. »Ziemlich eisig, findest du nicht? Im einen Moment heult sie, daß man Eimer damit füllen könnte, und im nächsten redet sie ganz ruhig von einem Anwalt.«

Truitt zog seine Sonnenbrille aus der Tasche und setzte sie auf. Während der fünfzehn Minuten, die sie jetzt schon fuhren, hatte sich die Silhouette der Fahrerin vor ihnen nie bewegt. Nicht einmal ein Drehen des Kopfes, um in den Rückspiegel zu schauen. Eisig ist das richtige Wort, dachte er. Er sah, wie die Tachonadel auf 55 hochstieg und dann gleich darauf auf 45 fiel. Eisig und verdammt nervös.

»Was hältst du davon, Craig? Laß mich mal deine Ideen hören.«

Haskell streckte seine ziemlich langen Beine aus und lehnte sich gegen die Tür. »Naja, ich habe darüber nachgedacht, und das Ganze ergibt für mich nicht viel Sinn. Wenn man jemanden umbringt und es vertuschen will, würde man da nicht den wichtigsten Hinweis darauf, daß es ein Unfall war, liegenlassen? Und wenn es ein Unfall war, warum sollte man dann mit den Beweismitteln herumpfuschen? Und wenn es Selbstmord war, wieso liegen dann diese Reinigungssachen überhaupt herum?«

»Außer, Martin wollte, daß es wie ein Unfall aussieht.«

»Warum sollte er das? Ich habe heute morgen bei seinem Versicherungsagenten angerufen. Er hat seine Lebensversicherung schon seit fünf Jahren. Da ist die Selbstmordklausel längst abgelaufen. Worin besteht also die Veranlassung dazu, den Tatort zu verhunzen?«

»Weil man hysterisch ist? Weil der liebe Daddy – oder Ehemann oder Cousin, ganz egal – in kleine Fetzen zerrissen daliegt, und weil man einfach durchdreht und so viele Beweismittel zerstört wie möglich?«

Haskell schnaubte. »Wenn sie sich damit verteidigen wollen, dann sollten sie besser darauf hoffen, daß ein Kaffeekränzchen bibbernder, wimmernder Schnepfen die Geschworenen stellt. Und noch was: Wie erklärst du dir, daß das Gewehr auf der anderen Seite des Zimmers lag? Und warum sollte Mrs. Alden dies behaupten, falls es nicht stimmt?«

»Also, ich habe tatsächlich schon gehört, daß das vorgekommen ist. Der Tod wurde zu einem Unfall erklärt, obwohl das Gewehr drei Meter von der Leiche entfernt gefunden worden ist. Die ermittelnden Beamten vermuteten, daß es etwas mit dem Muskelreflex in dem Moment, als die Waffe losgegangen ist, zu tun haben müßte. Also, es ist möglich.«

»Aber ist es auch wahrscheinlich?«

Truitt schaltete die Klimaanlage auf die höchste Stufe. »Wenn wir zurück sind, möchte ich, daß du Dr. Blair von der University of Georgia anrufst. Frag ihn, ob wir morgen früh zu ihm kommen und mit ihm reden können.«

»In welche Richtung denkst du?«

Truitt klopfte mit den Daumen auf das Lenkrad. »Wie wäre es damit: Ein Teenager läßt in den fünfziger Jahren eine Abtreibung vornehmen und wird davon steril. Niemand außer ihr und dem Jungen wissen davon: keine Unterstützung durch die Familie, keine Beratung. Sie heiratet den Jungen, sie lassen sich scheiden, sie heiratet wieder, ist verwitwet. Fängt in einer Abtreibungsklinik zu arbeiten an. Ich wüßte gerne, was für eine Art von Profil er für solch eine Person erstellen würde.«

»Also wie? Du glaubst, sie findet heraus, daß er ein radikaler Abtreibungsgegner ist, fühlt sich betrogen und dreht durch?«

Die Silhouette vor ihnen blieb weiter völlig reglos. »Irgend etwas hat zumindest eine von diesen Frauen durchdrehen lassen. Aber ich würde alles, was ich besitze, darauf verwetten, daß Maralyn Nash erst von Martins Abtreibungsaktivitäten erfahren hat, als ich ihr diese Broschüre auf den Tisch geknallt habe. Was ich also herauskriegen will, ist: Wer hat es dann gewußt?«

Gale stand vor Malcolm Hinsons Fotostudio auf dem Bürgersteig und fluchte. Ein kleines, mit Holzschindeln gedecktes Vordach sprang über ihr hervor und schützte sie vor der gleißenden Mittagshitze, und die zurückversetzte Tür lag außerdem in einer trüben Nische zwischen den mit Brettern vernagelten Schaufenstern zu beiden Seiten. Trotzdem kam sich Gale exponiert und töricht vor, als sie den Schlüssel, den ihr Mal Robertson gegeben hatte, in das sich ihr verweigernde Schloß zu stecken versuchte.

»Scheiße«, flüsterte sie. »Verfluchte, verdammte Scheiße noch mal.«

Die Tasche, die sie nach hinten auf den Rücken geschoben hatte, rutschte wieder nach vorne und brachte sie aus dem Gleichgewicht. Der Schlüssel in ihrer Hand war offensichtlich eine neu angefertigte Kopie, entsprach allerdings nicht dem Schlüssel, mit dem sich die Eingangstür des Studios aufsperren ließ. Sie trat aus dem Schutz der Nische hervor und ging auf dem Bürgersteig an Greenes Eisenwarenhandlung vorbei. Hinter Langleys Drugstore stieg sie die beiden Steinstufen hinab, die den Bürgersteig mit der Straße verbanden, und gelangte an der Gebäuderückseite entlang nach hinten.

Zu ihrer Linken befand sich ein Müllcontainer. Schwarze Fliegen umschwirrten seine Öffnung. Dahinter standen ein Stapel Holzpaletten und ein Kleinlaster. Ein weißer Lieferwagen, auf dessen Seiten in Gold und Schwarz *Piedmont Antiques* geschrieben stand, parkte weiter hinten auf dem schmalen Hof. Seit Barry Greenes Tod wirkte das Geschäftsviertel von Statlers Cross wieder armselig.

Sie bahnte sich mühsam einen Weg über einen Stapel Pappkartons hinter dem Drugstore hinweg und hielt vor der Rückseite des Studios inne. Das hier wird also bald Statlers Cross' vornehmer Teesalon sein, dachte sie. Zwei große Fenster, die beide ungefähr zwei auf drei Meter maßen, rahmten die Hintertür ein. Viele Scheiben waren zerbrochen. Irgendwann waren Bretter von innen gegen die Fensterrahmen genagelt worden, und auf dem Kies am Fuß des Gebäudes lagen nur wenige Splitter. Gale betrachtete die versperrte Tür. Falls dies der Eingang war, den Mal Robertson und der Mann von der Bauaufsicht vor einem Jahr benutzt hatten, dann hatten die Spinnen mit Erfolg ihr Terrain zurückerobert. Die Ecken der Tür und der Knauf waren mit federigen Spinnweben verhängt. An den langen Strängen klebten Insekten, tot und trocken. Gale wischte sie zur Seite, packte den Knauf und probierte den Schlüssel aus.

Sie mußte zweimal mit der Schulter dagegenstoßen, bis die Tür aufging. Nach dem hellen Sonnenlicht draußen konnte sie im Gebäudeinneren nichts sehen. Sie blockierte die Tür mit ihrer Tasche und begann, den Parkplatz nach einem geeigneten Türstopper abzusuchen. In einem Büschel Unkraut in der Nähe des Müllcontainers fand sie einen Asphaltklumpen. Sie klappte die Tür gegen die Außenwand des Hauses und klemmte sie mit dem Klumpen fest. Dann klopfte sie sich die Hände ab und sah sich auf dem verlassenen Parkplatz um. Sie wollte sich auf keinen Fall plötzlich wie die abenteuererprobte Heldin Nancy Drew allein in dem verlassenen Gebäude eingesperrt wiederfinden, mit einer Taschenlampe und ihrer Tollkühnheit als einziger Rettung.

Einen halben Meter hinter der Schwelle blieb sie stehen. Anders als Nancy Drew brauchte sie nicht zu fürchten, daß ihr ein Bösewicht eins über die Birne zog und sie dann den Ratten und dem Hungertod überließ. Sie mußte allerdings auf gesetzestreue Ladenbesitzer gefaßt sein, die erst mit der Schrotflinte schossen und dann Fragen stellten. Sie ging rasch zur hinteren Tür des Drugstores hinüber und klopfte.

Die kühle Luft, die ihr aus dem Laden entgegenschlug, war den finsteren, primatenähnlichen Blick wert, den ihr Cooper Langley zuwarf, als er die Tür öffnete. Ein paar langsame Herzschläge später erkannte er sie jedoch.

»Oh, Gale!« rief er und lächelte. »Ich wußte nicht, daß du es bist. Ich hatte erwartet, daß es einer von den Jungen aus der Siedlung ist. Es ist Sommer, und ihnen fällt nichts Besseres ein, als mit ihren Rädern hier rüberzukommen und rein zum Spaß gegen meine Tür zu trommeln.« Sein Vogelscheuchenarm winkte in Richtung der Ansammlung von Bungalows. »Manchmal denke ich daran, Alby anzurufen und ihn zu bitten, diese Jungs einzufangen und in ein Arbeitslager zu stecken.«

»Sie sind nicht schlimmer, als wir früher waren.« Gale lächelte. »Gerade heute habe ich an all die Schwierigkeiten gedacht, in die Sill und ich während der Sommerferien immer geraten sind.«

»Nun, ihr seid nicht herumgezogen und habt einen Riesenkrach gemacht. Der Unterschied ist, ihr wart keine Rowdys.«

Nein, dachte Gale. Der Unterschied ist der, daß wir Aldens waren. Sie blickte zu den Bungalows hinüber, von denen die meisten gut in Schuß und mit gestutzten Sträuchern und bunten Blumenbeeten geschmückt waren. Die einzigen Blumen auf dem Besitz der Aldens waren der Hartriegel vom Fußabstreifer und das Geißblatt, das wild entlang der Zäune wucherte. Für Ella beschränkte sich der Rasendekor auf einen schwarz angemalten Jaguar und die Kleider all derer, die sich gerade im Garten aufhielten. Aber es spielte keine Rolle. Wenn man über einen Stammbaum mit ausreichend exzentrischen Familienmitgliedern verfügte, war Besitzerstolz offenbar nicht nötig.

Langley steckte die Hände in die Taschen. »Gale, das mit Martin tut mir wirklich leid. Du weißt, ich habe große Stücke auf ihn gehalten.«

»Danke. Die Leute waren eine echte Stütze. Es hilft wirklich.«

»Es ist eine Schande. Ein Mann wie er, der so viel bewirkt hat. Und er hat nie eine Gegenleistung erwartet. War immer bescheiden. Vergiß bitte nicht, Cammy zu sagen, falls es irgendwas gibt, das ich tun kann...«

»Mach ich. Hör mal, Cooper, ich werde jetzt nebenan in dem Fotostudio arbeiten. Ich habe Mal Robertsons Erlaubnis. Er hat mir den Schlüssel gegeben. Ich wollte dich nur warnen für den Fall, daß du seltsame Geräusche hörst.«

Langley hob die dünnen, schwarzen Brauen. »Was machst du denn da drinnen?«

»Die Chancen stehen nicht sehr hoch, aber ich hoffe, ein

paar alte Fotos zu finden. Ich recherchiere für ein Buch über das Landleben in den zwanziger Jahren, und soweit ich weiß, hat Malcolm Hinson in dem Jahrzehnt eine ganze Menge Dokumentaraufnahmen gemacht.«

»Hmm. Ich erinnere mich, wie mein Großvater davon erzählt hat. Er wußte nicht viel Gutes darüber zu berichten. ›Rumschnüffeln‹ nannte er es.«

»Das hat auch Deak gesagt. Wie auch immer, ich dachte mir, ich kann vielleicht ein paar von seinen Fotos aufstöbern...«

»Hmm. Die zwanziger Jahre. Da war hier der Baumwollkapselkäfer.« Langley fuhr sich mit dem Daumen über das Kinn. »Hat die Familien genauso aufgefressen wie die Baumwollernte. War vermutlich keine gute Zeit, um jemandem eine Kamera unter die Nase zu halten.«

»Das stimmt wahrscheinlich. Trotzdem, es könnte mir gelegen kommen, daß er es getan hat.«

»Schön, daß diese Zeiten vorbei sind, nicht wahr? Nach allem, was mein Großvater darüber erzählt hat, war es eine Zeit, in der man die Luken dichtmachen, durchhalten und in der Heiligen Schrift Trost suchen mußte.«

»Da bin ich sicher. Nun, ich werde mal sehen, was ich finde. Wenn du mich schreien hörst...«

»Dann komme ich mit meiner Schrotflinte in der einen Hand und einem Besen in der anderen Hand angerannt.« Er grinste, als sie ihn ratlos ansah. »Die Schrotflinte für die Ratten – den Besen für die Schlangen. Es ist in Georgia illegal, ungiftige Schlangen zu töten.«

»Prima. Wenn ich eine Schlange sehe, werde ich darauf achten, sie zuerst nach ihren Absichten zu fragen.«

Er kicherte, nickte zum Abschied und schloß die Tür. Gale ging zurück zum Fotostudio. Kakerlaken, Ratten und Schlangen. Wunderbar. Sie kniete neben ihrer Tasche nieder und fummelte an den Verschlüssen herum. Nun, sie würde sich nicht kampflos ergeben. Sie langte in die Tasche und zog ein paar Gartenhandschuhe hervor, eine Taschenlampe und einen Hammer. Wenn es sein mußte, würde sie die verfluchten Viecher erschlagen.

Sie betrat den Raum und stampfte zweimal auf. Nichts huschte, nichts zischte. Sie ging weiter hinein und ließ ihre Schuhe laut über den Boden schlurfen. Stille. Sie schaltete die Taschenlampe ein und schwenkte den Lichtstrahl durch den Raum. Nachdem sie sich davon überzeugt hatte, daß ihr nichts Gepanzertes und nichts Geringeltes ins Haar fallen würde, nahm sie vorsichtig die Tasche von der Schulter, legte den Hammer auf den Boden und begann mit einer genaueren Erkundung.

Für einen Laden war der Raum nicht groß – vermutlich nicht breiter als zehn Meter. Eine Wand trennte das hintere Zimmer vom Vorderteil des Studios ab, aber Gale vermutete, daß dieser rückwärtige Raum den größten Teil des Gebäudes einnahm und der vordere zu wenig mehr als der Präsentation von Fotos gedient hatte. Der Boden bestand aus Holzdielen, die, so schien es ihr, nur von Balken getragen wurden. Die Bretter knarzten beim Gehen.

Falls je der Geruch von Chemikalien in dem Studio gehangen hatte, war dieser schon seit langem dem nach abgestandener Luft und Staub gewichen. Ein paar Möbel standen in dem Raum herum: eine Herrenkommode ohne Schubladen, ein Metalltisch, wie man ihn während der vierziger Jahre in den Küchen hatte, eine Anrichte mit geschwungenen Seitenwänden, in denen das Glas fehlte. Dazwischen lagen Wellen aus steifer Leinwand. Gale ließ den Lichtstrahl darüberwandern. An manchen Stellen ragten die Leinwände pyramidenförmig empor, an anderen waren sie zu schlaffen Rollen zusammengesackt.

Trotz der Helligkeit der Taschenlampe und dem Licht, das durch die offene Tür fiel, war der Raum immer noch zu düster, um Details zu erkennen. Gale konnte an den Stellen, an denen die bemalten Seiten offen dalagen, kaum die Farben, noch viel weniger die Formen ausmachen. Frustriert sah sie sich in dem Raum um. Es bestand eigentlich keine Hoffnung, daß das Studio noch Strom hatte, und sie konnte nicht einmal einen Schalter oder einen Sicherungskasten finden.

Sie ging zu dem großen Fenster rechts von der Tür. Die Bretter, die die Scheiben bedeckten, waren dünn, kaum dicker als Sperrholz, und sie schienen planlos festgenagelt worden zu sein. Gale streckte die Hand aus und packte einen der Nägel. Er löste sich leicht. Ach, zum Teufel, dachte sie sich. Ich werde mich später bei den Robertsons entschuldigen.

Sie hob den Hammer auf und zog den größten Schraubenzieher ihres Heimwerkersets aus der Umhängetasche. Mit jedem Brett, das verschwand, nahm die Helligkeit zu. Als sie schließlich alle Latten in Reichweite entfernt hatte, überflutete klares, schräg einfallendes Licht den Raum.

Sie stand keuchend und mit Schweiß und Dreck bedeckt da. Sie verzog das Gesicht, ließ die Werkzeuge in die offene Tasche fallen und blickte sich in dem Studio um.

Die Leinwände hätten genausogut Staubdecken sein können, so nachlässig waren sie hingeworfen worden. Gale ging zu der ihr zunächst liegenden und hob vorsichtig eine Ecke an. Sie zog langsam die Leinwand zurück, bis sie das Bild erkennen konnte. Die Farbe war gesprungen. Haarfeine Risse wanden sich über das Tuch, aber die Farbe hielt trotzdem. Zuerst erschienen die Gipfel schneebedeckter Berge, dann die Spitzen von Kiefern, dann ein See. Gale breitete die Leinwand aus, so gut sie konnte, und betrachtete das Kunstwerk. Es hätten die Alpen, aber auch die Rockies sein können. Eins war sicher: Es hatte nichts mit Statlers Cross oder irgendeinem anderen Teil von Georgia zu tun.

Sie untersuchte den unteren Rand der Kulisse auf eine Signatur hin, aber es gab keine. Nicht weiter erstaunlich. Die Kunst, um die es hier gegangen war, hatte auf der Technologie von Linsen und Chemikalien beruht und nicht auf dem archaischen Zusammenspiel von Tuch und Ölfarben. Sie sah die anderen Kulissen durch: ein Schiff am Pier, ein edles Interieur, eine weit geschwungene Treppe mit einem reich geschmückten Eisengeländer. Sie fragte sich, ob diese Phantasien ortsspezifisch waren und ob sie, wenn sie ein verlassenes Fotostudio in Chicago durchstöbert hätte, auf dieselben gemalten Hintergründe gestoßen wäre. Eher waren diese Szenerien genau die, die es in Chicago gegeben hatte, und der Nordstaatler Malcolm Hinson hatte sie hierher mitgebracht, vermutete sie. Ihr fiel plötzlich etwas ein, was Zilah über das Witwendasein gesagt hatte: Es gibt niemanden, der einen aus sich selbst herausholt. Etwas in der Hinsicht mußte Malcolm Hinson für die verarmten Einheimischen geleistet haben, die es zwar haßten, daß er sich in ihr Alltagsleben drängelte, seine Dienste aber gerne in Anspruch nahmen, um sich in Pose zu werfen. Er holte sie für einen Moment aus ihrem Leben als arme Südstaatler heraus.

Sie beugte sich nach vorne und hob die Ecke der letzten Kulisse an. Ein blaßblauer Hintergrund, ein felsiger Boden, dann drei Steinstufen, die zu einer Reihe dorischer Säulen hochführten: Sie hatte die Kulisse des Parthenon gefunden, die für das Foto von Jessie und den drei Kindern benutzt worden war.

Es gab keinen logischen Grund für ihre prickelnde Erregung. Es handelte sich um keine großartige Entdeckung. Wenn die anderen Kulissen noch im Studio lagen, dann war die Wahrscheinlichkeit hoch, daß auch diese hier noch da sein würde. Auslöser für den Nervenkitzel waren die Tatsache, daß sie die Kulisse wiedererkannte, und die Erinnerung an die Frau, die nicht mit ihrer Schwester und ihrem Kind vor dieser Leinwand gestanden hatte.

Gale zog sanft an der Szenerie und versuchte, sie auf dem Boden auszubreiten. In der Mitte bildete sich ein Hügel und bewirkte, daß der Parthenon sich emporwölbte. Mit gerunzelter Stirn hob sie die Kulisse über den Kopf und zog sie vorsichtig beiseite. Als sie sie auf den Boden fallen ließ, stiegen Staub- und Schmutzwolken von einem großen Haufen Lumpen auf, der unter ihr gelegen hatte.

Sie nieste zweimal, bevor sie den Haufen mit dem Fuß anstieß. Als nichts davonlief, kniete sie neben den Lumpen nieder und begann sie zu untersuchen. In der Mitte des Haufens waren Papierschnitzel mit Stoffasern vermischt. Ein Rattennest. Sie rang den Impuls, zu ihrem Hammer zu laufen, nieder. Daran, daß das Tuch flach dalag, ließ sich erkennen, daß es schon seit einer Weile nichts Lebendiges mehr beherbergt hatte. Sie nahm vorsichtig ein Stück Stoff, das nicht in kleine Stücke zernagt worden war, zwischen die Fingerspitzen und schüttelte es von dem Haufen los. Trotz des Schmutzes und des Alters konnte sie erkennen, daß es ein burgunderfarbener Satin war. An den Nähten am Hals und den Seiten ließ sich feststellen, daß es sich um ein Mieder gehandelt hatte.

Sie sah die intakten Stücke des Haufens eines nach dem anderen durch: ein abgeschnittener Rock, der früher einmal an dem Mieder befestigt gewesen war, ein paar Männerhosen aus einem rauhen, braunen Material, eine Haube aus gelber Baumwolle, ein schmutziger, mit Rüschen besetzter Pettycoat, ein zusammengeknäultes und zerfetztes Schultertuch. Ihre Hand stieß gegen etwas Hartes, und sie zog einen Damenstiefel aus dem Lumpenberg hervor, von dessen Ösen Schnürsenkel herabbaumelten. Unten in dem Haufen, unter graunußfarbenen Wollhosen, fand sie das alte Käppi eines Infanteristen der Konföderierten, dessen schräggeneigte Hutkrone schon ganz zerknittert war.

Gale glättete den Schild des Käppis. Eine seltsame Sammlung, die sie da in der Werkstatt eines Yankees gefunden hatte, dachte sie sich. Sie hob wieder das burgunderfarbene Mieder auf und ließ die Finger über den Stoff gleiten. Er war so billig wie der von weihnachtlichen Geschenkbändern. Sie klappte den Rand hoch und untersuchte die Stellen, an denen früher der Rock mit Stichen an dem Mieder befestigt gewesen sein mußte. Die Nadellöcher waren in dem glatten Stoff leicht zu erkennen – und lagen für eine Näherin mit Ehrgefühl viel zu weit auseinander. Sie untersuchte den Rock. Ein Stück Faden hing noch vom Bund herab. Als sie daran zog, lösten sich zwei Stiche.

»Hallo? Gale? Ich würde ja klopfen, aber ich habe Angst vor dem, was ich damit aufscheuchen würde.« Faith, in Jeans und Polohemd, stand im Eingang zum Studio. Sie tat einen zögerlichen Schritt in den Raum, hielt inne und fuhr mit der Hand durch eine Säule schwebender Staubpartikel.

»Herrje, Gale. Sill hat schon gesagt, du würdest gern aus Ellas Haus ausziehen, aber meinst du denn, daß das hier eine Lösung ist?«

»Es gibt manchmal Tage...« Gale ließ den Rock in ihren Schoß fallen. »Also, laß mich raten: Ella hat dich rausgeschmissen.«

»Ella? Oh, sie würde niemals so unhöflich sein. Sie war sehr freundlich zu mir. ›Faith, meine Liebe, es ist wirklich nett, daß Sie gekommen sind, aber Sill ruht sich aus, und nur Verwandte dürfen sie besuchen‹, hat sie gesagt.« Faith ging vorsichtig weiter in den Raum. »Sicher, ich vermute, wenn Sill mich wirklich hätte sehen wollen, hätte sie ihr das klargemacht.«

»Selbst wenn sie das getan hätte, hätte das nichts geändert. Ella richtet sich nur nach den eigenen Wünschen.«

»Du hast recht. Wie auch immer, Katie Pru hat mich gerettet. Sie sagte, du bist in dem Bildergeschäft und würde ich dir bitte ausrichten, daß du dem Jaguwar ein Bild mitbringen sollst. Sie ging vermutlich von der Theorie aus, daß man einem Erwachsenen immer eine Beschäftigung geben muß. Nadianna hat mir verraten, wo dieser Laden ist.« Sie blickte sich um und verzog leicht angewidert das Gesicht. »Ich bin ihr so dankbar dafür.«

Gale lachte. »Hey, ich habe ihn präsentabel gemacht.«

»Kündige deine andere Arbeit lieber noch nicht!« Sie blieb neben dem Kleiderhaufen stehen und hängte die Daumen in ihre Gürtelschlaufen. »Einer der Gründe, weshalb ich hergekommen bin, ist, daß ich Sill sagen wollte, daß ich heute morgen mit Sergeant Haskell gesprochen habe.«

Gale hob das Mieder auf und schüttelte es aus. Eine Staubwolke verbreitete sich. »Und?« fragte sie.

»Nichts, eigentlich. Er wollte nur wissen, um wieviel Uhr wir angekommen sind, wann ich gegangen bin, ob ich Mr. Cane schon mal früher getroffen habe, et cetera. Ziemlich trocken alles. Aber Sill hat sich gestern solche Sorgen gemacht, weil ich in die Sache verwickelt werden könnte, daß ich sie heute beruhigen wollte.« Sie schob die Schuhspitze unter den Kleiderhaufen und hob das Schultertuch hoch. »Was tust du denn hier?«

Gale seufzte. »Einem Phantom hinterherrennen.« Sie hielt Faith das zerfetzte Mieder hin. »Wofür hältst du das?«

»Ein Bordell für Ratten?« Faith nahm das Kleidungsstück und ging damit zum Fenster. Sie rieb den Stoff zwischen den Fingern. »Ziemlich billig, oder? Als wäre es gar kein richtiges Kleidungsstück.«

»Das finde ich auch. Eher wie ein Kostüm vielleicht.«

Faith brachte Gale das Mieder zurück, kniete neben ihr nieder und hob das Käppi auf. »Meinst du, das hier ist echt?«

»Erscheint mir unwahrscheinlich. Es ist in besserem Zustand, als ich von einem 130 Jahre alten Hut erwarten würde.«

Faith berührte die Naht am Schirm leicht. »Ich kenne jemanden im High Museum drüben in Atlanta, der es dir vermutlich sagen könnte.«

»Im Moment interessiert mich eher, warum es hier drinnen liegt.«

Faith legte die Kappe weg. »Wieso das?«

Gale hob den Damenstiefel auf. »Nun, ich habe zwei Theorien. Das hier war bis in die vierziger Jahre hinein ein Fotostudio. Die ganzen Leinwände dort drüben sind gemalte Hintergründe: edle Interieurs, Berge, das Parthenon. Also, es ist vorstellbar, daß diese Kostüme für Kunden waren, die sich für ihre Bilder verkleiden wollten...«

Faith runzelte die Nase. »Ein bißchen geschmacklos.«

»Richtig. Und warum sollten sie, wenn sie sich lange Kleider anziehen und wie ihre eigene Großtante aussehen, auf die Füße achten?« Gale balancierte den Stiefel auf der Handfläche. »Aber wenn man in einem Theaterstück auftritt, dann würde man schon auf die Füße achten... im Erstlingswerk eines Stückeschreibers aus dem Norden... vor Hunderten von Zuschauern und ein paar Reportern aus der Großstadt. Vielleicht würdest du dann darauf achten, daß deine Schuhe, selbst wenn das Kleid billig ist, nicht ausschauen, als würdest du in ihnen Baumwolle pflücken.«

»Theaterkostüme?«

»Könnte sein. 1925 hat ein Stückeschreiber namens Parrish Singleton ein Historiendrama für Statlers Cross geschrieben. Es sollte eine große Sache werden – so in die Richtung ›Kultur im Hinterland‹ –, aber es wurde nie aufgeführt. Die weibliche Hauptdarstellerin hat sich ein paar Stunden vor der Uraufführung umgebracht.«

Faith schüttelte sich und lachte. »Herrje, Gale. Sill hat mich vor dir und deinen Geschichten gewarnt. Sie sagt, du warst der Grund, weshalb sie mit dem Rauchen angefangen hat – mußte cool wirken vor der Großstadtcousine, die immer so gruselige Sachen erzählt hat.«

Gale hob den Stiefel ein wenig hoch und zwirbelte die verdrehten Schnürsenkel zwischen den Fingern.

»Sill hat dir die Geschichte also nie erzählt?«

»Du würdest dich wundern, wie wenig sie über ihre Familie redet.«

»Sie hat dir also nie erzählt, daß die Frau, die sich umgebracht hat, ihre Urgroßmutter war? Sie hat dir nie von diesen ganzen Gespenstergeschichten erzählt? Sie hat dir nie davon erzählt, wie schwierig es war, in einer Kleinstadt aufzuwachsen, wo dein einziges Vermächtnis ein verrückter Geist mit scharfen Zähnen ist, der Rinder verschlingt und alte Männer auf dem Weg zum Abort erschreckt?«

Faith lachte, aber ihr Blick war entsetzt. »Nein«, sagte sie. »War es wirklich so? Ich dachte, die Canes wären eine respektierte Familie.«

»Martin wurde respektiert. Martin konnte auch hundsgemein sein. Ich glaube, er hat Sill geschlagen. Ich habe es damals nicht verstanden. Alle haben nur davon gesprochen, daß Sill an Eisenmangel leidet und sich leicht blaue Flecken holt.«

Faiths Gesichtsausdruck wurde grimmig vor Wut. »Und keiner hat ihn daran gehindert?«

»Martin war ein Mann Gottes, Faith«, antwortete Gale ruhig. »Martin hat diese ganze verdammte Stadt umgekrempelt. Wen sollte es da schon stören, wenn er von Zeit zu Zeit sein Kind züchtigte?«

»Mein Gott. Warum wollte sie denn dann, daß ich ihn kennenlerne? Warum war ihr das so wichtig?«

Gale sagte nichts. Der Einfallswinkel der Sonne hatte sich verändert. Das Licht auf dem Boden wirkte greller. Sie warf einen Blick auf die Uhr. Kurz nach eins. Sie mußte zu Katie Pru zurück.

»Das mußt du schon sie selbst fragen, Faith«, antwortete sie und richtete sich mühsam auf. »Willst du meine Meinung hören? Du hast ihr ein bißchen Kraft gegeben. Es ist ein Sieg, zu jemandem zurückgehen zu können, der einen mißhandelt hat, und zu sagen: ›Schau, ich kann weggehen, wenn ich will.‹« Sie bückte sich, um den Dreck von ihren Jeans zu klopfen, denn sie wollte nicht, daß Faith ihren verbissenen Gesichtsausdruck sah. »Eine Sache muß ich noch rasch erledigen, und dann werde ich Nadianna ablösen. Wenn du eine Minute wartest ...«

Sie ließ Faith auf dem Boden kauernd zurück und ging zu der Gipswand, die den hinteren Teil des Gebäudes vom Vorraum trennte. In der Mitte gab es eine dicke, gefräste Tür. Gale betrachtete bekümmert den schwarzen Eisenknauf. Sie biß die Zähne zusammen, packte den Knauf mit beiden Händen und riß ihn nach links. Die Tür schwang ohne das leiseste Quietschen auf.

Der Vorraum war schwarz. Sogar das Licht der hinteren Fenster, das durch die Türöffnung fiel, genügte nicht, um diese enge Kammer zu erhellen. Gale ließ den Strahl der Taschenlampe durch den Raum wandern. Er tanzte über die schwarzen Satinvorhänge, mit denen die Fenster verhängt waren. Sie richtete die Lampe auf die Holztheke und die bronzene Registrierkasse, die das eine Ende vollständig einnahm. Sie ging zu der Kasse und drückte eine der Tasten. Die Schublade sprang hervor. Leer.

»Nichts«, murmelte sie. »Deak Motts kennt diese Rattenlöcher wirklich gut.« Sie schaltete die Taschenlampe aus, schlüpfte durch die Türöffnung und trat wieder in den Hauptraum.

Faith hatte die Arme verschränkt und stand vor der Leinwand mit dem Parthenon. »Bizarr«, stellte sie fest, als Gale sich näherte. »Was ist in den Köpfen dieser Leute wohl vorgegangen?«

Gale lächelte. »Erinnerst du dich an diesen Umhang, den wir auf den Fotos vom letzten Schuljahr getragen haben? Als wären wir Debütantinnen mit schulterfreien Roben? Das verdammte Ding hat kaum meinen Busen bedeckt.«

Faith lachte. »Okay, da hast du recht. Aber der Parthenon?« Sie drehte sich mit ausgestreckten Armen um. »Und außerdem, braucht man für Fotos nicht Licht? Hat er hier drinnen Strom gehabt?«

»Gute Frage. Ich glaube, daß die Stadt erst in den dreißiger Jahren ans Netz angeschlossen wurde. Vielleicht Magnesiumpulver. Vielleicht hat das Licht der Fenster genügt.«

Faith betrachtete die Fenster skeptisch. »Ich weiß nicht...«

Gale hob ihre Tasche auf und hängte sie sich über die Schulter. »Oder vielleicht gab es einen Generator. Andererseits, ich glaube, früher hatten die Fotostudios Dachfenster. Vielleicht...«

Sie warf den Kopf nach hinten. Die Deckenbretter verliefen von Osten nach Westen, und jedes erstreckte sich über die ganzen zehn Meter, die der Raum breit war. Die unverschalten Trägerbalken lagen in Längsrichtung und verschwanden über der Wand zum Vorraum.

»Dort oben gibt's einen Speicher«, stellte sie leise fest. »Robertson hat gesagt, der Mann von der Bauaufsicht sei auf den Speicher geklettert.«

Sie warf die Tür zum Vorraum auf und leuchtete mit der Taschenlampe zur Decke hoch. Die Bretter liefen gleichmäßig weiter. Keine Öffnungen, keine mit Scharnieren befestigte Klappe, deren Holz vielleicht einen anderen Farbton gehabt hätte. Der Lichtstrahl hüpfte über die Wände und hinter die Theke. Sie konnte keinen Aufgang entdecken. Sie ging in den Hauptraum zurück.

»Ich muß mal schnell nach nebenan«, erklärte sie Faith. »Ich bin gleich zurück.«

Cooper Langley war allein in seinem Laden und las eine Sportillustrierte. Gale nahm zwei Cola aus dem Kühlschrank und stellte sie auf die Theke.

»Coop, Mal hat mir gesagt, ich darf in den Speicher rauf, aber ich kann den Eingang nicht finden. Kannst du mir helfen?«

Langley verschränkte die Arme, und die scharfen Ellbogen beulten den Stoff seines karierten Hemdes aus. »Nun, kurz gesagt, von hier aus kannst du nicht rein. Als diese Reihe Läden gebaut wurde, bildeten die beiden nebenan ein Textilgeschäft, das Calvin Falcon gehört hat. Er kam irgendwann zu dem Schluß, daß er nicht so viel Platz braucht, hat eine Wand eingezogen und die Hälfte des Ladens an Hinson verkauft. Das Textilgeschäft hat er behalten, bis er in Rente gegangen ist, und dann hat er seinen Teil an Barry Greene verkauft. Das Fotostudio hat also einen Speicher, aber der alte Hinson hat sich nie die Mühe gemacht, sich seine eigene Tür zu sägen.«

Gale wischte ungeduldig das feuchte Haar hinter die Ohren. Ihr Ton blieb weiter freundlich. »Und wie komme ich nun rein?«

Langley schlug nach einer Fliege, die an seinem Gesicht vorbeibrummte. »Ich schätze, du wirst Zilah fragen müssen, ob es ihr was ausmacht, dir die Eisenwarenhandlung aufzusperren.«

*Jede Frau ist ein Gespenst, und jeder Mann ist ein Medium.*

Jasper Singleton seinem Sohn Darcy gegenüber, nachdem dieser sich von seiner Freundin getrennt hatte, 1983

## 20

Das erste, was Truitt an Sill Cane auffiel, als sie Ellas Wohnzimmer betrat, war, wie klein sie geblieben war. Sie hatte noch Windeln getragen, als er Martin zum ersten Mal begegnet war, und während ihrer ganzen Freundschaft hindurch war er sich ihrer Anwesenheit am Rande bewußt gewesen, ein weizenblondes Mädchen mit kurzen Beinen und einem Mondgesicht. Cammy hatte das blonde Haar des Kindes immer auf beiden Seiten zu Rattenschwänzchen zusammengebunden, und wenn er und Martin von der Jagd zurückkehrten, kam Sill durch den Vorgarten auf sie zugerannt, schlang ihre wild fuchtelnden Arme um Martins Rumpf und preßte den glücklichen Mund gegen sein Hemd.

Das Lächeln, das sie ihm jetzt zuwarf, da sie auf dem Sofa saß, war schwach, und ihre Lippen waren ebenso bleich wie ihre Haut. Ihr Haar war nicht mehr zu Rattenschwänzchen, sondern zu einem losen Knoten zusammengebunden. Die Kleidung, die sie trug – ein einfaches weißes T-Shirt unter einem rosa Trägerkleid – versteckte die Form ihres Körpers, aber Truitt konnte an ihren Armen und dem Gesicht erkennen, daß das kräftige Kind im Moment eine dürre und müde junge Frau war.

Ein Lehnstuhl knarzte hinter Truitt, als Haskell sich mit seinem großen Körper darauf niederließ. Hinter der geschlossenen Tür konnte Truitt hören, wie Ruch in freundlichem Ton feststellte: »Ehrlich, Mrs. Alden, ich habe noch nie so viele Fische gesehen…«

Truitt ließ sich in den Pferdehaarsessel fallen und legte sein Notizbuch und den braunen Umschlag auf den Couchtisch. Er lächelte Sill teilnahmsvoll an.

»Gale hat mir gesagt, daß du eine schwere Nacht gehabt hast. Wie geht es deiner Mutter?«

»Nicht sehr gut. Ella verliert allmählich die Geduld mit ihr.« Sill verschränkte die Arme und stützte sie auf die Knie. »Gemäß dem Buch Ella sollen sich Frauen in Zeiten wie diesen stoisch verhalten. Mutter wird dem nicht gerecht.«

»Ich möchte mit dir noch einmal darüber reden, was Sonntag nacht passiert ist, Sill. Ich bin natürlich noch mal deine Aussage durchgegangen, aber ich wollte sehen, ob dir vielleicht noch irgendwas anderes eingefallen ist.«

»Ist das jetzt offiziell ein Mordfall?«

Er hob den Blick, bis dieser den ihren traf. »Hat dir jemand gesagt, daß es das ist?«

»Wenn es sich offiziell um einen Mordfall handelt, ist es, glaube ich, an der Zeit, daß die Familie einen Anwalt hinzuzieht. Du hast uns zwei Tage lang Fragen gestellt. Ich kann mir nicht vorstellen, daß es legal ist, uns weiter nachzustellen, ohne uns zu erklären, wo wir stehen.«

Ihr Ton war streitlustig, das breite Kinn trotzig erhoben.

»Wenn dir mit einem Anwalt wohler zumute ist, Sill, dann lasse ich dich einen anrufen. Die Situation ist folgende: Wir haben es mit einem gewaltsamen Tod zu tun, und bis wir festgestellt haben, was passiert ist, müssen wir wie bei einem Mordfall vorgehen. Wir müssen alle Informationen sammeln und die Leute ganz so befragen, als hätten wir die Sache bereits zu einem Mordfall erklärt. Um ehrlich zu sein, Sill, ich begreife das Ganze einfach noch nicht. Und deshalb brauche ich von jedem, der damit zu tun hatte, eine klare Aussage.« Er ließ den Umschlag zwischen den Fingern hin und her rutschen. »Es tut mir leid, wenn es dir so vorkommt, als würde ich euch nachstellen.«

»Du hast mit uns den ganzen Samstag abend hindurch geredet. Gestern warst du wieder hier. Heute noch mal. Wir alle haben dir gesagt, was passiert ist. Wenn das nicht ›Nachstellen‹ ist, wie würdest du es dann nennen?«

»Ich nenne es Verantwortung einem Freund gegenüber, Sill.«

»Welcher Freund soll das sein, Alby? Daddy hatte dich schon längst abgeschrieben.«

»Ich glaube, was du meinst, ist, Martin hatte *dich* schon vor langem abgeschrieben«, sagte er leise.

Es war grausam, und er bedauerte, es gesagt zu haben. Sie senkte den Kopf ein kleines bißchen. Tränen tropften herab, verfehlten aber die eingefallenen Wangen und fielen direkt in ihren Schoß. Er traf keine Anstalten, ihr zu helfen, und gab keinen Laut von sich, um sie zu trösten.

Sie legte die Hände neben sich auf das Kissen, als hätte sie vor, aufzustehen. »Übrigens«, erklärte Truitt zögernd, »wir haben heute morgen mit Faith Baskins gesprochen.«

Ihre Mundwinkel senkten sich. »Warum mußtest du mit Faith reden? Sie hat mit dieser Sache nichts zu tun.«

»Sie ist mit dir zu dem Barbecue gegangen. Zeugen zufolge hat dies zu einem Streit zwischen dir und deinem Vater geführt. Ein paar Minuten später war er tot. Ich finde, es ist wichtig, daß wir mit Faith sprechen, oder nicht?«

»Sie hat mit der ganzen Sache nichts zu tun«, wiederholte Sill. »Ich habe sie da rausgehalten.«

»Wann hat sie das Barbecue verlassen?«

»Als ich sie darum gebeten habe.«

»Und das war…?«

Sie schüttelte erregt den Kopf. »Gleich nach dem Streit. Bevor Daddy ins Haus gegangen ist.«

»Wie lange vorher?«

»Kurz davor. Als er hineinging.«

»Und du bist bei Faith geblieben, bis sie in ihr Auto gestiegen und weggefahren ist?«

»Nein, natürlich nicht. Ich bin hinter Daddy her ins Haus gegangen.«

»Du hast also nicht gesehen, wie Faith gegangen ist?«

Sie explodierte. »Was zum Teufel willst du damit sagen? Faith ist gegangen! Ich habe sie gebeten zu gehen, und das hat sie getan. Jetzt laß mich in Ruhe!«

Ihre Stimme hatte einen schrillen Ton angenommen. Sie ballte die Hände zu Fäusten und stemmte sie gegen die Knie.

»Ich will nur sagen, daß Faith den Streit mitbekommen hat, Sill.« Er sprach leise. »Und wir müssen mit jedem sprechen.«

»Halt sie da raus! Sie ist nicht Teil der Familie. Sie ist nicht Teil des Problems.«

»Was für ein Problem wäre das?«

Ihr Kinn zitterte. »Daddys Tod«, brachte sie schließlich heraus. »Daddys Tod ist ein Problem.«

Er hob den Umschlag auf und holte die beiden Plastikhüllen daraus hervor. Er ließ die fertige Broschüre auf den Tisch fallen und drehte sie herum, bis der abgetriebene Fötus Sill anblickte.

»Wie ist deine Einstellung zur Abtreibung?« fragte er.

Die Wirkung wäre die gleiche gewesen, wenn er die Faust genommen und ihr gegen die Stirn geschlagen hätte. Sie blickte einen Moment lang auf die Broschüre. Dann fuhr ihr Kopf zurück, und ihr Gesicht nahm eine marmorierte Färbung an.

»Du Scheißkerl! Was zum Teufel tust du da? Du verfluchter reaktionärer Verbrecher!«

Sie war vom Sofa aufgesprungen, und ihre Knie waren gegen den Couchtisch gestoßen und hatten die Glasplatte verschoben. Ein paar der Fotos segelten zu Boden.

Die Intensität ihrer Reaktion überraschte ihn. Er sprang auf die Füße, aber der Couchtisch stand zu dicht an seinen Beinen, als daß er Bewegungsspielraum gehabt hätte. Sie ließ die Hände nach vorn schnellen – Klauen, nicht Fäuste – und er mußte sie zweimal wegschlagen, bevor Haskell Sill von hinten packte und auf das Sofa preßte.

Er hörte die Tür hinter sich aufgehen und Ellas verblüffte Stimme.

»Was in aller Welt...? Sie lassen sie augenblicklich los!«

Haskell hielt Sill an den Armen fest, als er sie auf das Sofa drückte. »Beruhigen Sie sich, Sill«, sagte er streng. »Ich möchte Sie loslassen. Aber Sie müssen mir zeigen, daß Sie sich beruhigt haben.«

Ihre Arme zuckten unter den seinen, dann sackte sie auf den Kissen in sich zusammen. Ihr Gesicht hatte wieder seine Farbe verloren, und ein paar Haarsträhnen hatten sich gelöst. Truitt sah, wie sich Cammy an Ella, Maralyn und Ruch vorbeischob und in das Zimmer eilte.

»Sill, mein Kleines, geht's dir gut?« Cammy schlüpfte

neben ihrer Tochter auf das Sofa. »Ich hätte dich nicht allein herunterkommen lassen dürfen. Es tut mir leid. Ich habe nicht nachgedacht.«

Sie sah ganz so aus, wie Truitt es auch bei anderen frisch verwitweten Frauen gesehen hatte: Das graue Haar gekämmt, aber nicht sehr ordentlich, das Gesicht aufgedunsen, eine schlampige, zu große Jeans und ein weites Baumwollhemd. Sie preßte die Hand gegen Sills Wange. Sill setzte sich aufrecht hin, verschränkte die Finger mit denen ihrer Mutter und zog deren Hand zu sich auf den Schoß. Maralyn folgte Ella in das Zimmer. »Mutter«, erklärte sie, »es ist Zeit, einen Anwalt zu rufen.«

Ella tat, als wolle sie sie mit den Händen verscheuchen. »Sei nicht albern. Niemand in dieser Familie braucht einen Anwalt. Wir werden damit selbst fertig.« Sie wandte sich Truitt zu. »Alby«, sagte sie, »das alles ist nicht nötig. Sie haben Martin gekannt und respektiert, und deshalb kooperieren wir mit Ihnen. Aber Sie haben kein Recht, hierherzukommen und uns so zu behandeln.«

Truitt seufzte und fuhr sich mit den Fingern durch das Haar. Er ließ sich wieder auf den Stuhl fallen und beugte sich nach vorne.

»Es tut mir leid, Ella, Cammy«, stellte er leise fest. »Es war mir nicht bewußt, daß ich solch einen empfindlichen Nerv treffen würde. Hätte ich es gewußt, wäre ich anders vorgegangen.« Er schaute auf Sill, die die Augen immer noch zugepreßt hatte. »Sill, ich bitte um Entschuldigung. Aber ich habe ein paar Fragen, die beantwortet werden müssen, und ich werde immer wieder mit diesen seltsamen Reaktionen auf sie konfrontiert.«

Er hob die verpackte Broschüre und den Entwurf auf, achtete sorgfältig darauf, daß sie nicht in Sills Blickfeld gerieten, und reichte beides Ella.

»Ich habe das hier in Martins Haus gefunden«, erklärte er. »Also, ich muß zugeben, es hat mich überrascht. Nicht unbedingt das, was ich von Martin erwartet hätte, andererseits habe ich während der vergangenen Jahre auch keinen besonders engen Kontakt mehr zu ihm gehabt. Aber was wirklich meine Neugier weckt, ist die Art, wie Sie alle darauf reagiert haben, Ella.«

Ella reichte die beiden Klarsichthüllen an Truitt zurück. »Ich muß sie mir nicht ansehen, Alby. Sie können sie wegstecken.«

Er schob die Hüllen vorsichtig in den Umschlag und wickelte ein Gummiband drumherum. Dann legte er den Umschlag auf den Schoß, lehnte sich auf dem Stuhl zurück und hob fragend die Handflächen.

»Nun?« fragte er leise.

Die vier Frauen versammelten sich auf dem Sofa, stumm wie Holzkegel. Er fragte sich, was passieren würde, sollte er sich plötzlich bewegen. Er hatte keine Gelegenheit, es auszuprobieren. Cammy bewegte sich als erste. Sie schob sich eine Locke baumwollartigen grauen Haares aus dem Gesicht.

»Laß es, Alby!« bat sie. Ihre Augen waren geschlossen, und ihre Stimme klang eigenartig gedämpft. »Martin hätte gewollt, daß du die Sache auf sich beruhen läßt.«

»Das kann ich nicht tun, Cammy.«

»Das kannst du schon. Du hast die nötige Autorität. Martin hat dir viel gegeben, Alby, und er hat nie viel von dir verlangt. Aber um das hätte er dich gebeten. Er hätte dir gesagt, daß manche Sachen nicht mehr gerichtet werden können, wenn man sie erst mal durcheinandergebracht hat. Also hör bitte damit auf! Martins Tod war ein Unfall. Akzeptier' es, und laß uns darüber wegkommen!«

Sie wandte sich ihm zu, als wäre sie blind, als wären ihre

Augen für immer hinter den Lidern verborgen. Mehrere Bänder dünner Runzeln liefen um ihren Hals herum. Seine Mutter hatte ihm einmal gesagt, daß man das Alter einer Frau wie bei einem Baum an der Zahl dieser natürlichen Ringe, die sich um den Hals herum gebildet hatten, ablesen könne. Er kam sich lächerlich vor, aber er zählte Cammys. Fünf. Sie war in ihren Fünfzigern, das Alter, in dem seine Mutter gestorben war.

»Wenn es ein Unfall war, Cammy«, sagte er, »wozu hat Martin dann seine Waffe herausgeholt?«

»Diese Waffen waren seine Arme, Alby. Sie waren sein Körper. Wenn er Trost brauchte, ist er zu ihnen gegangen.«

»Und warum hat er gerade in diesem Augenblick Trost gebraucht?«

In Sills Kehle hatte sich ein Pfropfen gebildet. »Du hast doch schon festgestellt, daß es mein Fehler war. Ich hätte Faith nicht mitbringen sollen.«

»Das höre ich immer wieder, aber ich bin mir nicht sicher, ob ich es glauben soll, Sill. Zugegeben, ich kann verstehen, daß es einem Mann mit Martins Ansichten schwerfallen würde, deinen Lebensstil zu akzeptieren, aber es ist ja nicht so, als hätte er nichts davon gewußt. Du hast ihn nicht während einer öffentlichen Veranstaltung mit einer sensationellen Offenbarung überrascht. Du hast ihm bloß jemanden vorgestellt, über den er schon Bescheid wußte.«

»Aber das war ja das Problem.« Sill befreite ihre Hand aus der ihrer Mutter und hämmerte mit den Fäusten auf die Knie. »Ich habe es vor aller Augen getan. Ich habe ihn gedemütigt.«

»Aber er wußte doch, daß du kommen würdest.«

»Na und?« fragte Ella. »Das ist nicht das gleiche, wie wenn man jemandem von Angesicht zu Angesicht gegenübertritt. Cammy hat versucht, es Sill auszureden, sie zum

Barbecue mitzubringen, aber Sill hat darauf bestanden. Es war eine idiotische Entscheidung, Alby, aber beide Mädchen sind noch jung und haben nicht verstanden, was es für jemanden wie Martin bedeuten würde.«

Truitt ließ seinen Blick über Ellas Gesicht wandern, während er nach seinem Notizbuch griff und es öffnete. »Einer meiner Beamten hat heute morgen mit Faith geredet. Sie sagt, daß sie Samstag morgen Martin selbst angerufen hat. Sie hatte gehofft, daß es ihrer Begegnung ein wenig von ihrer Brisanz nehmen würde, wenn sie vorher mit ihm spricht.«

Er wartete auf eine Reaktion von einer der Frauen, aber er konnte keine entdecken. Er schaute auf seine Aufzeichnungen und fuhr fort.

»Außerdem hat sie das Gespräch als herzlich beschrieben. Er hat sie gebeten, nicht zu kommen, aber sie sagte, daß Sill fest entschlossen sei. Er sagte dann, daß er nichts tun würde, um sie am Kommen zu hindern, daß sie aber keinen allzu höflichen Empfang erwarten sollten. Er habe, so wörtlich, auf soziale Verpflichtungen Rücksicht zu nehmen.« Truitt stand auf und trat zur Seite, um sich von dem Tisch zu befreien. »Klingt für mich nicht wie ein Mann, den es schockiert, die Geliebte seiner Tochter im Garten anzutreffen.«

»Wir haben uns im Fischhaus gestritten«, wandte Sill matt ein und zog das Gummiband aus ihrem Haar. »Es war schrecklich. Das war es, worüber er sich aufgeregt hat.«

Truitt winkte mit dem Arm in Richtung des offenen Notizbuchs auf dem Tisch. »Faith zufolge hast du den Streit provoziert, Sill. Es gab ein paar ältere Damen in dem Fischhaus, und er wollte dich immer wieder nach draußen führen, damit dich keiner hören kann. Aber du hast darauf bestanden, Faith vor diesen Leuten als deine Geliebte zu bezeichnen. Faith sagt, daß bei ihm deshalb die Sicherung durchgebrannt ist. Bis du dieses Wort benutzt hast, hat Martin sich ziviler benommen, als Faith erwartet hatte.«

»Das mußte er auch«, entgegnete Sill. »Er befand sich in der Öffentlichkeit.«

»Schau mal, Sill, ich gebe dir nicht die Schuld an dem Streit. Ich weiß, was es heißt, sich von seinem Vater nicht akzeptiert zu fühlen, ehrlich. Aber ich kann einfach nicht glauben, daß Martin wegen dieser Auseinandersetzung so erregt war, daß er ins Haus geht und eine geladene Waffe herausholt.«

Er ging zum Tisch und hob den Umschlag auf. »Und noch was anderes: Ich möchte, daß mir jemand in diesem Raum etwas über das hier erzählt. Ich möchte, daß mir jemand erklärt, warum ich Tränen hervorrufe, wann immer ich mit diesem Ding hier herumwedele.«

Er blickte sie eine nach der anderen an. Sie wandten alle die Augen ab, mit Ausnahme Maralyns, die ruhig seinen Blick erwiderte.

Auf seiner linken Seite raschelte es. Cammy erhob sich von dem Sofa und glättete die Falten ihres losen Baumwollhemds.

»Ich glaube, du hast recht, Alby«, erklärte sie. »Sills Lebensstil war für Martin eine wichtige Angelegenheit, aber vielleicht nicht wichtig genug. Ich würde mich gerne mit dir allein unterhalten, wenn es geht.«

Von ihrem Küchenfenster aus konnte Zilah den Schuppen hinter dem Haus nicht sehen, aber es hätte sie während all dieser Jahre auch enttäuscht, wenn es anders gewesen wäre. Der Schuppen mit seiner gestreiften Bretterwand und seinem karottenfarbenen Blechdach hätte neben dem Haus der Aldens schäbig gewirkt. Er hätte sie in die Realität zurückgerissen, ganz wie es geschehen war, als Barry mit einer Rolle Maschendraht in den Garten gekommen war und entlang der Pfostenreihe einen Zaun gezogen hatte. Noch Tage später war ihr elend zumute, denn sie hatte das Gefühl gehabt, sie wäre eingepfercht worden. Aber sie lernte es bald, an dem Zaun vorbeizusehen. Als das Unkraut wuchs und durch die quadratischen Löcher zu schlüpfen begann, gewann sie ihn sogar lieb, denn sie sah in ihm jetzt eine kräftige Sitzstange und in dem Haus der Aldens einen seltenen, purpurroten Vogel, der seinen offenen Schnabel zum Himmel hochreckt.

Sie wartete mehrere Minuten am Fenster, und warmes Wasser rann aus dem Hahn und über das Marmeladenglas in ihrer Hand. Vielleicht können sie sie nicht finden, dachte sie. Vielleicht ist sie gar nicht im Schuppen. Vielleicht hat Barry sie im Laden gelassen oder dem Langley-Jungen gegeben oder sie in den Garten hinausgetragen, um irgendwas zu erledigen, und dann vergessen. Sie wollte gerade zur Gartentür gehen und schreien: *Es tut mir leid, ich bin eine alte Närrin! Sie ist gar nicht da,* als sie etwas gegen die Rückseite des Hauses schlagen hörte, und schon kamen sie um die Ecke herum, und Barrys Holzleiter schwankte zwischen ihnen.

Sie hatten es nicht eilig genug. Sie hatte gewollt, daß sie schnell gingen, quer über die Gleise liefen und in den Eisenwarenladen stürmten. Statt dessen lehnten sie die Leiter gegen die Seite eines schwarzen Fahrzeugs und besprachen sich, bevor sie die hintere Tür öffneten und die Leiter nach vorn durchschoben. Sie ragte hinten hervor, und daher kletterte Gale nach einem weiteren Palaver auf die Ladefläche und hielt die Heckklappe fest, während das Mädchen mit den gelockten Haaren sich auf den Fahrersitz setzte und den Motor anließ.

Sie winkten ihr zu und rollten die Auffahrt hinab. »Schneller, schneller, schneller«, flüsterte sie.

Ihr wurde klar, daß ihr Verlangen, die beiden möchten sich beeilen, ungerechtfertigt war. Sie wußte, was Barry sagen würde: *Zum Teufel, Frau, was siebzig Jahre gebraucht hat, kann noch zwei Minuten warten.* Aber manchmal hatte sie das Gefühl, als hätte sie immer in solchen 2-Minuten-Abschnitten gelebt, während derer sie auf den nächsten Moment wartete, da alles hoffentlich Sinn ergeben würde und sie sich keine Sorgen mehr zu machen bräuchte. Und diese Sorgen machten ihr zu schaffen. Sie war fast davon überzeugt, daß es die Sorgen waren, was sie so krank machte. Und jetzt kamen diese jungen Leute und meinten, sie hätten alle Zeit der Welt. Nun, die hatten sie nicht. Das war eine Sache, die sie als Kind gelernt hatte. Die Leute unterschieden die Zeit ständig in richtig und falsch, gut oder schlecht, aber die Zeit selbst richtete sich nicht danach. Sie wußte mit Moral nichts anzufangen. Sie flackerte und verlosch und hatte noch nicht einmal die Bedeutung eines Zwinkerns.

Sie schaute zum Haus der Aldens hinüber. Vier Autos standen nebeneinander am Zaun. Das Licht um sie herum war düster, als presse der dunstige Himmel auf die Erde nieder und versuche, das Sonnenlicht unter sich zu ersticken. Gewitterwolken sammelten sich wieder. Sie konnte es an dem matten Grün der Blätter im Pekanbaum und dem Zittern der Gräser unter ihrem Fenster erkennen.

»Vielleicht drückt der Sturm die schlechte Luft weg«, sagte sie laut. »Ich habe das Gefühl, die Luft ist in den letzten Tagen schlecht geworden.«

*Die Luft ist nicht schlecht, Zilah.* Barrys Stimme klang so nah, daß Zilah sich an die Brust faßte und herumfuhr.

*Schlechte Luft kommt aus Höhlen und Gräben. Das hier ist ein guter Ort, Zilah. Das hier ist ein sehr guter Ort.*

Betrat man Greenes Eisenwarenhandlung, hatte man das Gefühl, in eine Eisenwolke geraten zu sein. Barry war erst seit ein paar Monaten tot, aber im fiebrigen Klima der Südstaaten genügten zwei Monate, um egal welchen Raum aufzuheizen. Hinter der Hitze rollte der Metallgeruch hervor: 5-Cent-Nägel, die in ihren Schachteln buken, Ketten, die auf Zylindern aufgewickelt waren, leere Briefkästen, verzinkte Drahtgitter. Gale schob den Arm durch die Öffnung der hinteren Tür, tastete an der Wand herum und schaltete das Licht ein.

»Ich schätze, Zilah hat nicht daran gedacht, den Strom abzustellen«, bemerkte sie.

Faith schob das Leiterende auf ihre Schulter. »Meinst du, wir haben so viel Glück, daß die Klimaanlage noch funktioniert?«

»Welch schöne Idee! Warte hier.«

Sie brauchte nur Sekunden, um den Thermostat an der Südwand zu finden. Sie schob ein Bündel Rechen, die sich in ihrem Faß nach vorne neigten, zur Seite und stellte den Hebel auf »Kalt«. Sofort erfüllte das Brummen des Kühlaggregats den Laden.

Sie lief schnell zum Eingang, denn sie hatte es eilig, mit ihrer Suche voranzukommen. Als sie bei Zilah waren, hatte sie Truitts Dogde und den Streifenwagen des Sheriffs auf der anderen Seite des Zauns bemerkt. Ihr erster Impuls war es gewesen, zu Ellas Haus hinüberzurennen und ihnen anzubieten, sie irgendwie zu schützen. Aber dann hatte sie zum oberen Schlafzimmer hochgeschaut und gesehen, wie Katie Pru mit einem breiten Lächeln winkte. Meinem Kind geht es gut, hatte sie sich versichert. Und die Erwachsenen können für sich selbst sorgen. Das Schuldgefühl war aber trotzdem geblieben. Sie konnte den Gedanken nicht überwinden, daß sie bei ihrer Familie sein sollte und nicht hier über verzinkte Wannen und Plastikmülleimer klettern, um einer vagen Ahnung nachzugehen, der eine bekloppte alte Dame Nahrung gegeben hatte. Sie hob das Ende der Leiter auf, und Faith und sie trugen sie durch den Laden.

»Paß auf!« rief Faith. »Zementsäcke zur Rechten!«

Gale wich zur Seite aus und hielt die Leiter von sich weg, um Faith Raum zum Abbiegen zu geben. Aber das hier ist bedrohlicher als eine Ahnung, dachte sie. Sie verspürte eine Beklemmung in der Brust. Linnie hatte Selbstmord begangen, und nun war auch ihr Enkel tot. Tom hatte Selbstmord begangen... So viele Dinge wurden vererbt. Sie mußte jetzt einfach hier sein.

»Ich habe es gefunden«, verkündete Faith. »Loch in der Decke, in der Mitte der Westwand – genau wie die Dame gesagt hat.« Sie setzte ihr Ende der Leiter auf dem Boden ab. »Hoffentlich hat er auch da oben Strom verlegt, aber man kann nie wissen. Manche dieser Depressions-Babys sind so verdammt knickrig.«

Gale legte die Leiter auf den Boden und ging den Gang weiter bis zur Wand. Der Eingang zum Speicher war eine etwa einen Quadratmeter große Öffnung in der Decke, über deren Ränder zwei mittelgroße Haken ragten. Gale lugte in das Loch hoch und konnte die mit Brettern bedeckten Balken unter dem Dach erkennen.

»In Ordnung«, erklärte Faith. Sie bückte sich zur Leiter. »Deshalb haben wir uns ja heute hier versammelt.«

Gemeinsam hoben sie die Leiter über die Köpfe und hielten sie so, daß die Ringbolzen, die in die beiden Enden geschraubt waren, leicht über die beiden Haken rutschten. Faith rüttelte die Leiter, um ihre Stabilität zu testen.

»Ich geh zuerst«, erklärte sie.

»Nein, ich gehe.«

»Hör mal«, sagte Faith. »Mein Vater war Bauunternehmer. Ich bin auf wackligen Brettern groß geworden. Warte einfach einen Moment.«

Sie verschwand in einem Gang, war aber in weniger als einer Minute zurück und hatte sich eine Zimmermannsschürze mit schweren Taschen um die Taille gebunden. Ein Hammer baumelte von ihrer Hüfte. Sie lächelte grimmig und kletterte die Sprossen hoch. Als ihr Kopf auf Höhe des Dachbodens war, hielt sie inne und streckte einen Arm in den Raum hinein. »Lichtschalter auf dem Boden!« rief sie.

Gale hörte ein Klicken. Über ihr erstrahlte der Speicher gelb.

»Was siehst du?«

»Schwer zu sagen.« Faith langte in die Schürze, zog einen Nagel hervor und schleuderte ihn in den Raum. Er rutschte klappernd über den Boden.

»Scheint keine Ratten zu geben.«

Sie stemmte sich hoch, setzte sich auf die Kante und streckte eine Hand hinab, um Gale hochzuhelfen. Es war Gale sofort, als sie durch die Öffnung gelangte, klar, daß Barry zwar nicht am Licht für seinen Lagerraum geknausert hatte, in seiner Großzügigkeit aber nicht so weit gegangen war, diesem auch noch kühle Luft zu spendieren. Sie verzog das Gesicht, als sie sich aufrichtete.

»Was meinst du, was für eine Wirkung die Hitze auf das hatte, was du hier zu finden hoffst?« fragte Faith.

»Ich weiß nicht. Es heißt, daß trockene Luft gut für die Konservierung ist.«

»Es gibt keine trockene Hitze in Georgia.«

Gale schob sich an mehreren Schubkarren und Sämaschinen vorbei, bis sie zu der Wand kam, die die Eisenwarenhandlung von dem Fotostudio trennte. Es war eine einfache Lattenkonstruktion, aber der größte Teil von ihr war hinter Warenstapeln verborgen. Gale kletterte zwischen Schachteln mit Dünger und Reinigungsmitteln herum. Hinter einem Turm aus Torfsäcken fand sie dann die Tür.

Zuerst war sie erstaunt, daß sie sich so leicht öffnen ließ, als wären die Jahre, während der sie nicht benutzt worden war, spurlos vorübergegangen. Aber als sie dann in dem Raum stand, wurde ihr klar, daß mangelnde Nutzung nicht das Problem gewesen war. Barry Greene mochte ein anständiger Mensch und ein verdammt guter Geschäftsmann gewesen sein, aber er hatte sich nicht gescheut, von seinem abwesenden Nachbarn ein wenig Platz zu stehlen. Die mit einem Käfig geschützte Glühbirne, deren Kabel sich durch ein kleines Loch in der Trennwand hervorringelte, baumelte von einem Haken nahe der Tür herab. Ihr schwaches Licht reichte kaum, um all das, was aus der Eisenwarenhandlung ausgelagert worden war, zu beleuchten. Gale bahnte sich einen Weg an ungeöffneten Kartons mit Düngemitteln und Stapeln verpackter Sägeblätter vorbei und ging das Inventar durch. »Glühbirnen. Wespentod. Magnetische Bolzensuchgeräte.«

Faith schob sich hinter ihr zwischen den Kartons hindurch. »Schaut nicht nach viel aus.«

Je weiter sich Gale von der Tür entfernte, desto anämischer wurde das Licht, was sie die Entscheidung bereuen ließ, ihre Tasche – und die Taschenlampe – im Auto zu lassen. Sie konnte schon nicht einmal mehr die Namen auf den Schachteln lesen und mußte sich darauf beschränken, undeutliche Abbildungen zu identifizieren.

»Irgendwas zum Installieren im Bad. Ein Ventilator. Irgendwas, das wie Schrauben aussieht.«

Sie war jetzt an der Nordwand angelangt und arbeitete

sich praktisch blind voran. Das Licht war auf ein Nichts reduziert und die ganze Ecke in völlige Finsternis getaucht. Gale streckte die Hände aus und suchte mit weit aufgerissenen Augen die Dunkelheit ab.

Sie stolperte. Ihre Hände schossen nach vorne und stießen gegen die Wand. Splitter gruben sich in ihre Handflächen, als diese über das rauhe Holz rutschten. Ihr Knie stieß gegen eine Metallröhre.

»Gale!« Faith klang panisch. »Wo zum Teufel steckst du?«

Das Licht der Glühbirne schwenkte in Gales Richtung. Es vollführte riesige, bogenförmige Bewegungen über der Ecke, in der sie lag.

»Richte den Lichtstrahl hierher, Faith! Beweg ihn nicht! Laß den Strahl genau dort, wo er jetzt ist!«

Es ist kein großer Schatz, dachte sie. Aber manche Schätze müssen nicht unbedingt groß sein. Unter ihrem pochenden Knie lag das Bein eines Stativs. Daneben befanden sich, eine sorgfältig auf der anderen plaziert, vier alte Kameras und ein mechanischer Apparat, den sie nicht deuten konnte. Sie zog eine Kiste, die in der Nähe stand, zu sich hin.

»Was, zum Teufel, tust du da? Ist bei dir alles in Ordnung?«

»Mir geht's gut«, antwortete Gale. »Laß das Licht einfach, wo es ist.«

Dic Schachtel war mit Papprechtecken in verschiedenen Größen gefüllt, die entweder gebrochen weiß waren oder schwarz mit einem seltsamen Purpurstich. Sie nahm vorsichtig das oberste vom Stapel. Es war leer bis auf die reichverzierte Bordüre, die an den Kanten entlang aufgeprägt war, und die Worte *Malcolm Hinson, Photograph, Statlers Cross, Georgia,* die in Gold in der rechten unteren Ecke geschrieben standen. Sie begann, ganze Packen der Passepartouts herauszunehmen. Sie waren alle leer.

Die Pappen rutschten von ihrem Schoß zu Boden. Sie grub weiter und schaufelte noch mehr Rahmen auf den Haufen vor ihr. Als ihre Finger den kleinen Stapel Papier auf dem Boden der Kiste berührten, fegte sie die Kartons beiseite, um Platz zu machen, und hob die Blätter vorsichtig heraus.

Ratten hatten die untere Ecke angenagt, aber die Schrift war noch lesbar. Der Titel des Dramas lautete *In den Fußstapfen des Ruhms.* Sie hatte bisher nicht gewußt, wie es geheißen hatte. Der Titel war in den Nachwehen des Skandals verlorengegangen. Das Stück war nicht sehr lang, bloße fünfzig Seiten Dialog. Sie fuhr mit dem Finger über den Namen, der auf dem oberen Rand der Titelseite gekritzelt stand. Justin Cane – Linnies Ehemann.

Gale lächelte, als sie die erste Seite umblätterte. »Faith«, rief sie leise, »du wirst nicht glauben, was ich gefunden habe.«

»Nun, okay, du hast was gefunden. Aber kannst du noch gehen? Bist du ab dem Knie amputiert?«

»Warte einen Augenblick! Ich komme gleich. Laß einfach das Licht, wo es ist!«

Sie blätterte ein wenig herum und überflog die Anmerkungen, die Justin an den Rändern gemacht hatte. Seine Rolle war die des Clarence Walker gewesen, was auf eine erste, oberflächliche Prüfung hin die männliche Hauptrolle gewesen zu sein schien. »Geh nach links«, »Mach ein verärgertes Geräusch«, »Nimm sie in die Arme«.

Letztere Anmerkung fand sich in einer Szene zwischen Clarence und Megan Dempsey, »einer jungen Dame«. Linnies Rolle. Justin wäre in dem Stück Linnies Partner gewesen.

»Gale...«

»In Ordnung. Ich komme.«

Sie hob das Manuskript am gebundenen Rücken hoch. Als sie das tat, segelte ein nicht gefalteter Briefbogen, der auf Vorder- und Rückseite von oben bis unten vollgeschrieben war, zu Boden.

Es gab kein Datum. Es gab keine formelle Anrede und keine Unterschrift. Er begann ganz einfach.

Liebling,

Du kannst Dir nicht vorstellen, was es heißt, Dich jeden Tag zu sehen und Dich nicht berühren zu dürfen. Ich sitze in der Kirche, übe meinen Text, ganz anständig und brav, aber in Wirklichkeit denke ich an Deinen Mund und Deine Zunge und den süßen Geruch Deines Haars, als wir nachts im Gras lagen.

Das Licht ging aus, und Gale fand sich in Dunkelheit wieder. Sie saß reglos auf dem Boden und konnte sich nicht erinnern, wie man sich bewegte.

»Jetzt reicht's«, erklärte Faith. »Ich komme zu dir.«

Gale blieb still. Es gab kein Datum, es gab keine Unterschrift, aber sie kannte das große, fließende »L«, das sorgfältig in die Ecke gemalt war.

*Meine Enkelin auf der University of Georgia nimmt in diesem Quartal an einem Seminar über Gespenster teil. Diese verdammten Narren nennen es Folklore.*

Mabel Stone auf einem Treffen der
Calwyn County Historical Society, 1985

## 21

Die Witwenschaft war Truitt immer ein Rätsel gewesen. Er war sich nie sicher, wo sich das Eingangstor zu ihr befand. Seine Tante war nach ihrer Scheidung zur Witwe geworden, seine Schwester durch nächtliche Zornausbrüche über Napalm und Agent Orange. Er vermutete, dies war einer der Gründe, warum er noch nicht geheiratet hatte – er wollte nicht seine Frau ansehen und feststellen, daß ein Teil von ihr ihn schon aufgegeben hatte, daß sie die zukünftige Kugel ins Auge gefaßt hatte, die ihm die Brust zerreißen würde.

Als er neben ihr auf dem Sofa saß, konnte er nicht sagen, wann Cammy Cane begonnen hatte, eine Witwe zu sein. Ihr Gesicht war vom Weinen fleckig, die Muskeln um ihren Mund herum waren erschlafft, und die Lippen klafften auseinander, als stünde sie unter Schock. Sie weigerte sich, die Augen zu öffnen.

Zwei bezogene Kopfkissen und ein paar zusammengefaltete Laken nahmen ein Ende des salbeigrünen Sofas ein, und er versank fast darin, als er ein wenig abrückte, um sich Cammy zuzuwenden. Er schob die Kissen energisch beiseite und zog sein Notizbuch aus der Tasche. »Was willst du mir sagen, Cammy?«

Sie wickelte wie wild Sills Gummiband um die Finger, was in deutlichem Kontrast zu der Ruhe stand, mit der sie sprach.

»Sill ist für Martins Tod nicht verantwortlich«, erklärte sie. »Ella meint, daß es einfacher ist, wenn wir es dabei belassen, aber es wird Sill eines Tages auffressen. Das lasse ich nicht zu.«

»Das verstehe ich.«

»Nein, das tust du nicht. Nicht wirklich. Aber ich möchte, daß du eins tust, Alby: mir glauben! Ich möchte, daß du mir in dem Bewußtsein zuhörst, daß das, was ich dir erzähle, die Wahrheit ist.«

Truitt hörte, wie es in der Ferne donnerte. »Ich höre dir zu, Cammy.«

Das Gummiband bildete einen fetten orangefarbenen Ring auf Cammys Finger. »Weißt du, was Martin von dir immer gesagt hat?« fragte sie. »Er hat gesagt, du wärst ohne Jagdinstinkt geboren, wie manche Frauen ohne Mutterinstinkt geboren werden. Er vermutete, daß du dich für die Polizei entschieden hast, weil dir damit eine Ordnung vorgegeben wurde, nach der du dich richten kannst. Du hast die Jagd abgelehnt, aber du hast nie verstanden, daß der Jäger in einer geordneten Welt lebt. In den Wäldern hat alles seinen Platz und seinen Grund. Er kam von den Ausflügen mit dir zurück und sagte: ›Er sieht es einfach nicht. Dieser Junge sieht es einfach nicht.‹«

Truitt lächelte. »Ein bißchen was ist schon hängengeblieben. Martin war ein sehr guter Lehrer.«

»Nicht so gut, wie er es gerne gewesen wäre. Er war in vielem nicht so gut, wie er es gerne gewesen wäre.«

»Das könnte man vermutlich von jedem Menschen behaupten.«

»Nicht jeder Mensch wird gepeinigt.«

Truitt holte tief Luft. »Gepeinigt wovon, Cammy?«

Sie zwirbelte das Gummiband zwischen den Fingern. »In dem, was ich dir jetzt erzählen werde, liegt eine Ordnung verborgen, Alby. Du mußt versuchen, sie zu entdecken.«

Die Gazevorhänge vor den Terrassentüren waren zur Seite geschoben worden. Der Regen begann vereinzelt gegen die Scheiben zu schlagen, ein dicker Klatsch hier, ein dürres Getröpfel dort.

»Ich höre dir zu, Cammy«, wiederholte er leise. »Von was wurde Martin gepeinigt?«

Sie zerrte an dem Gummiband, bis er fürchtete, es würde gegen ihre Hand schnalzen. »Du hast das mit Maralyns Abtreibung herausgefunden.«

»Ja.«

»Die Sache hat Martin keine Ruhe gelassen. Ich glaube, sie haben damals ehrlich geglaubt, daß es das einzige ist, was sie tun können. Kleinstadt, bekannte Familie und das alles. Aber als die Ärzte Maralyn sagten, daß sie nie Kinder kriegen würde, nun, da hat Martin begonnen, es als ein Werk Gottes anzusehen. Sie hatten gesündigt – sie waren bestraft worden. Oder besser gesagt: Maralyn war bestraft worden. So hat Martin es gesehen. Ihr Körper. Ihre Sünde.«

»Und er war nicht mitverantwortlich?«

»Er war nicht die Mutter.«

»Aber Maralyn schien das Gefühl zu haben, daß es eine Übereinkunft zwischen ihnen gab.«

»Maralyn wollte, daß es eine Übereinkunft gibt.«

»Martin hatte also mit einer Gruppe von Abtreibungsgegnern zu tun. Wozu? Zur Sühne? Aus Rache?«

Cammy schüttelte den Kopf. »Nein, Alby. Ich weiß, das wird jetzt seltsam klingen, aber ich glaube, es war für ihn so, wie wenn man sich zwickt oder schlägt, um sich aufzuwecken.«

»Wie kommst du darauf?«

Sie sprach vorsichtig. »Ich habe einmal gehört, daß junge Frauen, die mißbraucht worden sind, wie Schlafwandlerinnen durch ihr Leben gehen. Und das war auch bei Martin so. Ich glaube, es gab nur zwei Gelegenheiten, bei denen Martin glücklich war: wenn er für die Kirche gearbeitet hat und wenn er eine Waffe trug. Und ich glaube, in seiner Vorstellung war beides dasselbe.«

»Du meinst, beides hat ihm Macht verliehen?«

»Nein, es hat ihn erlöst.«

An den Regalen schienen die Schlangenhäute drauf und dran zu sein, zu Boden zu schlängeln. Das Tageslicht draußen vor den Fenstern hatte nachgelassen. Truitt klopfte mit dem Bleistift gegen die Spiralbindung seines Notizbuchs und betrachtete Cammy aufmerksam.

»Hat Sill eine Abtreibung gehabt?«

Endlich öffneten sich Cammys Augen. Ihr Blick wanderte für einen Moment durch das Zimmer und kam dann auf den ausgestopften Eichhörnchen zur Ruhe, die auf der Truhe vor dem Sofa posierten. »Nein«, antwortete sie ausdruckslos. »Sill hat keine Abtreibung gehabt.«

»Warum hat sie dann so reagiert, als ich ihr das Pamphlet gezeigt habe?«

»Sie hatte eine Fehlgeburt.«

»Wann?«

»Vor ungefähr einem Jahr.« Cammy holte tief Luft. »Sie hat uns nie gesagt, wer der Junge war. Wir wußten nicht einmal, daß sie schwanger war. Sie ist direkt zu Maralyn in die Klinik gefahren. Wohlverstanden: nicht für eine Abtreibung. Sie wollte das Baby. Sie hat bloß nach einem Weg gesucht, es uns zu sagen.«

»Was ist dann passiert?«

»Eines Tages ist sie zu einer Schwangerschaftsuntersuchung in die Klinik gegangen. Draußen hat ein Protest stattgefunden. Faith war als eine der Eskorten da. Sie kannten sich zu dem Zeitpunkt noch nicht. Faith und mehrere andere Freiwillige versuchten, sie in die Klinik zu bringen, aber es kam zu einem Handgemenge. Sie wurden niedergeschlagen. Da lag sie dann, auf dem Gehweg, und die Leute standen über ihr und schrien sie an, hielten ihr Fotos vor das Gesicht. Die Polizei war da. Es hat vermutlich weniger als eine Minute gedauert. Sie behauptet, jemand habe sie getreten. Eine Woche später hat sie das Baby verloren.«

»Hat Sill dir das alles erzählt?«

»Nein.« Ihre Stimme war ein Flüstern. »Ich war dort. Ich habe zu denen gehört, die protestiert haben. Ich habe versucht, zu Sill zu gelangen. Sie lag am Boden, und ich konnte sie schreien hören.« Tränen stiegen ihr in die Augen. »Ich konnte mein Kind schreien hören. Eine Mutter erkennt es sofort, wenn es ihr eigenes Kind ist, das weint. Und ich konnte nicht zu ihr.«

»Hat sie dich gesehen?«

»Ja. Sie sagt, sie hat mir vergeben. Aber Faith hat sie besucht, als sie sich von der Fehlgeburt erholt hat, und Faith hat sich um sie gekümmert. Sie wollte mich nicht um sich haben.« Sie ignorierte die Tränen, die langsam ihre Wangen hinab in den Mund rannen. »Wir haben vereinbart, nicht darüber zu reden.«

Truitt blickte zu dem Lichtkranz aus Glas über den Fenstern hoch. »War Martin an diesem Tag mit dir dort?«

Ihr Lächeln war schwach. »Normalerweise wäre er es gewesen, aber nicht an dem Tag. Er war beim Jagen.«

»Was hat er gesagt, als du es ihm erzählt hast?«

»Wir haben es ihm nicht gesagt. Sill wollte nicht, daß er es erfährt. Martin konnte so... wütend werden, Alby. Das beste war, er erfuhr einfach nichts davon.«

»Davon, daß einer aus einer Gruppe, die er unterstützt, seine Tochter getreten und damit unter Umständen bewirkt hat, daß sie sein Enkelkind verliert?«

»Er sollte am besten gar nicht erfahren, daß sie jemals schwanger gewesen war.«

Truitt ging zu dem Sekretär hinüber und schaltete die Lampe ein. Über ihm schlug der Regen auf die gravierten Glasscheiben. Er fühlte sich so verwirrt, wie er es in den Wochen nach dem Tod seines Vaters gewesen war.

»Du sagst, Sill lag auf dem Gehweg. Hat sie gesehen, wer sie getreten hat?«

Cammys Schultern sackten herab. Sie bedeckte die Augen mit den Händen. »Ja. Es hatte in der Woche zuvor im *Atlanta*-Magazin einen Artikel über ihn gegeben, und daher hat sie sein Gesicht erkannt. Sie lag halb auf der Seite, halb auf dem Rücken, und sie sagt, er habe sich über sie gebeugt und sie angespuckt. Dann habe er mit dem Bein ausgeholt und ihr in den Bauch getreten.«

»Wer war es, Cammy?«

Als sie die Hände vom Gesicht nahm, waren sie naß. Sie starrte sie an, bevor sie sie an der Hose abwischte.

»Ein bekannter Mann aus der Werbebranche, der den Ruf Gottes vernommen hatte, Alby. Er hat das ziemlich ausgeschlachtet – und viele neue Mitglieder für die Bewegung gewonnen.«

Truitt kramte in seinem Gedächtnis. »Ryan Teller?«

Sie nickte, dann wandte sie sich ihm fast flehentlich zu.

»Aber wirklich, Alby, es läßt sich nicht sagen, ob er die Fehlgeburt verursacht hat. Ich meine, ganz egal, was sie sagt, es waren dort so viele Leute. Jeder von ihnen könnte es gewesen sein. Und es hat noch eine Woche gedauert, bis sie das Baby verloren hat. Der Doktor hat ihr gesagt, daß es keinerlei Möglichkeit gibt festzustellen, was der Grund war.«

Truitt schwieg einen Moment lang. »Also, Cammy: Hat Martin diesem Teller seinen Job verschafft?«

Als Cammy schließlich sprach, klang sie müde. »Die methodistische Kirche funktioniert so nicht. Aber Martin hat ein paar Leute angerufen. Vielleicht hat es geholfen.« Sie sah Truitt an. »Er war von Ryan so beeindruckt. Er hat gesagt, der Mann könne bis tief in seine Seele blicken. Ich glaube, Martin hat angenommen, Ryan könnte ihm helfen – könnte ihm Erlösung verschaffen.«

»Und hat er das?«

Ihre Stimme wurde bitter. »Nein. Das ist doch offensichtlich, oder? Und darum muß ich jetzt auf Sill aufpassen. Ich kann nicht zulassen, daß sie die Schuld für diese Sache auf sich nimmt, Alby. Sie ist für Martins Tod nicht verantwortlich. Ich will nicht, daß sie genauso gepeinigt wird wie ihr Vater.«

Der Donner war noch weit entfernt. Der Regen auf den Terrassentüren hatte nachgelassen.

»Wer ist also für Martins Tod verantwortlich, Cammy?«

Ihre Augen wurden hart. In diesem Moment wußte Truitt genau, wann sie zur Witwe geworden war.

»Warum fragst du das nicht die Schlampe, die mit ihm geschlafen hat?«

Gale saß in dem Jeep Cherokee und hatte die Beine untergeschlagen. Der Nachmittagshimmel war in große Tafeln zerbrochen, und ein dünnes Band gelben Lichts schien hinter einem schwarzen Fundament hervor. Der Regen hatte nachgelassen, aber nur vorübergehend. Durch das Autofenster konnte sie sehen, wie Wassertropfen zwischen den gesprungenen Scheiben des Fotostudios verschwanden.

Faith tauchte im linken Fenster des Studios auf. Sie grinste, als sie ein Stück Klebeband vor dem Gesicht spannte, es abschnitt und auf die Löcher pappte, die zurückgeblieben waren, nachdem sie die Bretter ungeschickt wieder befestigt hatten. Sie wiederholte diese Pantomime und deckte alle Spalten ab, damit die Leinwände drinnen geschützt waren.

Die Leinwände waren für Gale jetzt wenig mehr als eine Kuriosität. Sie balancierte das Manuskript des Theaterstücks auf dem Schoß. In den Händen hielt sie Linnies Brief. Vorsichtig drehte sie ihn zum Licht.

*Ich habe gestern etwas für Dich getan. Nein, das stimmt nicht. Ich habe es für mich getan. Es ist nur eine kleine Sache, aber ich war hinterher so aufgeregt, daß ich den ganzen Weg nach Hause im Laufschritt zurückgelegt, die Tür zu meinem Zimmer hinter mir zugemacht und einfach gelacht habe. Ich war im Pfarrhaus und wollte die Hemden des Pfarrers abholen, um sie zu waschen. Er war nicht zu Hause, und irgendwas hat mich mutig werden lassen. Ich bin zu diesem Bild gegangen, das über dem Schreibtisch hängt, und habe es von der Wand genommen. Ich hatte die Brosche, die Du mir geschenkt hast, an der Innenseite meines Rocks versteckt. Ich habe meine Haarlocke gepackt, die auf dem Bild geklebt hat, und habe sie weggerissen. Dann habe ich mit der Nadel gekratzt und gekratzt, bis mein Name verschwunden war. »Linny Glynn Cane gehört nicht mehr zu euch«, habe ich gesagt. Dann habe ich das Bild wieder so gut ich konnte zusammengesetzt und an die Wand gehängt und bin aus dem Haus gegangen, als wäre nichts passiert. Ich bin den ganzen Weg nach Hause gerannt und habe so laut gelacht, daß die Leute mich bestimmt gehört und sich gewundert haben. Erst beim Abendessen ist mir eingefallen, daß ich die Hemden des Pfarrers vergessen hatte.*

*Ich habe diese Locke für Dich in die Tasche gesteckt. Manchmal vergesse ich, wie düster die Tage gewesen sind. Meine Gedanken waren so klein geworden. Es war viel einfacher, wütend zu sein, als zu denken. Aber Du hast ja immer gesagt, daß ich zu streng bin – »Was du nicht gießt, Linnie, kann auch nicht wachsen.« Ich schätze, es gibt ein paar Orte, an denen Gedanken aus dem Boden schießen wie Löwenzahn und nicht die geringste Pflege brauchen. Aber nicht hier in Statlers Cross. Du hast das gewußt, als Du gekommen bist, nicht wahr? Man kann hier nicht gesund werden, weil keiner einem zugesteht, daß man leidet. Es geht hier nur um den Willen Gottes und die Pflichten der Frau. Habe ich erwähnt, daß ich nicht mehr zurückgegangen bin, um die Hemden des Pfarrers zu holen?*

*J. wird immer schwieriger. Er mag es nicht, wenn ich nein sage. Er will mehr Kinder. Ich habe versucht, es ihm begreiflich zu machen. »Babys sind ein Segen«, sage ich zu ihm. »Ich liebe den kleines Jules. Aber Babys saugen dich aus, Justin. Sie nehmen dir den Atem, und manchmal fühlt es sich an, als würden sie dir auch das Leben rauben.« Er hat mich gestern abend wieder geschlagen. Ich habe angefangen, zu-*

*rückzuschlagen, so wütend war ich, aber dann ist mir wieder eingefallen, was Du gesagt hast. Es ist besser, wenn ich einfach abwarte, bis wir fahren. Ich habe heimlich Kleider für Jules gemacht. Wenn es soweit ist, wird er der hübscheste Junge von New York sein.*

Hier endete der Brief, und die letzte Zeile paßte kaum noch auf die Seite. Gale blickte durch das Autofenster auf die Klebebandstreifen, die hinter der gesprungenen Fensterscheibe hin- und herliefen. Ihre Brust schmerzte. Ihr einziger Gedanke war, so schnell wie möglich nach Hause zu Katie Pru zurückzukehren.

Ein Donnergrollen ließ Faith zum Auto eilen. Sie riß die Tür auf und kletterte hinein.

»Fertig«, erklärte sie. »Was machen wir jetzt?«

»Ich muß zurück, damit Nadianna nach Hause kann. Ich glaube, für einen Tag hat sie jetzt genug Probezeit gehabt.«

»Aber ich dachte, du hättest eine heiße Spur und wärst dem Wild dicht auf den Fersen oder was immer die Metapher ist.«

Gale öffnete das Manuskript und legte den Brief in die Mitte. Sie schob beides vorsichtig in die Tasche. »Ich muß diese Dokumente irgendwie schützen. Sie haben schon genug durchgemacht.«

Faith ließ den Motor an. Sie wies mit dem Kinn auf das Manuskript. »Hast du denn da drinnen irgendwas Interessantes gefunden?«

»Ich weiß nicht«, gestand Gale aufrichtig. »Ich muß darüber noch weiter nachdenken.« Sie schloß die Schnallen der Tasche und legte die Arme auf sie. »Weißt du irgendwas über praktisch ausgebildete Krankenschwestern?«

»Nicht viel. Ich weiß nur, daß sie nicht dieselben Bedingungen erfüllen müssen wie staatlich geprüfte Krankenschwestern. Meine Großmutter hatte eine.«

»In einem Altersheim?«

»O nein. Sie hat bei ihr zu Hause gewohnt. Warum?«

Gale seufzte. »Ich weiß nicht. Fahren wir nach Hause!«

Faith fuhr langsam an und versuchte, die Schlaglöcher im Asphalt zu vermeiden. Der Cherokee rollte am Drugstore und an den Holzpaletten neben Langleys Kleinlaster vorbei und bog beim Müllcontainer links ab. Überraschenderweise waren alle Parkplätze entlang der Hauptstraße besetzt. Der Grassaum am Fuß der Gleise wurde von einer Reihe parkender Autos verdeckt.

Und dann sahen sie das Schild. Eine Frau in einem weißen Hosenanzug und Joggingschuhen ging am Cherokee vorbei, und in ihrer Hand flatterte ein Poster. Das Bild auf diesem war in Farbe – ein Durcheinander aus Rot- und Brauntönen. Dann erkannte Gale mit Entsetzen die Form eines abgerissenen Beins und einen winzigen blutigen Schädel. Über dem Poster standen in großen, schwarzen Lettern die Worte *Baby-Mörder*.

Neben ihr sog Faith scharf die Luft ein. »Mein Gott«, murmelte sie. »Was zum Teufel geht hier vor?«

Dutzende von Menschen spazierten die Hauptstraße auf und ab, alle gut angezogen, alle mit Schildern ausgerüstet. Mehrere Frauen, an deren Arme sich kleine Kinder klammerten, schoben Buggys über die Straße, während die Männer sich in losen Gruppen am Fuß der Gleise versammelten. Es waren mindestens fünfzig Leute. Eine verbeulte weiße Limousine überholte den Cherokee und parkte am Straßenrand in zweiter Reihe. Ein Mann mit einer Kamera und eine Frau mit einem Notizblock sprangen heraus. Als sie auf die Männer zuliefen, löste sich die Gruppe auf, und Ryan Teller kletterte hastig die Böschung zu den Gleisen hoch.

Oben blieb er stehen und wandte sich der Menge zu. Gale kurbelte rasch das Fenster herunter, als er die Arme hob.

»Leute, hört mir mal einen Augenblick zu!« Er wartete mit grimmigem Gesicht, bis die Menge sich am Fuß der Böschung versammelt hatte. Als Ruhe eingetreten war, fuhr er fort. »Ich möchte euch allen dafür danken, daß ihr heute gekommen seid. Es war für die meisten von euch eine lange Fahrt, und ihr seid sehr kurzfristig benachrichtigt worden. Aber wir sind am Samstag daran gehindert worden, unsere Arbeit zu tun. Laßt uns heute weitermachen. Kommt bitte alle zu mir hoch.«

Die Menge kletterte den Hang hinauf, und die Eltern nahmen die Buggys wie Tragen zwischen sich. Faith beugte sich hinüber und schaute durch Gales Fenster hinaus.

»Was zum Teufel geht da vor?« wiederholte sie.

»Ich glaube, wir werden gerade Zeugen einer Protestkundgebung«, antwortete Gale. Sie beobachtete, wie Teller die Gleise hinauf und hinab deutete. Die Menge begann, eine Reihe zu bilden. Gale blickte nervös auf den Bahnübergang. »Ich will nicht melodramatisch klingen, aber falls die auf den Gleisen eine Demonstration veranstalten, wäre ich gerne auf der anderen Seite. Wenn sie eine Klinik blockieren können, können sie mit Sicherheit auch einen Bahnübergang blockieren.«

Faith fuhr los. Als sie an der Siedlung vorbeikamen, lief eine Gruppe Kinder schreiend über das Gelände der Spinnerei, und ihnen folgte vorsichtiger eine Gruppe Erwachsener. Die Demonstranten näherten sich dem Bahnübergang und schwenkten ihre drastischen roten Schilder hoch in der Luft.

Faith betätigte den Blinker und überquerte den Wall. Als sie in Ellas Auffahrt einbogen, flog die Eingangstür auf und Alby Truitt erschien.

Er war schon auf halbem Wege zur Straße, als Gale aus dem Auto ausstieg. Die Demonstranten hatten sich mit jeweils zwei Metern Abstand entlang der Schienen aufgebaut. Sie hielten die Schilder über die Köpfe und wandten sich nicht den Läden oder möglichen Passanten zu, sondern der Reihe vereinzelter Häuser auf der Nordseite der Gleise.

Teller ging vor seinen Leuten auf und ab. »Wir sprechen nicht. Wir müssen nicht sprechen. Haltet eure Schilder hoch. Laßt die Toten sprechen!«

Die Schilder wurden hochgestoßen, und die Pappe bog sich und machte scharfe, peitschende Geräusche. Weit die Gleise hinab weinte ein Baby. Der Fotograf stand auf halber Höhe, und seine Kamera klickte. Gale ließ Faith im Auto zurück, schlang sich die Tasche über die Schulter und folgte Truitt zur Straße.

»Reverend Teller!« schrie Truitt. »Ich muß mit Ihnen einen Moment reden.«

Teller rutschte den Hang hinab und traf Truitt auf der Straßenmitte. Der Fotograf und die Reporterin bauten sich in Hörweite am Fuß der Böschung auf.

»Was geht hier vor, Reverend?« fragte Truitt.

Teller lächelte. »Nur ein paar Gebete, Sheriff.«

Truitt warf Gale, die am Straßenrand stand, einen Blick zu, dann wandte er sich um und betrachtete die Demonstranten. »Gebete? Ich muß das Amen verpaßt haben.«

»Gebete ohne Amen, Sheriff. Wir machen damit weiter, bis wir ein paar Dinge geändert haben.«

»Hatten Sie auch am Samstag vor, ein paar Dinge zu verändern?«

Die beiden Männer standen weniger als drei Meter von Gale entfernt und sprachen mit leisen, aber doch vernehmlichen Stimmen. Hinter ihnen bildeten die Schilder blutige Flecken vor der Dachlinie der Läden.

»Wovon sprechen Sie, Mr. Truitt?« Tellers Lächeln gefror.

»Mein Deputy hat gehört, wie Sie gesagt haben, Sie konnten am Samstag Ihre Arbeit nicht tun. Wie denn das?«

Tellers Blick wanderte über das Gesicht des Sheriffs. »Sie haben eine Frau in dem Haus, die Abtreibungen vornimmt.«

»Beantworten Sie meine Fra...«

»Sie haben eine Babymörderin dort drinnen. Sie leistet unmittelbar Hilfe beim Mord an Babys. Ich weiß, daß das die Wahrheit ist. Ich bin ihr schon begegnet.«

»Mr. Teller, was wollten Sie...«

»Haben Sie sie wegen Martin befragt? Wenn man Babys töten kann, was für moralische Probleme sollte es einem dann bereiten, einen Mann zu töten?« Er wandte sich den Demonstranten zu und erhob die Stimme. »Stimmt das nicht, Leute? Ist Gottes grundlegendes Gesetz erst mal gebrochen, gelten auch alle anderen Gesetze nicht mehr. Ist es erst mal erlaubt, ein Baby aus dem Leib seiner Mutter zu reißen, ist die Gesellschaft verloren.«

Der Auslöser klickte, die Schilder knatterten im Wind. Truitt betrachtete ruhig den Prediger. »Ich sag Ihnen was, Mr. Teller: Ich gebe Ihnen noch eine Chance. Ich bin mitten in einer Untersuchung und habe Informationen erhalten, die nahelegen, daß Sie mehr wissen, als Sie zu erkennen gegeben haben. Also, Sie können jetzt entweder kooperieren oder Sie kommen aufs Revier.«

Tellers Lächeln wurde nur ein bißchen breiter, und seine Stimme sogar noch leiser.

»Ich glaube, Sir, wenn Sie mich befragen wollen, wird das auf dem Revier geschehen müssen.« Er blickte zu der Menschenreihe hoch, die auf den Gleisen stand. »Andere werden meine Arbeit fortführen. Und sie werden dies vielleicht mit noch ein wenig mehr Leidenschaft tun, haben sie erst mal gesehen, daß ich vom Sheriff abtransportiert werde.«

Truitt zuckte mit den Achseln und schob das Kinn vor. »Ich transportiere niemanden, Prediger. Ich habe Wichtigeres zu tun.« Er fuhr herum und schritt zum Haus zurück. Als er den Jaguar erreichte, rief er: »Ruch! Bring diesen Schmalspur-Pfaffen auf das Revier! Finde heraus, was er über Samstag weiß! Und schick jemanden her, der die Namen dieser Leute aufschreibt!«

Truitt rannte die Stufen hoch und verschwand im Haus, während Ruch durch den Garten ging. Ein Murren machte sich in der Menge breit. Teller wandte sich um und bedeutete den Leuten, zu schweigen.

»Bleibt hier und macht mit der Arbeit weiter, Leute! Ich bleibe nicht lange. Wir haben keine Gesetze gebrochen, und selbst wenn wir es getan hätten: Es gibt kein Gesetz, das mehr Bedeutung hat als der Tod eines Kindes. Laßt uns also den Herrn preisen!«

Die Hymne »Amazing Grace« schallte traurig von den Gleisen herab. Gale suchte die Gestalten nach vertrauten Gesichtern ab. Es gab keines. Vom Gleisende aus beobachteten die Bewohner der Siedlung die Fremden argwöhnisch.

»Mama!«

Katie Pru und Nadianna standen Hand in Hand neben dem Pekanbaum und starrten gebannt auf die Demonstranten. Sie waren beide gerannt. Sie keuchten, und ihre Gesichter waren hellrot. Katie Pru hielt ein Stück Geißblatt in der Hand. Es fiel auf den Boden, als sie sich Nadianna zuwandte, die Arme hochstreckte und darum bettelte, hochgehoben zu werden.

Scheiße. Gale rannte durch den Garten, packte ihre Tochter und umarmte sie. Sie wandte sich Nadianna zu.

»Es tut mir leid, daß ich so spät dran bin. Hier.« Sie fummelte in ihrer Tasche und zog einen 20-Dollar-Schein hervor. »Lassen Sie uns später darüber reden, okay? Wenn es Ihnen nichts ausmacht, versuche ich, Katie Pru hier so schnell wie möglich wegzubringen.«

Nadianna nahm wortlos das Geld. Sie starrte weiter auf die Demonstranten. Gale streckte die Hand aus und berührte sie am Arm.

»Alles in Ordnung, Nadianna?«

Sie nickte. »Mir geht's gut, Mrs. Grayson. Es ist nur so schockierend. Allerdings nehme ich an, daß das genau ihre Absicht ist. Es ist so schrecklich, daß wir es lieber nicht sehen würden.«

Gale stützte Katie Pru auf ihre Hüfte. »Es ist schrecklich, das stimmt schon. Aber die Alternative ist auch schrecklich.« Sie hob die Tasche auf und versuchte, sie über die Schulter zu hängen. Sie fiel herunter. Nadianna bückte sich und hängte sie sanft dorthin, wo sie hingehörte.

»Fragen Sie Katie Pru, wie es war, Mrs. Grayson!« sagte sie. »Dann rufen Sie mich an, wenn Sie wollen! Ich glaube, ich gehe jetzt besser nach Hause.«

Gale drehte sich um, ging auf die Wiesen hinter dem Haus zu und suchte nach dem Brombeergestrüpp, das die Mündung des Pfades markierte. Sie hatte den Weg seit 17 Jahren nicht mehr benutzt, aber er war noch dort und wurde jedes Jahr von Jägern begangen, die verwundetem Wild auf Ellas Besitz folgten. Nach einer kurzen Strecke stellte sie Katie Pru auf den Boden und deutete auf eine Lücke im Gras.

»Komm, K.P.!« rief sie. »Wir gehen auf die Jagd.«

*Wir erschaffen Gespenster, um uns daran zu erinnern, daß die Welt nicht vergibt.*

Mason Jacks, Schriftsteller, während eines Vortrags im Praterton Book Club, 1987

## 22

Faith Baskins stand mit den Händen in den Taschen und Dreck auf Brille und Gesicht neben dem Couchtisch im Wohnzimmer. Truitt konnte das ferne Klagen eines Gospellieds draußen vor dem Alden-Haus hören. Faith warf ihm ein trockenes Lächeln zu.

»Sie sind also noch nicht mit mir fertig? Noch mehr Fragen zu meinem gewaschenen Auto?«

Truitt schüttelte den Kopf. »Nein. Wir haben die Waschstraße angerufen. Scheint, daß Sie Stammkundin sind. Sie sagen, sie haben nichts Außergewöhnliches in Ihrem Auto festgestellt. Außerdem habe ich schon gefunden, wonach ich gesucht habe.«

Sie wölbte die Brauen. »Wirklich?«

»Ja. Das ist es aber nicht, wonach ich Sie fragen wollte.« Er legte drei Fotos auf den Tisch. »Schauen Sie sich diese drei bitte für mich an, Ms. Baskins.«

Sie nahm die Fotos, lehnte sich gegen die Armlehne des

Sofas und kaute nachdenklich auf der Lippeninnenseite. »Das letzte Andenken an Martin«, erklärte sie. »Mein Gott, das Leben ist schon seltsam, was?«

Truitt wartete einen Augenblick. »Erzählen Sie mir etwas über das Bild, auf dem Sie drauf sind.«

Sie betrachtete das Foto und klopfte mit dem Finger auf seinen Rand. »Geschickter Fotograf, das kann ich Ihnen sagen. Ich wußte nicht einmal, daß ich fotografiert worden bin.«

»Was dagegen?«

Sie zuckte mit den Schultern. »Nein. Sill wäre vermutlich nicht so erfreut darüber. Sie liebt ihren Dad nicht gerade, wissen Sie.« Sie blickte ihn an, und die Augen hinter ihrer Brille waren wütend. »Gale hat mir gesagt, daß er Sill geschlagen hat. Wußten Sie das?«

»Nein.« Selbst wenn er es gewußt hätte, hätte er es nicht geglaubt. Seine Frau, vielleicht. Aber sein Kind? Wie konnte sich Martin des Kindes eines anderen annehmen, während er das eigene schlug? Wie konnte er sich einem ausgestoßenen 15jährigen gegenüber so liebevoll verhalten und seiner Tochter gegenüber so schrecklich, daß diese ihm die Umstände ihrer Fehlgeburt nicht erzählen wollte?

»Wenn ich es gewußt hätte«, erklärte er müde, »hätte ich versucht, ihn daran zu hindern.« Er ließ sich in den Pferdehaarsessel sinken. »Was die Fotos angeht...«

Faith legte die Bilder auf den Tisch. »Das war, bevor er erfahren hatte, wer ich bin, soviel kann ich Ihnen sagen. Er war eigentlich ziemlich freundlich, bis Sill uns einander vorgestellt hat. Und auch dann hat er sich Mühe gegeben. Sill hat ihn immer weiter gereizt, als wollte sie, daß er explodiert.«

»Und das ist er dann auch.«

»Richtig.«

»Wie oft sind Sie sich vor diesem Samstag begegnet?«

»Keinmal. Ich hatte ihn noch nie gesehen. Ich habe ihn einmal angerufen, aber das war alles.«

»Sind Sie sich da ganz sicher?«

»Glauben Sie mir, ich würde mich daran erinnern.« Sie klopfte leicht mit dem Fingernagel gegen ein Foto. »Das hier ist interessant, nicht wahr? Was für ein eigenartiger Gesichtsausdruck.«

»Das ist das letzte Bild von ihm.«

Ihre Stirn runzelte sich. »Herrje. Wüßten Sie nicht gerne, wo er hinschaut? Gibt es nicht irgendeine Methode, mit der ihr Jungs dieses Bild so weit vergrößern könnt, bis ihr seht, was sich in seinen Pupillen spiegelt?«

Truitt hob die Fotos auf und schob sie in einen Umschlag. »Um Ihnen die Wahrheit zu sagen, ich glaube nicht, daß das nötig sein wird. Okay, Ms. Baskins. Vielen Dank.«

Gale und Katie Pru tauchten im Garten der Robertsons auf, als die ersten Blitze über den Himmel zuckten. Das Gewitter bewegte sich schneller, als Gale vorhergesehen hatte. Die Eingangstür öffnete sich, als sie gerade die Hausecke umrundeten.

»Du meine Güte, kommen Sie herein. Sie haben wie nasse Kaninchen ausgesehen, als Sie aus dem Gebüsch da hervorgerannt sind.«

»Ich hätte mich fast verkalkuliert«, sagte Gale und steuerte Katie Pru in das Haus. »Ich war mir sicher, daß wir noch Zeit haben, bis der Regen anfängt.«

»Manchmal hilft kein Kalkulieren. Kommen Sie doch herein.«

Die Frau sah aus, als wäre sie in den frühen Dreißigern. Ihr kupferfarbenes Haar reichte ihr bis knapp unterhalb des Ohrs. Sie trug gutgeschnittene marineblaue Shorts und ein weißes, seidiges Oberteil. Und sie war von den perlenbesetzten Ohrringen, die neben ihren Wangen baumelten, bis zu dem zierlichen Kettchen, das ihr Fußgelenk umschloß, mit Gold behängt. Gale unterdrückte ein Lächeln. Sie konnte sich sehr gut vorstellen, was aus dem Mund dieser vom Leben verwöhnten Frau gedrungen war, als sie eine Schlange in der Toilette gefunden hatte.

»Mrs. Robertson, ich bin Gale Grayson, und das hier ist Katie Pru. Wir waren heute morgen hier, um einen Schlüssel von Ihrem Mann zu borgen.«

Das Porzellangesicht der Frau verzog sich zu einem breiten Lächeln. »Oh, das weiß ich«, erklärte sie. »Ich habe Sie durch das Fenster gesehen, als ich heute morgen aufgestanden bin. Mal hat, glaube ich, nicht erwartet, daß Sie so schnell fertig werden. Haben Sie irgendwas gefunden?«

»Nun, ich habe keine Fotos gefunden, was ja das ist, wonach ich eigentlich gesucht habe. Aber die Mühe war nicht vergebens. Ich wollte Ihnen nur den Schlüssel zurückgeben und mit Ihrem Mann reden.«

»Er ist nicht hier und wird vor dem Wochenende nicht zurückkommen.« Ihre blauen Augen weiteten sich. Sie umklammerte Gales Arm mit hellroten Fingernägeln. »Du liebe Güte, ich hoffe, Sie sind nicht extra deshalb gekommen.«

Gale lachte und war überrascht, wie sympathisch ihr dieses junge, gutgekleidete Ding war. »Nun, ich hasse die Vorspiegelung falscher Tatsachen, aber ich bin nicht nur gekommen, um den Schlüssel zurückzugeben.« Sie machte eine Pause. »Es tut mir leid, Mrs. Robertson, ich kenne Ihren Vornamen nicht.«

»Jen. Und es ist nicht Robertson. Ich heiße immer noch Butler. Ich mußte lange auf Mal einreden, aber ich habe ihn davon überzeugt, daß ich mich nicht wie eine Jen Robertson fühle und daß ich auch keine werden kann.«

Gale lächelte und stellte sich vor, was passieren würde, wenn Ella diesen Informationsbrocken zwischen die Zähne bekam. »Also, Jen, ich habe keine Fotos in dem Studio gefunden, aber Mal hat mir erzählt, daß Sie ein paar gefunden und gerahmt haben. Ich habe mich gefragt, ob sie vielleicht irgendwo hängen, wo ich sie mir ansehen kann?«

»Klar. Sie sind im Wohnzimmer. Kümmern Sie sich nicht um die Unordnung. Ich lass' das Haus einfach verkommen, wenn Mal nicht da ist.«

Gale nahm Katie Prus Hand, folgte Jen in das Zimmer rechts von der Eingangstür und bezweifelte, daß sie Unordnung vorfinden würde. Die acrylversiegelten Holzböden glänzten, und die Wände aus Baumstämmen waren mit gerahmten Bildern und zeitgenössischen Fotos bedeckt: alle, wie Gale bemerkte, mit einigem Geschmack ausgewählt. Bei den Bildern handelte es sich vor allem um Aquarelle: helle, luftige Blumen und fließende Stadtansichten. Die Fotos waren schwarzweiß und wiesen einen ähnlichen Stil auf.

»Es ist Mals Hobby«, erklärte Jen. »Ich behaupte, er hat es von seinem Großvater geerbt, aber er tut das immer nur mit einem Achselzucken ab.«

Sie führte sie an einem teuren, in Pflanzenfarben bedruckten Sofa vorbei zu einem englischen Eichenschrank. Die Türen des Schranks waren aufgeklappt und offenbarten eine ziemlich große Sammlung von Zinn und Roseville-Keramik.

Jen blieb stehen und schloß eine der Schranktüren. »Hier sind sie. Sie können sie runternehmen, wenn Sie wollen.«

Es gab zwei Bilder, die auf dem purpurstichigen Karton aufgezogen waren, den Gale im Speicher des Studios gefunden hatte. *Malcolm Hinson, Photograph, Statlers Cross, Georgia*, stand in Schnörkelschrift auf beiden.

Das untere zeigte drei Mädchen in ihrem Sonntagsstaat, die etwas in den Händen hielten, das wie Liederbücher aussah. Sie sangen mit offenen Mündern. Gale kannte alle drei von Fotos auf dem Couchtisch im Wohnzimmer her: zwei waren Stone-Mädchen und die dritte war eine Falcon. Die Komposition war gut, aber sie hielt Gales Aufmerksamkeit nur einen Augenblick lang gefangen, denn diese wurde sofort von dem Foto darüber in Anspruch genommen.

Gale hatte bisher erst ein Foto von Parrish Singleton gesehen, und zwar in dem einzigen Buch, das die Calwyn County Historical Society veröffentlicht hatte. Diese Aufnahme war in den fünfziger Jahren gegen Ende seines Lebens entstanden, als die Rolle, die er in der Geschichte des Countys gespielt hatte, nur mehr eine Bildunterschrift wert war. Schon mit fünfzig war er ein alter Mann gewesen: hohläugig, mit wachsgrauem Gesicht und einem schlaffen Mund. Als grausamer Teenager hatte sie das Bild studiert und sich gefragt, wie er jemals auf die Idee hatte kommen können, mit keinem anderen Ziel in den Süden zu gehen, als ein Theaterstück zu schreiben und aufzuführen. Es hatte wie ein völlig unsinniger Wunsch gewirkt. Und wie einer, dessen Verwirklichung völlig außer Reichweite dieses Trottels mit fauligen Zähnen und einer Zigarette zwischen den knotigen Fingern liegen mußte.

Dieser Teenager hätte das Foto sehen sollen, das sie jetzt betrachtete, dachte sie. Malcolm Hinson hatte ihn bei der Arbeit fotografiert, die Ärmel hochgekrempelt im Licht der Sonne Georgias. Er stand mit einem aufgeschlagenen Manuskript da und gestikulierte, und das Licht unterstrich die langen Sehnen seiner nackten Arme. Mit seinem dunklen, schweißnaß zurückgekämmten Haar hätte er als ein mit allen Wassern gewaschener Landprediger durchgehen können. Er mußte die Ironie in diesem Foto auch gesehen haben, denn unter das Bild waren die Worte gekritzelt: *Großartige Aufnahme, Malcolm. Jesus liebt dich. Bruder Parrish.*

In der oberen Ecke des Bildes, vom Glas platt gedrückt, befand sich eine dunkelbraune Haarlocke.

»Das da mußten wir nicht rahmen lassen. Wir haben es so gefunden. Mal sagt, es ist eines der besten Fotos aus jener Zeit, das er je gesehen hat. Wir wissen nicht, wer Bruder Parrish ist, aber Mal sagt immer wieder, er wird damit bei Gelegenheit in der Stadt herumgehen und die Leute fragen, ob sie irgendwas über ihn wissen.«

Gale spürte, wie sich Enttäuschung in ihr breitmachte. »Klingt, als hätten er und ich ähnliche Interessen.« Sie rang sich ein schwaches Lächeln ab. »Wissen Sie, ich hatte irgendwie gehofft... naja, als Mal sagte, daß Sie Altenpflege betreiben, kam mir der Gedanke, daß Malcolm Hinson vielleicht noch lebt.«

Jens Schmuck klingelte, als sie die Hände in die Hüften stützte. »Nun, er lebt tatsächlich noch. Es ist nur so, daß er manchmal so verdammt stur ist. Er will kein Wort über den Mann auf dem Foto verraten. Ich verstecke es sogar dort hinter der Tür, weil er so wütend wird, wenn er es sieht.« Sie grinste. »Ich habe ihn wirklich gern, obwohl es manchmal Tage gibt, an denen ich mir denke, daß wir beide es nicht mehr lange machen werden. Ihm hat dieses Haus hier gehört – und noch ein anderes –, und er hat alles uns überschrieben mit der Bedingung, daß wir ihn aus dem Altersheim holen und uns um ihn kümmern. Ich bin also zum Opa-Sitter geworden. Und ich sitze wirklich viel bei ihm. Der Mann verläßt selten sein Zimmer. Er ist natürlich schon 98, wer wollte ihm da Vorwürfe machen? Er zieht es einfach vor, dort in dem dunklen Schlafzimmer zu bleiben, mit unseren Katzen und seiner schlechten Laune.«

Die Demonstranten sangen noch, als Truitt die Eisenbahngleise überquerte und zur Siedlung ging. Der Himmel war gefährlich schwarz. Ein paar Eltern waren schon aus der Reihe ausgeschert und schoben langsam die Buggys den Abhang hinab zu dem Grassaum. Die kleine Menschenmenge, die sich auf dem Gelände der Spinnerei und entlang der Ladenfronten versammelt hatte, verlief sich auch, denn die Angst vor dem Unwetter war offenbar größer als die Neugier, die das Spektakel geweckt hatte. Als er sich der Menge näherte, bemerkte er Leute, die mit fragendem Gesichtsausdruck in seine Richtung schauten. O Gott, dachte er, ich habe jetzt keine Zeit, etwas für meine Popularität zu tun. Er nickte ihnen mit einem, wie er hoffte, beruhigenden Grinsen zu, änderte die Richtung und eilte durch den alten Eingang der Spinnerei.

Das erste, was ihm auffiel, war die Abgeschiedenheit. Vor ihm lagen Wälder, über ihm war der Himmel, aber die beiden verbliebenen Wände genügten, um ihn von der Außenwelt zu isolieren. Er hörte das Lied der Demonstranten, aber es wurde schwächer. Er hörte das Gras rascheln, während die Leute aus der Stadt davonschlenderten, aber es war leise, und vielleicht verwechselte er es mit dem Seufzen der Arbeiter in der Spinnerei vor hundert Jahren.

Ein kalter Schauer erfaßte ihn, und er beschleunigte seine Schritte. In der Hand hielt er den Umschlag mit den Fotos.

Wenn sie nicht geschluchzt hätte, wäre er direkt an ihr vorbeigegangen. Sie kauerte auf einem Trümmerbrocken, und der Saum ihres langen, beigen Kleides war mit glänzendem Schlamm bedeckt. Sie sah ihn nicht an, als er sich ihr näherte.

»Nadianna«, sagte er leise. »Es gibt gleich ein Gewitter. Was tun Sie hier?«

Sie schaukelte leicht vor und zurück und hielt sich die Ellbogen. »Nichts. Wollte bloß nicht hineingehen, das ist alles. Kühler hier draußen.«

»Nicht viel, das kann ich Ihnen sagen. Kommen Sie schon! Ich bringe Sie nach Hause, und Sie erzählen mir, was los ist.«

»Nein, Sir. Es gefällt mir hier.«

Sie wischte sich die Nase an der Schulter ihres Kleides ab. Truitt zog ein Taschentuch hervor. »Nun, es gibt etwas, über das ich mit Ihnen reden will, Nadianna«, erklärte er und reichte ihr das Taschentuch. »Etwas hat mich die ganze Zeit beschäftigt, seit ich Ihre Fotos habe entwickeln lassen. Ausgezeichnete Arbeit, übrigens. Kein Wunder, daß Sie Preise gewonnen haben.«

Sie tupfte sich die Augen mit dem quadratischen Leinentuch ab und legte es sorgfältig zweimal zusammen. »Was hat Sie denn beschäftigt?«

Truitt öffnete den Umschlag. »Ich möchte, daß Sie sich dieses Foto ansehen. Es war das letzte Bild auf der Rolle. Ich möchte, daß Sie mir etwas darüber erzählen.«

Wortlos nahm sie das Bild. Sie stieß einen hörbaren Laut des Erstaunens aus, dem ein Schluchzer folgte, der so heftig war, daß Truitt den Schmerz in seiner Brust spürte.

»Es ist Mr. Cane«, flüsterte sie.

»Ich weiß. Ich möchte, daß Sie mir erzählen, was passiert ist, als Sie die Aufnahme gemacht haben.«

Das Bild zitterte in ihrer Hand. »Er war gerade aus dem Fischhaus herausgekommen. Er war auf seine Tochter wütend. Er war auf dem Weg zur Küche.«

»Und wo waren Sie?«

»Im Essenszelt.«

»Und Sie sind einfach auf ihn zugegangen und haben das Bild gemacht?«

»Ja.«

»Ich verstehe.« Truitt beugte sich über sie. »Was mich beschäftigt, Nadianna, ist der Ausdruck auf seinem Gesicht. Schauen Sie sich ihn doch bitte einen Moment lang an. Wie würden Sie ihn beschreiben?«

Ihr Kinn runzelte sich, und sie hielt ihre Tränen nicht zurück. Sie hielt das Bild fest zwischen den Fingern und sagte nichts.

»Nun, ich hab' es studiert und studiert, und ich will Ihnen sagen, was es meiner Meinung nach ist: Schock vermischt mit Furcht, aber es gibt noch was anderes. Sehen Sie es nicht? Sehen Sie denn nicht noch etwas anderes in seinem Gesicht?«

Als sie nicht antwortete, richtete er sich auf und schüttelte den Kopf. »Ich habe darüber nachgedacht, und ich bin darauf gekommen, daß es damit zu tun haben könnte, wohin er blickt. Zuerst dachte ich mir, daß er vielleicht Sill angeschaut hat, aber das stimmt nicht. Sie war hinter ihm. Und dann dachte ich mir, daß er vielleicht zum Haus geschaut hat oder auf die Menge unter dem Zeltdach, aber dann wurde mir klar, daß dafür seine Blickrichtung völlig verkehrt ist. Er hat nicht von der Kamera weggeschaut oder an ihr vorbei, Nadianna. Er hat direkt in sie hineingesehen.«

Ihr Kopf fiel nach vorne. Truitt langte nach unten und packte das Foto, bevor sie es zusammenknüllen konnte.

»Er hat Sie angesehen, nicht wahr, Nadianna?«

Ihr Körper wurde von Schluchzern erschüttert. Truitt kauerte neben ihr und wartete, bis sie sich beruhigt hatte.

»Wo haben Sie ihn kennengelernt, Nadianna?« fragte er sanft. »Wie hat es begonnen?«

Es dauerte eine Minute, bis sie antwortete. Die Sätze, die sie dann von sich gab, waren so glatt, als hätte sie sie eingeübt, und er bezweifelte auch gar nicht, daß dem so war, denn womit sonst hätte diese junge Frau die letzten beiden Tage zubringen sollen?

»Ich habe ihn vor ungefähr einem Jahr im Geflügelschlachthof kennengelernt. Er war gekommen, um eine Rede zu halten. Ich wußte, daß er verheiratet war. Meine Mutter hat früher für Mrs. Cane gearbeitet, und als ich noch klein war, bin ich an den Tagen, an denen sie gebügelt hat, mit hinübergegangen. Ich dachte mir immer, daß Mrs. Cane die stillste Frau der Welt ist. Nicht still auf eine gute Art, sondern auf eine traurige. Als er zum Schlachthof kam und alle sagten, daß er Martin Cane aus Statlers Cross sei, wußte ich sofort, um wen es sich handelt. Er war der Mann, der diese Frau so still gemacht hatte.«

Sie sah Truitt an und hob das Kinn leicht. »Sie war schon traurig, bevor ich mit ihrem Ehemann was angefangen habe, Sheriff Truitt. Und er war es auch. Es hatte mit mir nichts zu tun. Es kam vor mir, und es war größer als ich.«

»Statlers Cross ist eine kleine Stadt. Wie haben Sie es geschafft, eine Affäre geheimzuhalten?«

»Wir haben uns hier nie getroffen. Wir haben uns immer in Praterton getroffen, an dem Abend, an dem ich meinen Fotokurs hatte.« Sie deutete auf eine Vertiefung im Boden unterhalb des Steinbrockens. »Wir hatten ein Signal. An den Tagen, an denen mein Kurs war, hat er ein Stück altes Glas in dieses Loch gelegt: grün, wenn er es schaffen würde, braun, wenn nicht.«

Sie sah ihn trotzig an. »Ich habe nie verlangt, daß er seine Frau verläßt«, erklärte sie. »Aber ein Mann muß Verantwortung übernehmen, und Martin Cane wollte das nicht.«

»Was für eine Verantwortung, Nadianna?«

»Vor einem Monat habe ich festgestellt, daß ich schwanger bin. Ich wollte nicht, daß er sich von Cammy trennt. Ich hatte mich entschieden, und ich wollte nicht, daß eine Ehe zu Bruch geht wegen einer Entscheidung, die ich getroffen hatte. Wissen Sie, was er mir gesagt hat? Er sagte, er habe eine Cousine, die als Krankenschwester in einer Abtreibungsklinik arbeitet. Er sagte, ich solle zu ihr gehen, damit sie sich um das Problem kümmert. Er würde dafür zahlen. Nun, wie sollte ich darauf reagieren? Ich wußte, er war in einer dieser Gruppen. Er hatte mir davon erzählt. Und jetzt kommt er und will unser Baby töten. Ich habe durchgedreht, Sheriff, man kann es nicht anders sagen. Ich habe ihn am Samstagnachmittag angerufen und ihm gesagt, daß ich zum Barbecue kommen und es seiner Familie sagen würde – dem ganzen County, wenn es sein müßte – und dafür sorgen würde, daß er für sein Kind zahlt.« Tränen rannen über ihr Gesicht. »Wissen Sie, was er mir gesagt hat? Er hat gesagt, daß ich besser wegbleibe: Er würde mich oder sich selbst töten, bevor ich Gelegenheit hätte, der Welt von unserem Baby zu erzählen. Ich habe ihm nicht geglaubt. Ich konnte nicht glauben, daß er unser Baby abtreiben lassen will, ehrlich! Erst als ich den Schuß hörte und wußte, was er getan hatte, verstand ich, daß er das alles ernst gemeint hatte.«

»Wo waren Sie, als Sie den Schuß hörten, Nadianna?«

»Draußen. Auf dem Parkplatz.«

»Sie wollten gehen? Warum?«

Sie holte tief Luft. »Nachdem ich das Foto von ihm gemacht hatte, bin ich um das Haus herum zur Vorderseite gelaufen. Ich hörte Geschrei in der Küche. Aber ich bin in das Haus geschlichen und habe ihn im Arbeitszimmer gefunden.«

»Waren Sie beide allein?«

»Ja. Ich habe Martin gesagt, daß es mir leid tue, daß ich es aber tun müsse. Ich mußte es für das Baby tun.«

»Was hat er darauf gesagt?«

»Er hat mir vorgeworfen, ihn umbringen zu wollen. Er hat sich losgerissen und ist hochgerannt. Ich wurde wütend und bin gegangen. Dann habe ich ihn gehört. Kaum ein paar Minuten später habe ich den Schuß gehört.«

»Und was haben Sie danach getan?«

»Ich bin zu meinem Auto gerannt und nach Hause gefahren. Und ich habe genau eine halbe Stunde gebraucht, um zu dem Schluß zu kommen, daß dieses Baby das einzige war, was übriggeblieben ist. Martin hat es nicht verstanden. Er war eine arme, in Traurigkeit ertrunkene Seele. Ich habe das erst erkannt, als es zu spät war. Wenn ich es früher bemerkt hätte, hätte ich niemals etwas mit ihm angefangen.«

Truitt fuhr sich mit den Händen über das Gesicht und versuchte, wieder etwas Gefühl hineinzureiben. »Sie sind heute schon die zweite Person, die mir erzählt, wie traurig Martin gewesen ist. Ich habe es nicht bemerkt, Nadianna. Ich hatte schon vorher mit Selbstmördern zu tun, und er hat nicht in das Schema gepaßt.«

»Martin hat nicht traurig gewirkt.« Ihre schmalen Augen weiteten sich, so daß er zum ersten Mal die ungetrübte Reinheit ihres Blaus sehen konnte. »Er hat stark gewirkt. Das habe ich an ihm geliebt.«

Truitt stand auf. »Nadianna, ich möchte, daß Sie sorgfältig nachdenken. Hat irgendwer gesehen, wie Sie das Haus verlassen haben? Kann irgendwer bestätigen, daß Sie das Haus bereits verlassen hatten, als dieser Schuß losging?«

Sie blickte ihn verwirrt an. »Ich weiß nicht. Ich kann mich nicht erinnern, irgendwen gesehen zu haben.«

Truitt blickte instinktiv in Richtung von Zilah Greenes Haus, aber die Steinmauer versperrte den Blick. Er zog eine Visitenkarte aus der Brieftasche.

»Ich werde veranlassen, daß einer meiner Männer Sie für eine offizielle Aussage zur Polizeistation bringt, aber nehmen Sie schon mal das, Nadianna. Sie ist eine freundliche Dame. Ich möchte, daß Sie sie anrufen. Sie arbeitet für den Staat und wird Ihnen helfen können, über Martins Tod hinwegzukommen.«

Nadianna blickte ihn mit solcher Verwunderung an, daß er sich schämte.

»Über Martins Tod hinwegkommen«, flüsterte sie. »Ich brauche keine Dame, um über Martins Tod hinwegzukommen. Ich brauche mein Baby. Und ich muß meinen Weg gehen.«

Das hintere Schlafzimmer stellte sich als länglicher Raum heraus, der sich vom rechten Gebäudeteil bis zum Ende der ehemaligen Veranda zog. Der einzige Zugang führte durch einen Raum, den Jen die Bibliothek nannte, ein kleines, aber reich möbliertes Zimmer, das mehr Brettspiele als Bücher enthielt. Jen klopfte an die Schlafzimmertür und streckte, ohne eine Antwort abzuwarten, den Kopf in den Raum.

»Opa, hier ist eine Dame, die dich gerne sprechen würde. Sie wohnt in Statlers Cross, und sie schreibt ein Buch. Fühlst du dich kräftig genug?«

Gale hörte ein Grummeln, konnte aber keine Worte ausmachen. Jen runzelte die Nase.

»Es ist in Ordnung«, erklärte sie. »Er ist immer so. Gehen Sie nur hinein. Ich bitte Sie bloß, darauf zu achten, wie er sich fühlt. Wenn er müde zu werden scheint...«

Gale nickte. »Ich bleibe nicht lange. Ich habe nur ein paar Fragen.« Sie stellte die Tasche auf den Boden und kniete neben Katie Pru nieder. »Hör mal, Schatz. Wir gehen jetzt da rein, um einen Mann zu besuchen, der vielleicht nicht an Kinder gewöhnt ist. Ich möchte, daß du...«

»Oh, das ist nicht nötig«, rief Jen. »Warum lassen Sie sie nicht bei mir?«

Gale wirkte unsicher. »Ich bin nicht gekommen, um Sie als Babysitter...«

Jen winkte ab. »Seien Sie nicht albern. Bevor ich geheiratet habe, war ich Kindergärtnerin. Vierjährige sind meine Spezialität.« Sie kniete neben Gale nieder und nahm Katie Prus Hand. »Ich hatte eigentlich gerade Lust, Kekse aus Knetmasse zu machen, Katie Pru. Möchtest du mir dabei helfen?« Als Katie Pru nickte, stand Jen auf und führte sie von Gale weg. »Großartig. Dann komm mit in die Küche, und deine Mami kann ein bißchen was arbeiten!«

Gale wartete, bis das fröhliche Plappern der anderen Frau kaum mehr zu hören war. Dann nahm sie ihre Tasche und schob die Schlafzimmertür auf.

»Mr. Hinson?«

Das Zimmer hatte zwei Fenster, eines an der schmalen Westseite und eines nicht weit davon in der langen Wand, die die Rückseite des Hauses bildete. Beide waren mit Vorhängen aus schwerem, bedrucktem Stoff verhängt. In der Ecke zwischen den Fenstern stand ein unförmiger Lehnsessel, dessen Blättermuster in dem düsteren Licht kaum zu erkennen war. Der Raum war dunkel getäfelt, was ihn in eine ständige Dämmerung tauchte. Gale konnte das Fußende eines Betts ausmachen und den leichten Schimmer der Laken, aber dahinter verloren sich alle Details. Sie hörte ein schwaches Rauschen wie das einer Welle, die über Kiesel rollt. Sie ging weiter in das Zimmer hinein.

»Mr. Hinson? Sind Sie wach?«

Sie zuckte zusammen, als ein lautes Klatschen die Stille zerriß. Eine kleine Lampe ging neben dem Bett an. Eine uralte Gestalt saß gegen Kissen gelehnt im Bett, und eine Katze lag über ihrer Brust. Das Rauschen kam von der

Katze. Im Gegensatz zu Gale schien der plötzliche Laut sie nicht erschreckt zu haben.

Hinson brach in keuchendes Gekicher aus.

»Hab' ich Sie erschreckt? Jen hat das verdammte Ding gekauft.«

Er klatschte noch mal, und der Raum versank wieder in Dunkelheit. Gale hielt die Hände in Richtung der Lampe und schlug sie zusammen. Die Lampe ging wieder an.

Der alte Mann lachte wieder. »Nicht schlecht«, erklärte er. »Man muß gut klatschen können.« Das Kichern lief in ein Knurren aus. »Ich habe Jen gesagt, daß ich keine Besucher will. Das Mädchen hört einfach nicht zu.«

»Ich glaube, das tut sie schon«, widersprach Gale. »Sie meint einfach, den Wert eines Besuchers für Sie abschätzen zu können.«

Hinson war einen Moment lang still. »Sie haben recht«, erklärte er. »Und es ist mutig von Ihnen, das zu sagen.«

»Wenn Sie wirklich keinen Besuch haben wollen, gehe ich, Mr. Hinson. Aber ich habe ein Problem, und Sie sind die einzige Person, die mir helfen kann.« Sie machte eine Pause. »Mein Name ist Gale Grayson. Ich bin Ella Aldens Enkelin.«

»Ich kenne keine Ella Alden.«

»Sie kannten eine Linnie Cane. Ella ist ihre Cousine.«

Die Lampe brannte nicht besonders hell, aber sie hatte das Gefühl, daß er noch weiter in seinen Kissen versank. Er lag bis auf den Finger, mit dem er nervös über das Laken kratzte, völlig reglos da.

»Das Licht in diesem Zimmer ist mies«, stellte er fest. »Kommen Sie hier rüber, wo ich Sie sehen kann!«

Es klatschte noch mal, doch diesmal war es ein Donnerschlag. Nach einer kurzen Pause prasselte plötzlich Regen gegen die Fenster. Gale ging zum Bett, blieb verlegen stehen und fragte sich, warum Jen sich nicht die Mühe gemacht hatte, einen Stuhl für Besucher auf diese Seite des Zimmers zu stellen. Weil es keine Besucher gab, antwortete sie sich selbst. Dreißig Jahre lang hatte sie sich als ein Teil von Statlers Cross gefühlt und nie gehört, daß von Malcolm Hinson anders als im Präteritum gesprochen worden wäre. Es schien unvorstellbar, daß jemand in einer Stadt, die so klein wie Statlers Cross war, einfach verschwinden konnte. Allerdings war Malcolm Hinson ein Eindringling gewesen, und noch dazu ein störender. Vielleicht leisteten die fröhliche Jen und die Katze bessere Gesellschaft als die übelnehmerischen Südstaatler seiner früheren Jahre.

»Mein Gott!«

Seine Hand war auf die Katze gefallen, die laut schnurrte. Er hob die andere Hand und schüttelte einen gebogenen Finger in Gales Richtung.

»Sie sehen genau wie sie aus«, stöhnte er. »Vielleicht kleiner. Und ein bißchen älter. Aber ansonsten... mein Gott.«

»Ich sehe wie wer aus, Mr. Hinson?« fragte Gale sanft.

Er ließ die Hand wieder auf das Laken fallen. »Das wissen Sie verdammt gut. Tun Sie nicht dümmer, als Sie sind. Sie sind nicht diese verdammte Jen.«

»Sie haben recht. Es tut mir leid.« Sie blickte zu dem Sessel auf der anderen Seite des Zimmers. »Sie sind also damit einverstanden, sich mit mir zu unterhalten? Denn wenn ja, dann hole ich den Sessel dort, damit ich mich setzen kann.«

»In Ordnung. Aber glauben Sie bloß nicht, das bedeutet, daß ich viel Zeit habe! Die habe ich nicht. Und ich beantworte vielleicht nicht alles, was Sie fragen.«

»Kein Problem.« Gale schob die Tasche unter das Bett, wo sie nicht störte, hob den Sessel vom Boden hoch, um die Dielenbretter zu schonen, und schleppte ihn quer durch den Raum. Sie stellte ihn so hin, daß das Licht sie beide gleich stark beschien, und ließ sich dann auf das Polster fallen.

Als sie wieder zu ihm hinsah, starrte er ihr Gesicht an. »Die gleichen Augen, das gleiche Kinn«, stellte er fest. »Noch ein paar Jahre, und sie hätte vielleicht auch dieses seltsame helldunkle Haar gehabt. Was für eine eigenartige Weise, zu ergrauen! Da fragt man sich, was es in Ihrer Vergangenheit gibt.«

»Nicht meine Vergangenheit bereitet mir Probleme, Mr. Hinson. Ich möchte über Linnie reden.«

»Wenn Sie meinen, Linnie gehört nicht zu Ihrer Vergangenheit, dann sind Sie wirklich verloren.«

»Was können Sie mir über sie erzählen?«

»Nichts.«

Sie fuhr mit dem Finger den Umriß eines Blatts im Bezugsstoff des Sessels nach. »Ich habe eine Überdecke, die sie gemacht hat. Sie ist außerordentlich, wirklich. Die Geschicklichkeit, die dafür nötig war – ich webe auch, aber ich begreife überhaupt nicht, wie sie das hingekriegt hat.«

Seine Hand strich über den Rücken der Katze. »Sie weben?«

»Habe ich früher. Aber ich habe mir Linnies Überdecke angesehen, und sie ist mit nichts vergleichbar, was ich je gesehen habe. Ihr Talent war ungeheuer, Mr. Hinson. Sie wußten das damals, nicht wahr?«

»Ich wußte damals einen Dreck.«

Sie blickte ihm direkt in die Augen. »Linnie hat Selbstmord begangen, Mr. Hinson. Mein Ehemann auch, und ich habe lange gebraucht, um... nun, ich verstehe es nicht. Aber etwas an Linnies Selbstmord verstört mich.«

»Alle Selbstmorde verstören.«

»Nein, nicht auf diese Weise. Als erstes ist da der Zeitpunkt – der Nachmittag, bevor sie die Hauptrolle in dem Historienstück spielen sollte, das ihre Stadt aufführen wollte. Und dann war da noch ihr Sohn. Sie hat seine Hände und sein Gesicht gewaschen. Warum? Wie kommt es, daß sie so etwas tut, bevor sie sich umbringt?«

»Wieso soll eine Mutter nicht beschließen, sich mit einer mütterlichen Handlung zu verabschieden?«

Sie fuhr mit dem Finger den Blattstengel entlang und folgte der gebogenen Linie bis zur Spitze. »Das ist möglich«, gestand sie ein. »Wissen Sie zufällig, in welches Zimmer sie ihn gesperrt hatte?«

Sein Blick wich nicht von ihrem Gesicht. »Aus welchem anderen Grund bezweifeln Sie ihren Selbstmord?«

»Ich habe etwas im Speicher Ihres Fotostudios gefunden.«

Sie langte unter das Bett und zog eine Tasche hervor. Vorsichtig hob sie das angenagte Manuskript auf den Schoß.

»Sie haben es absichtlich aufgehoben, nicht wahr?« fragte sie leise.

Die Katze jaulte auf. Hinson hatte die Finger fest in ihr Fell gegraben. Das Tier wand sich aus seinem Griff, bevor es die Hand des alten Mannes kratzte und aus dem Zimmer rannte.

»Haben Sie noch was anderes gefunden?« flüsterte er.

Gale durchblätterte sanft die Seiten, bis sie auf den Brief stieß. Sie hielt ihn ihm hin.

»Linnie hat nicht Selbstmord begangen, nicht wahr, Mr. Hinson? Ihr Ehemann hat sie ermordet. Und ich frage Sie jetzt, warum in aller Welt haben Sie es niemandem gesagt?«

»Was zum Teufel spielt das jetzt noch für eine Rolle?«

Gale bekam einen Wutanfall. »Es spielt eine Rolle, Malcolm. Wenn man in einer Familie den Selbstmord einführt, öffnet man eine Tür. Verflucht noch mal, damit öffnet man eine Tür, und wenn sie nicht geschlossen wird, können Kinder, Enkel, Urenkel – sie alle können durch sie hindurchfallen.«

Zilah zog ihren Stuhl zur Küchentheke, setzte sich hin und legte den Kopf auf den kühlen Edelstahl des Spülbeckens. Es hatte an der Tür geklopft, aber sie hatte es ignoriert. Sollten sie doch denken, daß sie ins Bett gegangen war! Sie war müde. Sie hatte das Gefühl, aus ihr wäre alle Luft herausgelassen worden und die Stimmen, die sie vor zwei Tagen gehört hatte, hätten ihr allen Atem geraubt.

»Martin«, hatte das Mädchen gesagt, »setz dich zu mir! Laß uns hier hinsetzen und die ganze Sache noch mal durchdenken!«

»Ich kann nicht glauben, daß du es tun willst, Nadianna. Ich liebe dich. Wie kannst du so was tun?«

Die Fenster hatten offengestanden, und ein Elektrokabel lief über Fensterbrett und Veranda bis zum Gras hinunter und verschwand hinter der Hausecke. Zilah saß auf der Schaukel, und ihre Schuhe schlugen gedämpft auf die Dielen, während sie langsam vor- und zurückschwang. Im Arbeitszimmer der Canes stand das Mädchen von dem Sofa auf, und ihr langes, seltsames Kleid streifte über die Knöchel. Sie sprach leise und hastig.

»Hör mir zu, Martin: Ich liebe dich, aber ich liebe dieses Baby auch. Und du wirst dich um es kümmern und ihm ein Papa sein müssen. Das ist alles.«

»Du Miststück! Genausogut kann ich dir das Gewehr geben, damit du mich gleich erledigst.«

»Martin!« Das Mädchen streckte den Arm nach ihm aus und packte ihn am Ärmel. Er riß sich los und hob abrupt die Hand, um sie zu schlagen. Das Mädchen schreckte mit einem Ausdruck der Angst auf dem Gesicht zurück. Um das Haus herum ertönten die donnernden Akkorde des Chors wie Hunderte stampfender Füße. Martin hielt inne und wandte sich der Musik zu. Und dann war er verschwunden, und man hörte, wie er die Treppe hochlief. Das Mädchen stand im Arbeitszimmer, die Hände zum Gesicht erhoben, und blickte sich verwirrt um. Zilah packte die Kette und brachte die Schaukel zum Stehen. Das Mädchen war plötzlich vor ihr, rannte die Verandastufen hinab und verschwand zwischen den Autos auf der Wiese. Zilah saß schweigend da, und ein unbehagliches Gefühl nagte an ihr. Und dann der Schuß, so laut und nah, daß das Holz über ihrem Kopf klapperte.

Jetzt war sie müde. Draußen warf das Gewitter die Baumwipfel hin und her und zerriß den Himmel mit wilden Blitzen. Der Donner folgte augenblicklich. Licht. Krachen. Dieses Muster wiederholte sich immer wieder im ganzen Haus, bis sie die Augen schloß und die Stirn auf dem Metall hin- und herrollen ließ.

*Blumen auf dem Fensterbrett – große, blaue Blumen, die sie mit der Hand erreichen und berühren konnte. Es gab kein Moskitogitter, und schwarze Käfer krabbelten über das Fensterbrett und die Wand hinab und liefen ihr manchmal über die Füße, wenn sie aufstand. Die Luft beim Fenster war kühl, und wenn ihre Mutter in dem Zimmer arbeitete, hielt sich Zilah gerne am Fensterrahmen fest und ließ den Wind über ihr Gesicht wehen.*

*Sie beobachtete gerne das Haus nebenan. Ein Junge wohnte dort, und er spielte unter dem Baum. Manchmal sah er sie am Fenster und kam herübergerannt und gab ihr ein Geschenk: einen Zweig, einen Stein, einen langen Grashalm. Wenn er im Haus war, rannte er zu einem Zimmer im oberen Stockwerk, zog die Vorhänge zurück und winkte ihr zu. Sie winkte zurück. Der Junge war ihr Freund.*

*Heute winkte der Junge nicht. Er stand am Fenster, aber er war völlig reglos. Er preßte das Gesicht gegen das Glas. Sie mochte den Ausdruck auf seinem Gesicht nicht. Ihr wurde davon übel.*

*Sie konnte hören, wie drinnen im Haus geschrien wurde. Die Mutter des Jungen schrie.*

*Ihre eigene Mutter rief ihr von der anderen Zimmerseite aus zu: »Geh vom Fenster weg, Zilah! Es geht uns nichts an.«*

*Aber der Junge ging nicht vom Fenster weg, und Zilah hielt sich weiter am Fensterbrett fest, obwohl es keinen Wind gab, der über ihr Gesicht hätte wehen können.*

*Das Schreien hörte auf, und die Gartentür öffnete sich. Der Vater des Jungen kam aus dem Haus. Er hatte die Mutter am Haar gepackt. Um ihren Mund war ein Stück Stoff gewickelt.*

»Als erstes müssen Sie Parrish begreifen. Ich habe nie einen so vitalen Mann kennengelernt. Es lag an seiner Erziehung. Er war in New York City aufgewachsen, und sein Vater war ein Maler und seine Mutter eine Frauenrechtlerin. Er hat behauptet, daß schon seine Großmutter in Seneca Falls dabei war und sich für das Frauenwahlrecht eingesetzt hat. Ich wußte nur, daß er der energischste und robusteste Mann war, der mir je untergekommen ist. Er hat mich dazu überredet, hier runterzukommen – sagte, ich müsse in den Süden gehen und mit meinem Talent was Nützliches anstellen. Er hat meine Begeisterung geweckt. Ich bin gegangen. Und als ich dann hier unten war, habe ich ihm geschrieben: ›Okay, du Hundesohn, du hast mich dazu überredet. Jetzt bist du dran!‹

Und er ist wirklich gekommen. Ich weiß nicht, was er hier zu tun hoffte. Material sammeln, nehme ich mal an, und dann mit einer Geschichte in den Norden zurückkehren, die keiner würde überbieten können. Und die hat er ja auch bekommen. Aber er ist nie nach Hause zurückgekehrt, und Sie dürfen mir glauben, er hat die Geschichte niemandem erzählt. Er hatte nicht den Mut dazu. Dieser gottverlassene Ort hier hatte ihm allen Mut geraubt.

Ich habe nie verstanden, warum er geheiratet hat, aber Männer juckt's halt, wenn sie fern der Heimat sind. Ich glaube nicht, daß er seine Frau geliebt hat. Und ich glaube, daß er sich damals sogar von ihr hätte scheiden lassen, wenn die Umstände andere gewesen wären. Aber das waren sie nicht.

Er hat Linnie als eine Herausforderung angesehen. Sie war so zornig. Die Leute haben darüber geredet. ›Halt dich von Linnie fern! Sie reißt dir den Kopf ab.‹ Sie war keine ausgesprochen schöne Frau. Sie war hübsch wie Sie, aber Parrish hatte in New York hübschere Frauen gehabt. Doch niemand hat je bestritten, daß sie klug war. Verdammt klug. Ihr Zorn machte sie klug. Man sah ihr ins Auge und wußte, daß ihr eine Million Gedanken durch den Kopf gingen, und sie war außer sich vor Wut – Wut auf dich, Wut auf die Welt, Wut auf Gott, den Allmächtigen, weil ihr nicht erlaubt wurde, diese Gedanken herauszulassen.

Ich weiß nicht, wann sie sich ineinander verliebt haben. Es war schon ein paar Monate her, als Parrish mir endlich davon erzählte. Ich sagte ihm, daß er ein Idiot sei. Ich sagte: ›Hier unten holen die Männer ein Seil und knüpfen dich dafür, daß du so ein Narr bist, auf.‹ Aber ich hatte mich getäuscht. Parrish war nicht derjenige, der sich hätte Sorgen machen müssen.«

*Die Mutter des Jungen wehrte sich. Sie befreite sich und rannte in Richtung der Eisenbahnschienen, aber der Vater fing sie wieder ein. Sie versuchte, das Stück Stoff über ihrem Mund wegzureißen. Aber der Vater packte ihre Arme und hielt sie hinter ihrem Rücken fest. Er schob sie mit dem Bauch zu dem Baum.*

*»Zilah, komm her. Was immer da draußen passiert, es ist Angelegenheit der Aldens. Es hat mit uns nichts zu tun. Wir arbeiten für das Brot auf unserem Tisch. Mehr brauchen wir nicht zu tun. Wenn sie sich streiten wollen, laß sie sich streiten!«*

*Der Junge am Fenster sah zu. Er konnte an den Zweigen des Baums vorbeisehen. Er hob die Hände zum Glas. Er schlug gegen das Fenster und schlug und schlug.*

»Er wollte sie mit nach New York nehmen. Ich habe ihm gesagt, daß er verrückt ist. Was sollte die kleine Linnie Cane vom Lande denn in New York? Er sagte, seine Mutter würde von ihr begeistert sein und sie unterrichten, und dann würde sie nicht mehr aufzuhalten sein. Ich sagte: ›Mein Gott, Parrish, du behandelst sie ja wie eine Varieté-Nummer.‹ Und er antwortete: ›Malcolm, du siehst nicht, was in ihr steckt, oder? Du kannst über die Kleidung und den Dialekt und das Benehmen nicht hinwegsehen.‹ Und ich sagte: ›Meinst du, sie wird es mögen, daß du sie veränderst?‹ Aber er hat darauf nie geantwortet. Es war, als hätten sich beide in die Sache verwickeln lassen, ohne die Konsequenzen zu sehen.

Sie wollten Linnies fünf Jahre alten Sohn mitnehmen. Als wenn Justin Cane sie einfach zur Tür hinausmarschieren lassen würde! Es war, als hätten beide den Verstand verloren – als hätten sie sich an der schieren Möglichkeit berauscht. Sie hatten alles geplant. Am Tag nach dem

Theaterstück sollte ich zur Spinnerei gehen, um Fotos zu machen. Parrish sollte als mein Assistent fungieren. Wenn der Zug vorfuhr, sollten Linnie und der Junge herüberkommen, und die drei wollten genau in dem Moment, in dem er abfuhr, aufspringen. Ich habe ihm immer wieder gesagt: ›Das Leben ist nicht so nachsichtig. Der Preis dafür wird ungeheuer sein.‹ Aber er wollte nicht hören. Er war von ihr besessen.«

*Noch bevor Zilah es mitbekam, lag die Schlinge schon um den Hals der Mutter. Der Ausdruck auf dem Gesicht veränderte sich. Es war genau der gleiche wie der des kleinen Jungen. Er trommelte gegen das Fenster, und sein Mund ging auf und zu. Zilah konnte nicht hören, was er sagte.*

*Ein Mann kam in den Garten gerannt und versuchte, das Seil zu packen. Aber der Vater schubste ihn um.*

*»Verschwinde, Deak! Sie hatten vor, meinen Jungen zu stehlen!«*

*Der Mann saß im Gras, beide Hände vor dem Gesicht. Der Vater nahm das Ende des Seils und warf es über den Ast. Dann zog er daran und zog, bis die Füße der Mutter den Boden verließen. Sie strampelte und versuchte, den Kopf aus der Schlinge zu ziehen, aber er packte ihre Hände und hielt sie hinter ihrem Rücken fest. Sie zappelte so sehr, daß Zilah dachte, daß der Ast abbrechen würde, aber das tat er nicht. Bald ließ das Zappeln nach. Und dann hörte es ganz auf.*

*»Zilah, warum weinst du? Komm her zu mir. Zilah, Zilah, Zilah, Zilah, Zilah, mein Schatz.«*

»Parrish wußte es. Er kam weinend zu mir. Aber damals war seine Frau schon schwanger. Er mußte sich entscheiden. Er konnte allen erzählen, was er wußte, und würde vielleicht gelyncht werden. Oder er konnte es runterschlucken. Er hat es runtergeschluckt. Aber es ist steckengeblieben.

Er hat den Brief in Justins Manuskript gefunden, das dieser vermutlich bei einer Probe liegengelassen hatte. Parrish hatte den Brief natürlich nie erhalten. Wir haben nie erfahren, wie Justin in seinen Besitz gekommen ist. Ich habe ihm gesagt: ›Behalte ihn! Es ist ein Beweis. Vielleicht willst du ihn eines Tages benutzen.‹ Aber das hat er nie getan. Er hat sein Kind großgezogen und für seine Frau gesorgt.

Er hat mir mal gesagt, er wünschte, er hätte sich lynchen lassen. ›Bei mir wäre es schneller gegangen‹, sagte er. Und dem konnte ich nicht widersprechen.«

Licht. Krachen. Das Metall unter Zilahs Kopf war heiß geworden. Sie versuchte die Hände zur Spüle zu heben, um sich abzustoßen, aber sie wollten sich nicht bewegen. Sie waren schwer, viel zu schwer.

*Laß sie in Ruhe, Zilah! Sie sind böse. Gespenster sind böse.* Aber ihr Daddy hatte keine Ahnung. Und ihre Mutter hatte keine Augen. Es blieb Zilah überlassen, sich zu erinnern, und sie hatte gut daran getan. *Nicht wahr, Miß Linnie? Habe ich es nicht gut gemacht?*

Zilahs Brust begann zu schmerzen. Sie spürte, wie sie enger und enger wurde. Sie schmerzte, als würde eine Rippe nach der anderen brechen und wie ein Messer in sie stechen. Zilah versuchte, Luft zu holen, aber es gelang ihr nicht.

Erst sank ihr Kopf, dann ihr Körper zu Boden. Licht. Krachen.

*Niemand denkt je an die Verwandten der Gespenster.*

Victory Alden ihrer Schwester Maralyn Nash gegenüber, während eines Besuchs im Krankenhaus bei ihrer Mutter Ella, 1989

## 23

Von der trockenen, geschützten Veranda auf der Rückseite von Ellas Haus aus beobachtete Truitt das Haus der Greenes, dessen dunkle Fenster von den schwankenden Ästen des Pekanbaums verdeckt wurden. Für einen Sekundenbruchteil war der Himmel taghell, und dann kam der Knall – laut, schrecklich, scharf wie ein Schuß. Irgendwas in der Nähe war getroffen worden. Aber es war nicht das Haus der Greenes gewesen. Es stand unberührt auf der anderen Seite des Zauns, still und beunruhigend.

Truitt hatte gerade an Zilahs Tür geklopft, als Haskell aus dem Haus der Aldens angerannt kam. Das kriminaltechnische Labor in Atlanta war mit der Autopsie fertig, und der ärztliche Leichenbeschauer wollte noch ein paar Punkte mit Truitt und Bingham diskutieren. Truitt hielt jetzt die Notizen dieses Gesprächs in der Hand. Ihm war übel. Verdammt, aber Nadianna hatte recht. Er hätte es nicht für möglich gehalten. Selbst nachdem er während der vergangenen Tage von Martins Gewalttätigkeit gehört hatte, hatte er nicht geglaubt, daß Martin diese Aggression auch gegen sich selbst zu richten in der Lage war. Alles, was jetzt noch fehlte, war Zilahs Bestätigung, daß Nadianna das Haus vor dem Schuß verlassen hatte. Dann konnte er den Fall abschließen.

»Sie sind im Wohnzimmer«, informierte Haskell ihn. »Alle außer Mrs. Cane. Mrs. Alden sagt, sie habe noch mehr Beruhigungsmittel genommen und sei zu schläfrig, um nach unten zu kommen.«

Es spielte keine Rolle. Was Truitt den Frauen zu sagen hatte, konnte er auch jeder einzeln sagen. Außerdem wußten sie es ja eh längst. Sie hatten es in dem Moment, als das Gewehr losgegangen war, gewußt. Als sie Martins Leiche auf das Bett hoben, an seinen Händen herumfummelten, das Gewehr berührten, das Zimmer mit Blut beschmierten: Sie wußten es. Es war wirklich phantastisch. Ella Alden mußte hart wie Granit sein.

»Craig«, sagte er zu Haskell. »Ich übernehme das. Versuch, Mrs. Greene ans Telefon zu kriegen. Wenn sie nicht rangeht, lauf rüber und sieh nach, ob ihr Auto in der Garage steht! Mir gefällt es nicht, daß sie während eines solchen Gewitters kein Licht anhat.«

Haskell wählte bereits, als Truitt durch die Küche und den Flur hinabging. Der Regen hatte dem Haus einen eigenartigen Geruch verliehen, als ob der alte Staub auf den Fischen jetzt feucht geworden wäre. Er wollte dies nicht tun. Er hatte Mitleid mit diesen Frauen. Und er war teuflisch wütend auf sie.

Er blieb auf der Schwelle zum Wohnzimmer stehen. Drinnen saßen Ella und Maralyn auf dem Sofa.

»Wo ist Sill?« fragte er.

Ella antwortete. »Ich habe sie nach oben geschickt, damit sie bei ihrer Mutter bleibt. Sie muß nicht hier sein. Was immer Sie zu sagen haben, werden Sie mir und Maralyn sagen müssen. Wir sagen es dann den anderen.«

Truitt holte tief Luft, als er auf dem pfirsichfarbenen Sessel Platz nahm. »Das sehe ich nicht so, aber das klären wir später. Ich hab' mit dem Leichenbeschauer geredet. Er hat Indizien gefunden, die dafür sprechen, daß Martin Selbstmord begangen hat. Und ich habe einen Zeugen, der dies bestätigt.«

Ellas Frage war bissig. »Was für Indizien?«

Truitt ignorierte sie und schaute statt dessen Maralyn an. Sie erwiderte seinen Blick. »Es ist faszinierend, was Sie alle getan haben«, erklärte er. »Ich versuche immer noch, es zu begreifen. Es muß unglaubliche Konzentration erfordert haben – Sie durften nicht hysterisch werden, Sie mußten jede Sekunde nutzen. Aber ich verstehe nicht, wozu.«

»Es war ein Unfall, Alby«, behauptete Ella mit Nachdruck. »Wenn Sie Indizien haben, aus denen was anderes hervorgeht, dann sind diese falsch.«

Sein Blick erwiderte immer noch den Maralyns. »Irgendwer in jenem Zimmer hat genug von Gerichtsmedizin gewußt – oder zumindest über ein gespenstisches Maß an gesundem Menschenverstand verfügt –, um sich auszurechnen, daß es für uns bei einer Wunde, wie sie Hochgeschwindigkeitsprojektile hinterlassen, nahezu unmöglich sein würde, die genauen Todesumstände festzustellen, wenn wir nicht die Indizien des Tatorts auswerten können. Was haben Sie also getan? Sie haben die Indizien zerstört, den Leichnam bearbeitet, bis es keine Möglichkeit mehr gab, das Geschehen zu rekonstruieren, und das alles auf eine Art und Weise, die, wenn auch am Rande der Vernunft, noch als eine natürliche Reaktion hätte durchgehen können. Haben die Frauen in diesem Teil des Landes nicht schon immer die Leichen präpariert? Warum sollte nicht ein bißchen Wahnsinn dabeisein? Sie haben einfach getan, was Ihnen ganz automatisch in den Sinn kam. Aber ich verstehe immer noch nicht, warum, Maralyn. Es würde mir helfen – und auch Ihnen –, wenn Sie mir zumindest erklären könnten, warum.«

»Sie wissen nicht, wovon Sie reden, Alby«, insistierte Ella. »Ich will wissen, was für Indizien Sie haben.«

»Seine Arme«, erklärte Truitt offen heraus. »Der Leichenbeschauer sagt, daß er in all den Jahren, in denen er jetzt Autopsien an Männern vorgenommen hat, die sich mit Gewehren umgebracht haben, meistens sehr wenig Blut auf den Armen gefunden hat. Die Männer strecken sie weit vom Kopf weg, wenn sie den Auslöser betätigen, wissen Sie. Es gab auf Martins Armen Blut, aber irgendwer hat es dort hingeschmiert.«

»›Meistens‹ klingt für mich nicht hieb- und stichfest. Wir werden es anfechten.«

Truitt lächelte. »Ich weiß, Ella. Aber ich habe auch einen Zeugen – vielleicht sogar zwei. Einer von ihnen hat kurz vor dem Schuß mit Martin gesprochen. Der Zeuge behauptet, Martin habe ihm gesagt, daß er Selbstmord begehen werde.«

Zum ersten Mal sprach Maralyn. »Wer?«

Truitt schüttelte den Kopf. »Ich bin noch nicht bereit, das zu verraten. Aber er hat eine sehr überzeugende Aussage gemacht. Betrachtet man Martins Persönlichkeit, die Rolle, die er in der Gemeinde gespielt hat, den Ort und die Zeit – all die Leute, die Augen, die auf ihn gerichtet waren –, dann macht es für mich Sinn. Und unwissentlich hat Ryan Teller den Druck noch erhöht. Was ich jetzt von Ihnen wissen will, ist die Wahrheit über das, was Sie getan haben.«

»Die haben wir Ihnen schon gesagt, Alby«, behauptete Ella. »Wir waren in der Küche, als das Gewehr losging. Wir sind nach oben gerannt und haben ihn tot im Schlafzimmer gefunden. Gewehrreinigungsutensilien lagen auf dem Nachttisch. Vielleicht haben wir ein wenig die Kontrolle verloren. Aber alles, was wir getan haben, wäre begreiflich – für jemanden mit ein bißchen Mitgefühl.«

»Eine Person mit ein bißchen Mitgefühl.« Truitt rieb sich die Augen. »Ella, ich habe einen Kumpel von mir im Büro des Sheriffs von Walton County angerufen und habe ihm von diesem Fall erzählt. Wissen Sie, was er gesagt hat? Er hätte Sie alle am ersten Abend verhaftet. Ich habe einen Fehler gemacht. Ich habe bloß verdammtes Glück gehabt, daß Sie einen Selbstmord und keinen Mord vertuschen.«

»Wie können Sie es wagen, uns der Vertuschung zu beschul…«

Truitt wurde wütend. »Ach, kommen Sie schon, Ella. Ihre eigene Tochter hat es meinem Deputy gegenüber schon zugegeben. Sie hat ihm gesagt, daß Sie sie angewiesen haben, das Öl und die Lumpen auf den Nachttisch zu legen, aber sie hat sie in letzter Sekunde in Cammys Tasche versteckt.«

Ella warf Maralyn einen zornigen Blick zu. »Du hast das gesagt?«

»Wir müssen nicht auch noch in einen Versicherungsbetrug verwickelt werden, Mutter. Ich habe die Tasche mit hinuntergenommen und sie hinter den Sofakissen versteckt. Wenn Martins Versicherung einen Betrug beweisen könnte, würden wir alle im Gefängnis landen. Außerdem haben das Öl und die Lappen keine…«

Ella wandte sich wieder Truitt zu. »Geld hatte damit nichts zu tun. Falls Sie sich wegen eines Betrugs Sorgen machen, Alby, dann werde ich gleich jetzt eine Erklärung unterschreiben, in der steht, daß wir keinen Cent von der Versicherung akzeptieren werden.«

»Nicht schlecht, Ella, aber ich habe mir eh gedacht, daß Geld nichts damit zu tun hat. Warum sagen Sie mir nicht einfach, was wirklich dahintersteckt?«

Schweigen. Truitt langte in seine Tasche und zog Nadiannas Fotos hervor. Martins Gesicht starrte über den Tisch mit dem Essen hinweg. Truitt dachte, daß er jetzt den Ausdruck auf dem Gesicht seines alten Freundes verstand: Schock und Bestürzung, die von Resignation überlagert wurden. In Wahrheit hatte Martin in der Millisekunde, als der Auslöser klickte, Selbstmord begangen. Die Entscheidung war gefallen. Truitt hätte darauf wetten wollen, daß Martins Gesicht in dem Augenblick, in dem die Kugel in seinen Schädel eindrang, genau denselben Ausdruck gehabt hatte. Truitts Kehle brannte, als er das Foto auf den Couchtisch legte. Er hätte es von Martin nicht erwartet. Es schien einfach nicht seinem Charakter zu entsprechen.

»Dieser Mann war mein Freund, Ella«, erklärte er leise. »Ich habe ihn im Stich gelassen. Das Mindeste, was ich ihm schulde, ist, die Wahrheit über seinen Tod herauszufinden.«

Schließlich ergriff Maralyn das Wort. Sie streckte den Arm aus und packte Ellas Hand.

»Mutter«, erklärte sie müde. »So kommen wir nicht dahin, wo wir hin wollen. Ich sage es ihm.«

»Aber Sill…«

»Sill wird damit auf ihre Weise fertigwerden müssen.«

Maralyn steckte die Hand in die Hosentasche und zog ein Taschentuch hervor. Sie wischte sich sorgfältig den Mund ab.

»Sie haben recht, Alby. Wir wußten sofort, als wir hörten, wie das Gewehr losging, Bescheid. Vielleicht hatten wir es den ganzen Tag über schon gewußt. Martin war in einer seltsamen Stimmung gewesen: nervös, wütend und, ja, ich würde sagen, auch deprimiert. Sill hätte nicht tun sollen, was sie getan hat, aber sie war in letzter Zeit Martin gegenüber immer aggressiver geworden. Ich mache ihr keinen Vorwurf, ich sage bloß, daß sie dieses Mal zu weit gegangen ist. Ich glaube, er hat es nicht ertragen. Es war eine zu große Erniedrigung für ihn, daß seine eigene Tochter ihn auf diese Weise vor aller Augen herausfordert. Ich glaube, er hat beschlossen, es allen zu zeigen. Manche Leute begehen aus Wut Selbstmord, wissen Sie. Und Martin ist immer wütend gewesen.«

Truitt starrte auf das Foto. Sie hatte recht: Es gab darin auch Wut. »Fahren Sie fort!«

»Was ich Ihnen jetzt sage, ist vielleicht schwer zu verstehen, Alby. Es gibt vermutlich nur eine Handvoll Menschen, die es nachvollziehen können. Das hoffe ich aufrichtig.«

»Maralyn, bitte...« Ellas Stimme klang flehentlich.

Maralyn hakte sich bei ihrer Mutter unter und fuhr fort. »Jede Familie, die einen Selbstmord erlitten hat, trägt eine Narbe davon, Alby. Ein Selbstmord läßt den nächsten wahrscheinlicher werden. Aber stellen Sie sich vor, wie es ist, wenn ein Selbstmord Teil der lokalen Folklore wird und zur Belustigung der Nachbarn beiträgt! Stellen Sie sich vor, wie es ist, wenn Ihre Familientragödie zu einer Gruselgeschichte wird, die sich die anderen am Lagerfeuer erzählen! Das ist schlimmer als Klatsch oder Geflüster. Als ich ein Kind war, sind die Jungen an Halloween immer in Kleidern und mit Seilen um den Hals zu uns gekommen. Ich wollte lachen, aber ich hatte Angst, Alby. Tief in meinem Herzen wußte ich immer, daß, wenn Linnie es fertiggebracht hatte, auch ich es fertigbringen würde.«

Truitt bemerkte erschrocken, daß sie weinte.

»Ein Selbstmord läßt den nächsten wahrscheinlicher werden«, wiederholte Ella heiser. »Hören Sie das, Alby? Hören Sie, was wir sagen?«

Draußen rollte ein Donnerschlag gegen die Hausmauer und ließ die Wände erzittern. *Meine Mutter ist bei einem Autounfall ums Leben gekommen...* Gales Stimme war so nüchtern gewesen, wie er es von jemandem erwartet hätte, der von einer Großmutter erzogen worden war, die Distanz zum Tod der Mutter zu schaffen versuchte.

Mein Gott. Er schaute auf den Couchtisch hinab und suchte nach dem lächelnden kleinen Mädchen im Badeanzug. »Ella, wollen Sie damit sagen, daß Ihre Tochter Kathleen...?«

Maralyn unterbrach ihn. »Wir wissen es nicht, Alby. Sie und Gales Vater standen kurz vor der Scheidung. Ihr Auto ist eines Nachts auf der I-75 gegen einen Brückenpfeiler geknallt. Die Polizei sagt, sie müsse am Steuer eingeschlafen sein. Aber wir wissen es nicht. Es hat uns angst gemacht.«

»Weiß Gale davon?«

»Nein. Und sagen Sie es ihr bitte nicht!«

»Ich habe mit angesehen, wie Linnies Sohn zu einem verbitterten, bösen Mann heranwuchs, der Martin mißhandelt hat«, erklärte Ella. »Meine Mutter und Schwester haben mit dem zu kämpfen gehabt, was Linnie ihnen hinterlassen hat, und ich habe meine eigenen Töchter auch kämpfen sehen. Ich habe mein Bestes versucht, um Gale davon fernzuhalten. Aber ich konnte nichts tun, um Sill zu helfen. Bis jetzt, Alby. Zwingen Sie sie nicht, mit einem Selbstmörder als Vater zu leben!«

»Aber sie weiß Bescheid, Ella. Sie war in dem Zimmer, als Sie die Spuren verwischt haben.«

Ellas Augen glänzten, als sie sich zu ihm beugte. »Aber sie ist sich nicht sicher. Wenn Sie und Johnny Bingham den

Vorfall zu einem Unfall erklären, wird sie Ihnen glauben. Und kann sich wieder ihrem Leben zuwenden.«

»Aber sie wird glauben, daß ihr Streit Martin dazu gebracht hat, das Gewehr hervorzuholen…«

»Aber damit werden wir fertig, Alby. Für einen Unfall verantwortlich zu sein ist nicht dasselbe, wie mit einem Selbstmord fertigwerden zu müssen. Bitte, Alby! Sie haben zugegeben, daß Sie Martin etwas schulden. Zahlen Sie es ihm hiermit zurück!«

Er schuldete Martin tatsächlich was. Vorsichtig hob er das letzte Foto auf. Er hatte sich immer so auf das Gesicht konzentriert, daß er den Rest des Fotos bloß überflogen hatte: die gespannte Haut um Martins Knöchel herum, als sich seine Hand zu einer Faust zusammenballte, der Schweiß vorn auf seinem Hemd, der Kopf des gegrillten Schweins, der am unteren Rand gerade noch zu sehen war und eine geflochtene Ranke um den Hals trug.

Truitts Kehle wurde trocken.

»Maralyn«, sagte er leise. »Sagen Sie mir noch mal, was Sie vier gemacht haben, als das Gewehr losging!«

Zuerst dachte er, daß das Geräusch ein ungewöhnlicher, gedämpfter Donner wäre. Dann erkannte er es: das Brummen eines Motors. Er erhob sich aus dem Sessel, als Sill mit bleichem, verwirrtem Gesicht in das Zimmer kam.

»Mutter ist weg«, stammelte sie. »Wir haben euch durch den Lüftungsschlitz gehört. Sie hat die Schlüssel aus deiner Tasche genommen, Ella…«

Truitt rannte aus dem Zimmer und rief nach Haskell. Niemand antwortete. Er riß die Haustür auf und lief durch den Garten. Regen schlug ihm ins Gesicht. Er stieg in sein Auto und betätigte den Anlasser, als Ellas Buick über die Eisenbahnschienen holperte.

Er wendete auf der Schotterauffahrt und rollte über die

Gleise. Der Himmel war düster. Der Buick war in der Dunkelheit vor ihm verschwunden. Truitt beschleunigte, fuhr an den Läden vorbei und war dafür dankbar, daß der Regen und der Ladenschluß dafür gesorgt hatten, daß die Straße leer war. Er kam am Friedhof vorbei, den Kirchen, und versuchte, etwas von dem Auto vor ihm zu sehen. Nichts. Er glaubte, in der Ferne Sirenen zu hören, war sich aber nicht sicher. Er griff gerade nach dem Telefon, als der Buick plötzlich wieder da war, keine zehn Meter entfernt, und höflich blinkte. Als er auf die Bremse trat, überquerte der Buick erneut die Gleise.

Er folgte vorsichtig. Vom Bahndamm aus beobachtete er, wie der Wagen gemächlich in die Auffahrt der Canes einbog und hinter dem Haus verschwand. Der Deputy, der vor dem Haus postiert war, stieg aus seinem Auto aus. Truitt blendete kurz auf, winkte ihn in das Auto zurück und rollte langsam die Auffahrt entlang.

Der Buick parkte neben dem Fischhaus. Vor der Grillgrube bremste Truitt. Mit der Tür als Schutzschild glitt er aus dem Wagen.

»Cammy!« rief er. »Kannst du mich hören?«

Stille im Fischhaus. Die Entfernung zwischen der Hütte und der Grillgrube betrug nicht mehr als zwanzig Meter, aber es gab keinerlei Deckung. Er zog seinen Revolver aus dem Schulterhalfter. Er wußte nicht, ob sie eine Waffe hatte. Aber er war sich verdammt sicher, daß sie mit einer umgehen konnte.

»Cammy«, wiederholte er. »Ich bin's, Alby. Laß mich reinkommen und mit dir reden!«

Wieder Schweigen. Er drehte sich um, um zu sehen, ob sein Deputy ihm in den Garten gefolgt war. Das war er: Die braun gekleidete Gestalt kauerte neben dem Hauptgebäude.

Dann hörte er ein kratzendes Geräusch aus der Hütte kommen, als würde ein Stuhl über Zement geschleift. Ein paar Sekunden später rief sie ihm zu.

»Alby? Ich brauche ein paar Minuten. Kannst du mir die geben?«

»Klar, Cammy, kann ich machen. Aber es würde mir besser gefallen, wenn ich mich zu dir setzen dürfte.«

Lange Zeit antwortete sie nicht. »Weißt du was, Alby? Ich glaube, das würde mir auch gefallen.«

»Hast du eine Waffe, Cammy?«

Ihr Lachen war schwach. Er konnte es über den Regen hinweg kaum hören. »Nein, ich habe keine Waffe. Ich hasse diese Dinger, weißt du das nicht?«

Er blickte zu seinem Deputy hinüber, der seinen Revolver zückte und auf das Fischhaus zielte. Truitt hielt die eigene Waffe mit gestrecktem Arm vor sich, rannte zu der Hütte und lugte durch das Moskitogitter nach drinnen.

Sie saß auf einer Picknickbank, und ihre gefalteten Hände lagen auf dem Tisch vor ihr. Sie warf ihm ein trauriges Lächeln zu, als er seine Waffe wieder in das Halfter steckte und die Hütte betrat.

»Ich hatte gehofft, ich würde genug Zeit haben, um darüber nachzudenken, wie ich es dir am besten erzähle, aber ich schätze, dir ist es lieber, wenn ich das nicht tue. Ich habe zwei Tage gehabt, um die richtigen Worte zu finden, aber ich dachte, Ella würde mit ihrer Geschichte durchkommen. Ich hätte nie gedacht, daß Ella mal etwas mißlingen würde.«

Er holte einen zusammengeklappten Aluminiumstuhl, der an der Wand lehnte, und stellte ihn auf. »Was ist ihr mißlungen, Cammy?«

»Die Vertuschung. So heißt es doch, oder? Es ist wirklich zu komisch, Alby. Es ist mir einfach in den Schoß gefallen. Ich wäre nie auf die Idee gekommen, zu lügen – zumindest nicht zu jenem Zeitpunkt. Aber da standen sie alle in dem Zimmer, und Ella sagte: ›Tut dies, tut das‹, und ich dachte mir: Gott wird mich retten. Er wird mich doch noch retten.«

»Cammy, ich muß dich über deine Rechte aufklären...«

Sie winkte ab. »Sei nicht albern, Alby!«

»Du mußt mit einem Anwalt reden...«

»Ich brauche keinen Anwalt. Ich habe meinen Mann umgebracht. Es war ein Fehler. Es tut mir sehr leid.«

»Cammy, komm mit mir mit! Laß mich dich auf die Polizeistation bringen, damit du jemanden anrufen kannst, der dir hilft!«

»Nein, Alby.« Ihre Stimme war leise und ein wenig herablassend. »Du wolltest hereinkommen und dich zu mir setzen. Jetzt setz dich! Ich dachte, ich könnte lügen. Ich dachte, naja, wenn diese ganzen anderen Frauen lügen, dann kann ich das auch. Aber ich kann es nicht. Und nachdem ich gehört habe, was Ella Sill anzutun plant, werde ich es bestimmt nicht tun. Sill ist für den Tod ihres Daddys nicht verantwortlich, und ich werde nicht zulassen, daß sie glaubt, sie wäre es.«

Sie polkte an einem Loch in der rotkarierten Tischdecke und vergrößerte es, bis sie den ganzen Finger unter das Plastik schieben konnte. »Weißt du was, Alby? Das mit mir und dieser Küche ist schon eine seltsame Sache. Erinnerst du dich noch, wenn du morgens ins Haus gekommen bist, um mit Martin zur Jagd zu gehen? Du und Martin, ihr habt euch immer an den Tisch gesetzt und gegessen, als wäre ich gar nicht da. Als wäre ich unsichtbar geworden oder so was. Das gleiche ist am Samstag abend passiert. Ich war nach draußen gegangen, um den Kranz auf das Schwein zu legen, als Martin und Sill ihren Streit hatten. Ich stand vor der Hintertür und wollte gerade wieder hineingehen. Martin ist direkt an mir vorbeigegangen. Ich bin ihm ins Haus gefolgt, und dann kam auch Sill herein. Sie und Ella haben zu streiten begonnen, und ich bin in den Flur gegangen, um Martin zu finden. Ich wollte mit ihm reden. Ich dachte mir, wenn er über Sills Baby Bescheid wüßte und über die Belastung, der sie ausgesetzt gewesen ist, würde er vielleicht netter zu ihr sein.«

Sie drückte den Finger gegen die Plastikdecke. »Als ich den Flur betrat, habe ich Stimmen gehört. Martin und eine Frau. Die Sache ist, nichts von dem, was sie gesagt hat, hat mich überrascht. Ich glaube, wenn ich überrascht gewesen wäre, hätte ich ihn nicht umgebracht. Aber ich wußte, daß Martin mich betrügt. Man sagt, daß in einem etwas zerbricht, weißt du. Nun, genauso ist es. Ich konnte hören, wie in meinem Kopf etwas zerbricht. Als die Frau gegangen war, bin ich ihm nach oben gefolgt. Er war im Schlafzimmer und saß auf dem Bett. Er schaute nicht einmal auf, bis ich das Gewehr auf ihn gerichtet hatte. Und auch dann sagte er nichts. Er hat mich einfach ausdruckslos angestarrt, als wüßte er nicht einmal, wer ich bin.

Nachdem ich es getan hatte, bin ich ins Bad gerannt. Und dann waren plötzlich Ella und die anderen im Schlafzimmer. Zuerst wußte ich nicht, was sie da taten: die Sachen durcheinanderbringen, Martin auf das Bett heben. Und dann verstand ich. Sie dachten, es war Selbstmord. Ich habe einfach zu beten angefangen. Ich bin in das Zimmer gegangen, und der Wahnsinn hat mich einfach übermannt. Sie haben nie daran gezweifelt, daß ich mit ihnen die Treppe hochgekommen bin. Später haben wir dann in der Nacht bei Ella abgesprochen, was wir sagen würden. Ella wollte, daß wir dir erzählen, was wir wirklich gemacht haben, als das Gewehr losging, damit wir nicht bei einer

Lüge erwischt werden. Ich habe ihnen gesagt, daß ich in der Küchenecke war und an dem Kranz gearbeitet habe. Sie haben mir geglaubt. Sie wußten nicht, daß ich hinausgegangen war.«

Die Plastikdecke wurde von ihrem Finger gedehnt, und das Rot wurde allmählich weiß. Plötzlich stieß ihr Finger durch das Plastik. Sie zog die Hand zurück und warf Truitt ein schwaches Lächeln zu.

»Es gab nur eins, was ich tun konnte, Alby: schlafen. Ich glaubte, Ella würde sich um alles kümmern, sobald ich einschlafe. Aber ich kann nicht zulassen, daß sie Sill die Verantwortung zuschiebt. Ich muß mein Kind beschützen.«

Truitt stand auf und ging zur Tür des Fischhauses. Draußen standen jetzt zwei Polizeiwagen neben der Grillgrube.

»Was ist mit Nadiannas Baby?« fragte er mit schwerer Stimme. »Du weißt, daß sie schwanger ist, aber du hast trotzdem versucht, sie mit dem Mord in Verbindung zu bringen.«

Sie starrte ihn erstaunt an. »Nun, sie ist doch schuld, oder, Alby? Sie hatte beschlossen, mit meinem Mann eine Affäre zu haben. Wenn sie nicht gewesen wäre, hätte ich ihn nie und nimmer erschossen. Haben die beiden denn geglaubt, sie könnten einfach ein Verhältnis miteinander haben und mir alles wegnehmen? Ich bin eine gute Frau, Alby. Ich habe mich mein ganzes Leben hindurch bemüht, gut zu sein.«

*Keine Ahnung – ’ne alte Gespenstergeschichte oder so’n Scheiß.*

Charlie Perkins auf die Frage seines Sozialkundelehrers, ob er jemals von einer Frau aus der Umgebung namens Linnie Cane gehört habe, 1993

# Epilog

Gale war im tiefsten Schlaf, als das Telefon klingelte. Sie verspürte augenblicklich heftige Angst. Es war draußen dunkel, sie erwartete keinen Anruf, wo zum Teufel war Katie Pru? Sie rappelte sich mühsam von ihrem Lager auf dem Boden auf und tastete nach dem Telefon.

»Gale? Dachte mir einfach, ich rufe mal an, um zu hören, wie es dir geht.«

Sie ließ sich gegen das Sofa im Arbeitszimmer sinken und streckte den Arm aus, um nach ihrer Tochter zu tasten. Sie war da und atmete gleichmäßig unter den Laken.

»Daniel? Geht’s dir gut?«

»Prima.« Seine Stimme klang... dünn. Sie suchte nach einem besseren Wort. Er klang trocken.

»Warum rufst du an? Wie spät ist es überhaupt?«

»Ich weiß nicht, wie spät es bei euch ist. Hier ist es zehn Uhr vormittags. Mal schauen, da müßte es ungefähr...«

»Fünf Uhr morgens. Du Scheißkerl!« Sie konnte ihn fast

grinsen hören. Polizisten, dachte sie sich, haben solch einen oberflächlichen Sinn für Humor. Sie nahm eine bequemere Position ein.

»Okay, Gleiches mit Gleichem zu vergelten ist fair. Es war allerdings ziemlich mutig von dir. Woher wußtest du, daß nicht das ganze Haus voll schlafender Frauen ist?«

»Du hast das in deinem Fax angedeutet... ich wußte gar nicht, daß es bei euch auf dem Land ein Faxgerät gibt.«

»Nur eins, und wir müssen immer die Hühner von ihm runterscheuchen.«

»Ah, dieser unbezwingbare Humor.« Er wurde nüchtern. »Ich habe einige Zeit damit zugebracht, zwischen den Zeilen deiner Nachricht zu lesen, Gale. Konnte den Ton nicht ganz entschlüsseln. Wie geht es dir?«

Sie zog Linnies Überdecke von der Lehne des Sofas und legte sie sich über die Knie. »Schwer zu sagen. Traurig. Nicht wirklich vom Kummer überwältigt. Eher niedergeschlagen. Ich meine, so was kommt vor. Daß Eheleute einander umbringen. Das ist eine sehr alte Geschichte.«

Am anderen Ende der Leitung herrschte Stille. »Aber es gäbe noch mehr dazu zu sagen«, erklärte er schließlich.

»Ja.« Es gab noch mehr, aber sie wollte nicht darüber nachdenken. »Wir hatten zwei Begräbnisse direkt hintereinander. Zuerst Martin, dann Zilah Greene. Ryan hat Zilahs Töchter dazu zu überreden versucht, das Begräbnis um einen Tag zu verschieben, aber sie haben nicht nachgegeben. Es war wirklich ergreifend. Ich weiß nicht, wie viele Leute in dieser Stadt sich jemals groß Gedanken um Zilah gemacht haben, aber sie waren alle da, und dazu noch das halbe County.«

»Bist du zu den Gottesdiensten gegangen?« fragte er sanft.

»Ja.« Sie rieb sich mit dem rauhen Stoff der Überdecke

die Wange. Sie erzählte ihm nicht, daß sie während beider Gottesdienste leise geweint hatte, etwas, was ihr nie zuvor passiert war. Und sie wollte nicht einmal sich selbst eingestehen, daß die Tränen eher Linnie als Martin gegolten hatten.

»Cammy ist bei ihrer Geschichte geblieben, was eine interessante Wirkung auf Ella hatte. Sie war sich so sicher gewesen, daß Martin sich umgebracht hat.« Gale holte tief Luft. »Ich war es auch«, fügte sie leise hinzu. »Es wirkte einfach so plausibel auf mich. Wie auch immer, Ellas Anwalt ist zuversichtlich, daß hier unten kein Richter sie wegen des Verwischens der Spuren hart bestrafen wird, aber sie ärgert sich höllisch darüber, daß sie sich in etwas getäuscht hat. Sie verbringt mit Sill und Faith ein paar Tage in Atlanta, um sicherzustellen, daß es Sill gutgeht. Ich mache mir allerdings wegen Sill keine Sorgen. Faith ist so eine starke Frau...«

Sie redete einfach drauflos. Sie hatte vom Kummer überwältigte Frauen so drauflos reden hören. Sie erinnerte sich an Ella, die nach Noras Tod derart erschüttert war, daß sie mit ihren Gästen am Eßzimmertisch saß und immer weiterplapperte, ohne zu merken, daß sie den heißen Tee mit einem Hühnerknochen umrührte. Der Unterschied war, daß Gales Redseligkeit nicht dem Schmerz, sondern der Furcht entsprang. Sie blickte zu ihrer Tochter, die unter den Laken noch schlief. Tränen traten ihr in die Augen.

»Gale...«

»Die Tür hat sich für Katie Pru geöffnet, Daniel.« Ihre Stimme war ein Flüstern. »Ella hatte recht. In meiner Familie sind wir immer davon ausgegangen, daß Linnie Selbstmord begangen hat, und das hat alles beeinflußt, was wir getan haben. Tom hat für Katie Pru die Tür geöffnet, und ich weiß nicht, ob ich in der Lage bin, sie zu schließen.«

»Du hast sie für dich selbst geschlossen. Es war nicht einfach für dich, mit Toms Tod fertigzuwerden, aber du hast es geschafft. Du kannst auch für sie die Tür schließen.«

»Aber ich habe sie für mich nur ihretwegen geschlossen. Für sie wird es nicht so einfach sein.«

»Sogar noch einfacher. Sie wird es nicht allein tun müssen. Sie hat eine verdammt gute Mutter, die ihr dabei hilft.«

Das Licht, das durch die Fenster unter der Decke fiel, war weiß geworden, als sie endlich den Hörer auflegte. Sie lehnte den Kopf gegen Katie Prus Arm und schloß die Augen. Das Haus um sie herum war still – von der seltsamen Stille eines Raums, der einem nicht vertraut ist. Vielleicht hatte Ella recht. Vielleicht gehörte sie doch nicht hierher.

Katie Pru regte sich unter ihrem Arm. Sie öffnete die Augen, sah Gale an und lächelte.

»Guten Morgen, Mama. Du bist nicht die Frau in Blau. Der Jaguwar hat mir das gesagt.«

Gale kitzelte ihre Tochter sanft unter dem Kinn. »Und wer, bitte, ist die Frau in Blau, Madame?«

Katie Pru wand sich kichernd. »Die Frau in Blau ist traurig. Nadianna weiß alles über die Frau in Blau. Sie kann dir die Geschichte erzählen. Sie kommt heute. Das hast du gesagt.«

»Weißt du, was mir Nadianna gestern gesagt hat? Sie hat sich diese Überdecke angesehen, und sie hat gesagt, sie würde gerne weben lernen.«

»Ich weiß noch, wie du gewebt hast!« rief Katie Pru. »Es hat wie Stöcke geklungen, die flüstern.«

Gale lachte. »Das stimmt, Schätzchen. Genauso klingt es. Nadianna hat gesagt, sie kommt und erzählt dir Geschichten und hilft dabei, auf dich aufzupassen, wenn ich ihr das Weben beibringe. Was hältst du davon?«

Katie Pru dachte einen Moment lang nach. »Das ist schön«, entschied sie. »Aber keine Geschichten mehr mit der Frau in Blau.«

»Keine Geschichten mehr mit der Frau in Blau! Wir sagen ihr, daß die zu Ende sind.«

# Danksagungen

Wenn es stimmt, daß es ein ganzes Dorf braucht, um ein Kind großzuziehen, dann braucht es auch ein Dorf, um ein Buch zu schreiben. Ich möchte meiner Familie und meinen Freunden für ihre Geduld, ihren Scharfblick und ihre Hilfe danken.

Folgenden Personen gilt mein Dank wegen ihres fachlichen Rats: Major Al Yarborough aus dem Büro des Sheriffs von Walton County, Georgia; Sergeant Teresa Race von der Polizei in Conyers, Georgia; Dr. Mark Kopenen und Dr. Jeffrey Smith aus der gerichtsmedizinischen Abteilung von Fulton County. Dank auch an Nancy Love für ihre unfehlbaren Ratschläge; Casey Blaine, der mir die Lampe gehalten und mich angefeuert hat, und die Männer der Embry Hills United Methodist Church, die eines Tages die frühen Morgenstunden dazu nutzten, mir ihre Version eines echten Südstaatenbarbecues zu demonstrieren. Alle Fehler und Ausschmückungen sind die meinen.